U0443578

海上温州

张立文

曹凌云 著

北方联合出版传媒(集团)股份有限公司
春风文艺出版社
·沈阳·

图书在版编目（CIP）数据

海上温州/曹凌云著. —沈阳：春风文艺出版社，2022.10
ISBN 978-7-5313-6246-3

Ⅰ.①海… Ⅱ.①曹… Ⅲ.①散文—中国—当代 Ⅳ.①I267

中国版本图书馆CIP数据核字（2022）第068200号

北方联合出版传媒（集团）股份有限公司
春风文艺出版社出版发行
http://www.chunfengwenyi.com
沈阳市和平区十一纬路25号　邮编：110003
辽宁新华印务有限公司印刷

责任编辑：姚宏越	责任校对：陈　杰
封面设计：陈天佑	幅面尺寸：160mm×240mm
字　　数：355千字	印　　张：18
版　　次：2022年10月第1版	印　　次：2022年10月第1次
书　　号：ISBN 978-7-5313-6246-3	
定　　价：68.00元	

版权专有　侵权必究　举报电话：024-23284391
如有质量问题，请拨打电话：024-23284384

曹凌云，1968年8月出生，现为温州市文联党组成员、秘书长；中国作家协会会员、浙江省作家协会委员会委员、浙江省文联委员会委员；《温州文学》主编。出版作品有个人散文集《纸上心情》《心灵说话》《乡尘》和长篇纪实散文《舅舅的半世纪》《走读瓯江》（入选2016年度浙江省作家协会优秀文学作品创作扶持项目）等，主编有各类文集《明人明事》《雁山瓯水》《一叶的怀念》《温州民间文化丛书》等。

《海上温州》入选中国作家协会2018年度定点深入生活项目。作者在"一带一路"和浙江省"五水共治"的大背景下，用三年时间，对洞头列岛、南麂列岛、北麂列岛、大北列岛和温州海岸线进行深度文化走读，用文学的语言讲述有关海洋的真实故事。《海上温州》是一部系统、全面反映温州海洋文化的纪实作品，能丰富广大读者对海上丝绸之路和温州文化的整体认识。

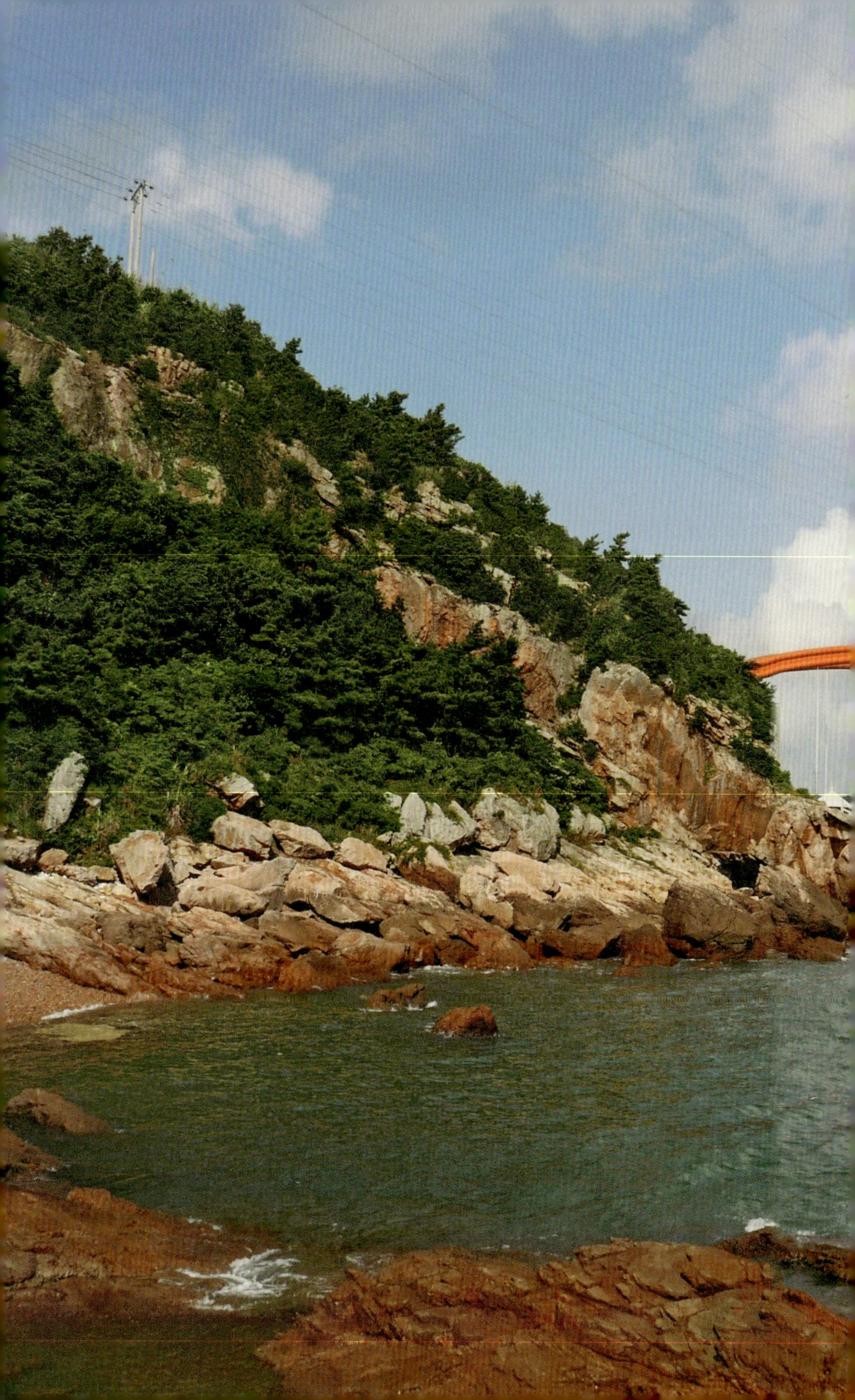

原来这就是花岗岛。我从岛上的渔村里走过，心想这里曾经发生的故事，都沉到时光的深处了，可是周遭一些细微的动静，又仿佛把一种远去的繁盛，衍生在渔村的现在。

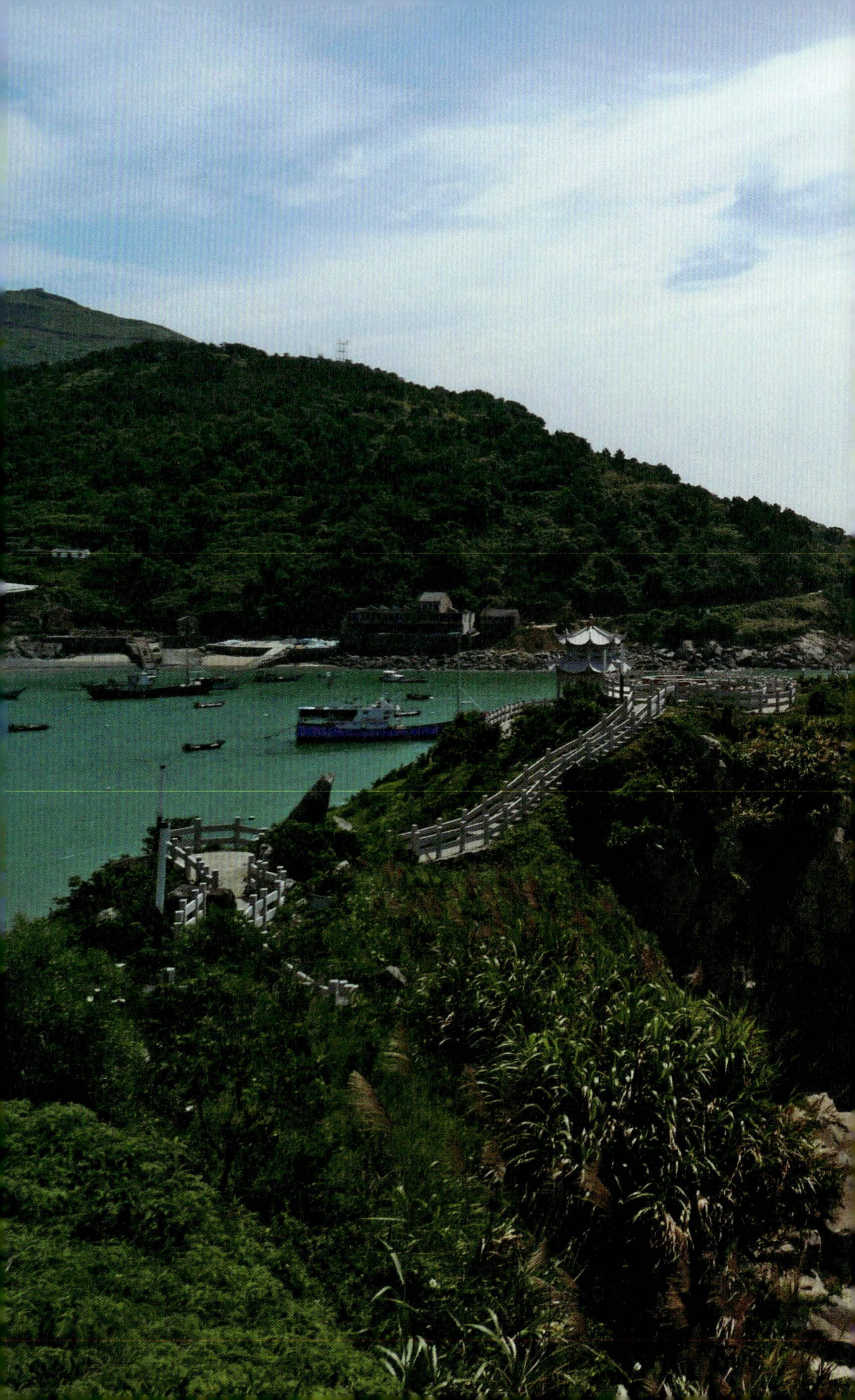

傍晚的海风，送来了涨高的海潮，翻腾迭起，煞是有威，到了海岸边，却变成了深情的爱抚，最后依恋地退去。有人说"每朵浪花都为海岸而来"，说这话的人是否也像我一样，在海岸边久久地逗留，细听海浪的心声。

我看到了大海的中央——是的，是大海的中央，不是海与天的交界处——出现了一道圆边，紧接着，是深红的半圆，盈盈地上升，半圆变成了满圆，是一个特大的朱红圆球。

霞光

天已大亮，我没有回村，顺着山路，信步登高，到了山顶，一览无余，俯瞰村落，几家已起炊烟，几家已经出海。

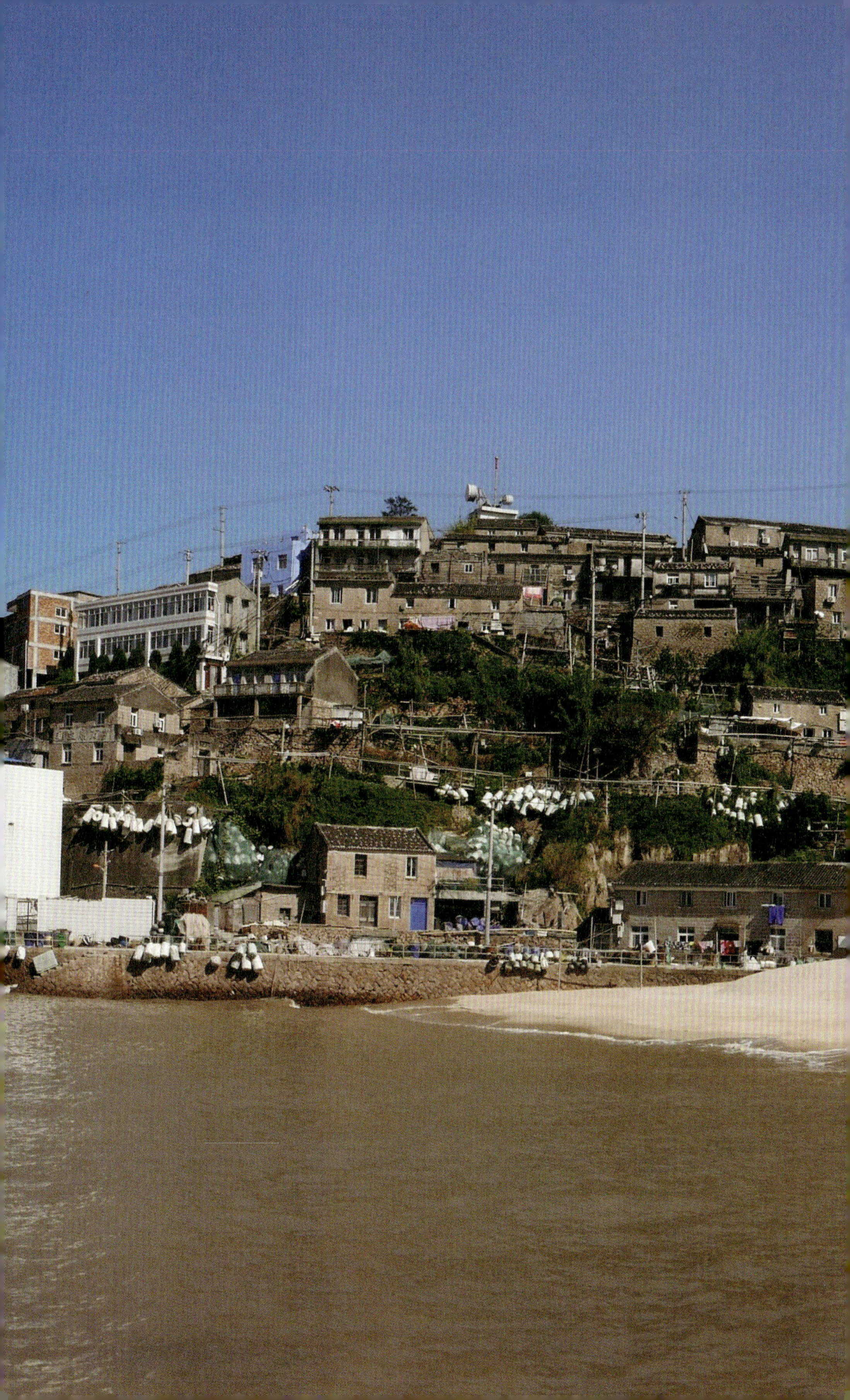

进入白龙屿，所见都是火山熔岩，颜色各异，孔隙较多，有些岩石表面看上去感觉很松软，一触摸，坚硬如铁。

鹿西岛礁石

南麂岩石

美岙村码头

三盘岛鱼市码头

作者走读掠影

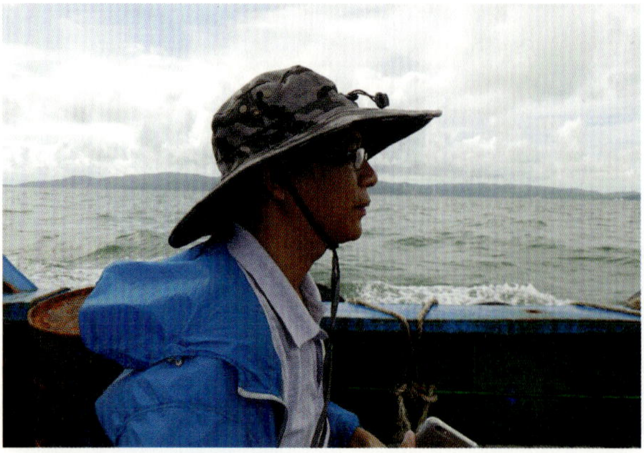
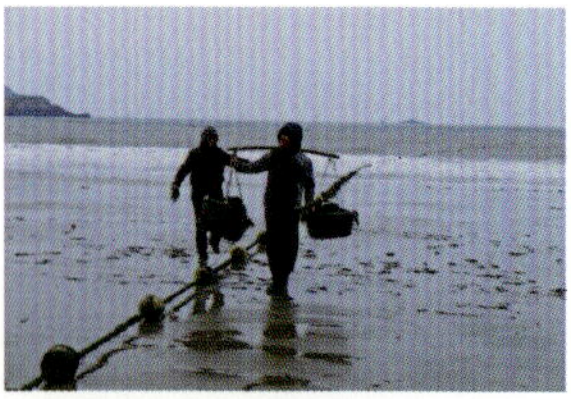
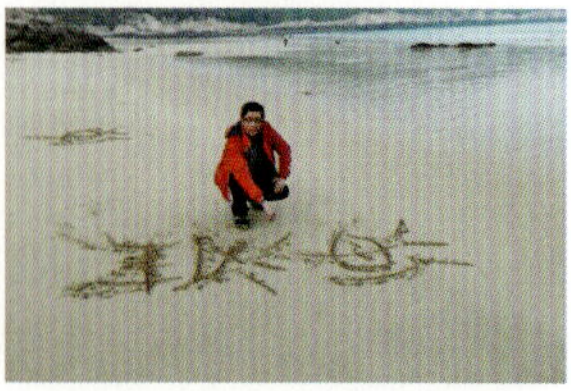
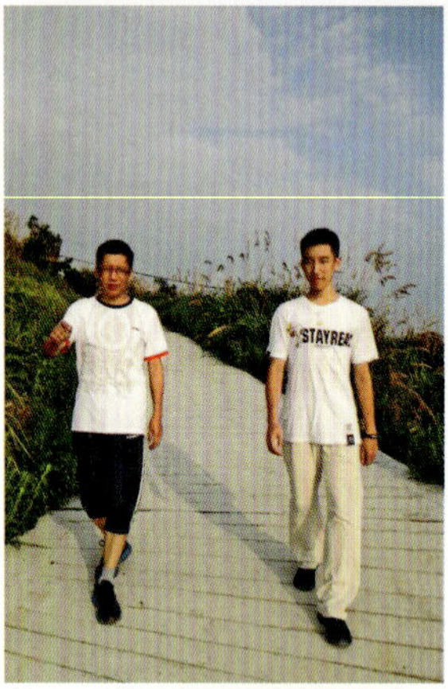
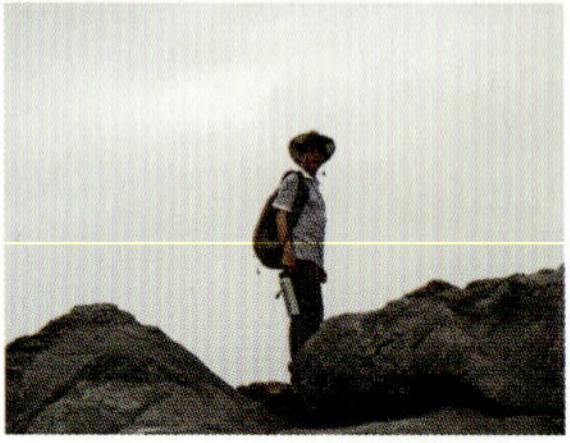
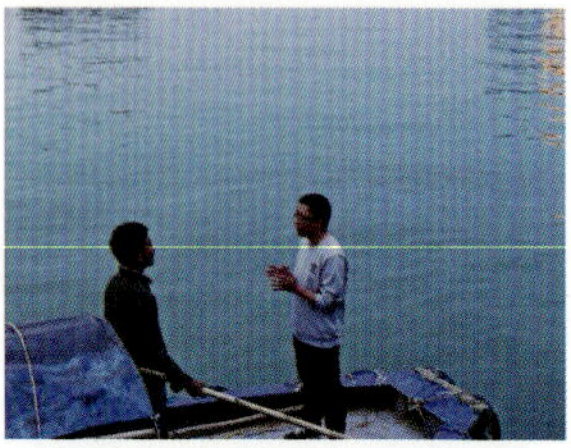
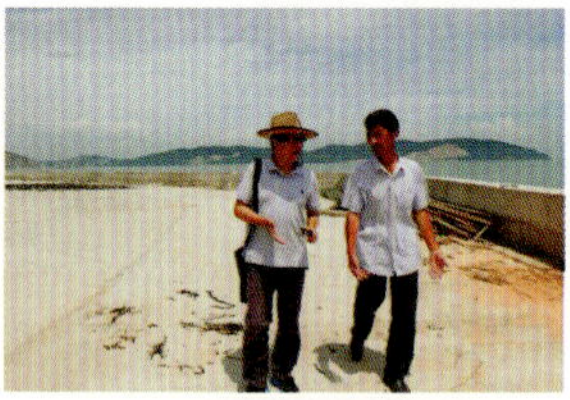
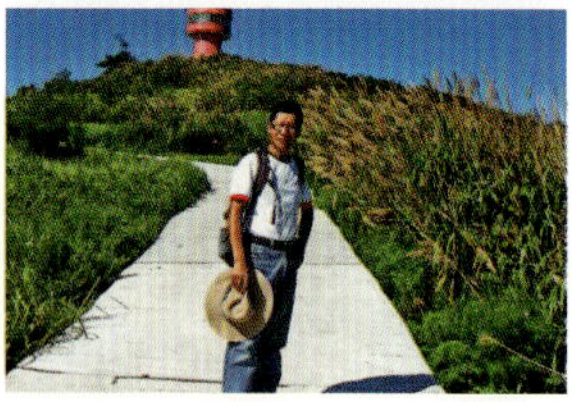
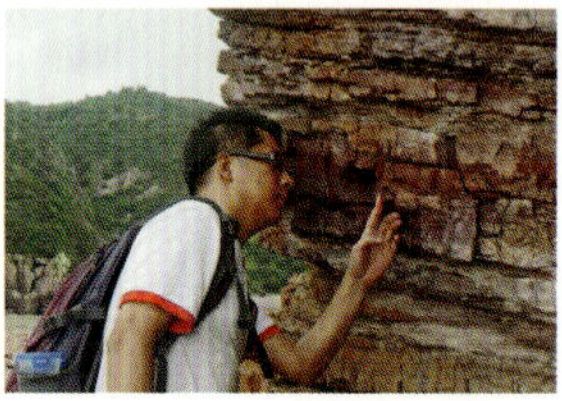
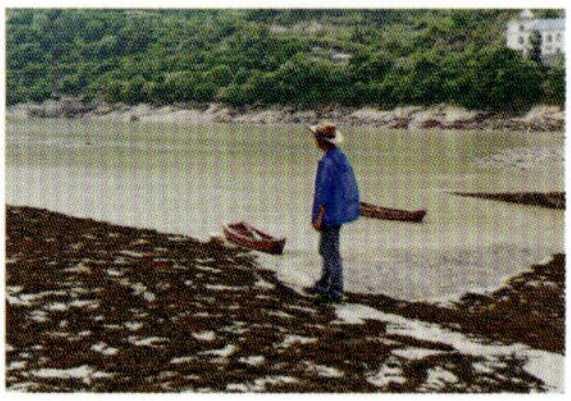
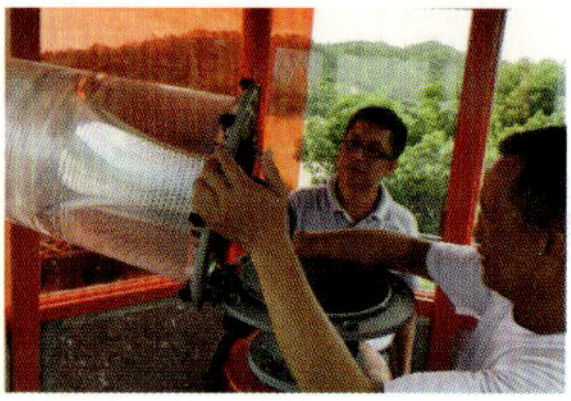
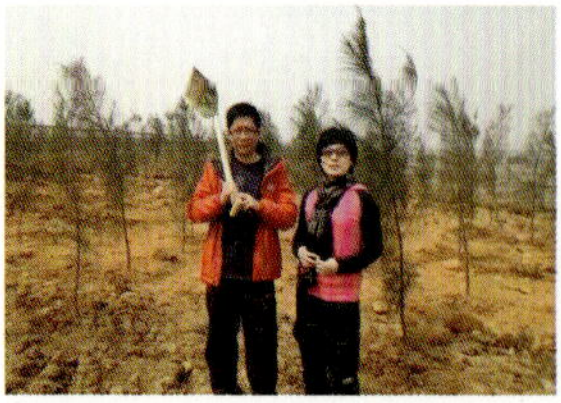
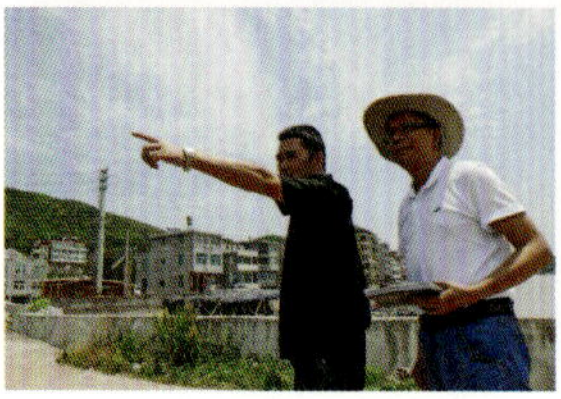
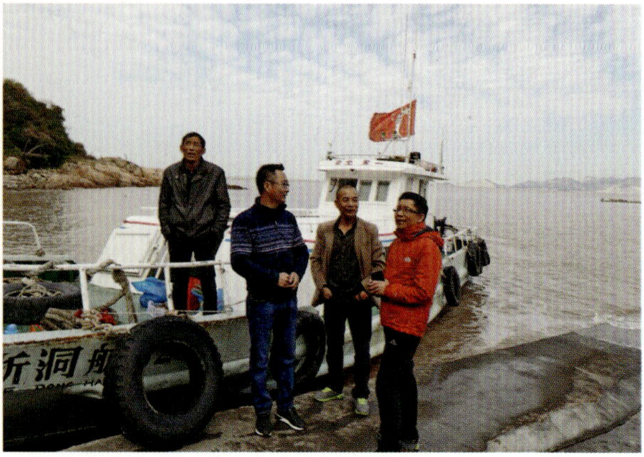

大海上的深情行走（代序）

一

温州地处浙江南部，古为瓯地，也称东瓯，因冬无严寒、夏无酷暑、气候温润，唐朝时始称温州。温州历来被诗人词家宏叹高赏，如宋代诗人杨蟠的《咏永嘉》（温州古为永嘉郡）："一片繁华海上头，从来唤作小杭州。水如棋局分街陌，山似屏帏绕画楼。"

杨蟠是章安（今属浙江临海）人，在温州任知州不到三年，用诗歌盛赞温州风光。温州是我的家乡，我生长的地方，它赋予我充沛的生活资源，成为我文学创作的母体；我对于温州，自然比杨蟠更有情感。这些年来，我不断地用心灵叩击母体的大门，创作了长篇纪实散文《舅舅的半世纪》和《走读瓯江》。前者通过讲述"舅舅"的生命境遇反映温州楠溪江流域的历史变迁和社会发展，后者是以文化走读形式系统记录温州瓯江流域人文地理的专著，均由春风文艺出版社出版发行。

2013年金秋过后，我反复听到一个词：一带一路。这是习近平总书记为推动新时代中国与世界关系良性发展提出的重大倡议：建设丝绸之路经济带和21世纪海上丝绸之路。温州位于我国东南沿海,是一个海洋大市,大陆海岸线长375.90公里,近海海域面积8649平方公里,岛屿众多,共计714.5个(0.5个为横仔岛,温州台州各占一半),平均高潮位岛陆面积共163.30平方公里,岛屿岸线蜿蜒曲折,达671.71公里;航道纵横交错,历朝历代都有大量的外贸产品出口,在整个中国古代海上贸易中具有重要的地位,是海上丝绸之路的一个重要节点。并且,世居于此的民众与海洋文明共呼吸同命运,创造了丰富的物质财富和精神财富,形成了深厚的海洋文化,一直延续到当下。于是,我在完成了手头的写作计划之后,立即将目光深情地凝聚在温州的海域之上。

2017年春季,我开始酝酿创作长篇纪实散文《海上温州》,计划系统、深入地走读温州海岛与海岸线,用文学的语言记录温州"海上丝路"的历史,讲述人与海洋的真实故事,便于人们了解、认识和把握温州海洋文化的本质。面对一个新课题,只能先做功课,我利用几乎所有的双休日、节假日跑图书馆阅读有关文献和图像资料,又到海岛、渔村进行了大量的采访,掌握了许多素材,写出了创作提纲。更为荣幸的是,2018年3月,我以"海上温州"为选题申报了中国作家协会的定点深入生活项目,获得批准。同年8月,我在我的同学张方任和时任洞头区文联主席陈志华的帮助下,开始了为期五个月的深入生活,用集中的五个月时间来做文学的事,于我还是第一次。

二

温州海洋地形复杂,大致而论,海岛、海港与沿海平原构成了温州海洋开发的立体生态系统。温州海洋文化的重点应该从秦汉时期开始,东瓯国依海立国,作为沿海邦国,依海为生、靠海生存的人们兴渔盐之利,行舟楫之便,在长期的生产、生活中以海为田,因海而兴,人们的生活习性与文化习惯都与大海有着密切的关系。在宋元时期,温州港兴旺繁荣,成为海上丝绸之路的起点之一,大受欧洲各国欢迎的龙泉青瓷"雪拉同"(Seladon),在龙泉生产后,沿瓯江运抵温州港,转换成走海运的大船运到宁波,再换上远洋大船途经马六甲海峡,运至东南各国,或越过印度洋到达欧洲各国。同时,瓯窑也曾兴盛一时,通过海上丝绸之路远销各国。历代王朝对海域边疆的控制时紧时松,人们经略海洋有张有弛,在跌宕起伏的朝代更替中,温州民众一方面频遇战事,世事纷扰,一方面保持着海洋发展与开发的历史延续性。到了明清时期,温州海域海盗称霸,倭寇侵扰,两度"海禁",温州民众既有服从和反抗的腥风血雨,又有与内地人民的水乳交融,创造了独具特色的温州海洋文化。两千多年的演化史，悲欢交集，其文学素材比海洋生物还丰富。

从海洋文明的内在结构来解析温州海洋文化的精彩，更要了解沿海民众的生活实态、生存境况，关注他们的意识形态、行为模式、群落结构、组织制度、物质创造等等。浩瀚的大海，恶劣的环境，安谧的渔村，古老的木船，不灭的灯塔，如画的海滩，勇敢的渔民，质朴的村姑，鲜活的人间烟火，与大海搏斗的种种惊险，这些都是我采访的重点。我走渔家，上渔船，访渔民，问鱼汛，听老年人回忆，与青壮年谈心，我们在海风中感受心灵的交汇，在海浪中孕育浪漫的情怀。五个月的如歌生活，许多难忘的经历游弋其中。

三

8月份在温州还是盛夏，烈日当空，我开始走读海岛。

1982年《联合国海洋法公约》第121条规定：岛屿是指四面环水、并在高潮时高于水面的自然形成的陆地区域。根据中国国家标准《海洋学术语 海洋地质学》，海岛是指散布于海洋中面积不小于500平方米的小块陆地。温州岛屿面积在500平方米以上的有455.5个，集中在洞头、瑞安、平阳、苍南和乐清等地。

温州海岛大多分布在近海、海湾和河口地带，以大陆岛和冲积岛居多。洞头列岛、大北列岛、北麂列岛都属于大陆岛，这些岛屿曾属于大陆的一部分，后因海平面上升等原因与大陆分离，形成岛屿，其地质、地貌与自然条件与大陆相近，大多岛屿分布在20米等深线的浅海上，南麂列岛和北麂列岛的一些岛屿位于20至30米等深线之间，苍南七星岛在30至40米等深线之间。七都岛、灵昆岛、江心屿属于冲积岛，也称堆积岛，岛面地势低平，在岛屿四周围绕着宽广的滩涂。温州有瓯江、飞云江和鳌江三大直接汇入东海的河流，在三大江河口地区时，由于河床比降减小、流速减慢等原因，所裹挟的大量泥沙和海潮带来的泥沙交混沉积，在河口两岸淤积成滨海平原的同时，又在河口中形成大小不一的沙洲，经历了千余年的涨坍变化，从露出水面到最后形成岛屿，其形状、大小亦多有变化。

在温州，面积较小的岛屿往往是"一山一岛"或"一丘一岛"，面积较大的海岛在地貌上呈现山峦、丘岗、平地、潮间带以及海域的环状结构，决定了温州海岛开发利用的特色，也决定了海岛居民的聚落形态。许多海岛是海洋交通网络的有机组成部分，成为海洋航行的锚地，是岛民、渔民、船夫、商人、游客生活、活动的最佳选择，有效促成多元文化、多民族的互动与交流，能够实现人员与物资进行快速输送的海上途径。

我选取了其中的30个我认为有代表性的岛屿，进行较为深入的走访。

四

每次走向海岛，迎面扑来的海风、海浪，总带给我一种壮怀激越的情绪。

每到一个岛屿，我更多选择居住在渔民家里。在人迹稀少的大瞿岛，我住在大瞿村老人协会詹会长家里。开始两天，我在詹会长的带领下考察了大瞿林场，又用了一天时间寻找大瞿石景。接下来的第三天，在大瞿岛，过得很悠闲，清晨在村里漫步，上午在石头房里读书，午休后跟詹会长出海拉网，晚上陪詹会长喝白酒聊天，直到月色映照着窗台，推门一看，屋外一片茅草地，露水清凉。这三天，睡梦的完成已经要依赖一浪浪的涛声了。詹会长是个善谈的人，什么都能说出个所以然来。有一晚我们在饭桌前聊天，几阵海风把屋外的茅草刮得沙沙响，他就说："这茅草曾经是大瞿岛最值钱的'经济作物'，比黄鱼还贵，是岛民们的最爱，根本舍不得当柴火烧。因为当时岛上的渔寮顶盖，都得用茅草编成，过冬保温的番薯窖，也离不了茅草。后来村民大多搬到大陆，茅草没人割了，蔓延成灾。"在詹会长这感叹的话语中，我听出了时代、海岛和人们生活的改变。

去鹿西岛采访之前，我让朋友约好三位采访对象，不料到了岛上鹿西村一采访，三位都是少言寡语之人。我在鹿西村委会找到了党支部书记，他带着我在村里转了一圈，因公务繁忙，安排了我就餐和住宿的地方就走了。鹿西岛有6个村，我准备去东臼村看看，叫了一辆出租车，坐到车上后，司机阿龙却主动给我介绍起鹿西岛的基本情况。踏破铁鞋无觅处，得来全不费工夫，我抓住时机与他攀谈起来。阿龙能说会道，讲着自己跌宕起伏的人生经历和在渔船上的寂寞和危险。东臼村很快到了，我没有下车。汽车在鹿西岛转了一圈又一圈，我从阿龙的口中了解到了鹿西人过去和现在的生活状态，以及他们的倔强与挣扎、奋斗和磨难，一个个普通人的命运，始终融合在国家与时代的整体命运中。傍晚，我要下车了，我们加了微信。神遇而得心遇，两个月后，受阿龙的邀请，我带着家人又去了一趟鹿西岛，这一次是纯粹的吃喝玩乐。

我在北麂岛生活时间最长，12天里，我交了许多朋友，比如在壳菜岙村，我与一位陈姓渔夫聊得很投机，但我不能叫他老陈，陈谐"沉"，出海怎能安全呢？要叫他船老大或者半边东。他告诉我他16岁就没了同样是船老大的父亲，接过了父亲的渔船开始在大海上漂泊，与海浪争斗，获取鲜美的海鲜。他又用这些海鲜，换成了家里点灯的油、御寒的衣，变成了弟弟、妹妹上学的书和写字的笔。还有,不知有多少个夜晚,半边东躺在大海深处的渔船上,望着星星和月亮,构想自己未来的生活。我们几乎无所不谈,黏糊得如自己的邻家兄弟。有一次半边东突然问我:"本岛的最北岸有个山头叫拳头山,山边的礁石很美,还有多处峡谷和山洞,你去吗?"我说:"去。"但是,路上行走困难,没有山路,也不知草丛底下的情况。岛上多蛇,草丛下面还有沟壑,埋伏着太多的危险。真是历经千辛万苦,我们终于来到了海岸边的礁石上,见到了一条深不见底的峡谷。我已没有了欣赏风景的兴趣,只感受到双脚踏踏实实踩在礁石的幸福感。

五

海岛上背井离乡的人多,废弃的房屋也多,一些基本完好的石头房紧闭着门窗,让老鼠做窝,任藤蔓缠绕,实在有些落寞和凄凉。不过,也有一些外来的人,他们为了梦想来海岛上打拼,然后安家,扎下根来。我在北龙岛,就住在湖南人老孙的家里。老孙2002年过来,在岛上打散工,一年收入3万多。2007年他又把妻子接来,妻子很快学会了补网技术,一年可赚两万多元。两个孩子在老家读书,让老人带着。老孙说:"我以前在工厂里做事,天天上班,还被好几层人管着,在这里图个自由,想做就做,不想做就休息几天。岛上许多房子没人住,空着,我们住着也不要钱。来了这么多年,生活也习惯,不想回老家去。"正是捕鳗鱼苗的时节,渔民用毛竹在海里打桩,白天老孙很是忙碌,两个肩膀背两棵毛竹到船上去,要赶潮水,脚步飞快。在北渔山,来自连云港的李姐在岛上开店已有五年,她阅历丰富,个性张扬,处事大胆而内心平静。她说:"这里的海水和天空这么蓝,一尘不染;阳光和海风这么缠绵,美好如初,我喜欢北渔山。"她一边说一边笑,笑容甜美而灿烂。他们尊重自己的内心,坚守自己的梦想,这就是"新海岛人"的形象。

有一次,我跟随洞头渔民出海两天。渔船进入了深海区,出没在风波里,开始有新鲜感。我居然进入了大东海的腹地,身临其中,见烟水苍茫,见大海上的夜空那么高远、深邃,透着无限的神秘,心情万分激动。大海深处,无风也有三尺浪,一浪更比一浪强,我头晕目眩,呕吐不止,给渔民增添了不少麻烦,他们还安慰我:新手出海打鱼基本都有晕船的过程,饭吃不下,体力不支,但还得爬着出来拉网。我本想从旁观者转换成参与者,这一次却以失败告终。但在洞头区东屏街道深入生活时,与街道渔农办黄主任共同调查、讨论,完成的《关于加快东屏海洋捕捞渔船更新改造的思考与建议》可是货真价实的调研报告。

深入生活的过程中,两次遇到危险。一次是上北关岛,由于船老大没有把握好潮汛,船只到达目的地时潮水已落,长满了苔藓的简易码头光滑如冰,很难上岛。陪同我的一位当地镇干部嘱咐我小心上岸,自己却滑进了海里,因船老大抢救及时,镇干部没有生命危险,但后脑勺被礁石磕破流了血。还有一次从北策岛坐船回洞头岛,遇上大风大浪,船只摇晃得厉害,倾斜到30度,我与几位乡镇干部抱团蹲在船舱的一角,把生命交给船老大。我感到了恐惧,死亡仿佛很遥远,又伸手可及,心想大海在赐予人们物产的同时,也夺去了多少人的生命。本来半个多小时可以到达的航程,这一次开了两个多小时,等船只战胜风浪安全靠岸后,我们拥抱欢呼。人在危难之时,才会产生对生命的强烈渴望。

海岛上阳光充足,空气清新,植被茂盛,但有时天气酷热,超强的紫外线,炙烤着肌肤;到了冬天,天寒地冻,海风刺骨。大部分海岛没有公路和汽车,从这村到那村要登石阶、过沙滩、攀礁石、钻岩洞。居住在渔民家里,蚊子像蜻蜓一样飞舞,蜈蚣在床脚边爬来爬去,门口还有蜥蜴和虫蛇经过。无人岛上更是蛮烟瘴雨,飞禽走兽,游走其中,必须有野外生存的本领。

六

2019年元旦过后,我只能利用双休日和节假日做自己最喜欢做的工作,我在完成了22个海岛的走读后,又开始计划中的温州海岸线走读。高强度的走读采访,是一项繁重的体力活,长期下来,我身体疲劳,右臂剧烈疼痛,先是患了带状疱疹,再是疱疹后遗神经痛,苦不堪言。我只得停止工作,四处求医问药,右臂被针扎得千疮百孔。等到钻心的疼痛得到控制之后,我又继续海岸线走读。

温州地貌属华南褶皱系、浙东南褶皱带,世界性的海面变动,直接影响着温州海岸线的变化。在漫长的历史上,温州沿海地区经历了4次海水侵入(海侵)和海水后退(海退)现象,造成了海岸线的巨大变化。距离我们最近的一次海侵发生在距今约5000年前,现在的温州东部平原地区,当时都是一片浅海,如今位于温州大都市核心、最高海拔707.4米、总面积117平方公里的大罗山在当时是海中孤岛,在波浪、海流、潮汐的侵蚀下,海岸基岩出现海蚀洞、海蚀沟、海蚀崖。在距今3000年的时候,因气候变化等原因,海水逐步外退,海湾渐次淤积,岸滩慢慢向海开拓,冲积平原范围不断扩大,温州沿海平原开始成陆。

人类活动与经济建设是改变温州海岸线的另一重要因素。随着温州沿海的人口增长、林木砍伐、植被破坏，导致低山丘陵水土流失，泥沙顺流而下，沿海河口淤积速度加快。以瓯江口南侧岸段为例，据水利专家测算，在1985年以前的几百年中，岸滩每年以10米的速度向外淤涨，1958年之后的20年间，平均速度淤涨为21米，改革开放以后，特别是进入21世纪以来，大规模的围垦造田、围海养殖，再加上防洪防潮和港口码头工程的实施，大大拓展了河口平原面积。同时，一系列的建设与开发，改变了入海口和海湾原来的水动力条件，海湾的水域面积缩小，浪潮的冲刷能力减弱，也导致淤积能力增强。在海面变动和"人工淤积"的共同作用下，温州海岸线成了现在的模样。

我从温州海岸线的最南端苍南县霞关镇开始走读，绵长168.8公里的苍南海岸线可谓是黄金海岸线，蓝天、沙滩、大海、滩涂和一个个经过精心打扮的小镇、渔村，被沿海公路串联在了一起，构成了独特的滨海景观。从鳌江河口到飞云江河口，从温州湾到乐清湾，滨海风光依然秀丽，玩山转水、住宿美食的地方不少，但更多的是一幕幕火热的建设场景：一声声开山炮响起，一辆辆工程车驶过，一座座山头被削低推平，一亩亩滩涂被填埋连通，洒落在海岸线上的30多个围垦区，以一种惊人的速度，制造了一个个沧海变桑田的故事，温州未来的沿海地图又是另外一副模样。我在期盼家乡温州建成港城一体、生态宜居、幸福和谐的现代化港口城市。

七

这一路走来，我感受深刻的是温州海岸线有"三多"。

独流入海的江河多。温州境内有瓯江、飞云江、鳌江三大水系，均为浙江八大水系之一，除此之外，还有许多河流各自入海，它们与"三大水系"相比，流程短、水量少，但流域植被繁茂，泥沙含量不高，河口大都修建有水闸，既能阻挡咸潮入侵，又解决沿岸用水问题。以乐清湾为例，注入乐清湾的河流就多达30余条，如大荆溪，为乐清市独流入海的最大水系，溪水质达到Ⅱ类标准；白溪，流经北雁荡山风景区北麓，水量不大，河床时常露裸，白石累累；清江，流经北雁荡山风景区南麓，两岸多耕地，河口有数千亩牡蛎养殖区；梅溪，流经的梅溪村是南宋诗人王十朋的故乡，他写有这样的诗句："家在梅溪水竹间，穿云蜡屐可曾闲。"这些溪流都为山溪性河流，是大自然赐予人类的宝贵财富。

广阔的滩涂多。温州海岸线虽然有精美的沙滩，但与其他一些沿海城市相比，拥有的沙滩实在太少，规模也太小。而温州海岸线却有广阔的滩涂资源，这也是其他一些沿海城市无法比拟的。根据浙江省2010年调查结果，温州市拥有滩涂面积约57500公顷，占全省的25%，主要集中在瓯江、飞云江、鳌江的河口两侧和乐清湾、大渔湾、沿浦湾沿岸，从瓯江口向南到肥艚港琵琶门，沿岸滩涂面积占总面积的65.70%。滩涂对于温州意味着什么？用历史眼光来看，瓯江河口的泥沙缓慢淤积并稳定之后，开拓了温州先民的生存空间，温州先民又不断围垦滩涂，修筑海塘，守护家园，终于建起了自己的城市。同时，温州人一直保持着滩涂作业的活跃模式，现在的沿海滩涂上，依然不乏渔人劳作的身影，据了解，滩涂养殖面积就达一万多公顷。

温州港口、渔港多。温州港是个千年之港，战国时期出现原始港口雏形，唐朝开通了与日本的航线，明朝受"海禁"严重影响，清朝被辟为通商口岸；1994年，温州港被列为中国20个主要枢纽港口之一，东西南北辐射俱佳，集河口港、近海港、深水港于一体的功能齐全的综合性港口体系。我在海岸线走读，经常深入一些港口，我听海浪拍打船舶发出嗡嗡的浑厚声音，看各种船只进进出出于港口的一派繁忙景象，想起唐朝诗人郭密之的《永嘉怀古》诗："永嘉东南尽，倚棹皆可究。帆引沧海风，舟沿缙云溜。"

瓯江港区在瓯江河口段，两岸码头众多，货运年吞吐量惊人，煤炭、沙石、集装箱堆积如山，蔚为壮观。乐清港区是一个以大型船舶中转运输为主，集港口运输、临港工业、现代物流和船舶制造于一体的综合性深水避风良港。瑞安港位于飞云江入海口，温瑞塘河和瑞平塘河连接飞云江，构成了江、河、海的水上联运网络，清代《浙江省沿海图说》这样描述瑞安港："形势：飞云江为瑞安之门户，江岸平衍宽阔，吃水十余尺之船乘潮可至西门外停泊。……船只：商船数十号，渔船二百十余号。"鳌江港位于鳌江入海口，民国《平阳县志》记载鳌江港："地因渔人聚集成市，名'鲈艚头'，为鱼货集散之地"。

沿海可见大小渔港几十处，如苍南的霞关、炎亭、渔寮、肥艚，平阳的鳌江，乐清的蒲岐、黄华，都是久负盛名的渔业天然良港，桅杆林立，商贾汇聚，鱼市兴旺，形成吃海鲜、观海景、采海货的特色旅游。游客可与渔民一起出海打鱼，可到大排档点上一桌各式生猛海鲜，而我，却多次在腥咸的海风中等待日出日落。

八

走读海岸线用掉了我近两年的周末和节假日，我也记不清有多少个夜晚是在面对大海的房子里枕着海浪睡去。是的，我喜欢在淡淡腥咸味的海风中看日出日落、潮涨潮消，我喜欢在海滩上捡拾被海水打磨成色如蜜蜡、质似凝脂的玻璃皮和陶瓷片，泥质海滩时常弄脏我的衣裤，沙石海岸时常硌疼我的脚板，却丝毫不影响我那愉悦的心绪。那些周末和节假日，都成了我生命中美好的时光。

有一次我在沙滩上散步，正是退潮时，无意间发现身旁一幅幅奇妙的作品：密密麻麻的小沙球有规律地排列着，一组一组地分布在沙滩上，与沙滩上水流的痕迹浑然天成，构成一幅幅线条流畅、意境独特、布局精美的沙画。这是谁的作品？我细心观察，原来是由圆球股窗蟹"创作"的。

圆球股窗蟹为沙蟹科股窗蟹属动物，体色与沙色相近，双螯状如叉子，眼睛小而圆，体型是"迷你型"，最大的个头也不超过1.5厘米。它们与海相伴，以潮为时钟，穴居在潮间带的泥沙里。涨潮时，它们静居海底，退潮后，沙滩是它们的活动场所，他们动作灵敏，爬在洞口附近觅食，用双螯挖取沙团送入口中，筛取潮水带来的各种微小有机颗粒和微生物，喂饱自己，沙团吐出来丢弃在身边，它们十分谨慎，从不离开洞穴太远，它们把丢弃的沙团有序地放置，确保返家的路上没有障碍，遇到危险时可以快速逃回洞里。就这样，洞口附近的挖食痕迹与小沙球呈辐射图案排列，结果，静湿的沙滩上到处是它们创作的沙画。许多"沙画"还"画"在沙滩上的水流印痕里，两者相辅相成又若即若离，让"作品"更富有个性，充满鲜活的生命力，很符合现代观众的审美需求。

待潮水再次涌上海岸，圆球股窗蟹便纷纷钻进洞穴，作品也被海水淹没，直到下一个退潮时，这些可爱的小生灵再次爬出洞穴，辛勤创作。因此，它们的每一幅作品都是独特的存在，但随时面临消融，是瞬间的艺术，极尽美妙，这也是圆球股窗蟹不变的生存定律。

我还多次看到印刻在海滩上的"大树"，有时一两"棵"，有时三五"棵"，这是奇特的潮沟带给我们的地貌景观。潮沟是由潮汐反复冲刷而成的，而我看到的潮沟，像极了一棵倒卧在海滩上的大树，有粗壮弯曲的主干，有清晰分明的枝条，枝条错杂生长，枝杈间还长有幽绿色的"树叶"，眼前的海滩就是一幅巨型的水彩画。

这样的水彩画也只能在落潮时出现，涨潮时，大大小小的潮沟就会被海水淹没。有海洋专家告诉我，潮沟是在潮汐作用显著、波浪作用较弱、坡度相当平缓的海滩和河口才能形成，沟边滋生的绿色石莼、海发丝等海藻，就是我说的树叶。如果要看潮沟景观，最好寻找寂静的、泥性较强的潮间带，海造地设，奇丽壮观。

海岸线就像一座艺术博物馆，里面的藏品精彩绝伦，而且"布展"考究，值得我们不断去探寻、发现和欣赏。

九

眼前这一望无际的大海，阳光布满海面，无数的银光在跃动，这是多么宏伟的气象，用来形容多元开放、与时俱进的瓯越文化特点非常确切。温州隶属瓯越文化，使用吴语，世人皆称温州话为中国最难懂的方言之一。温州人因白手起家、拼搏闯荡、敢想敢干被誉为中国的犹太人，创造了温州的繁荣。瓯越之地，今更胜昔，在新的全球竞争和合作格局中，温州正处于由瓯江时代向东海时代跨越的征途中。

温州海洋文化，就是"敢为人先、特别能创业"的"温州人精神"之源头，海洋文学在整个温州地域文化中具有举足轻重的地位。深入走读海洋文化，用文学语言讲述海洋文明的开放性、外向性、多元性和兼容性的特征，以新的高质量创新，推动温州地域文化向更高层次发展，这是多么有意义的工作。

在酝酿创作长篇纪实散文《海上温州》之前，我对温州城东的大海熟视无睹，如今，我与大海有着难以割舍的关系。五个月的定点生活和两年多的零散走读，让我久久徜徉在海洋文化之中，许多现象使我凝神关注、深沉思索，我的内心充满感动，我的脚步越走越坚定，越走越光明。最直观的成绩是记满了7本笔记和拍摄了千余张照片，这里有古老与现代、澄明与浑黄、喧闹与宁静、粗犷与平和，这里有汹涌与活力、饱满与充沛、恢宏与宽广、顺意与希望……我将以纪实散文的名义，用我温热的文字，去抒写这些金子般闪亮的美好，同时也不回避真实的苦难和迷乱的景象，尽量保留和还原那些关于温州海洋文化的历史片段和与大海息息相关的人们的生活细节，当然，也包括我个人的思考和对海上温州的深情与眷恋。

从初春到深秋，从炎夏到寒冬，于我却尽是温暖的记忆。写作《海上温州》，也滋养了我的人生，增加了生命的厚度。

目录

上篇：走读温州海岛

一、灵昆岛：海上绿园里的清香	003
二、小门岛：海蜇、毛猪、黄花草	010
三、大门岛：在乡愁中的海天一角	017
四、鹿西岛：早年岛上有鹿群栖息	028
五、双排岛：鸟类的理想家园	040
六、青山岛："来为生存去为生存"	044
七、状元岙岛：罗马神话般的传说	049
八、花岗岛：彩石滩属于大海	056
九、大三盘：怀旧与时尚的情调	062
十、霓屿岛：向着滩涂要明天	069
十一、胜利岙岛：讲述不寻常的故事	079
十二、洞头岛：洞天福地，从此开头	090
十三、半屏岛：继续做"海"字文章	111
十四、大瞿岛：有中国绿岛的别称	118
十五、南策岛和北策岛：冬去春来，草绿花开	124
十六、北龙山岛和铜盘山岛：岛上与海里都有太多的谜	130

十七、北麂岛：灯塔上的守望　　　　　　　　　　138

十八、南麂岛：中国十大最美海岛之一　　　　　　152

十九、南关岛和北关岛："虾皮之乡"的蓝天与碧海　165

二十、西门岛：滩涂上浮金跃银　　　　　　　　　172

二十一、白沙岛：惊心动魄的制盐历史　　　　　　178

二十二、北渔山岛：听灯塔站长讲爱情故事[注]　　184

下篇：走读温州海岸线

一、苍南海岸线：浙江南大门　　　　　　　　　　193

二、平阳海岸线：横屿船屯"可泊万船"　　　　　213

三、瑞安海岸线：温州的大粮仓　　　　　　　　　225

四、龙湾海岸线：民间筹资修建永昌堡　　　　　　233

五、瓯江河口：东南地区的海疆孔道　　　　　　　243

六、乐清海岸线：沿岸多富庶之地　　　　　　　　259

注：北渔山岛位于浙江省宁波市象山县，岛上的灯塔由温州航标处管理，因此也进行了走读。

上篇：走读温州海岛

一、灵昆岛：海上绿园里的清香

一

　　时间永不停滞，发展日新月异。我是灵昆岛的常客，见证了它近20年的变化，我熟悉岛上耕海牧鱼的景象，乐享岛上田园农场的风光，这几年，更是欣看建设者们移山填海，让灵（灵昆岛）霓（霓屿岛）握手拥抱，崛起一个瓯江口新区，充盈着一种英雄的气概。

　　灵昆岛位于瓯江入海口，兼有陆海之利，属河流和海潮共同作用形成的冲积平原岛，目前总面积51.3平方公里，岸线长24.69公里。2018年为期五个月深入生活开始之前，2017年初冬的一天，我又一次走进这个与潮水相伴逾千年的岛屿，再一次感受这里的田园牧歌和世事变迁。

　　走进灵昆岛，首先要感受它的幽雅恬静。灵昆街道所在地沙塘村灵昆新街，属于岛上的闹市区，不会给你多大新奇的感觉，但过了沙塘村，农田里有星星农舍，农舍与庄稼相映成趣，高树与低丛俯仰生姿，又见田连阡陌，鸥鹭翔集，你就会大觉新鲜了。

　　2010年前，我在龙湾区工作过十余年，那时候灵昆归属龙湾，我有事没事，总喜欢到灵昆走走。2010年年末我调离龙湾到温州市区工作，每年也都来灵昆一两次。灵昆岛上的这一片田地滩涂依然静美如初，这是一个适合休养生息的地方，也是可以寄存情感的地方。2015年7月，洞头撤县设区，灵昆划归洞头区管辖，归属的变动，改变不了它本身的气质。

20世纪80年代开始，灵昆岛就形成了特色鲜明的生态农业，有水稻、油菜、瓜果、食用菌、蔬菜等农产品生产基地；有文蛤、蛏蠓、对虾、泥蚶、蛏子等水产养殖基地；有灵昆鸡、奶牛、梅花鹿、生猪、灰天鹅等禽畜养殖基地。到处是一幅幅生动的农牧画卷。生态农业也是灵昆的主导产业，水稻、水果、水产构成了灵昆的"三水"经济。灵昆人还每年坚持绿化造林，除了成片种植瓯柑、朱栾等果树外，还栽种了大量的木麻黄和桉树，特别在1972年，当时灵昆岛有居民3428户，15782人，平均每户栽种树木270多株，每人栽种57株。木麻黄和桉树都是高大乔木，抗风力强，是滨海防风的优良树种。1985年3月30日的强台风在乐清湾登陆，近在咫尺而树木成排的灵昆岛受损并不严重，"绿色卫士"保护了灵昆人民的安全。灵昆岛成了名副其实的"海上绿园"。

二

20世纪90年代前，生态农业让灵昆人过着静谧的农耕生活，他们用勤劳的双手耕耘着田园与滩涂，生活算不上富裕，却也过得自给自足。可生态农业让灵昆的名气越来越大，慢慢进入了人们的视野。这方面，农业种植大户何绍海深有感受。

何绍海是灵昆周宅村人，20世纪80年代外出做生意，去过山东省、河北省，开过百货商店、家具店等，居无定所，钱也难赚。他听说老家的生态农业发展不错，上规模的种植收益更好。1996年，他放弃了外面的生意回归乡土，侍弄田地，开始大规模种植瓜果蔬菜。

何绍海先租了几亩田地，开始栽种，但种田需要技术，他请教身边的种田能手，又通过摸索，发现蔬菜瓜果与人有一样的生理需求，干旱了，想下雨，泥土要保持潮湿；雨下久了，盼天晴，泥地要排水；天冷了要保暖，天热了要通风。掌握了它们的习性，还要关注病虫害，把握瓜果的成熟度，不能熟过头。3年后，何绍海觉得灵昆的土质和气候适合大棚种植，就搭建了10多亩的大棚，试验种甜瓜、草莓和小番茄，他成了灵昆第一个大棚种植的人。大棚种植比露天种植难得多，种子处理、营养土配制、苗床管理、花前管理、肥水管理等等都有很高的技术含量。他一边看书学习，一边实践摸索，磕磕碰碰试验了3年，掌握了技术，大面积栽种。

甜瓜种植在灵昆有着悠久的历史，不过在大棚栽种之前是小规模的。灵昆甜瓜雪白发亮，看着漂亮，闻着清香，吃着又甜又脆，在温州地区称为"白啄瓜"。每年在5月开始采摘，到8月底结束。何绍海大棚种植的甜瓜品质好，口味佳，产量高，市场反响很好，注册了"瓯昆牌"商标，同时，草莓和小番茄也有丰厚的收获。何绍海又到隔壁北段村租了50多亩土地，建了两个大棚种植基地。

2004年，他把灵昆的种植大户、能人召集到一起，商量成立大棚种植合作社，大家赞同。合作社成立时是8个人，何绍海帮助他们搭建大棚，教授技术，同时与省、市有关农业部门联系，申请资金支持。到了2007年，他带领的合作社成员已有200多人，大棚总面积2000多亩，种植户有了收益，更有积极性了。

我与何绍海曾经都是龙湾区政协委员，一起开会时会聊一聊他的农业生产。有一次他告诉我：2009年夏天，我接到龙湾区农业局的电话，要求"瓯昆牌"甜瓜参加浙江省西、甜瓜评选，当时我事忙，不想参评。直到评选的前一天夜里，龙湾区农业局一位负责人打电话给我询问情况，我说还在家里，没去评选。不料当夜11点40分，农业局一位副局长带着几位科长来到我家里，动员我参评。我没办法，只得随手装了5箱甜瓜，一箱10多斤，准备去杭州。局长和科长帮我填写材料，盖好印章。我带着材料和甜瓜坐出租车急匆匆赶往杭州，到杭州已是大清早，来不及吃早餐，我把甜瓜扛到评比现场。那次评比在农业厅附近的田园宾馆举行，来自全省各地的各种优质西瓜、甜瓜已摆满了评选现场，我找了一个角落放好甜瓜。评选开始了，专家评委对每一种西瓜、甜瓜都细心查看外形，品尝味道，开会研究，最后，"瓯昆牌"甜瓜获得金奖，这是龙湾区第一次在此类评比中获奖。

我这次走读灵昆岛，自然要找何绍海。他正在大棚里准备肥料，指导帮手施肥。我问他今年甜瓜种植的情况。他说：今年种了80亩，每亩产量6000斤，总计48万斤，批发价开始是7元1斤，到最后1元1斤，平均以2元算，每亩有1.2万元，除了次品，实际收入每亩1万元。销路很好，大多销往福建、温州周边和义乌等地。我也有送到温州水果行批发，商贩早早地等候在那里，我的车一停稳，他们就围过来，你争我抢，一筐筐的甜瓜卸下来，还没进店，他们就推来磅秤，在店门口过了秤，交了钱，就拉走，可以说供不应求。可是，灵昆的土地被种熟了，籽种的瓜苗会死，只得用新的技术，我发明了嫁接，用南瓜嫁接甜瓜，用蒲瓜嫁接西瓜。一些人向外地拓展，在乐清、瑞安、平阳、苍南等地建设了大棚基地。与其他一些地方相比，灵昆的农业已经落后了，我们的大棚种植还是用老办法，别人的现代农业都用电脑操控了。

话语之间，我听出了何绍海又一次提升背后的原动力所在。人们在城市中感受天然瓜果蔬菜对味蕾的诱惑，而这种诱惑，一直延伸到何绍海的心里，直至我们眼前这片田园之上。

三

灵昆街道九村平坦开阔，绿树成荫，有着浓郁的田园风光意境。村里曾经开有多间富有特色的"人家烧"，我在龙湾工作时，常邀三五好友来这里享用美食。后来这些"人家烧"大多关闭了，村里建起了生态庄园。

这一次来九村，我走访了生态庄园，庄园里是深秋的景象，没有斑斓的鲜花，花草树木在风中摇曳，正是瓯柑成熟的时节，田园里飘着果香。我知道灵昆岛栽植瓯柑的历史有二三百年，大规模栽植在1960年。1980年又栽种了100多亩，在1994年的17号台风中受损。1995年后从乐清、瓯海等地调入瓯柑苗又栽种了300亩。随着瓯柑在市场一路向好，销售价格一年比一年高，灵昆的瓯柑也越种越多，一度达到2000多亩。

九村生态庄园总经理郑强正在忙于事务，但还是挤出时间接待了我。他说：今天正有600多名初中生在我们这里接受"团队扶强"的课程，你看广场上停着10多辆大巴，阳光金灿灿的，学生们都在草坪上开展拓展训练。看得出来，面对学生火热的训练场面，郑强的心情也如今天的阳光一样灿烂。

郑强带我参观园区，面积250亩，有表演广场、水上运动区、动物亲近区、采摘区、花卉区等。他说：当初选择灵昆岛，我们看上这里的农业资源和地理位置好，这是一个做旅游项目的好地方。

于2008年启动建设的九村生态庄园，投资12亿元，打造融乡村旅游和休闲娱乐为一体的综合型生态农牧园。郑强说：建设生态庄园，难点不在资金投入，最大的问题在于对农业旅游项目的政策贯彻落实上，需要包括农业、旅游、国土、规划等部门的共同支持才行。另外，我们缺乏农业技术。

郑强说：城市人喜欢村庄，但对于农业体验旅游，体验一两次也就够了，追求新鲜感。生态庄园运作几年后，客流量下滑，加上我们的股东在金融危机里受到了打击，资金缩水，企业开始亏损。面对市场变化，我们还是一如既往地往前走，到处找突破口，解决业务问题，因为有利条件还在。反复思考后，最后把目光聚到孩子身上，我们做孩子的春游、秋游和学校的亲子活动，但发现这还不是最佳方式。后来通过《中国教育改革和发展纲要》

了解到：规定的中小学生实践活动日，民营企业可以参与做好服务，2013年我们把重点放在中小学生的"实践教育"上，做生态环保、生活体验、生命安全、生存磨炼的"四生"活动。今年，温州教育部门决定让民营企业参与到学生的实践教育中来，9月份，九村生态庄园获得承办权，10月份就接待了5000名学生，超过以前一年的接待量。在历经3年的漫长苦熬和等待后，九村生态庄园终于收获了满园的绿意和清香。

郑强是山东人，上海同济大学建筑系毕业生，妻子是温州人，大学同学。1996年他跟妻子来到温州。他爱好农业与旅游，想做一份爱好与专业相结合的事业。保护乡土，建设家园，这是他的梦想，这梦想将在灵昆岛生动实现。

四

灵昆岛滩涂广阔，有天然形成的渔港，海鲜众多，每月都有时令水产品，岛上流传着这样的顺口溜：正月青蚝二月蟹，三月阑胡虾蛄弹，四月鲚鱼蟳蠓虎，五月泥糍配散饭，六月黄鱼和朱梅，七月鲆鱼和水潺，八月鳎鳗强吃鸭，九月鳗鱼和河蟹，十月鲻鱼并鲈甲，十一月蟳蠓满肚膏，十二月文蛤和江蟹。是的，灵昆的蟳蠓膏红，鲻鱼味浓，文蛤汤鲜，阑胡会蹦。随着海水的潮起潮落，灵昆的滩涂越涨越宽，灵昆人围垦了万亩文蛤养殖基地，灵昆岛成了"中国文蛤之乡"。

林松龙是灵昆王相村人，年轻时出海捕过鱼，20世纪80年代初，他预感海洋资源衰退，与十几个村民一起用了20天围垦了灵昆南面的一片滩涂，滩涂上生长着芦苇，一人多高，又用了5天时间清理了芦苇，一测量，面积有56亩。起初，这片围垦的滩涂由林松龙与两个村里人一起投资10万元，建成了鱼塘，养蟳蠓、对虾。1984年，三人分了鱼塘，林松龙分得24.5亩，他与妻子陈碎凤一起经营。夫妻俩起早贪黑，辛勤劳动，十几来年养殖的种类也多了，文蛤还可以出口，年收入在5万元以上。

我在龙湾工作时，几次跟林松龙去他的鱼塘，看他怎么搞养殖的。林松龙担着鱼饲料步入了停在鱼塘边的小木船，小木船一摇曳，数百尾鱼儿就游过来要吃鱼食。他每天来鱼塘的时间是不确定的，投鱼食要跟潮位走。他还说，春夏秋冬，阴晴雨雪，子丑寅卯，鱼塘的景色都不相同。

林松龙夫妇就这样坚守着鱼塘30年，他们依靠江海生存，天天早出晚归，年年忙忙碌碌，除了台风季节，还算顺风顺水。王相村有滩涂湿地130亩，隔壁海思村超过200亩。有一年，林松龙对我说：政府要建设瓯江口新区，鱼塘外建了灵昆南堤，我们的鱼塘要被征用。我与老伴年龄大了，想把鱼塘慢慢给三儿子接手，去年开始，就让老三在鱼塘里投放一批蝤蠓苗和文蛤苗，今年又投放了一批。如果这鱼塘不能养鱼了，把鱼塘传给老三就成了一句空话。

这一次，我熟门熟路地来到了王相村林松龙家，他正在家门口的菜园里除草，见我忙放下手里的活。我问他的近况，他说：村里所有的鱼塘都被征用了，灵昆岛现在只有在灵霓大道北向有100来亩鱼塘，产出的蝤蠓和文蛤数量少得可怜，海水养殖业从此衰落。一些养殖户到乐清、海城、三门等地租鱼塘搞养殖，我年龄大了，不想跑到外地，也转型不了去做其他的事，在家里做做零碎的事。三儿子没有接手鱼塘，到瓯江口新区的一个工厂里找了工作，我的愿望没实现，计划落空了，每次去崭新的堤坝走走，不见昔日鱼塘美景，徒留回忆。他说完这些，叹息了一声，沉默良久。

五

灵昆岛地势低洼，海拔在2.6米至3.5米间，是沿海洪潮灾害严重的区域之一，特别是台汛期高潮位及暴雨袭击造成灾害频发，对当地经济发展和人民生命与财产安全造成极大影响。

清光绪二十七年（1901），台风为灾，海水淹没灵昆岛海思段和新塘段，屋宇漂沉，百姓哭喊连天。温州道台童兆蓉视察灾情，住海思码道农家坐镇指挥，修复堤塘。翌年农历正月初一，1000多米长的堤坝竣工，灵昆人为感恩德，在海思码头建童公亭，刻深思碑。海思码头曾一度繁华，在民国期间，与台湾、福建等地有商船往来，也是灵昆通往温州及附近商埠的主要码头，但总是遭受台风和大潮的破坏。灵昆人民年复一年地和台风、潮水做不懈的斗争，探寻在海边安居乐业的方法。

我在瓯江口新区见到了灵昆标准堤监管部综合科科长林哲，他说：对于一个海岛来说，堤坝就是守护神，它挡潮、防洪、排涝。灵昆南线标准堤不仅是瓯江口新区和灵昆岛的生命线，还是未来的一道风景线。灵昆环岛标准堤总长22.1公里，其中灵昆南堤全长6.5公里，西起灵昆披牌山，沿瓯江向东至瓯江口新区浅滩一期围涂工程南围堤，2013年5月正式开工建设，2015年台风期前堤坝闭合，2016年全线装修，用雕塑等形式展现灵昆岛的历史、风俗和物产，景观绿化带设置了樱花区、海棠区和梅花区等，沿线有6个景观平台。回忆这几年的建设过程，最紧张的还是建设第一年的国庆节，台风来势汹汹，如1994年的17号台风，风、暴、潮三聚头。灵昆南堤的一部分是建在老坝基上的，我们当时已把部分老堤挖掉，新堤又没造起来，台风来了怎么办？情况非常危急。台风登陆前，建设指挥部所有人员都到现场，扛沙袋全线加固，所有挖掘机开到前线，投入抢救之中。后来台风在福建登陆，我们损失不大。

  林哲还说：我们在工程设计与施工中，充分考虑老百姓的利益，针对岛上渔民捕鱼的实际，建造了渔港，也是临时避风港，可以停泊渔船200只，渔港两边设置了修船区。我们在建设中尽量保护自然生态，打造一个生态宜居岛。

  我来到灵昆南堤已是傍晚，海上明月，堤上冷风，轮船归港。我站在堤坝上骋目良久，海水湍急地拍打着大坝，巨大的水汽扑面而来，远处天水相依，白茫茫一片，一切都显得那么清纯和空灵。我想，这里是梦想回归的目的地，也是高歌猛进的起航点。

二、小门岛：海蜇、毛猪、黄花草

一

小门岛是我为期五个月深入生活期间走访的第一个海岛，这是怎样的一个海岛？仅仅是相对于大门岛来说，它的面积较小故名小门岛？还是大门大桥建成后延伸公路穿岛而过，它从一个"开门见海、出门扬帆"的小岛变为一个交通便利、车水马龙的热闹繁盛之地？不，如果这样去解读它，那就是只看到海水表面的泡沫，而忽略了入海深处那千姿百态的海洋生物乃至一切宝贵的资源。

小门岛位于瓯江口外乐清湾南端，是洞头列岛西北端的一个常住人岛，岛陆面积4.625平方公里，海岸线长15.04公里。岛屿面积不大，我却走读了两天。

走进小门岛，正是涨潮时分，海水漫到了村前的公路基坝脚下，淹没了所有的滩涂，空气里全是海的味道。小门村面朝大海，背依山坡。我想，当大门大桥还没有上马、村前公路还没有建设时，每天潮涨之时，小门村也许就有宋朝诗人苏辙在《和子瞻雪浪斋》描写的"波涛绕屋知龙尊""潮汐洗尽莓苔昏"的意境吧。

访问了几位村民,证明了我的想法。他们说:小门岛形状两头大,中间小,岛上有两个行政村,分别是小门村和东屿村。小门村位于岛的西部,下辖5个自然村;东屿村位于岛的东部,下辖3个自然村,去年开始,村民基本上都迁移到大门去了。小门村一些房舍濒海而建或建在港湾滩头,与海水特别亲近,屋外往往是广阔的潮间带滩涂。但在新中国成立之前,村民居住条件不好,1949年,岛上有木石结构的瓦房9间,低矮的土坯房4间,茅草房82间。瓦房和矮房,窗户窄小,屋内间隔是用竹编涂上黏泥而成。茅草房竹篱当门,村民生活贫困,买不起稻草盖房,只能上山割柴草替代,三年不翻盖,下雨天就会"外面下大雨,里面下小雨",冬天挡不住又咸又湿的海风,夏天遮不了又烈又毒的骄阳。当地流传一句俗语:早上开门风扫地,晚上关门月当灯。新中国成立之后,木石结构的瓦房不断增多,茅草房逐步被淘汰。

有言是"不怕千重山,只怕一渡水",小门岛孤悬海中,人们离岛外出都要依靠船只。据村民陈国烈回忆,小门至乐清翁垟航线的开通,是在民国三十年(1941),为小木帆船,人力划桨摇橹,那年他出生了,一直到他长大懂事后,还是这么一班航船。船小,船上常用工具也简陋,船用缆绳是稻草绳,做梦也想不到有现在植物、化学类的纤维绳。载运客货也不多,隔日一班,遇到刮风下雨,潮涨潮退,风浪稍微大一点,就得停航,否则安全没保障。交通不便,让小门人一直过着静谧的渔业和农耕生活,上山开荒垦地,下海网鱼捕虾。但山上土地贫瘠,山园也开不出多少,大户人家有五亩左右,一般的家庭就只有一亩半亩,种一年山园的收成,不够半年吃,不够吃就只得去大陆上买,或者挑一些海货到乐清、永嘉山村交换番薯干(番薯丝),也有人到富裕人家借粮食。

二

小门人在贫困线上奋斗与挣扎,一直到了新中国成立后,才基本过上了自给自足的生活。岛上也出现了远近闻名的"三件宝","小门岛,三件宝,海蜇、毛猪、黄花草"。海蜇,俗称水母,温州人叫鲊鱼,清代开始海蜇旺发,直至20世纪60年代之前,小门岛周边全是鲊鱼。光绪《玉环厅志·黄大陕图》记有清诗人王步霄的《海蜇诗》:"美利东南甲玉川,贩夫坐贾各争先。南商云集帆樯满,泊遍秋江海蜇船。"捕捞海蜇采用抄网和定置张网两种方法,海蜇浑身是宝,头、皮、血皆为佳品,民间多用盐腌之,以备平日佐食之菜,温州人还喜欢吃鲊鱼花,由海蜇腔内的蜇花(也叫蜇脑)制作而成。

毛猪是小门岛时代经济发展的标志物。20世纪五六十年代，小门村几乎家家户户养毛猪，每户一年一般出栏"两头半"，即两年养5头。养猪户舍不得拿钱买饲料，毛猪吃的是山上的草，"拔猪草"是孩子与妇女的工作。猪养到200斤左右，就要出栏，大多运到乐清、温州城区去卖，然后用卖猪钱购回生活生产资料等。1958年，村里办起集体养猪场，7名饲养员养了50头左右，到1961年停办。1972年，村里盖起了8间平房，又办起集体养猪场，但也在1975年停办了。改革开放后，村民转型经商办企业，养猪户逐渐减少，直至2006年年底，小门人基本不养猪了。

小门岛耕地以旱地为主，约有700亩，1960年至1980年间，小门岛上的耕地有一半以上播种黄花草，有几年甚至超过70%的播种量。黄花草，学名紫云英，又名草子，花冠有紫红色也有橙黄色，所以也叫红花草或黄花草，是一种有机绿肥。特别在20世纪80年代以前，我国化肥紧缺，人们为了水稻丰收，冬季时把紫云英种子播撒在水田里，到次年春天耕田时，将长得油绿肥嫩的紫云英翻耕掩埋在泥土中，并撒上少量石灰粉，紫云英经过发酵腐烂能使水田增加养分，有利水稻生长。而小门人种植紫云英，是为了收它的种子。大陆平原地区因为春天雨水多，紫云英开花却不易结籽，而小门岛紫云英结出的荚果饱满充实，种子肾形，栗褐色，属优质良种，深受水稻种植地区农民的欢迎。每年3月间，小门岛的紫云英悄悄绽放，暗香浮动，开花时间长达一个多月，极具观赏价值。但是，劳作的小门人谁有心思去欣赏它的美啊？只待种子成熟后，由供销社统一收购。供销社根据种子的质量，分等级予以种植户补偿现金与粮票，大约收购100斤草籽，补偿25元和70斤粮票。种子也由供销社统一销往乐清、平阳、瑞安和温州市区。小门岛每年经收购的紫云英种子约有30万斤，可补贴粮票20余万斤，现金七八万元。一直到20世纪80年代，我国的化肥生产迅速发展，紫云英作为有机绿肥逐渐减少，小门岛也不再种植黄花草了。

陈国烈讲述着小门人生活劳作的往事，没有惊心动魄的细节，却让人强烈地感觉到他们在贫瘠的海岛上诠释了生存的坚毅，一年四季，祖祖辈辈的小门岛人知道生存的不易，但他们胸怀坦荡如海天一色，他们与大海一起悲伤，也与大海一起欢笑。

三

贫困的日子反而让小门人倔强起来。

1952年，有一位乐清人在小门岛周围海底发现蛎壳资源，就约上小门岛两个村民，租了一条船开始打捞起来，其中一个村民就是陈国烈的哥哥。后来，小门人向乐清人学习，建造船只，投入拢壳作业，慢慢地，小门岛的蛎壳船发展到10只，拢壳也成为小门岛的主业。时隔半个多世纪，时过境迁，现在，小门岛有许多老人还清晰记得那段艰辛的岁月。

陈国烈说：拢壳业我也干了多年。小门岛周边海底有丰富的蛎壳资源储藏，但1952年之前我们不知道，蛎壳都埋藏在港潭里，上面覆盖着厚厚的泥沙。就是那个乐清人，驾船过来测量，测量也很简单，就是拿一条竹篙在港潭里戳戳，戳到泥沙的手感与戳到蛎壳的手感是不一样的，他就凭着这手感，知道海底下有没有蛎壳。当时，乐清建有蛎壳烧制厂，乐清人早就开始在海上拢壳了。

蛎壳也称海底石灰石，经煅烧生成蛎灰，可做建筑材料。小门岛周围的蛎壳，据国家地质研究所测定，有3000多岁的高龄。所谓拢壳，就是将海底的蛎壳打捞上来。拢壳作业时，除需要船只外，还要有捞竿、壳斗、壳筛、绞筒等工具。作业时，船上一般有六七人，各有分工，先有人掌握捞竿，定方位，放壳斗到海底拢蛎壳，再有人操作绞筒，将壳斗拉上来，把拢到的蛎壳倒入壳筛里，然后就是清洗蛎壳里的土砂质。洗干净后，将壳筛拉到大船上，将蛎壳倒进船舱中。开始的时候，一只船可以载壳四五吨，后来发展到20多吨，可装400个木桶，一桶100余斤，捞满一船蛎壳要10天左右。小门人大都把蛎壳运到温州市区灰桥、上陡门出售，瑞安陶山人来买的最多，一时卖不掉，也可以委托给中间人（牙郎）处理。20世纪50年代，每桶蛎壳价格两三角，60年代涨到了五六角。

随着近海蛎壳资源的减少，拢壳作业不断向外海扩张，慢慢延伸到洞头霓屿头、深门头、半屏头，甚至平阳南麂岛、苍南霞关等海域。拢壳业是重体力活，拢壳船民又不分白天黑夜，非常辛劳。1954年农历二月十九，几只远离小门岛的拢壳船遭遇龙卷风的袭击，其中一只沉没，船上3人遇难。

1957年，农业合作化掀起了高潮，私有蛎壳船收归合作社集体所有，经济收入归集体统一分配。20世纪60年代，小门岛还创办了蛎灰厂，自行烧制蛎灰销售。80年代，水泥源源不断进入建材市场，蛎灰的价格遭遇"滚山坡"，销路也越来越差，加上岛上的青壮年劳力乘着改革开放的东风外出办企业或经商，拢壳业停止了，蛎灰厂也关闭了。

与拢壳一样，盐场也是小门人必须讲的一个话题。办盐场与拢壳业都是小门人顺应自然的生产和生活方式。

据资料，小门岛自1683年有人迁来定居后，食用盐是从乐清等地偷带上岛的，若被盐兵发现，轻则挨打，重则治罪坐牢。

比陈国烈小5岁的郑元兴也是土生土长的小门人，原小门大队党支部书记。他动情地说：其实，小门岛建设盐场自然条件好，有一千多亩海涂。我还记得1971年农历正月十五过了，正月十六就开始兴建小门围塘，围塘从火烧山到浪岐屿，总长1264米，于1975年12月竣工，1976年开始建晒盐滩，1979年建成七八百亩的盐场。围塘开工时，我们为防止沉陷，在测量好的线路上开挖1米深、5米宽的槽沟，在底部铺上厚厚一层黄沙，再在黄沙上砌石头坝，在石头坝内又用小石子堆成反露层，这样就用去了3000立方米黄沙、1.2万立方米石头、5000立方米石子。另外在大坝东西两头还堆放了6000多立方米的沉压石。这么大的工程，我们是如何完成的呢？那时本村有14个生产队和一个渔业大队，我们调动全村400多个劳动力、60多只小舢板和10多只大小渔船，日夜奋战，涨潮水上划，落潮涂上堆，在14个月的时间内，就把全岛周围的黄沙、石头、石子，全部运到了大坝上来。为了围塘，村民农业渔业收入减少，全村人年均收入只有几十元，每个工日大队分配只有0.18元。他们只得向亲戚朋友借钱借粮食，甚至去借高价米来维持家庭生活。

围塘建成后，受省盐业厅委派，温州盐业局3位技术人员前来盐场建设的现场设计施工。当时的大门公社党委决定由郑元兴负责盐场建设工作。小门盐场设有咸水库、抽水机站、供水高沟、排淡河、积水河、蒸发池、结晶池、小盐仓和机耕路等，辟有盐滩10幅。

郑元兴说，海涂为坡型，作为盐滩就要用水平仪进行测量，然后将高坡的泥土运到低坡来填平，压实，使海水或卤水平整放在滩场上；还要在每道盐滩的四边挖出卤沟，蒸发池两边和卤池两边开两处进出水口。盐滩地上特别容易长杂草，杂草会掩盖太阳，海水就难以被阳光蒸发，降低晒盐进度，要及时铲除杂草。塘坝建成后，滩地上还会生长着一些小蟹、跳鱼、海螺等，这些海生物如果在盐滩上打洞，会出现漏水或跑卤现象。所以就要在盐滩上撒些"666粉"、茶子饼，将这些海生物除去。

历经8年的漫长建设，终于迎来收获的1979年。盐场上人头涌动，彼此召唤的呼声高过海浪的声音。盐民的皮肤久经日晒泛起黝黑色，黝黑色的脸上泛起喜悦的表情，这份喜悦的表情也是对大海恩泽的感谢，祈求来年同样的丰收。蓝莹莹的大海，金灿灿的盐滩，白花花的食盐……这是一个多彩的海岛，岛民用自己的身躯在千亩海滩上写出了气势磅礴的杰作。

小门盐场投产后经济效益可观，尤其是前3年，国家对新建盐场予以免税，职工分配收入提高了，村集体也提留了5万余元。就是因为有了这笔提留，小门岛建成了火力发电厂，解决了全岛居民的照明问题。盐场给老百姓带来了富裕，为洞头县增加财政税收。1985年开始，盐民完成国家下达的生产任务后，超产部分可以自行处理或议价收购，这样，盐民的经济收入进一步提高。小门盐场从1979年起到2005年止，共26年。

年已古稀的郑元兴回忆起盐场的那些事、那些人、那些景，好像昨天发生的一样，那一点一滴的记忆，一格一格储存在他大脑的硬盘里。

四

冬去春来，潮涨潮落，小门岛一直在悄悄地变化。

新中国成立之前，小门人很少外出经商，岛上有一两间小店，出售酱油、酒、醋、盐、火柴及祭祀品，也有外地货郎担（小商贩）来叫卖煤油、肥皂、纽扣、针线等。新中国成立后，大门供销社成立，并在小门岛设立代销店。20世纪80年代，小门人开始办企业，有在本地办的，也有到上海、黑龙江等地。新世纪前后，由于交通等原因，小门岛的实体企业外迁。2007年年初，小门人在上海成立了小门岛商会，这也许是中国级别最小的商会，但有200多家公司的老板入会。同时，外地一些企业迁到了小门岛，如浙江中油华电能源有限公司、温州中油燃料石化有限公司等。

走出小岛的小门人在异域他乡奋斗搏击，他们有在高楼林立、四衢八街、霓虹遍布的时尚都市里，也有在瓜棚豆架、鸡犬桑麻、天高地宽的幽美乡村。不管是成功还是不怎么成功，家乡小门，永远是他们飘浮在心中不肯散去的思念。不管他们走得有多远，都不妨碍他们每年春节回到家乡。春节这几天，小门岛就显得特别热闹，当地有风俗，经商办厂者，要选时辰到庙里烧香求财，赠送红包，迎接新一年的财运临门。小门人还喜欢游龙船，据说这项活动从嘉庆年间（1796—1820）就开始了。元宵节前后，游龙队每到一处，村民就摆香案、放燃炮，烧香接佛进中堂。整个岛上合家团圆，喜气洋洋，张灯结彩，欢天喜地。近二十年来，由于村民外出经商生意做得早，游龙船也提前到正月初二举行。春节假期，只是短短的几天，还没有完成家乡各种过年的习俗礼仪，游子就要带上家乡的物产和依恋，匆匆踏上远行的路。

两天里，我走访了小门岛的两个行政村，东屿村的村民大多被移走了，还剩余两三户人家不想搬离故土，对本地的拆迁赔偿有自己的看法。小门村基础设施完善，村民新建了许多楼房，三层四层五层，但建设的步伐还没有停歇，总见石子沙子堆在路边房前。我与10来位小门人交谈过，留给我的印象是淳朴而纯粹的。按理说这个有点像"暴发户"的村庄，民风应该混杂，而淳朴和纯粹成了小门人潜在的气质。我在小门岛住了一晚，当夜的幕布一拉开，大海上的渔船灯火次第亮了起来，岛上人家的灯光错错落落，小门岛躺在大海的怀里，却让人疑是天上人间。

三、大门岛：在乡愁中的海天一角

一

这是一道门，是一道由礁石耸立而成的大门，也是一道从封闭通向开发、从过去通向未来、从梦想通向希望的大门。

大门岛，温州最大的海岛。从航空影像图上看，它位于瓯江口区东南方向的海面上，瓯江入海口形如喇叭，它在喇叭口的中央位置。该岛屿面积28.7平方公里，岸线长42.18公里。

大门岛似曾相识，缘自马岙潭。

记得1998年，我还在龙湾的一个乡镇工作，有一次坐轮船来洞头大门镇美岙村马岙潭度假区参加一个会议。那时还没有大门大桥，来往大门岛的交通工具都是船只，交通的不便制约了当地经济发展，却让马岙潭成为空灵雅致、远离尘嚣的"天涯海角"。这里水蓝天青，山林葱郁，礁石耸峙，候鸟翔集，还有长700多米、宽400米的马岙潭海滨沙滩，据说是东海南涯数百个岛屿沙滩中面积最大、沙层最厚的，宜游泳、冲浪，也可荡舟、捕鱼，确有一番情趣。当时度假区开业不久，有会议中心，也有娱乐设施，有渔家别墅,也有情侣木屋,是一个集旅游、度假、会议、娱乐为一体的多功能度假区。游客并不多,三三两两,住宿的都是与会人员,记得那次会议开了三天,我打听到度假区收益微薄,原因是宣传促销不力,经营不善。

十几年过去,重走马岙潭,度假区早已关闭歇业,马岙潭却质朴依然。

二

这次迎接我的是大门镇美岙村党支部书记林宣新,一个62岁的汉子,土生土长的大门人,在洞头当了8届人大代表、两届人大常委会委员,在美岙村当村干部30多年,对马岙潭的一切如数家珍。

林宣新说:马岙潭一面向海,三面环山,海岸线蜿蜒,沙滩平坦硬朗,沙质细柔而不松软,是很珍贵的铁板沙,汽车也可以在上面走。在海岸边,如果你稍加留意,会看到很多让你浮想联翩的奇礁怪石,你可以随意想象它们像什么,但这也只是马岙潭的风景之一。马岙潭山青、水蓝、石奇、滩佳、礁美,是都市人看日出日落、避夏消暑、度假休闲、品尝生猛海鲜的好去处。可是20世纪80年代,经常有外地的船只来到马岙潭,偷偷运走一船船的砂石,多的时候,一来就十多艘船,把沙滩挖得千疮百孔。马岙潭的许多礁石也被开凿成一块块规则的石头,装进船里被运走。这些上等的砂石被卖到外地一些建设工地。

1989年,林宣新已经当了美岙村党支部书记。那年夏天,省建设厅一位姓胡的副厅长来到马岙潭,在林宣新的陪同下考察了大半天,很感慨地说:"雁荡山以山为美,楠溪江以溪为美,马岙潭有山有海有滩有溪(山上有两条小溪流),非常难得,你们一定要珍惜,要把这个沙滩保护好,沙子不能被运走,你不要觉得这些黄灿灿的只是沙子,以后都会变成黄金。"林宣新把他的话记在心里,下决心要把砂石保护好,就召集村干部开会商量对策,还团结村里的老人协会,与一切破坏马岙潭风景资源的行为做斗争。他与村干部、老人一起,守在马岙潭海岸边,有船开来挖砂,就没收他们的工具扣押他们的船只,还贴出公告,禁止挖砂开石头。大门镇政府的矿管人员也给予大力支持,帮助他们做好沙滩的修复工作,把资源保护上升到生态保护的高度。就这样,美岙村的干部群众同心协力,终于把马岙潭的沙滩和礁石保护下来了。

旅游资源保护了下来,林宣新就想着开发建设。要开发旅游,就要先造路。当时,大门环岛公路还没有连到美岙来。1993年,美岙村向上级部门打报告,向县里、市里、省交通厅要钱。钱要来了,他们就劈山开路,从美岙村码头到马岙潭，开出了一条机耕路，可以行驶拖拉机。1995年，温州市区有几位企业老板看上了马岙潭，有开发的热情，当年7月10日，企业老板和美岙村代表在温州华侨饭店签订了建设马岙潭度假区、共同开发旅游的合同。1996年，机耕路拓宽成了乡间公路，多功能度假区也很快造好了，只是经营不善，度假区开开停停，最后关闭。

林宣新把我带到了马岙潭沙滩上，眼前是碧波荡漾的大海，脚下是温柔细腻的沙滩。林宣新说：无论是常年守着大海的岛民，还是慕名而来的外地游客，马岙潭丰富的旅游资源，都是人们心目中一道独特的风景。保护是我们对马岙潭的承诺，在海岛游如火如荼发展的今天，它依旧是那个缱绻在乡愁中的海天一角。

相较于洞头本岛，包括马岙潭在内的大门旅游业发展似乎显得慢了些，但如今看待这份"慢"，也无须心焦。大门的陆地、滩涂、山域、岩石等资源非常丰富，如果对这些资源加强保护，利用得当，开发合理，用不了多少年，就可以让大门站在海岛旅游发展的前端。

三

林宣新书记把我带到了美岙村，已是下午3点，太阳西斜，海风吹过，路边草木轻摇，阳光透过枝叶变成闪烁跳跃的光斑，落在平坦的村间水泥路上。村中建有一条长廊，老人在闲话家常，孩子嬉戏玩乐。据林宣新介绍，美岙村以前叫"尾岙村"，村岙的地形像一截龙尾巴，横卧在海边，也有传说这岙口就是龙尾巴变成的。美岙村由滩头、当中、门前3个自然村组成，面积1.14平方公里，距大门集镇约7公里。近二三十年来，美岙村几经规划和整治，加快新渔村建设步伐，如今道路宽敞、树荫遍地、房舍翻新、公共设施齐全，先后荣获县级村民自治模范村、渔业生产先进村、市级文明村等称号。

可是在过去，美岙村因为地理位置偏僻，田地稀少，是一个无人问津的落后村、贫穷村。说起当地渔民的居住条件，有句顺口溜：住住上间角，尿盆放勿落。童年少年许多艰辛的记忆，至今仍萦绕在林宣新的脑海里。

他从小过的就是苦日子，因父亲生病，他在村小读了一年半的书就停学了，那时还只有9岁，不能跟哥哥出海打鱼，成了卖鱼的"小商贩"。他把哥哥打来的或村集体分来的鱼虾晒成干，挑到乐清等地卖。小小的个子，挑着两个大箩筐，颤悠颤悠，要坐船出海，要走村串巷，从村这头吆喝到村那头，有时还要翻山越岭，到山村里叫卖。一些买家也很清贫，拿了东西付不起钱,就要赊账,他一一记在纸条上,每逢年底,他再拿着那皱巴巴的纸条去收钱,谁家如果实在没钱,也可拿鸡蛋来顶账。当时他总担心,赊账的人不认账怎么办?纸条弄丢了怎么办?

这样辛苦干活,家里还是吃了上顿没下顿。林宣新的一个哥哥生病发烧,三天没有吃东西,母亲见着可怜,偷偷去邻居家借了一把米,烧碗稀粥给哥哥喝。母亲让林宣新去信用社贷款买10斤米。林宣新到村干部家打来证明,去大门信用社贷款一元钱。他拿着一元钱到粮站买米,一问,10斤米要一元八分钱。林宣新回到家里与母亲商量,母亲告诉他一个鸡蛋可以卖4分钱,家里还有2个鸡蛋。林宣新拿着两个鸡蛋去大门供销社,那时去大门的山路窄小不平,半路上他摔了一跤,摔破了一个鸡蛋,他哭哭啼啼地回家。一回到家,他看到鸡窝里有一个"引窝卵"(引诱母鸡下蛋的蛋),他就偷偷地拿了"引窝卵",去大门供销社,得了8分钱,加上贷款的1元钱,去粮站籴来大米10斤。

林宣新13岁那年,他父亲病逝,家里欠了很多债,他要赚更多的钱来还债,也只得把生意做得更大更远了。他跟上亲戚,挑着担子去玉环那边贩来海货,再到乐清、永嘉等地叫卖。记得有一次他与一位亲戚去玉环坎门批发来110斤新鲜带鱼,准备坐船去乐清城区卖掉,可是到了码头,才知晓当天去乐清城区的航船已经开走,要等到明天了。新鲜带鱼不及时卖掉就会发臭,怎么办?他在码头上四处打听,得知坎门还有一只船要开到乐清虹桥,并且,明天正是虹桥的"市日"(会市)。他与亲戚喜出望外,坐上了去虹桥的船,船到达了虹桥的一个码头,可从码头到"市日"的地点,还要走两铺路。林宣新与亲戚挑着带鱼到达目的地已经是晚上8点,他们舍不得住旅馆,也找不到一个可以安身的庙宇路亭,就在路边一个稻秆堆里睡了一夜。

在林宣新16岁那年,要分家了,他有两个哥哥,一个姐姐,他分来3800元的"场面"(债款)。为了早日还清"场面",他去队里种田,工分一天3分。到了1976年,林宣新由亲戚引领到河北做工,村里扣押了他的粮票,他母亲打电话给他,说没有了粮票这日子怎么过?林宣新说:没关系,村里发的还只是地方粮票,不稀罕,我给你买全国粮票,一角五分钱一斤。那一年他赚了4800元,那口气,明显的财大气粗。第二年他回家建了房子。

林宣新告诉我:1986年春节,洞头组织部部长来到我家里,动员我当村支书。村里的老人族长也过来要求我为村里干点事,我被感动得热泪盈眶,说:"如果要我当书记,首先得把村名改掉,我不想让我们村成为大门'尾巴'村,我要把村建设得'美美'的。"组织部长听了连说"好",村里人也同意。后来通过民政部门，又经过县里研究，改尾岙为美岙。

当了30年村干部的林宣新回忆，接手了村里的工作后，他就带动一批守望本土、创新求变的村民办起了弹簧厂，同时也鼓励眼观八方、渴望外出的村民走出大门，到大城市发展，让大家共同吹响富民兴村的集结号，谱写美岙现代渔村的新篇章。

当然，美岙还是一个渔村。该村背山面海，地理位置的关系，全村以定置张网作业为主要经济来源，现共有渔船60余艘，多是夫妻船，收入好的年份，一只船一年可入账50多万元。张网是一种定置渔具，张网作业要根据捕捞对象的生活习性和水域的水文条件，将囊袋型网具用桩、锚或竹竿、木杆等敷设在海洋江流中，鱼类洄游，依靠水流的冲击，迫使它们进入网中，达到捕捞目的。张网捕捞来的有子鲚、鳗鱼、黄鱼、鮸鱼、鲫鱼、虾、蟹等。美岙张网而来的海货绝对野生、鲜活，半小时就可以到大门海鲜市场，美岙村也自然成了一个热闹的渔业村。村民靠海吃海，一代代渔民在此繁衍生息。

我们走过村庄，拾级而下，向美岙码头走去，沿路有饱经沧桑的老树，向路边的老人询问树名，回答"有籽"（音），也不知道这两个字怎么写，学名叫什么，老树在海边散发着旺盛的生命力。

我们在美岙码头骋目良久，不远处就是一排排的张网渔具，小型渔船穿梭其间，渔民正根据潮水的涨落，收取渔获。近处海浪拍打着海岸，在时间与海水的雕琢下，海岸边的岩石凹凸有致，耐人寻味。远处天水相依，白茫茫一片，不见潮影，不闻潮音。

四

我的汽车在大门环岛沿线公路上行驶，总见黑压压的羊栖菜晾晒在公路两侧，汽车驶进村子，水泥道上更是晒满了羊栖菜。下车问村民，村民说：这段时间，正是羊栖菜成熟收获的时节。

通过一条狭窄下坡的道路，我来到了豆岩村。村外的渔用码头和宽敞的水泥晾晒场上，同样是羊栖菜的天下。几个村民正动作利索地在整理挂养绳，海风徐来，空气中是羊栖菜的腥香，夹杂着丰收的喜悦。小小的村落怎么会有如此多的羊栖菜？在这里它们经历了什么？洞头县宏兴海藻养殖加工厂负责人李忠热情地回答了我的疑惑。

李忠是豆岩村人，在大门镇西浪村办了公司，经营羊栖菜养殖、加工、销售，他得知我来了解羊栖菜，特地赶回老家。他说：豆岩村前的海里有一块岩石像黄豆，还有一块岩石像豆腐块，所以叫豆岩村。历朝历代的村民大都靠村前的这片海湾生存，以渔业为生，做着门头生意。20世纪80年代，在捕捞业前景不佳的情况下，一些村民走出家门到外地经商，一些村民仍然从事渔业。1989年前后，洞头有人在元觉试养羊栖菜，羊栖菜俗称山大麦、大麦菜、海大麦，是经济海藻，那时苗种是野生的。豆岩村村民余呈祥到鹿西岛附近的小岛上采集苗种，有一次在鸟岛上采集时被海浪卷走，不幸遇难，这是1990年的事。1991年，豆岩村就有10多户渔民转向羊栖菜养殖，他们去舟山朱家尖等地采集野生苗种，苗种长在海里的礁石岩头上，要拿工具去戳去挖。90年代初，羊栖菜养殖业迅速发展，但技术不过关，养殖过密，产量不高，一亩收成七八百斤（指晒干后，下同）。后来有养殖经验了，产量不断提升。1998年，豆岩村有170多户从事羊栖菜养殖，共有1300多亩。近些年来，养殖户数少了一些，70多户，但每户养的亩数增加了，最多的一户80亩，大多是一户40来亩，全村现有两千多亩，每年出产羊栖菜2000吨。

如果没有羊栖菜，豆岩村只是一个毫不起眼的小渔村，而现在成了全国最大的羊栖菜养殖基地、远近闻名的羊栖菜专业村，多次荣获羊栖菜示范园区、渔业先进集体等称号。

五

陈余夏是豆岩村羊栖菜的养殖能手，现年68岁，他20多岁务农，种山园，晒虾皮，30岁后做小生意，开饮食店、旅馆。1992年，陈余夏学会了养殖羊栖菜的技术，从海洋里祈求更丰厚的回报，当然，这也要他付出更多更强的体力。开始那几年，他养10多亩，现在已经40多亩了。24年间，靠着养殖羊栖菜，他和老伴的生活过得充盈而安康。

豆岩村拥有大面积的浅海和众多岛礁，是养殖羊栖菜的优势所在。羊栖菜好光喜浪，养殖区域要选择水流平缓、水质较肥、阳光充足、有风有浪、风浪又不能过大、水深10米左右的浅海区。这些条件，豆岩村的广阔海湾都符合，更可贵的是这里距瓯江口不远，瓯江水冲过来，与海水混合，让海水变淡，更有利于羊栖菜生长。因此，豆岩村养殖的羊栖菜产量高，主干、叶与气囊饱满粗壮，口感也就好，很受消费者喜欢。

每年从夹苗养殖到收成，羊栖菜的生长需要时间的慢慢滋养。陈余夏说：每年八月十五中秋到来，我们就忙着养殖的筹备工作。白露一过，天气渐渐转凉，台风季节也过去了，南风停，北风起，海浪开始跳动，我们就要抓紧夹苗。豆岩村面朝东北方向，北风起得早，夹苗比其他地方也早。我们把苗种夹在挂养绳（也叫夹苗绳）上，绳子一般四五米长，七八厘米夹一棵苗，夹苗时要小心，不要折断。夹好苗后需尽快挂养，若来不及挂养，也要暂养在海水中。养殖场里打好柱桩，布好毛竹排，夹好苗的挂养绳固定在毛竹上，毛竹8.5米长，均匀固定好6至7条绳子，就这样开始了这一轮的养殖。在豆岩村，人们心照不宣地遵循着时间的规律，保持着一致的养殖步调。

潮起潮落，羊栖菜浸没在海水中吸收养分逐渐生长，要等到次年清明节后才可以收获。等待的时间并不缓慢，养殖户还要经常下到海里检查柱桩打得是否牢固，挂养绳有没有断裂，羊栖菜的生长发育情况怎么样。一排排的网绳也慢慢发生变化，黄褐色的羊栖菜在海浪的跳动中渐生渐长。海湾所处的天然地理优势使藻体上难以积上浮泥，恶劣天气也少，产量便有了保障。

收获时节是整个养殖过程中养殖户最紧张最劳累的时候。清明节后的一个来月里，要时刻关注天气情况，是否天晴成为是否劳作的前提。以前，养殖户要对天气状况有良好的预判能力，这也是他们最基本的本领，决定最终的收成。这些年，报纸、电视、电脑、手机上都有天气预报，就不大看气象了。清明节后雨水多，一个月里有10个晴天已经算好了。遇到好天气，养殖户天还没亮就去养殖场收取羊栖菜，一大早就要晾晒。由于场地紧张，一天内就要晒干，晒干后的羊栖菜乌黑发亮。豆岩本村晾晒场远远不够，许多养殖户就要用货车轮船运羊栖菜到其他地方晾晒。陈余夏大多运到乐清黄华、翁垟，一天要晾晒几万斤湿的羊栖菜，到了晚上天黑时，人就很是疲惫。羊栖菜收成晾晒也成了洞头等地一道独特的人文景观。

陈余夏说：大海从来没有吝啬过对他的馈赠，人虽勤苦，收获较为优厚，这24年收成，除了几次迟来的台风影响，基本能够尽如人意。与往年一样，今年收入10多万元。养殖羊栖菜可以成为村民赖以谋生的行业。

海富人勤，这也许是对豆岩村的最好诠释。

羊栖菜加工业也得到迅速发展，加工企业不断涌现，有"佳海"等品牌，在日本市场拥有较高的信誉度与美誉度。李忠说：羊栖菜价格平稳，虽然在1991年到1993年涨到六七元一斤，也很快回落了，现在每斤3元多。羊栖菜的市场变化不大，客户固定，销售不用担心。

豆岩村处在过去与未来、落后与现代之间，它一方面试图向现代产业靠拢，另一方面又与渔村紧紧扯在一起，这既有地理上的因素，又因村民生活方式、思维习性等方面的缘故。

六

大门岛又名青岙山，相传南北朝时永嘉郡守颜延之到洞头列岛考察，来到大门岛，有随从问他此为何岛。颜延之见岛上草木茂盛、葱茏青翠，随口答道："此乃青岙。"这样，就有了"青岙山"的名称。岛上有两座巨礁耸立，状如大门，更多的人叫它大门岛。大门岛与许多海岛一样，有港口、渔业（养殖）和山海资源优势，使它成为浙江省首批五个"蓝色海洋经济开发示范园区"之一。然而，大门岛又天然具备了不同于其他岛屿的个性，这便是拥有广袤的农田，是洞头县的农业大镇。据有关材料，大门岛有耕地面积870.5公顷，其中水田98.24公顷、旱耕地749.17公顷、菜地3.15公顷；另外还有园地36.81公顷，林地面积1443.47公顷，植被面积1829公顷。

大门镇政府所在地朝阳社区一带，一直以来是大门人的温暖家园。这里地处大门岛南面中部，雨水充足，溪水萦回，土地肥沃，地势平坦，村前还有大片的海涂、沙滩，祖辈为了有更多的田地耕种，世代围垦造田。大溪居委会退休教师方根银告诉我：围海涂，填沙滩，祖祖辈辈锲而不舍，把围垦起来的土地，以户为单位命名，就有了九份、十二份、十八份、廿四份这些地块名称，同时，逐段逐段向海里推进。如清光绪元年至三十四年（1875—1908），完成了黄岙老围塘工程，全长1600米，围涂2300余亩。那时围垦造田的工具十分简陋，初时用锄头，后来用泥锹、泥割。

方根银说起黄岙新塘围垦，还有清晰的记忆。围垦是从大溪的潭头到长沙（当时大溪是农场大队），社员积极响应政府的号召，投入这项拦海造田工程。围垦时间从1958年到1979年，中间在1960年3月停工，1971年复工；1974年再次停工，1977年12月又复工重建，至1979年8月，黄岙新塘建成，塘长1740米，围涂面积2020亩。当时围垦没有机械设备，全凭人力，非常劳苦。在修筑堤坝底部时，社员撑着小舢板，到长沙沙滩上运沙。还要运石头砌坝，潮落前，社员将驳船划到采石场，落潮后，抬石头上船，一块石头都有三四百斤重，有些达500斤，都要两个人抬。那时候驳船没有机车动力，只能用撑篙和橹。

千里海塘，宛如一道长城，向远方迤逦伸展开去，挺胸迎受着海潮千万次的冲击，捍卫着万亩良田沃壤。大门人用自己的汗水，建设家园，建设生态粮仓基地。曾几何时，海风开始吹拂大门的稻田，大门的粮食产量也一直有新的突破。

方根银说：整个大门岛，渔民的数量比较可观，但政府所在地这一带，渔民很少，大多为农民。我也种过田，是原始的牛拉犁、手撒种、镰刀收割、手工打稻等传统农耕方式，能干这些农活的人现在都老了。在没有打稻机前，让稻谷脱粒我们俗称"打稻"，打稻所需的工具由稻桶、稻桶棚、稻桶屋组成。砸落在稻桶里的谷子夹杂着一些稻秆、稻叶子等杂物，要初步清理，再用畚斗盛出来，装在箩筐里，挑到晾晒场或软簟上晾晒，在晾晒时，还要用耙、扫帚再次把杂物进行清理，最后用竹担担一次，谷子就干净了，再用谷耙翻晒至干燥。方根银说起这些，滔滔不绝，他还是割舍不了农耕情结。

大门的花岗岩资源丰富，这些花岗岩，历经海浪磨砺、风雨袭击、雷电斩劈，外表看起来很圆滑，质地却异常坚硬。花岗岩也许像人，经历的世事多了，神情冷峻，内心却揣着一团火。大门有开采花岗岩的悠久历史，海岛上多台风，岛民要建石头房。改革开放后，人们发现大门的花岗岩耐酸耐碱，就大量开采，加工后多用于化工、建筑材料，比如开凿成硫酸槽，砌造化工用的烟囱等，产品畅销全国各地。不过，过度的花岗岩开采，又对地质、生态、环境造成破坏，山体满目疮痍，污水横流。前些年，有关部门通过招投标等手段，停掉了许多开采企业，留下不多的几家继续作业。

大门镇还集中精力搞农业。近十来年里，精心打造了一条美丽乡村精品旅游线。油菜是大门镇主要的油料和经济作物，有长久的栽培历史和比较成熟的种植经验。大门镇政府积极引导，大力扶持油菜产业发展，油菜种植面积和油菜产量逐年稳步增长，特别是随着"海岛油菜花观赏游"活动的宣传与开展，形成了较好的经济、生态和社会效益，成为农户发展致富的一条路子。2016年3月26日，第八届大门油菜花节在大门岙底举行，近千名游客、摄影爱好者齐聚大门，共享海岛惬意浪漫时光。每年油菜花开时，大门一片金黄，这就是土地的厚道，只要你勤于播种，它们就生生不息。

七

与沙滩、海水相伴千年的观音礁村，穿越岁月沧桑，悄悄地发生变化。在月亮湾，我倾听了这个村的"弄潮"故事，见惯潮起潮落的观音礁人，在故事中连接着过去与未来。

村里人跟我说：观音礁村位于大门岛最东端，西连枫树坑村，东、南、北三面濒海。村前的月亮湾海滩，沙质细纯，浪静波平，海水清澈，有450米长、650米宽，像一弯月亮，是洞头列岛第二大沙滩。清雍正六年（1728），观音礁村属玉环厅第二十都。1953年6月洞头置县，7月归属洞头县。公社化后的1961年,观音礁村改名和平大队,1981年改回原名。光绪《玉环厅志·黄大岙图》记载,该地为观音礁,因村旁有一岩礁,形似观音菩萨,村以礁名。

村民林连财20世纪60年代初,在大门二中读书,那时观音礁村少有读书人,他算一个,于是在1966年他被请过来在观音礁小学教书,一教就是13年。1976年后,他当了村委会主任,后又当了书记,算来也有15年。在他当村委会主任时,渔业是村里的基础产业,渔民的捕捞方式主要有长网、流刺网。长网也叫大网,数十尺、数百尺的长网片,下端设坠子,上缘系浮子,两端各系长绠。将一端绳绠拴在岸边,再以船只载网和另一端绳绠,撒于海中。引绳绠上岸时,岸上人分两列,唱着号子拉网,把鱼拉上滩来。流刺网是塑胶丝织成的长方形网片,一般将多张网片结合在一起,上系浮子,下有铅制沉子,垂直张开放置海中,随海流移动,捕捞洄游性鱼类,被缠住的鱼像刺一样挂在网上,所以叫"流刺网"。20世纪七八十年代,打鱼用的都是机帆船,可后来近海渔业资源衰退,用机帆船近海捕捞,渔民收益不高,甚至出现亏损。

林连财说:近海海洋捕捞量连续下降,就要向远海发展。我作为村委会主任,应该有所担当。1992年,观音礁村发展钢质渔轮,购进5对,均为方向盘驾驶,放网、收网机械化操作,适合远洋作业。不料,海洋受到过度捕捞和环境污染两大"元凶"的影响,渔业资源衰退的趋势在加剧。可是,远洋捕捞依然收获不多,渔民只维持薄利。当时村里贫穷,购买渔轮的钱是从银行贷款的,贷款期限一到,还有三四百万元还不掉,债务压到了我的身上。银行行长过来与我商量,再给我几天时间想办法还贷款,但到了极限,贷款还是还不掉,就只得把渔轮拍卖了。

"渔业就这样停滞了,怎么办?我不忍让观音礁村村民走投无路。"林连财说。他想起有一次在大门镇开会,一位管渔业的副镇长在会上推广山东山大麦养殖经验,这个岂不可以试?林连财与村干部一番思量之后,召开村民大会。林连财说:我要与出纳去山东寻找山大麦苗种,如果苗种能带回来,路途费用大家分担,如果空手而归,路途费用村集体负担。林连财的话激荡了村民致富的心,大家都说"同意"。就这样,林连财再一次敲响了村民美好梦想的暮鼓晨钟。

1993年夏天,林连财与出纳去了山东沿海,寻找山大麦苗种。他们走过了8个市,访问当地渔民,都没有结果。他们苦寻到第15天,终于在威海荣成找到了他们梦寐以求的东西。荣成海岸线曲折,岬湾相连,岩礁星布,浅海滩涂面积广阔,生物众多。第15天晚上,他们打着手电筒在海边寻找,见到了一片只有桌面大小的礁壁上长有黄褐色的藻体，株枝细长，茎、叶和气囊线形。林连财喜出望外，高声叫了起来："噢，来了。"这就是山大麦苗种！他们采了两株，拿给当地人看。当地人说：这是什么山大麦啊？我们叫"柔胶菜"。那么，大名到底叫什么？在找到苗种的第二天早上，他们就去荣成水产研究所，经请教，才知道学名叫羊栖菜。

当时，荣成乃至山东，羊栖菜的苗种也不多，价格却便宜，只卖0.25元一斤。他们买了10多元钱的，就带在身边赶回老家，在海边礁石上试养，比较成功。过了不久，林连财又带人去了一趟荣成，到那边学习养殖技术，顺便再买一些苗种回来，但一斤已卖到2.5元了。第三次去买苗种，是第二年的夏天。大热天，他坐在当地人的摩托车上去苗种场，天却下起了雨，他全身湿透，到了苗种场，他也来不及换洗衣裤，买了几百斤苗种，价格已涨到一斤7.5元了。他连夜雇车回来，三天三夜在路上颠簸，睡不好，吃不饱，车到乐清，卸下苗种，再雇船把苗种运到观音礁村。一切事情办妥，他回到了家里，一躺倒在床上就起不来了，病了6个月。他不能再去山东了，羊栖菜的养殖在观音礁村取得成功，为村民开辟了一个新的致富门路。

当年风华正茂的林连财，现在已年过花甲了。说起这些故事，他很平静。他现在在村里开了一间小店，与妻子相守，成为一个逍遥的老人，过着与世无争的生活。

观音礁村却依然如一块璞玉，镶嵌在大门岛的一角。这里沙滩礁石相映成趣，自然古朴尽显风情，除了羊栖菜养殖，它拥有海岛旅游发展的资源优势。

近些年来，每到节假日，繁忙的都市人总是开启搜索模式，寻找他们心仪的地方，观音礁村落入他们的视线，备受追捧，迅速走红，让这里的村民有些措手不及。目前，观音礁村还没有做好接待大批量游客的准备，游客的大量涌入，不仅无法保证旅游的品质，同时还可能造成环境的破坏。为此，观音礁村的带头人正在抓紧研究发展与保护的计划。

四、鹿西岛：早年岛上有鹿群栖息

一

台风"尼伯特"在泉州石狮登陆的第二天，我早早地来到小门岛，准备乘坐8点半去鹿西岛的航船。时间已到，船却迟迟不能开动。船老大向顾客解释：上级部门通知不能开船。一直拖到10点多钟，去鹿西岛的航船载着一船的埋怨声缓缓启动了。

据说鹿西岛上有　种鲨鹿，海陆两栖，能在海里穿梭如鲨，悠游自若，能在岛上机敏奔走，惹人喜爱。带着这个说法，我来到了鹿西岛，想见一见这种神奇而强大的生灵。可是，一个又一个鹿西人告诉我：没有，岛上根本没有什么鲨鹿，就连普通的鹿也不会有一头。那它是虚构出来的？是一个神话故事？我转而求证于一些史书。史书说：据传，早年岛上有鹿群栖息。

鹿西岛面积约8.71平方公里，岸线总长28.86公里，是一座外海岛屿。我行走在鹿西岛的村落、山头、海边，虽然没有与鲨鹿相遇，却与当今鹿西人的海上故事相遇，这些故事没有写进史书里、录入族谱中，却刻在了他们的记忆上，给我讲述的时候，透出一种权威，令人无法置疑。

鹿西岛距离小门岛大约40分钟的船程，半弧形的鹿西港是省级渔港，建有300吨级栅栏式防波堤、一字形两面靠码头。渔民生活住宅区环渔港而建，多层楼房一栋挨着一栋，形成了长长的海景街，住宅区与避风港相依相偎，融为一体。我到鹿西村委会找到了党支部书记陈余飞了解情况，据他介绍，鹿西岛是洞头区第四大岛，以岛建乡，乡以岛为名，下辖6个行政村，其中鹿西村是洞头最大的渔村，温州市十大渔业强村之一。

20世纪90年代以前，鹿西的渔业是依靠小花曾、三角凌、抛钉等木质渔船近海作业，渔民生产效益一般，仅能维持日常生活。1985年，乡里领导带着一批生产积极性高、技术好的渔民到山东等地考察，学习渔业生产模式。回来后，渔民想走双拖渔轮的路子，可是建造或购买一对渔轮要30万到50万元，这在当时对于渔民来说是个天文数字，资金筹备和人员组织都有难度。这时，渔民石宝福走出了一条捷径，他到上海渔业公司购买了一对已被淘汰的250kW钢制双拖渔轮，进行修理改装后投入生产，效益翻番。就这样，在1996年至1999年，鹿西村的"双拖"迅速发展起来，近海作业的木质船纷纷被淘汰。21世纪之初，鹿西乡的双拖作业发展达到了顶峰，拥有了钢制渔轮114对，鹿西村占大部分。2006年以后，因经济鱼类缩减等原因，渔业生产效益逐年下降，出现了从"鱼跟着船"到"船跟着鱼"的现象，仅有大马力的渔轮才有效益。现在鹿西村还有钢质渔轮118艘，大多为本地的双拖，渔业年产值还可超亿元，占村里总产值77%以上。

二

陈余飞说：鹿西村为鹿西乡的渔业发展做了不少工作，鼓励和引导渔民更新捕鱼设备，在渔轮上配备了雷达、卫星导航，还成立了渔业安全信息指挥中心，建起了气象电台，安排了专职播音员，面向全乡播报7天之内的气象预报，特别是风力预报，每天广播两次。我们把所有的渔轮编成9个组，有一些船上没有微型电台，收不到信息，船与船之间可以就近联系，互相帮助，及时救援。

陈余飞带着我在鹿西村转了一圈，该村依山面海，环境幽静。我们还来到鲳鱼礁避风港，只见百来艘渔轮安安静静地停泊在港内，一字排列，不见一个人走动，一片安详的样子。过了好一会，一艘钢船驶进港口，船尾拖出V形的波浪。陈余飞说：现在正是禁渔期，百舸锚泊，我们这里每年的禁渔期在6月1日12时至9月16日12时，这段时间，渔民不能出海捕捞作业，就忙着整修自家的渔船，做好"三修"工作，修理船舶，修理机器，修理网具，为日后的复渔做准备。作为渔业重镇，每年的"开渔节"是鹿西岛上最大的盛事，开渔节大多安排在9月16日的当天或前两天，在鹿西村码头举行，有领导嘉宾给先进渔民、渔嫂表彰，为渔轮编队老大授旗，寓意渔业生产旗开得胜，还有文艺演出，最后爆竹齐鸣，烟花怒放，停泊着的渔轮汽笛长鸣，向东海进发，犁开了平静几个月的海面，惊鱼在跳跃，海鸥在飞翔，一派壮观景象。

陈余飞还说，鹿西村渔业的发展还带动了后方配套服务产业，有制冰厂、供油站、修船厂、海鲜运输、技能培训等，形成了一条产业链。

当晚，我住在鹿西村。这是一个温润安详的夏夜，前两天"尼伯特"带来的风雨，把海岛清洗得干净清凉。晚饭后，我在渔港散步，海风带着淡淡的潮气，却没有丝毫的腥味，大海显得异常安静，没有丝毫波澜。海岸边坐着一些乘凉的老人，我也坐到他们中间，参与他们的话题。他们都是土生土长的鹿西人，说起鹿西村的历史，知道明嘉靖年间的《温州府志》有记载"鹿西山，去城东南二百四十里，沧溟四环，据海道之冲"，清光绪年间的《永嘉县志》有记载"鹿西山，宋建炎后置寨兵"。他们祖宗有从乐清迁来，也有从福建迁来。说起岛名的由来，他们含糊地说因早年岛上有鹿群栖息，谐音为鹿西，没有具体的故事情节。我只得电话请教洞头民间文艺家邱国鹰先生。他说：在鹿西岛还没有人类居住的时候，岛上有一种鲨鹿，能下海游泳，不畏风浪。后来有人迁移到这个岛上居住，开垦山园种植番薯，被鲨鹿刨掉吃了。岛民就请来打猎高手，打掉了一部分鲨鹿，其余的都跳入大海游到其他地方去了。这是30多年前，邱国鹰在鹿西岛采集到的民间传说，关于这个传说，谁也没有证实过。而我觉得，鹿是典型的草食性动物，善于游泳，岛上有鹿是可能的。

海岛的夜伴有徐徐的风，夜已经深了，黑色的幕布遮掩了大海上的所有细节。

三

由陈余飞引领，我见到了鹿西乡第一对钢制双拖渔轮的船长石宝福。今年67岁的石宝福脸庞黧黑，身材敦实，几年前已退出打鱼的队伍，经营起一家柴油店，给渔轮提供方便。他说：我17岁开始捕鱼，那时候还"大集体"（劳动群众集体所有制的合作经济），我给生产队打鱼，私人不能买卖鱼虾，要给洞头水产公司收购。那时候是木质渔船，不能远海作业，打来的都是小鱼小虾，黄鱼也只有指头那么大。我们把打来的鱼分门别类，先腌制成咸鱼，再晒成咸鱼干卖，像水潺（龙头鱼），就晒成"水潺干儿"，上了年纪的人一定都食用过，很是咸，不值钱，当时一船细鱼不值后来一篓经济鱼的钱。改革开放的东风吹到我们这里比较迟，到了1986年，政府才鼓励我们发展渔轮，有能力的人可以单干，也可以五六个人搭伙干。我想创业，又没有钱，就到上海渔业公司用29万元购买了一对淘汰的渔轮进行改装，打鱼也从定置张网到流动拖网。所谓拖网，就是一种移动的过滤性渔具，利用船舶的运动，拖曳囊袋形渔具在海水中前进，在其经过的水域将鱼、虾、蟹、贝或软体动物强行拖捕入网，以达到捕捞生产的目的。在洞头，我确实是第一个购买钢制双拖渔轮的人，当时在温州，龙湾、乐清、瑞安也开始发展渔轮了，但大多还是木质，钢制的整个温州也只有两三对。就这样，我又风里来浪里去打了10多年的鱼。

石宝福的渔轮250匹马力，载重量40多吨，抗风力在8级以上，可以出海四五十海里，海上作业安全，拖网网眼大，打上来的都是经济鱼。1986年是实验期，就赚了1万多元，产值比往年翻番；第二年双拖打鱼的经验丰富了，就赚了近3万元。当地同行看到他赚钱，跟着去购买钢制双拖渔轮。

石宝福说：我这一对渔轮共有29个人，我是船长，另外还有大副、二副、报务员、水手长、水手、轮机长等，人员与温州渔业公司的渔轮配备一样，很齐全。虽说船长是船舶的"最高领导"，在影视剧中船长站在船头被海风吹，挥舞着手，用对讲机大声与船员说话，是很威风的领军人物，其实不是这么回事。船长压力很大，要充分了解海情、船情与渔情，要对驾驶、捕捞、日常管理、安全等方面负总责。况且，我们以前都是定置张网作业，每个人的收入可以养家糊口，我不能让大家跟了我后收入不如从前。另外，我们都没有职务证书，像我，没有船长职务证书，大副、二副他们也没有，这就像开车没有驾驶证，出海就要碰钉子。1987年夏天，我们到温州党校接受系统培训半个月，考取证书。

由于讲究安全第一，10多年来，石宝福每次远海作业都比较顺利，没有出现过伤亡事故。他们捕获的大都是经济鱼，以带鱼为主，黄鱼、小黄鱼、鲳鱼、虎头鱼、马鲛鱼、石斑鱼、墨鱼为辅。那时，他们时时感觉到大海的那种宽广、润泽、恣肆、浩渺的气息，将人的心灵完全浸润其中……归航的渔船，船重，吃水，但满载着丰收，满载着快乐，一次次地，带他们回到鹿西岛。

石宝福说，最好的是经济鱼，我们运到乐清、温州市区销售；中档的鱼运给台州椒江、玉环等地的冷冻厂和鱼类加工厂，经过冷冻或加工后，销往全国各地；底层鱼都是些小鱼小虾，一般运到福建，卖给海水养殖基地当鱼饲料。

像石宝福这样几十年出海都一帆风顺的渔民并不多。一些渔民遇到过台风，大风大浪更是家常便饭，有些渔民甚至遇到龙卷风。有一个姓陈的中年渔民告诉我：五六年前我在238海区打鱼，有一次突然有人惊叫起来"黑经黑经"，我抬头一看，我们渔船的不远处，有一条乌黑的"巨蟒"从天而降，又像海浪波涛中窜出一条晃晃悠悠的蛟龙。这就是龙卷风，我们父辈所说的"黑经"（音），龙卷风猛烈地旋转着，形成一条水柱，上端与雷雨云相接，下端直接延伸到海里，摇曳着向我们的船只靠近。我们听到如雷的轰声，紧接着，感觉渔轮抖动起来，完全是涤荡一切的恢宏气势，我们赶紧开船逃命。

四

孙双龙可以说是岛上年轻一代的渔民代表，30出头，却有8年的出海经历。他说：我初中毕业没有找到工作，带着玩玩的心理跟着叔叔上船，上了船发现自己天生不晕船，对大海上的大风大浪没有什么反应。海里风浪大，晕船的船员不少，就是几个月休渔期过后，一些老渔民出海还得晕船，要恶心呕吐几次。我一上船就做了大副，并不轻松的职位，一个网拉上来，就没得睡了，那些杂七杂八的经济鱼，我们都要整理好，冲洗。最多的是带鱼，要挑选出来，大大小小，按照等级一条条整齐地放到冰冻箱里，一网拉上来一般是500到700箱，好的时候一两千箱也有，放在冰舱里。放网后我可以休息几个小时，但又一网上来，还得继续工作，一天一夜是4个网，忙得我浑身酸痛。和以前相比，现在搞捕捞业轻松多了，都机械化了。鱼拉上来，把小鱼清理掉，就用铲车铲到冰冻箱里，什么都不管，冰鲜渔运船过来，直接就买走了。这些冰鲜船都是直接到各渔场、海区进行海货收购的，起着贩卖的作用，这样让渔轮安心海上作业，不必来来去去影响了生产。

出海的时间，开始几年都是10天左右，鱼打得差不多了，船上配备的柴油、淡水、冰块和食物也用得差不多了，就驾船回来。后来逐步发展，可以在船上配备20天左右的生产生活资料，如果没有台风来临，就生产到20天，如果台风气象报到10级11级，就回来。闲的时候也有，比如抛锚没有作业时，他们就挑一些鱼烧起来吃，尽兴地喝酒，出海人好酒，喝醉了就呼呼大睡，这就是享受。孙双龙喜欢在傍晚站在甲板上看海，这时船又起锚继续向海洋深处行驶，他的心里有说不出的失落。很快，暮色就吞噬了他的身影。

　　孙双龙说，我出海最长的一次是45天，在船上的日子很难熬。25岁结婚后，很快又有了孩子，想老婆想孩子想家，在船上就更觉寂寞了。这就是现在的年轻人在船上待不牢的原因。不过，海上的日出、夕阳确实很好看，还有晚上的月亮和星星，与我们贴得很近，就在眼前，就在头顶，仿佛举一举手就可以抓过来。海里的许多生物，从小蜘蛛（小鱿鱼）到大鲨鱼，晚上都会发光，色彩炫目，交相辉映。当我们把它们抓捕到船上时，它们的眼睛就机械地一眨一眨，有绿光，有蓝光。许多鱼为了捕捉海里最微型的生物，进化出巨大的眼睛，它们的眼睛不是为了应对阳光，它们永远都不会看到太阳。有时候大海上一片漆黑，有时候远处有几个信号灯一样的光点在闪动，有时候我们周边有无数闪烁的光点，就像萤火虫一样，但看不到任何动物，我们的船像漂进了梦幻世界。这些亮光能排解我的一点寂寞。孙双龙说起这些，他的眼前好像浮现大海的浩瀚、壮美，又流露出渔民劳作的艰辛和收获的快慰。

五

　　孙双龙说：我出海到现在，一网卖过19万元，算最高了，那一网拉到了黄鱼和黄山鱼（黄姑鱼），装了几百箱。有一次我拉到一条5斤重的黄鱼，要1万元卖给冰鲜船老板，他说不知道这鱼该值多少钱，可以代销。几天后这老板告诉我黄鱼卖了1400元，我不相信，就托人到温州海鲜市场打听，原来他卖了16400元，他吞了15000元。我不肯，与他论理，后来他给了我5000元，请我们一船人吃了一顿，用了2000多元。也有人一网卖得更贵的，几年前有人一网鱼卖了一百多万，那是鲻鱼。鲻鱼身体修长，前部圆筒形，后部侧扁，是温热带浅海中上层优质经济鱼类，据说从雌鲻鱼的肚脐里能捏出一种白白的油一样的东西，就是胎盘素，是备受女性青睐的保养品、美容药。这些鲻鱼以每斤15元的价格卖到福建去了。捕飞鱼蛋也很有意思，飞鱼头白嘴红，胸鳍特别发达，像鸟类的翅膀一样，让人感觉是鸟翼鱼身，其实也不会飞翔，是拍打胸鳍在水面滑翔，每秒钟约10米的速度，能跃出水面十几米高，在空中停留几十秒钟。飞鱼经常成群地在海水表面活动，但并不轻易"飞"起来，在遭到敌害攻击或受到轮船引擎振荡声刺激时，才施展出这种本领来。可这一"绝招"也往往让它丧生,"飞"在空中时容易被渔民或海鸟捕获。每年的四五月间,飞鱼从赤道附近到内海产卵,也就是很珍贵的飞鱼蛋,我们就根据飞鱼的习性,在它产卵的必经路上,铺上许多草席,飞鱼就"飞"到草席上生蛋,繁殖后代,我们借此捕获它们的蛋。飞鱼蛋又轻又小,表面膜有丝状突起,可以卖很高的价钱。我们还经常在晚上听到黄鱼清晰的叫声,黄鱼白天伏在海底,晚上出来寻找食物,或者求偶,雄黄鱼咕咕叫,雌黄鱼哧哧叫,这也是鱼群联络的信号。我们就根据它们的叫声判断黄鱼群的大小、栖息的水层和位置,以利捕捞。

"但更让人不安的还是安全隐患,操作上出现失误,就会引起事故。一些渔民掉进海里,连个泡都没有冒就沉到了海底。"孙双龙说:我在福建海域打鱼时也发生过一次危险。那次我负责换网,换好了网开始放网,有弟兄把网绳扎错了,放网时出现溜网,我被网绳缠绕住了。放网的速度很快,嗒嗒嗒一下子放到了海里,我忙乱中脱出身来,却已无法回到船上,只得纵身一跳,头朝下倒栽在海里。我们的船是新船,刚造的,是当时鹿西最大的渔轮,船屁股翘得特别高,我就是从船屁股的位置跳下去的,栽到海里就特别深,我感到我身体的沉重,我在海水深处见到了黑暗,这是我所见到过最黑暗、最荒凉的地方。但我很快游了上来,浮出海面,已离船20多米了。我使劲地游,使劲地叫,我看到船上站着朝夕相处的战友,就喊他们把救生衣或绳子甩过来,可是,船上的人都不理会我,没有甩来任何东西,包括我的叔叔。他们一动不动地站着,这真是出乎我的意料。是我没有喊出来还是他们惊呆了?我不知道。我穿着雨衣雨裤,进了水后很重很重,虽然我是游泳高手,但游起来非常吃力。当时风浪很大,一浪叠着一浪,我游得实在没力气了,就慢慢往下沉,下沉的时间有点漫长,死亡的过程却不会太慢。当我整个人像鱼坠一样就要淹没在海里的时候,我的一只手碰到了渔网上的浮泡子,我马上死命地抓住浮泡子,整个身体又浮上来了。也许是此命不该绝,我抓到了浮泡子,心情就不一样,恐慌和紧张没有了,还可以从容地喘息,我感到了镇定。我们是双拖,另一只渔轮靠过来了,靠到离我15米的时候,水手把绳子甩了过来,第一次甩远了,第二次甩到我的手边,我得救了。

他们收了网,又接到了台风预报。他们就整理好渔具,开船往家里赶,但外海的风已经很大了,海浪一下子把船掀到浪尖,一下子又把船带入谷底。船老大惊叫:船舵无法控制。船长命令:让渔轮随风随浪飘摇。运气再次来临,他们的渔轮漂到了内海,到了内海就没事了,他们开船回家了。见到了家乡,见到了家人,孙双龙觉得自己仿佛从另外一个星球回来,内心是欢喜也是悲凉。

我听着这些惊心动魄的故事，又见讲述者一脸的平静，很长时间，我的心情不能平静。我看到大海给予人类慷慨馈赠的同时，也看到了人们从事渔业劳动的艰辛和危险。在普遍工业化的今天，他们的坚持确实不易，让人感到生命的巨大力量，这也是他们给予我们精神上的慷慨馈赠。我敬重这些依然劳作在大海上的人。

六

村民告诉我，鹿西岛最东边的东臼村，也是温州市最东边的一个行政村。东臼村的东咀头，是我国观看日出的最佳地之一，无论春夏秋冬，只要天公作美，就可以尽情观赏海上日出。我听得心动，就约了孙双龙，期盼能如愿看到日出。

在岛上的第二天凌晨4点，我起床看天象，天上只有一层薄云，还可以看到几颗星星，深邃的大海沉默而宁静，应该算是好天气。孙双龙4点多开车来接我，天还没有亮。我们到达东臼时，5点还差一刻，天边的云朵好像多了起来，天已微微地亮了。

我们爬上一个小山头，脚下是一条泥路，两边是番薯园，番薯的藤蔓爬上了泥路。孙双龙说：这条路原来可以供俩人并排行走，村民为了自己的番薯园大一点，就把泥路掘得细细的。我们来到了东咀头，有一个红砖铺成的平台，可惜被杂草掩盖了大半。孙双龙说：这个平台是三年前造的，因过来看日出的人不多，有些荒废了，现在的游客都到三坪村的露营平台看日出，但感觉肯定没有这里好。说话间，天上的云越聚越多，长长的云带缠绕在远处的海岛，把海岛烘托得光彩圣洁。云彩在海天之间不愿散开，天已明亮起来，我们知道看日出的愿望就要落空了。孙双龙说：我每年都能在这里见到几次日出，当我静静地等待那一轮朝阳破云而出之时，空气好像是凝固的，每刻每秒都显得特别神圣，风声浪声鸟虫的鸣叫声也似乎听不见了，什么声音都没有，一片寂静。但一眨眼，太阳已经在我们的眼前，天空中霞光万道。当一个火球喷薄而出的时候，顷刻间整个海面金碧辉煌，眼前的一切都沐浴在第一缕阳光里。

而这一次，孙双龙与我没有看到波澜壮阔、庄严隆重的海上日出，只有鸟雀与知了叫成一片，那不休止的劲头，真是吵翻了天。看不到日出，孙双龙就带我去看看东臼村。

七

东臼村与鹿西村不同，还保留海岛上古朴的渔家风貌，村里多为老旧的房子，依海岛的山脉而建，散落在不高的山坡上。房子的墙体大都用就地取材的石块砌成，有的用蛎灰勾缝，有的干脆涂上蛎灰，这个村落的历史都会从这些厚重的石墙中凸显出来。

我们找到了东臼村党支部书记陈福平。他告诉我，东臼村的地形像捣臼。这是一个渔村，380户，村民的收入靠打鱼。他19岁开始打鱼，起先是木头船，最大的马力60匹，船里有10多人，船老大一天记12分，他只有一半。改革开放后他自己买了渔船，有120匹，定置张网。后来与人合股购买了钢质渔轮，开始远海作业。

陈福平说：远海作业开始那几年，我们拖网的网眼大，最小的网眼也在一厘米以上，拉上来的多是经济鱼，鱼舱里都放不下，收益不错。到20世纪90年代，村里发展到了20对钢质双拖渔轮。可是，海洋资源连年衰退，拖网网眼越织越小，出现一厘米三眼、四眼，大大小小的鱼都被拉上来了。到了前几年，拖过来的都是小鱼小虾。也是从90年代开始，我们向大海索取，索取，不停地索取，先是大黄鱼、乌贼几近绝迹，继而是小黄鱼、带鱼形不成鱼汛。以前带鱼太多没人要，现在野生的带鱼连我们渔民都吃不到了。鲳鱼、鳗鱼也越来越少，形不成批量规模生产，梭子蟹更是岌岌可危。一些渔民等不来好的鱼汛，就偷偷进入红线区打小鱼，红线内属于产卵区和哺育区，他们连鱼妈妈和鱼子鱼孙都不放过。那种一网拉上来是一包的鱼、船舱里都放不下的情况，已成为我们的回忆。东臼村的渔轮一对对地被转卖了，到了去年，村里最后三对渔轮也被卖掉了，其中有一对就是我的。人与自然，休戚攸关。如果向大海索取无度，以为偌大的海洋是取之不尽用之不竭的，见到大鱼小鱼，甚至产卵期的鱼妈妈都一网打尽，就会危及人类自己。"让大海休养生息"，在我国提出新的海洋发展方向的背景下，施行禁渔，其实是为了我们自己。作为传统渔港的鹿西岛，也应该转型，但该如何转型？这是当前鹿西人面临的新课题。

东臼村10多年前就开始发展海水养殖业，先是养殖羊栖菜，但羊栖菜苗种稀少，村里就自己办起育苗场。东臼人李生尧是羊栖菜苗种的研究者，他是洞头水产科技推广站总工程师，先后开展过海带良种、对虾人工育苗、网箱养鱼、羊栖菜养殖与人工苗种培育等技术的研究与推广。羊栖菜人工育苗课题是世界性难题，他潜心研究、专心攻克，取得成功并得到推广应用，使羊栖菜养殖苗种成本下降78%，产量提高87%。他几年前去世了，研究成果已经传了下来，鹿西的羊栖菜育苗技术全国领先，全年可以提供优质苗种1万匹。2013年12月，浙江东一海洋经济发展有限公司承担洞头白龙屿生态海洋牧场建设，建造两条总长824米、连接鹿西岛与白龙屿的栅栏式堤坝及铜合金和高纤维围网，形成面积650亩的海洋牧场，以养殖大黄鱼为主。这个项目规模和养殖模式尚属国内首创，官方认定是"温商回归"，也是"鹿商回归"，股东之一王成和就是东臼村人，渔轮老大出身，在村里当过村委会主任，外出办过冰库，做过许多事情，赚了一些钱，这次投资建设海洋牧场，算是他富裕不忘桑梓吧。

八

我在这一次走读中，许多村民干部提出鹿西乡今后要做"渔旅结合"的文章，鹿西有丰富的旅游资源，如东海第一花道、妩人岙滨海公园、道坦岩地质公园、扎不断海水泳池、山坪露营观景平台和东臼村的海洋牧场。东臼、扎不断、山坪、口筐、鹿西、鲳鱼礁村，是撒落在鹿西岛上的几颗珍珠，由鹿西公路这条银线把这些珍珠串成了闪闪发光的珠链。

在我回程的那天，我又去了扎不断村。初看扎不断，是个普通的村落，但村名有趣，这是一个小村，全村现有人口不到500人，其中有三分之二的青壮年迁居在鹿西村或外出经商。现有的劳动力主要从事渔业、农业和养殖业。村落干净清爽，居民房的外墙上一幅幅的卵石镶嵌画富有海岛渔家特色，常见的鱼虾蟹螺"爬上"村头巷尾，并以童话笔法呈现。在村委会前，我遇到一位正在织毛衣的妇女。我问她这个村为什么叫扎不断。她说：还没有公路的时候，这个村所在的小岙与前面那个小北岙涨潮时是分开的，海水隔断了两个岙，但一退潮，两个岙就连在一起了。我们这个村与东臼村又在同一座山上，与东臼有亲缘关系。东臼村是个大村，我们生产生活离不开东臼，感情上更是分不开。

他们世代如此生活，对血缘关系和生存的互相依靠的理解，比我们的想象要深刻得多。就这样，山岙扎不断，海水扎不断，岁月扎不断，民情扎不断。扎不断，理还乱，这不就是名副其实的扎不断村吗？

这时，又来了两位村民，其中一位说：村里还有一处古迹，叫扎不断风水墙，在村的东边角，墙长22米，高3.4米，山石垒砌而成，建于清代，是用于防范海盗的侵犯。我想，这个叫扎不断的地方，在过去的几百年里，发生过多少故事啊！这一堵风水墙上，也许矗立过无数的火把，火光熊熊，人影绰绰，把海盗打得葬身大海或逃之夭夭。扎不断不仅宁静、雅致，还显得深邃、神秘，令人遐想。那些近在眼前的细碎平凡，它的延伸线往往连着远方，这些都应该是鹿西乡要做"渔旅结合"文章的主要章节。

云散天开，骄阳似火，我站在扎不断的村头，向东遥望，波光潋滟、水天一色。浩瀚的海面，竟然可以容纳碧蓝的天空。

九

我们站在东臼村东咀头看白龙屿，它位于东臼村正南方，整体上呈灰白色，像一条竖着背鳍的海鳗，当地人却叫它白龙屿，巨龙卧海。龙这虚无的东西，是祥瑞的象征。海岛上多台风、干旱等自然灾害。岛民崇拜龙，希望它辟邪驱恶，帮助他们战胜自然灾害。不管白龙屿像什么，它横卧在大海里，百万年没有登陆，还将再卧百万年。该岛屿陆域面积4.6公顷，海岸线长约1259米。

看时间是下午4点，风浪不大。白龙屿北侧是天然良港，正在建设海洋牧场，一条挡浪堤把东臼村和白龙屿连接了起来。太阳已经偏西，仍然威力十足，陈福平在前面带路，我们都被烤得挥汗成雨。我们经过挡浪堤，堤坝上水流汩汩，是一个接一个海浪掀上来的。我们小心地躲过水流，来到白龙屿。陈福平说：白龙屿有龙头、龙身、龙尾，龙头朝东，龙尾向西，在龙头的东南方，还有一个圆圆的礁石，取名龙珠，涨潮时淹没在水中，退潮时露出水面。

进入白龙屿，所见都是火山熔岩，岩块坚硬，颜色各异，褐红色、灰黑色最多，孔隙较多，片草不生。有些岩石表面看上去感觉很松软，一触摸，很硬。我辨认着火山活动喷出的多种固体物质，猜测哪些是被爆破碎了的岩块、碎屑，哪些是熔岩流、火山灰混合的泥流等。更多的，连猜测都无法进行的谜，问陈福平，他也不清楚，只说白龙屿应该属于"死火山"（在史以前喷发过的），海水潮汐的变化和地壳底部高位液态岩浆活动的岛屿，最容易发生火山爆发。但老年人说这个岛是给白眼（白蚁）吃掉的，白蚁开始隐藏在岛屿内部，是无牙老虎，无声无息中蛀蚀着岛屿，久而久之，成了现在这个样子。

我们来到了"龙腹"的位置，岩壁变成了灰白色，突见几处形状怪异的岩石，朝着大海的方向，以亘古不变的姿势静静地站立。有的像金猴望海，有的像翼龙望月，有的像海豚仰卧，是经过千百万年风化、溶解、浪蚀的交互作用所产生的，是大自然的鬼斧神工。这些石头还都没有名字，我脑子里尽是这些俗不可耐的词语。我想起台湾野柳地质公园，有女王头、玛伶鸟石这样的怪石，引人注目，闻名遐迩，而白龙屿这些奇特的石头却默默无闻。陈福平说：这些石头虽然受海水、风雨侵蚀，成了赤裸的胴体，却显得那么的坚固、永恒。可怕的是人为的破坏。白龙屿原来有很多奇特的石头，20世纪90年代被人凿走了不少，运过去做盆景了，岛上还留有被凿过的痕迹和伤疤。所以，我们也担心旅游开发，加剧人为的破坏。

陈福平说：鹿西岛、双排岛、白龙屿构成了一个地质公园，拥有大面积的页岩、火山岩、海蚀地貌、摩崖等，怪石林立，形成许多自然景观。像鹿西岛上的道坦岩，礁石平整，岩石纹理清晰，如同海上的露天平台。在平台的一侧，是石崖峭壁，因泥灰岩沉积和海风风化形成断层，层次明显，从上到下根据山崖切面的走势整齐排列。

据陈福平介绍，白龙屿海域分布着大量的岛屿和暗礁，有各种贝螺，如辣螺、藤壶、珍珠眼等，等退潮了，一抓一大把。这里也是鱼类的产卵和栖息地，此前，渔民就经常在此海域捕捞到野生大黄鱼。2012年，在外做生意的东臼人王成和与几位大门人一起借助白龙屿这道天然屏障的护佑，共同投资开发建设了白龙屿生态海洋牧场，让这片宽阔的海域再次成了一个富饶的渔场。

从白龙屿回来，天空由浅蓝色变成了深蓝，月亮刚刚出来，海浪在月色的映照下显得皎洁平和。挡浪堤上来了许多海钓的人，他们或坐或站，拿着钓竿吹着海风，此时的海钓是何等惬意的事情。

五、双排岛：鸟类的理想家园

一

在这个世界上，或许没有人的天堂，可还是有鸟的天堂，今天，我成了寻找鸟的天堂的人。我再次乘坐航船去鹿西岛，又从东臼码头坐船去双排岛，双排岛包括南爿山岛和北爿山岛，南爿山岛陆域面积7.5公顷，海岸线长1400米，数万羽候鸟在此筑巢，繁衍生息，有鸟岛之称。北爿山岛陆域面积5.5公顷，海岸线长1100米，与南爿山岛相隔不到500米，却少见飞鸟。

时间是下午一点，涨潮的时候，海水满盈盈的，海浪很大。东臼村党支部书记陈福平给我安排了一位有30多年驾龄的吴姓老大，开船载着我们去双排岛。真是惊涛骇浪，船颠簸得厉害，行驶得艰难，一米来高的海浪翻卷过来，浪花飞溅到我们身上。奇怪的是，本来是晕船的我，并没有感觉到不舒服。走读海岛让我习惯了风浪。

陈福平突然指着海面对我说：海猪，你看到了吗？我马上紧盯着起起伏伏的海面，只见一个灰白色、形似海豚的动物在离船两米的海浪里急速游动，偶尔还跃出水面。陈福平告诉我，每当海浪比较大的时候，又有船只行驶，海猪就跟着船迎风破浪或乘浪起伏，游得畅快时，腾空而起。它还能将身体的大部分露出水面游泳，持续数秒钟。更有趣的是，它有喷水技能，将头伸出海面，边游边喷水。我听了觉得好奇，问：海猪这么活泼可爱，是不是美人鱼的化身？陈福平说：不是的，听说美人鱼指的是海牛。我也纳闷，身躯庞大、行动迟缓的海牛一直以来是各种人鱼传说与神话的主角，而机敏灵活、顽皮可人的海猪却往往不被人知晓。我说：世界就这么不公平，不过，却不关海猪什么事。美人鱼也只能作为一个美丽的传说，存在于文学和影视作品中罢了。陈福平说：还是名气小点好，海猪的经济价值非常高，遭受过滥杀，数量剧减，现在是国家二级水生野生保护动物。海猪喜欢栖于咸淡水交界的海域，我们这里受到瓯江水的影响，是它们宜居的地方。

二

我们的谈话受风浪的严重影响，断断续续。船开了半个小时，双排岛已在眼前，海鸥开始在我们头顶盘旋，有几只还扑棱棱围着我们的船转，发出呀、呀、呀的叫声，有点沙哑，我喜欢它们的叫声，因为叫得亲切，还把尾音曳得长长的。船与南爿山岛更近了，三五米的距离，我们的到来，受到了海鸟的热烈欢迎，万鸟飞舞，竞相争鸣，蔚为壮观。吴老大问我上不上岛。我说：还是不要上去，遵守规则。我知道我如果上岛，就会多了与鸟亲近的细节，会写出更加生动的文字，可拿自己的文字与保护鸟类相比，是多么的渺小。

据陈福平介绍，集中在南爿山岛的大都是候鸟，每到春天，侨居在远方的鸟禽带着清新的气息，越过千山万水迁徙而来。一路上，它们日夜兼程，一到这里，来不及洗去羽毛上的征尘，也顾不上安闲的歇息，便忙忙碌碌地衔草运枝，建造新居。这时候已是人间四月天，南爿山岛一片欢腾，是繁忙喧闹的景象。端午节前后，是鸟儿最多的时候，算高峰期。岛上最多的是海鸥，另外还有白鹭、白鹳、贼鸥、岩鸥、银鸥、海燕、白头鸭、赤腹鹰、牛背鹭、赤嘴鹭鸶等。《温州洞头南北爿山海洋特别保护区监视调查》记录有鸟类48种，其中国家二级重点保护野生动物有4种，为黄嘴白鹭、普通鵟、红隼和游隼。四五月，它们开始繁衍生殖，一年繁殖2至4次，岛上的礁石缝里、草丛中到处是鸟窝鸟蛋。七八月，幼鸟已长得羽毛丰满，到了9月，翅膀练得硬了，能远走高飞了。这时，西伯利亚的寒流开始南侵，天气慢慢冷峻起来，它们便成群结队地飞离南爿山岛，悄然南去，到印度、尼泊尔、孟加拉国、泰国、新加坡等地避寒。岛上的鸟儿越来越少，闹腾了几个月的岛屿开始寂静了。

南爿山岛成为鸟类繁衍生息的理想家园，其原因是它有着独特的地理条件和自然环境，这里气候温和、阳光充足、环境幽静、鱼类繁多。陈福平说：以前南爿山岛周边有定置张网，这种网叫三角凌，一半露在水面上，一半埋在海水里，有时受到水流冲击或水流对冲，海底的有机物翻腾上来，小鱼小虾等海生物也在网具里泛起来，给海鸟提供了充足的海鲜食料，海鸥的眼睛很犀利，可以看到海里3尺深。同时，跟岛屿的地形也有关系，岛的周边悬崖峭立，礁石突兀嶙峋，海浪打不上去，不会影响它们筑窝。岛上土层较厚，植被茂密，有松树，有白茅，有淡水，更促成了这里成为一个鸟类栖息、生存、繁殖的理想岛屿。记得学生时代读巴金先生的《鸟的天堂》，是他1933年写下的优美散文，80多年过去，我也找寻到了一片鸟的天堂。

我们的船绕鸟岛转了一圈。我们拍拍掌，叫几声，数以万计的海鸟用飞翔、鸣叫、遥望等形式表达对我们的欢迎。它们群飞，在天空中显得壮阔和优雅；他们捕食，腾空落水，落水腾空；它们站立于礁石，安静如斯，白白点点，像一朵朵含苞待放的白玉兰。那种体积较小、毛茸茸、浅灰色的，是孵化出来不久的小鸟，还不会飞，蹒跚学步咿呀学语，天真可爱。在我眼里，这些海鸟古典雅致，清丽脱俗，既盈情，也载义，有着夺人的高贵，因此，我的心境与大海一样，激荡着绚丽的浪潮。

这些鸟儿并不惧怕我们的到来，它们应该知道人类对它们的友好。陈福平说，东白村有两只铁船，专门带游客来鸟岛观鸟的，船老大有时会捎两箱细鱼过来，让游客撒给它们吃，它们吃了几次，就会认得那两只铁船，两只铁船过来，它们就翩翩起舞，鸟鸣阵阵，一直跟随。人鸟相处，和谐相依，世间一幅自然美丽的风景。

陈福平说：人类也曾经与它们过不去，因为人为的捡拾鸟蛋和捕猎，南爿山岛鸟类数量大幅下降，最少的时候岛上仅有二百来只。以前鸟岛是开放型的，什么人都可以上去。忆及年少时，我与玩伴就上岛捡过鸟蛋，鹿西人大多也上去过，我们爬到岛上，到处是鸟声，到处是鸟影，鸟窝里大多有鸟蛋。我们喜欢海鸥蛋，个大好吃，个头与鸭蛋差不多，一头圆一头尖，蛋壳花纹斑斑点点，像鹌鹑蛋的花纹，打开来，蛋清比鸡蛋透明，亮晶晶的，蛋黄是橙色的。端午节之前，许多村民要上岛捡一次，端午节大家就吃这种蛋。捡鸟蛋时，群鸟在我们头顶翻飞，叫声凄厉，还把鸟屎拉到我们头上身上。岛上蚊子很多、很大，我们被叮得受不了。我们也会捉几只小海鸥带回家饲养，给小鱼小虾吃，有养大了飞走的，也有养死的。后来我到生产队参加集体打鱼，有空也上岛捡鸟蛋充饥。还有一些外地船只驶过来专门掏鸟蛋的，一筐筐一筐筐地装回去，拿到市场上卖，价格比鸭蛋还贵。2005年，洞头县把双排岛规划为鸟岛生态保护区，2011年，浙江省政府正式发文成立洞头南北爿山省级海洋特别保护区，总面积8.98平方公里。如不采取切实可行的保护措施，南爿山岛的所谓鸟岛，就成为一种传说了。

三

这几年，一系列保护措施使"万只鸥鸟齐飞翔"的景象得以保留，南爿山岛也逐渐成为旅游热点，越来越多的游客来这里一睹万鸟齐聚的盛况。洞头海洋渔业局为了满足游客的要求，正在离南爿山岛不远的双爿山屿建设海岛鸟文化旅游休闲平台。

距南爿山岛472米的北爿山岛，也叫北爿山屿，与南爿山岛合称双排。清乾隆《温州府志》卷八记载为"双排，系海防要地之一"。岛上有土层、少量淡水源，也有海鸟栖息繁衍。20世纪80年代以前，渔民在南、北爿山岛之间张网作业，拉上钢丝，做好钢丝门，布下渔网，每年都能捕获大量鱼虾，海上船来船往，热热闹闹，渔民收入可观。鱼汛期间，有渔民居住在北爿山岛，开垦种植。因渔民活动频繁，重重丝网，从溅花的船沿上抖落银鳞。人类破坏了海鸟的生存环境，岛上就少有飞鸟了。我在东岙村走访时，村民说，有人还上双排岛搞烧烤，把鸟蛋直接烤熟了吃。

吴老大把船驶近北爿山岛，我们还能看到渔民当初建起的石头房，渔民早就走了，年复一年，阶石、墙垣被一些攀藤植物占满，无声的建筑语言我们听得明白，这里曾经的热闹已被静谧荒凉掩埋。我没有上岛惊扰这个宁静的岛屿，只让吴老大把船停留片刻，默默看了一会儿，船便悄然离开。

两个钟头的光景，我们拥抱自然，亲近海鸟，净化心灵，充实生命，这里是鸟的天堂，也是我们的乐园。

六、青山岛:"来为生存去为生存"

一

在元觉街道副主任陈爱花的安排下,我们乘坐原青山村村民候兴宝的渔船,从小北岙码头出发,青山岛近在眼前,约一刻钟就到了目的地。

青山岛孤悬于状元岙岛西北面的大海里,形态似鳖,岛上曾有一个自然村叫青山村,1982年人口普查有35户180人,后来村民陆续离开该村,成了一个无人常住岛。我们雇船上岛走读,感觉它既像一个老人,慈眉善目白发三千;又像一个婴儿,眼下是荒岛野地,据说要规划为船舶修造基地,一个全新的青山岛将要出现。

青山岛陆域面积1.36平方公里,海岸线长7.77公里,距状元岙岛12.89公里。我们从青山岛西侧一个废弃的采石场码头上岸,码头已被海浪冲垮,堆积着累累的大块石。我们爬过石块上了岛,只听得轰轰的响声,脚下的沙地仿佛在摇晃,仰头忽见采石场的山头上滚下来几块大石头,滚石又带起一股烟尘。呀,青山岛以这样别具一格的仪式欢迎我们的到来。

上岛走了几步,是一个海湾,叫青山湾,靠海处有一片沙滩,沙粒很粗，颇像麦片。候兴宝告诉我，这种粗沙俗称"瓜子片"，有建筑中"青石子"的作用，广泛使用于装修基础工程，也拉过去盖房铺路。这里的"瓜子片"是自然生成，并非山上的石头用破碎机打碎而成。

我们还在沙滩上见到一丛叫沙棘的植物，小小的叶片闪着绿光，在海风中轻摇，枝条藤蔓一样纵横交错，匍匐在沙地上。候兴宝说：这种植物以前很多，许多岛上都有，不知什么原因，现在绝少看到。沙棘喜阳光，极耐干旱，极耐贫瘠的土地，也极耐大风大雨，是植物之最，根扎在沙土里像网一样四处延伸，最远能够延伸到50多米，一株沙棘可将周围流动的沙石牢牢固住，是防风固沙、保持水土、改良土壤的优良物种。就是这样的植物，它每年四五月能开出花来，秋天结子，果实是小小的圆球形，橙黄色或紫黑色，有很高的药用价值，可做保健品，有祛痰、止咳、平喘和治疗慢性气管炎的作用，我小时候采过来交给大人带出岛去卖的。

青山湾搭有几处简易的工棚，数不胜数的干枯毛竹堆成山，十几个壮实的男人在工棚下给一根根毛竹涂油漆。原来这并不是一个荒无人烟的无人岛。我问他们哪里人。他们回答是福建霞浦人，来这里养羊栖菜、紫菜多年了。我问这些毛竹做什么用。他们回答是养紫菜用的，要把毛竹搭在浅海里，是"门"形支架，插入滩涂并固定，为了防腐，浸在海水里的那一部分毛竹要涂上漆，两个支架中间，牵上尼龙绳做成网帘，养殖基地一般是三十来个支架。他们还说，紫菜生长时间短，7月份种植，到了10月初，头茬紫菜便可以收割了。这里水域宽阔，水质清澈，养出来的紫菜销路好。我问他们共养了多少亩、年收入情况。他们说这个不知道，要问老板，老板不在岛上。

青山湾山脚边有几间砖房，现在变成羊圈了，养着几十只山羊，山羊的个头特别大，耳朵长长地垂着。一打听，是改良品种，山羊和梅花鹿交配出来的东西。羊圈里弥漫着浓重的气味，苍蝇飞旋于我们与山羊之间。

"我们还是上山看看吧，青山湾有外来人员季节性居住，可山上的青山村早就一片荒凉，30间渔寮（以前青山村人对自己房子的叫法）荒废已久，说起来都是海景房，现在却没人愿意来居住。"候兴宝这样对我说。

二

上山的路并不好走，多碎石子和泥沙，我们踩着突出的芦苇根，手脚并用爬到村里。村里有一条石头路，被荒草占领了一半，却还算曲径通幽。路边出现了几间石头房，屋顶一律倒塌，门庭一律荒芜，斑驳的石墙上一律爬着藤蔓，屋内蛛网垂挂，地面上堆积着发黑的瓦砾，遗弃的破缸石臼提示着人们曾经生活的气息。我们的脚步声惊动路边的小动物，蜥蜴、蚱蜢、甲虫，它们四处逃窜，发出沙沙的声响。

候兴宝说：我想，我们这个村的历史最多也就百来年，当初我父亲从小北岙村移民到这里比较迟了，算是第二代岛民，房子建在山头，整个村庄的最高处，几年前也倒塌了。父亲打鱼，搞的是张网，就在村前这个海湾。张网是固定型海上作业，选好鱼虾洄游的水域，把毛竹桩打入海底，以竹桩固定做架，挂上方锥形网具，借潮力使鱼虾入网。主捕毛虾、小白虾、水潺、虾蛄、海蜇及小型杂鱼，由毛虾加工成的虾皮，温州人叫炊虾，可是以温州人的叫法，虾皮与炊虾又有不同，炊虾的个头比虾皮稍小，肉质松软，虾皮扁扁的很有韧性，通常要蒸着做菜吃，也可以跟香菜凉拌。我们这个海湾没有带鱼和黄鱼，那要到远海才有，我们这里的岛民没有搞远海作业，一年里的正月和12月份休息。青山岛上的山园还是比较多的，种番薯和豆类。我家每年都压几万苗番薯藤，我小时候就经常与父亲一起挑人粪去给番薯施肥。村里人彼此间都很熟悉，有些人家是亲戚，家家户户每天几乎都干一样的活，上山种地，下海捕鱼，互帮互助，相处和谐。每一间房子里住着谁谁谁，我现在都还回忆得起来。

村里的街巷多为石阶，在猛烈的阳光下映照出时光打磨过的印痕。石阶两旁有一些果树，枝叶繁茂，树皮龟裂，饱经沧桑。我们竟然遇到了一位在石阶边割草的中年人，他见到了我们停下手里的活，直起腰来。候兴宝上去打了招呼，我也连忙问他割草做什么用。他说：村里没有人居住，杂草的生命力特别旺盛，半年不割草，道路就被杂草埋掉了，但有些原村民过年过节也上岛看看的，今年我已是第二次来割草了，让来的人方便走路。

中年人叫唐志勉，据他介绍，青山村大多是乐清的移民，先人觉得定居这里方便打鱼，遂带妻子携儿女迁过来居住。那时候村前的海湾是多个地方共有的，柳市、七里港、灵昆的渔民都来打鱼，后来经过协商，几个地方划片区捕捞。我父亲在村里做出纳，也当司务长，村民都叫他司务长。那个时期，灵昆就有人说这个岛叫重山，是他们的，清光绪《玉环厅志》曾称重山，清乾隆《温州府志》记载"中有重山（鸡笼屿）"。我父亲说这个岛叫青山，古书载有"昔日岛上草木繁茂，四季常青，名为青山"。与灵昆岛"重"不起来，就跑到温州府打官司，后来官司打赢了，青山就归属小北岙村。1970年成立元觉人民公社青山大队，1982年人口普查，青山村有35户180人。1984年政社分设时建为青山行政村。村民住在岛上交通不方便，以前没有机动船，小木船靠手划，南风大的时候，就老老实实地待在岛上，南风年年都会发，有时还连续发18个日夜，有时还会南风对打，如果某家粮食不备足，就没有吃的，要到邻居家借。

唐志勉带我们去看他家的房子。房子在村的中心位置，没有屋顶，三面石墙除了爬藤，还有黑苔，墙角蒿草摇曳。唐志勉说：以前我父亲在这里开了间百货小店，青山岛就这么一家小店，岛民的生活生产用品都依靠这个小店，进货渠道也单一，到状元岙供销社批发。我还记得我18岁那年，有一次我父亲划小船载来货物，将要靠岸的时候，起了南风，船翻掉了。父亲好水性游上了岸，等风平浪静，我们下海打捞货物，捞上些瓶瓶罐罐的白酒和啤酒，其他的都废了。我父亲是读过古书的，他懂得古人写信的行文落款，有领导叫他去洞头粮站当站长，他考虑到自己孩子多，家里是用两尺四的大镬，有10多人吃饭，拿几个工资家人不够吃，就推辞掉了。我们村里还办了小学，三个年级，学生也有几十个，老师两个，都是本地人。

唐志勉娓娓道来，关于学校里孩子们琅琅的读书声、码头上生晒的虾皮和熟晒的虾皮、渔家女挎着篮子到海边捡海螺、村里上空飘着柴火味的炊烟……而如今，我们眼前只有一间间没有屋顶、空张着窗户面对大海的石屋和疯长的各类植物……

三

我们穿过村落，来到村后一片较为开阔的山地。唐志勉一边指点一边说：青山岛有三个山头，头尖、二尖、三尖，总称"三尖"，前面这个山头就叫头尖；大一点的岙也有三个，甘藤岙、清水岙、大岙，这一片平坦地就叫大岙。1958年，我们在大岙办过农场，比农业学大寨还早，主要是栽种落叶松，我们现在看到这郁郁苍苍的林木，都是那时候栽种的。那年春天，我的父辈划着河泥溜儿到大门岛买种子树苗，那年我14岁，也跟着去了，还记得上了大门岛还要走很长很长的路，大门岛真大啊。我们从凌晨天还没亮起身，把种子苗木运回来已是晚上了。第二天，每家每户都来领取树苗种子，栽种在大岙。几年后，落叶松长大了，砍下一些树枝，晒干，捆起来，一船船运到灵昆、黄华、七里港那边卖，那时候村民多用柴草烧饭烧菜的，销路很好。还有茅草，我们割起来，晒干，也可以卖得一点点钱。这些钱平时舍不得用，积攒起来过年时用，因为我们打鱼没有远海作业，靠前面这个海湾收获也不多，打来的鱼虾运到小北岙的水产公司收购也没有好价钱，就留给自己吃或者送人，依靠了山林，岛民才开始丰衣足食。我们也栽种一些桃树、枇杷，从冬到夏，花开花落，果实成熟，每家每户都有份。农业学大寨时，我们响应号召开荒造田，全村男女老少都上山了，大家只有扁担、畚箕、锄头、铁锤等最基本的劳动工具，但治山治水、改变家乡面貌的热情高涨，心往一处想、智往一处谋、劲往一处使，每个人的双手都布满厚茧。山头溪沟边本来没有泥巴，大家治沟平地，硬是开出泥巴来。大岙这里开出了约有3亩山地，其他地方七零八落也有一些，我们种红薯，种豆子，种小麦，吃饱穿暖，追求更美好的生活。山上有溪沟水流，但积蓄不起来，村民吃水一直是个难题，干旱的时候，要划船到大门岛去运淡水。为了解决吃水难问题，我们到洞头长坑请了一个打井老司，在村口打了两年，打出一口7字形水井，井水清澈透明，冬暖夏凉，村里人都吃不完，彻底解决了吃水难的问题。

20世纪八九十年代，近海渔业资源迅速退化，松树枝和柴草卖不出去，加上交通不便，村民陆陆续续离开了青山岛，迁居小北岙等地。真是"来为生存去为生存"（唐志勉语），唐志勉卷起铺盖外出打工，先到乐清做泥水工，后来又去了外省。这个孤悬海里的离岛，一百年前，人们为了生存，纷纷而来，一百年后，人们为了更好地生活，又纷纷离它而去。但青山岛成了飘浮在唐志勉心中不肯散去的一朵云，这朵云蓄积着太多关于家园的留恋。怀揣对家乡和亲人的思念，唐志勉于前年回到了小北岙村，并经常上青山岛看看，也种几亩番薯，番薯有时被山羊尝了鲜，他也不气恼，因为他的心中已没有了离愁。

最近有一个消息让唐志勉的心不免咯噔了几下，据说青山岛已被规划为船舶修造基地，用地面积约500亩，将建成大型船坞1座，中型船坞若干座，同时开发建设配套设施，使青山岛整体发展同状元岙深水港今后的产业发展相对接。这样说来，将来的青山岛就不是唐志勉记忆中的青山岛，也不是唐志勉"经常来看看"的青山岛。"以前，我们或许没有多少能力让青山岛有多大变化，但现在，我们更没有能力让青山岛不变化。'不变化'是我这几年对这个孤岛的梦想，可是，我阻挡不了它的变化。"唐志勉说。

注：2019年，"温商回归"项目青山岛旅游度假区（欢乐岛旅游综合体）开工建设，"青山岛，请上岛"的广告语在温州一些地方随处可见，原来静寂的青山岛已广为人知，预想将会成为一座温州人自己的"海上迪士尼"、欢乐浪漫的休闲度假岛。

七、状元岙岛：罗马神话般的传说

一

清晨，太阳还没有升起，海面上已是一片橙红，一艘白色的外轮披着霞光停泊在状元岙码头。码头上的工作人员告诉我，这是来自加拿大的货船，装载着煤炭，正在等待卸货。

状元岙深水港作为温州的主要港区，设计吞吐能力7000万吨，它的开港，让温州港进入一个崭新的时代。而对于我，眼前这方生机勃勃的景象让我心动，但状元岙岛的山色空蒙、水汽蒸腾，那份古朴静谧宁静的气息，更让我有一份亲近感，有一种温情。

状元岙岛位于洞头列岛中部，陆域面积5.49平方公里，海岸线长度27.02公里。传说岛上有人中过状元，得名状元岙，元觉街道所在地状元村，原是一个小渔村，我在状元岙岛的走读就从状元村开始。

状元村位于状元岙岛西北侧，依山临海，村前是状元岙深水港区，村后是烟墩炮山，洞头五岛连桥工程完成后，架桥梁与霓屿岛、花岗岛连通，县级公路从村前穿过。我从温州市区驱车前来，大约一个小时。可在五岛连桥之前，来状元岙岛需要渡船，交通不便。据当地村民说，新中国成立前，状元岙与外界交通就是划船，那时候有河泥溜儿和舢板，都是木质结构，河泥溜儿船板薄，船长，舢板船板厚，船短，各有利弊，安全系数都不高。最可怕的是，海上还有海盗出没，有渔民和商人被抢劫被打死。20世纪60年代，有了客轮，开通温州和乐清的航线，但受台风影响，经常停航，后来客轮改良，元觉到温州的航线每日一班，中途停靠大门岛、乐清黄华、里隆等地。最根本的改变是2006年4月"温州（洞头）半岛"工程建成通车后，洞头列岛、南片岛屿居民出行，汽车替代了舟楫，风雨无阻。

二

村民颜玲妹1947年出生，70多岁了，却没有出过远门，说起状元村的变化滔滔不绝：我们的居住条件原来也很差，新中国成立前是茅草屋，村民叫茅棚厂，后来改建成石头矮屋。1949年后还是石头矮屋，但慢慢出现了三间儿，那是条件比较好的家庭，我娘家是两间，我夫家是三间儿，约8米宽，有上间，放些渔具。我父亲与哥哥都是渔民，我是家里最小的，母亲40岁生我，我就是她的掌上明珠，连海边都不给我走。大我7岁的小哥吓我："阿妹，我要去爬水了。"当时村里经常发生孩子爬水淹死，我听了小哥的话，哭闹起来，不让他去爬水。小哥见我哭闹就偷偷乐。那时村前就是海滩，海浪大的时候可以打到村口，海滩是鹅卵石滩，大大小小的鹅卵石挤挤挨挨，清清爽爽，圆润发亮。夏天的晚上，顽童赤脚在鹅卵石滩上耍步，大人拿着草席铺在鹅卵石滩上乘凉睡觉，孩子和女人睡到半夜起身回家，男人睡到天亮。20世纪五六十年代，渔民的生活有了改善，石头房抬高了一些，出现了两层楼。状元岙岛山丘起伏，平展地段很少，有一些山园，不能种植稻谷，大米要到乐清去籴，10斤9.3角，大多人家舍不得籴米，吃粗粮度日。每年二月二农事节，习俗要吃咸饭，有芥菜饭，吃了芥菜饭不生疥疮，孩子们最高兴，终于有米饭吃了。还有立夏吃"麦麦"，父母把豆炒起来，给孩子当零食吃，有些家庭孩子多，要炒一升的豆，一个孩子一小竹筒，分给孩子自己保管。孩子很珍惜这些"麦麦"，一天吃几颗。冬至那天，最懒睡的孩子都早早地起床，等着吃汤圆。每年5月过，夏至边，南风起，船不好开，鱼不好打，米籴不来，这段日子最苦，番薯和番薯干也吃完了，只得把地里的番薯种挖出来吃掉。

"海岛人以海为生，'靠大海吃饭，靠神佛保佑'成了我们的祈求，所以我们被叫成了讨海人。"今年81岁的庄志全老人这样说。他是一个渔民，在海上闯荡大半辈子，他跟我说：我们出海打鱼，要承受大风大浪的风险，有人把命丢在海上。新中国成立之初，村里渔民捕鱼只会定置网，潮起布网，潮落收网，捕捞鱼虾。20世纪60年代，福建人的篷船开过来，船是平头的，我们叫板锄头，他们在篷船上用拖网捕鱼，收获很大。状元大队学着造了7只板锄头，给大门人买去了一只，留6只下海捕鱼，每条渔船上约20人。那时海里资源丰富，鱼虾丰足，只要勤出海，不愁捕不到海产品。一直到80年代，都是捕鱼的黄金期。每次捕鱼回来，我们带着一身的海腥味直接把渔获拉到水产公司销售。那时候鱼贱，带鱼6分钱一斤，有时候6分还不要，收购员说小拖网的鱼品相不好，大网的才值钱。我们听了心里不舒服，就与收购员吵架。收购员也委屈，说：我们真不想收了，仓库里的鱼虾也要臭了。我们无奈，私下又不能卖，偷偷地带一点回家，用盐腌制起来，然后晒成干。

颜玲妹也说：状元岙前的滩涂和海湾本来很富有，我们分门底、门外，门底是近海，门外是正港。门底虾蟹和海蜇很多，门外多带鱼、海蜓（鳀鱼一类的幼鱼）、虾蛄。临近过年天下雪子，虾蛄旺发，几网下去，虾蛄满舱。白露时节，门底浅海里海蜇很多，海蜇俗称鲊鱼，大的如簸箩，小的如箬笠，捕鲊鱼可用网张，也可以用削尖的竹竿戳，叫戳散鲊。"鲊鱼水做，阎罗王鬼做"，捕过来收购不要，渔民也吃不完，就腌起来。蟹虾和各种海螺也多，村里最贫苦的渔家来了客人，主人请客人坐在上间先喝杯茶，嗑一碟瓜子，自己到海涂里摸些蛏子、花蛤、泥螺等，拿回家放清水里一煮，就可以做出一桌的海鲜，与客人共享美食。

三

20世纪90年代，随着沿海各地渔船迅速增多，纷纷出现"木改钢"（木质渔船改成钢制渔船），捕捞强度增大，渔业资源急剧减少。一些渔民转业，一些渔民开始搞滩涂养殖，如养殖紫菜、蛏子。至新世纪，渔民纷纷转产转业，大多数劳动力外出务工，青壮年从事铝合金安装或运输行业，出现了浙江恒博电气制造有限公司、洞头宏达海产品公司等。颜玲妹说：人一上了年纪，就总是回忆过去，也特别想念以前的海滩和海滩上的卵石，还有那大水潮小水潮，夜晚如果皓月当空，大水潮来的时候，"白练"一条接着一条从黑压压的水面涌来，比钱塘江的潮水要壮观得多，还会给我们带来鱼虾。

对洞头来说，状元村算是一个大村，人口数千人，但在五岛连桥之前，由于交通、通信、教育等原因，状元村是一个商贸并不繁荣的渔村，少有商贾往来，只有个别乐清人来收干货、渔咸之类，可是他们也收生活垃圾，运过去做肥料。村里有一间杂货店，是温州城区过来的唐伯伯开的，货物也是唐伯伯从温州城底批发过来，深受村民喜欢。一日三餐时，村里石头矮屋上的烟囱里，冒出的炊烟也是纤细的，岛民无法享有现代文明的生活。然而，大自然却给了状元村足够的蓝天、白云、小草、野花，偏僻、幽静的渔村像童话书中的一幅插图。今年81岁的庄志全老人说：村里平常宁静，但也有热闹的时候，不过就那么几个时间段。比如过年，家家户户年底就开始准备年货，鱼虾换回来的票子不多，也计算着用了，海浪、阳光还有冷洌的海风，它们相互碰撞，共同酝酿这村庄难以改变的年俗传统。正月十二到十五，村民要迎大马灯，大马灯竹制的马架，前后两截，外表用纸糊成"马皮"，人站在当中，就像人骑在马上，也扮演一些我们喜闻乐见的人物，比如刘备、关羽、张飞等，形神兼备。马灯队伍有锣鼓镲钹开道压阵，热热闹闹。还有海蜇舞，创作于20世纪40年代，是海蜇和渔夫的一场打斗戏，最后彼此之间产生了友情，渔夫不捕捞海蜇了。海蜇舞表现渔民生产的乐趣，也反映海岛人渴望与自然和谐共处的美好愿望。每年九月初三开始，村里还连续几天做戏。据说有一年的九月初三刮台风，村前海浪很大，菩萨坐在一个青石捣臼上被海浪冲到了村头，被几位村民发现了，他们就把菩萨抬到村里来，抬到半路抬不动了，就地建了一个庙，让菩萨安身。九月初三也是菩萨的寿诞日，村里就做三天三夜的额子戏。状元人喜欢看戏，也有人会做戏。小庙在1997年改建成天后宫。

我在状元村住了两天，见村民彼此间友好和气。我作为一个闯入村里的外来者，村民都热情待我，他们待客的方式是端凳倒茶，有问必答，哪怕面对陌生人。我静静地欣赏这个村落和这些可爱的村民。五岛连桥之后，这里的确热闹了许多，喧嚣了许多，但不是一味的热闹与喧嚣，热闹中可见世间风华，喧嚣中满是生生不息……

四

早晨四点一刻，天还没有全亮，我开始登烟墩炮山，山路弯弯，蛇行而上。明清年间倭寇经常在沿海一带侵犯，岛民利用烟墩传达信息，与倭寇斗争，据说山上有防空洞和碉堡之类遗存，我却没有找到，也没人可以打听，只有柔风在山林中徘徊，相伴我一腔怀古的幽情。

站在山上向西边眺望，就是状元岙深水港，港口在清晨的薄雾中很是寂静，太阳还没有升起，天空和大海是一样的色调，不似阳光照射下的明亮，不似夜幕笼罩下的压抑，包含了几分浪漫的品质。

早餐过后，我在元觉街道领导的陪同下，走访了状元岙深水港区。据工作人员介绍，该工程动工兴建于2004年12月，2008年港区一期工程已建成八号、九号两个5万吨级泊位，同时具有停靠10万吨级以内载货量的能力。2009年9月4日，状元港首试开港迎来外轮。二期围垦和泊位正在施工中，77省道直通状元岙。

我们来到了八号泊位，生产操作部副经理汪超说：状元岙深水港是温州三大港区之一，建成的一期工程陆域面积26万平方米，码头泊位长650米，宽50米，八号是集装箱泊位，九号是散货泊位，堆场基本上也分集装箱和散货两个区域。码头水深、航道情况、靠泊能力都非常好。现在水深最低点达到19米，18万吨以内的航船在满载的情况下可以停泊，温州港停靠过的最大船舶就在我们这里。我们内贸外贸都做，与台州、丽水等地有黄沙业务联系，还开通了台湾航线，这里到基隆港只有12个小时，每周两个班次。外贸有澳大利亚、加拿大，主要是进口煤炭；巴西、印度是铁矿；俄罗斯、朝鲜等国家也有业务往来。

汪超2007年毕业于浙江万里学院，2008年来到了这里，当时码头、堆场都建好了，吊机、桥吊等设备也基本到位，已有作业能力。汪超上班第一天就在煤堆里工作，从一个普通工人到了副经理。他说：码头的工作很辛苦，生产操作部的员工全部在最前线，大家日晒雨淋，扬尘不可避免，不分节假日、白天黑夜和酷暑寒冬，货船到达码头，不管是春节还是中秋，我们都要迎接任务。记得2013年有一次我上夜班，突然接到我老婆电话，哭着说儿子的头部撞在家里的大理石地板上，撞出一道口子，满脸都是鲜血。我儿子那时2岁，我老婆胆子小，她要我赶回家。我看时间已是21时，也不好叫人调班，就打电话给小舅子，让他帮忙。我们对港区不离不弃，选择了这份工作，就要做好，希望通过自己的努力，为温州和周边地区的经济发展起到一点作用，2008年一起进来的同事，没有一个走掉的。

离开耸立着巍峨桥吊的港区，我们来到了正在建设中的二期工地现场，也是一片繁忙景象。据汪超介绍，港区二期工程计划建3个泊位，其中一个泊位可在今年年底前后完成，开拓游轮业务。我想，依托这个港口，温州的航道资源、岛礁资源、港口岸线资源、渔业资源和旅游资源，也将得到充分的开发和利用。

任海风轻拂，享海韵悠远。我们在港区码头伫立良久。我还了解到，我省已于去年8月成立了浙江海港集团，并将宁波港、舟山港、嘉兴港、台州港和温州港等五大港口公司进行大整合，统一运营。这是省委、省政府深入实施海洋发展战略的决策，也是推进全省经济转型升级的部署。听着这些消息，闻着浪花拍打码头的声音，令人心旷神怡。

五

海岛人喜欢故事。我"走读海岛"时，几乎在每个村里都能采集到一些民间传说。状元岙的传说像罗马神话。

这一天，天后宫里信徒寥寥可数，既无缭绕的香烟，更无钟磬交响，我与五六个村民坐在过道里聊天，庄志全老人声情并茂地给我讲了这样一个故事：

很久以前，状元岙是个孤岛，没人居住，树木成林，绿草如茵，野兽出没。到了元末明初，福建某地一条白帆商船北上嵊山，船上有一位渔民麻风病复发，病情严重。船上无医无药，这渔民奄奄一息。帆船驶到这个孤岛，几位同伙把病人抬上岸来，放在岙内的山咀头（现在元觉街道办公楼所在位置），帆船继续向北驶去。过了一会儿，一只母熊经过此地，看到这个麻风病人，身上还有一点暖气，就细细地舔了他的全身。一连几天，母熊白天去找吃的，晚上陪伴在麻风病人身边，用舌头舔他，把皮毒舔出来。在母熊的照料下，这渔民活了过来，麻风病也好了。渔民与母熊建立了感情，一起过日子，一年后母熊生了一个儿子。时间又过去了三年，福建的那条商船从嵊山回来，又经过这个孤岛，那几位同伙把船停靠后，来到岙内准备收渔民的尸骨回去埋葬。不料，他们发现渔民竟然还活着，手上抱有一个男孩。渔民把自己的经历讲给同伙们听，大家唏嘘不已，劝渔民回家去。当时母熊正在山上采集果子，渔民舍不得离开母熊，几位同伙一边劝说一边推推拉拉，硬是把渔民父子俩弄到船里，扯起帆篷驶走了。母熊采了果子回来，不见孩子和男人，四处寻找，到了山顶时看到大海里有一只帆船远远地驶着，它知道自己的男人与儿子坐船走了。母熊伤心欲绝，站在山顶又叫又哭。母熊回到了岙内，终日流泪，不吃不喝，悲痛过度，死在了岙内。十六年以后，孩子成人上京赴考，高中状元，而后回乡探亲祭祖，向父亲询问母亲之事，父亲如实告知。父子俩一同来该岛探望母亲，在岙内看到一堆熊骨，父子猜测，母熊可能早已死了，这就是它的尸骨。父子俩在荒岛上造了坟墓，把熊骨安葬了。后来，大家听说荒岛上出了个状元，纷纷搬到这个孤岛上来住，这个孤岛也就取名状元岙岛。

故事却并没有就此结束。状元岙自从有人居住后，代代出状元。有一天，朝廷里有一奸臣奏本皇上，说状元岙这地方频繁出状元，会官官相护。皇帝听后眉头一皱，拿起银珠笔在地图上轻轻两划，状元岙就出现了两条溪沟，水流挟裹着泥沙流向大海，此后状元岙就不再出状元了。

不管故事怎么编排，重学之风却成了状元岙的传统。元觉中学退休教师唐贤生说：清光绪三十一年（1905）状元岙建了小学，民国初年（1912）改办国民小学，地点在天后宫。我们小时候读书，也在天后宫，当初天后宫也是三间儿，老师大多来自外地，到了20世纪80年代，本地有了师范毕业生，进了小学当老师。

我在村里走访，发现村里规模最大的建筑是元觉义务教育学校。它占地7207平方米，建筑面积2974平方米，在九年制义务教育实施后，由元觉中心小学和元觉中学合并。我在学校里转了一圈，正是暑假，不见师生，几个工人在整修操场。看宣传栏上的"学校概况"，知道有16个班级，教职工47人，学生419人，办学理念是"胸怀状元梦，争做状元郎"。"我们村里，有人成了博士生导师，有人成了知名企业家，他们功成名就不忘回报桑梓，这几年出资支持家乡的教育事业。"不止一个村民这样对我说，语气里带着一种自豪。显然，状元岙的故事还远远没有结束，新的故事才刚刚开始。

时光的流逝总会留下一些痕迹，这些痕迹在海岸边，在老宅间，也在传说里。状元岙的系列故事告诉我们，人不只是活在当下，同时还活在往昔，这就像在大海上飞翔的鸥鸟，虽然波涛海浪要完成对它的考验，它却要找回自己出发的源头。

八、花岗岛：彩石滩属于大海

一

原来这就是花岗岛。平时驱车去洞头城区，要经过一座如彩虹一样漂亮的桥梁，其实这座桥就叫花岗大桥，过了花岗大桥，就是花岗岛。这一次，我把车停在了花岗岛，在元觉街道副主任陈爱花的带领下来到花岗村，村里80多幢块石垒墙、黑瓦盖顶、古朴沧桑的民居随山势而上，错落有致。我从村里走过，心想这里曾经发生的故事，都沉到时光的深处了，可是周遭一些细微的动静，又仿佛把一种远去的繁盛，衍生在渔村的现在。

洞头五岛连桥之前，花岗岛小而精致，远离喧嚣。连桥之后，花岗岛车来车往，生机勃勃。我在花岗岛走读，阳光照耀在如莲花般盛开的山头上，眼前的一切都显得那么干净透明。

花岗岛陆域面积0.31平方公里，岸线长2.91公里，地势东高西低，现已架桥梁与状元岙岛、大三盘岛连通。

花岗村书记庄克乌已在村里等候了，见到我就介绍起村里的基本情况。我问村名的来历，他说：清嘉庆五年（1800），福建同安庄氏人家驾渔船北上，寻找新的栖居地，由于渔船遇到大风停靠在花岗岛山脚避险，当时正值三月，山色空蒙，满山杜鹃盛开，团团簇簇，红艳似火，他们被花海吸引了，就在这世外桃源定居，至今已有200多年。他们还发现这个小岛的几座小山头组合在一起，像一朵盛开的莲花。因杜鹃花开和岛的轮廓，就取名花岗岛。据清光绪六年《玉环厅志·三盘图》，该岛记为"花矸"，"矸"是水闸的俗称。当初庄氏人家的渔船在这里避险的时候，正是涨潮，船可以直达岛边，出去的时候是退潮，船被暗礁卡住了。所以，他们说这里的地形像个水闸。

村名来历，说法不一，但村民都说他们的祖先是从福建迁来的，带来了捕鱼经验，世代靠海吃海。今年82岁的庄金土说：最早的时候渔民大多是张网作业，篷船打鱼，三四个人一条船，后来发展到帆船，这些渔船不能抗风，风太小了也不行，发挥不了帆的作用，鱼游的速度比船的行驶要快得多，怎么捕得牢鱼？到了20世纪50年代初，有了机帆船，捕鱼的收成就好了。各地要成立农业生产互助组，花岗村分成两个组，一个叫东升组，一个叫海升组。1958年打食堂，两个组又合在了一起，成为专业渔业队，县里在我们这里搞"五业"试点，"五业"是远海渔业、近海渔业、渔业后勤、农业和运输业，每个"业"一个分队，18岁以上的正劳力都要参加劳动，记得那时队里正劳力是85人，统一调配，男的多为渔业，女的多为农业，所有的收入归集体，再用"打工分"的形式统一分配。村里只有两个党员，村党支部书记林岳聪和我，我是1959年入党，1961年成为正式党员。

庄金土说："五业"试点开始的时候，远海渔业有双拖3对；近海渔业有小花罾5只，三角棱6只。近海作业在花岗岛周围捕鱼。我是远海作业，也称流动作业，根据水流判断鱼群的游向，渔船跟随鱼群走。每年的3月，我们从福建三沙湾开始捕鱼，慢慢往北走，到舟山嵊山是终点，已经是9月份了，一路上可以捕获大量的乌贼。春夏时节，黄鱼也有，就是难以捕得，夜晚我们在船上听到黄鱼的叫声，也只能摇头作罢，员工在船舱里睡觉还被这些叫声吵得不能入睡，这是春汛。冬汛是在每年交冬（冬至）时，从嵊山开始捕鱼，慢慢往南走，到三沙湾结束，除了过年休息几天，一直到2月。捕获的多为带鱼。带鱼怕太阳光，早上太阳一出海面，它们就潜伏在海底，傍晚太阳落下大海，它们就从海底往海面游，如果晚上风平浪静，带鱼头就齐刷刷地伸出海面，我们在船上看到这些龇牙咧嘴的脸和那挑衅的目光，也同样是摇头作罢。漂浮在海面的带鱼不好捕捞，网重鱼轻，带鱼进不了渔网。不过那时候海洋资源丰富，总是鱼肥舱满。记得有一年冬节那天，天蒙蒙亮，我们吃了汤圆就出发，船开到玉环坎门外的披山岛附近，还只有8点钟，发现有鱼群经过，就开始捕鱼了，打一网需要80分钟，加上整理网具的时间，平均2小时放一网，一天一夜下来，捕获了300担，3万斤都是银光闪闪的带鱼。我们回来给洞头渔业公司收购，价格是一斤1.8角。当时带鱼私价是1元一斤，我们思想好，听国家的话，不卖私价。机帆船用油是定量供应的，县柴油公司信任我们，不需定量，用多少给多少，我们也自觉节省用油，省出的油也决不卖私价。

二

20世纪70年代，洞头造船厂专门为花岗村远海渔业队造了一对载重50吨的对网机帆船，船舱里可放1000担渔获，是当时洞头最大的渔船，一般的渔船载重量25吨。庄金土亲自当船老大，对船上有32人，第一次出海就到沈家门渔港打鱼。沈家门渔港面临东海，背靠青龙、白虎两山，有一条十里长的天然避风良港，是我国最大的天然渔港，与挪威的卑尔根港、秘鲁的卡亚俄港并称世界三大渔港。那边鱼多船也多，数万艘渔船东南西北地穿梭。每逢鱼汛，沿海十几个省市的渔船云集沈家门，桅樯林立，鱼山虾海，几十万渔民活跃在渔港，或交易渔获，或休整船具，或进行补给。古书上有写"市肆骈列，海物错杂，贩客麇至"。民间的说法是：船老大驾船技术一般，根本不敢进出沈家门。特别是对船双拖，分母船、子船，船老大如果技术不过硬，或者注意力稍微不集中，就会被其他的渔船挤散，挤散了也不易寻找，只得结束捕鱼，各自回家。夜里，渔灯齐放，赤橙黄绿，如同繁星，这些渔灯也做双拖之间的信号灯。

庄金土说：有一次我们还去沈家门参加三省一市（浙江、福建、江苏、上海）的海上生产比赛，七八个钟头后，我们就捕了120担，一担100斤，在比赛中获得了产量最高奖。表彰大会上，省里的总指挥让我上台发言，我见台上有那么多大领导，台下有那么多渔民兄弟，觉得自己没文化讲不好，就不敢上台发言，洞头的一位带队领导上台代表我讲了话。

同样是渔民出身的庄克宗老人说：花岗村有过一段辉煌的历史，就是在20世纪70年代，花岗村发展快，船只多产量好，后来发展到围网3个组，小张网5个组，鱼粉厂1家。每年年终县里评比，花岗村都拿4个第一，评来4个先进，分别是先进船、先进村、先进收购、先进船老大，还获得全国渔业标兵大队称号。县里领导到北京领奖状，奖状很大，一米五乘一米五，上面印有两张照片，一张是花岗渔民打鱼的场景，一张是福建连江县渔民打鱼的场景。连江县渔业队的成员全是女性，女人下海打鱼，男人在岸上编织渔网，他们没有房子，一家人都住在渔船上，听起来很有意思。这张奖状在村委会挂了很久，前几年见不到了。庄金土也到省里参加过全省渔业工作表彰大会，省委第一书记铁瑛为他颁奖。

当然，这些荣誉来之不易。据庄金土和庄克宗回忆，那时候当地渔民在嵊山海域打鱼经历过多次危险。嵊山海域水不深，鱼多，盛产带鱼、乌贼、鲳鱼、虾、梭子蟹、鳗鱼、大黄鱼、石斑鱼等，网放下去，鱼就跳起来，是典型的北亚热带海洋季风区。嵊山岛有个山岙，叫"送死岙"，海上起南风，船只要到山岙的北面避风，海上起北风，船只要到山岙的南面避风。可那边的风很诡异，突然起风、转向，马力不大的渔船来不及转移，船就被风刮得无法控制，在海面上打转，出现船船相撞的现象。花岗村就有几只船撞出洞来，其中有一只是庄金土的父亲驾驶的，他们得到当地渔业生产指挥部的救助，几只破船被指挥部指导员的船只拖到沈家门修理。有一年三月天，嵊山那边一场东南风把许多渔船刮翻，有关部门知道情况，出动直升机来抢救。还有一次，他们的船在开往嵊山的途中，从收音机里听到马鞍列岛刮起了东南风，就赶紧掉转船头去找避风港。嵊山海域是马鞍列岛渔场的主体区域，最危险的地方，往往也正是鱼类最丰足的地方，诱惑着渔民一次次冒险前往。

把"五业"捆绑在一起搞"集体"，管理并不轻松，矛盾也不少。庄金土说，比如有一些地方偷偷卖私价鱼，省出来的柴油也卖私价，有村民就说我们为什么不卖？比如一条船上谁干多谁干少，谁出力谁不出力；比如渔船相撞了，渔网钩破了……经常有人为这些事情吵闹起来，我要了解具体情况，组织村干部研究解决。搞集体，私自行动困难了，但还是有人干私业赚钱的。计划经济时期，有些地方缺货物，个别搞运输的人就利用运输的便利，趁机贩卖物品，大的有钢筋水泥，小的有生活用品。这些人动用大队里公家的船只做私人生意，人家知道了肯定有意见。那时候实行计划票，有粮票、布票、糖票之类，浙江的计划票在上海、江苏特别吃香，一些人就拿着计划票到上海、江苏那边交换供应券，再去买自己需要的货物，也可以直接去换大米。

三

打鱼人虽然勤苦，收获也较为优厚。花岗村渔业辉煌时期，村里给村民半月发一次"工资"，按工分每个正劳力可以拿到10元钱左右。那时10元钱可以籴100斤米，花岗男青年不怕娶不到老婆，外村的姑娘会嫁上门来。村民集体富有，纷纷拆了茅草房，改建石头房。石头就地取材，山崖里开出来，成本省，又牢固，还是粉红的色彩，建起的房子比花岗岩石头房好看。村里现在留下的80来栋200多间石头房，都是那个年代盖的，所以盖得特别规整。洞头许多村都有一定规模的石头房，但建设的年代并不相近，用料、风格、档次也就不相同了，没有花岗村这么整齐划一。石头房石墙到顶，瓦片上压着不大不小的石块，这是因为海岛风大，为防止瓦片飞走而采取的办法。石头房隔温效果好，冬暖夏凉、古朴实用，山中清涧穿村而过，金灿灿的阳光洒在小村梯级的巷道上，花岗村越发显得静谧和美。

村民告诉我，新中国成立前村里除了4座太公留下的瓦房，其他都是茅棚厂（草房），茅棚厂一年要搭两次，台风来了刮掉又要搭。后来建了石头房，最多时有一百来栋。花岗村本是传统的渔业村，20世纪80年代开始村民陆续外出经商，在村村民也以近海捕捞为主，只有小船10多只，以小张网、流刺、蜈蚣笼为主。石头房就大量空置了，有二十来栋被拆掉了。县里领导看到这种情况，提出要保护石头屋，一保护，老房子就不能拆了，村民看到人家村里可以拆建新房子，改变居住条件，花岗村不可以，心里有些不快，只得到外地买房子住。2003年，花岗村被县里定为古渔村，作为渔家旅游项目规划开发，村民又看到了希望，在建设民宿上动脑筋，也认识到石头房是海岛渔村的建筑特色，也是当地的文化特色。

在庄克乌的带领下，我们沿路一户一户地看，每一栋石头房都是旧时光里的家，让当地村民追忆起许多陈年往事。这些朴素的民房，既透气通风、讲究朝向，又地基深厚、构造结实，能抵御百年一遇的台风暴雨。庄金土家是五间两层的石头房，朝西北，面对花岗门，朝向不是很好，冬天里开了门，风就直往家里灌。当时建房子时，庄金土本来可以拿到朝西南的地基，他觉得自己当村干部，不能选好的地基，留给了村民。我们几个人坐在庄金土的院子里聊天，院子的一方是一片山园，铺满了绿油油的番薯藤，这是一种丰收的信息，以弥补花岗村的寂寥与古老。

四

走读花岗村，不可以不去彩石滩。花岗岛如果没有彩石滩，就少去了许多天然的意趣。

去彩石滩要翻过村后的一个小山坳，山路两边栽种着花草，花草间飞舞着色彩艳丽的蝴蝶。我去彩石滩的那天将近傍晚，夕阳映照大海，霞光依然威猛，照耀得我出了一身黏黏糊糊的汗水，但翻过了山坳，见到海湾里这一滩纤尘不染、柔和宁静的鹅卵石，全身的汗水与烦躁顿消，如同走进一个梦幻般的多彩世界里。

夕阳映照下的彩石滩色彩斑斓明艳，卵石以黄棕色为主，另有深红、青灰、浅紫、赭黄、墨绿，不同色彩的卵石含有不同的矿物质，使这里的海滩异彩纷呈。我爬下礁石，来到了彩石滩上，捡一些心仪的卵石慢慢欣赏，细细品味。这里的卵石色泽纯正，石质坚硬，光洁柔润，冷峻鲜艳。有一些卵石还有清晰的图案，又说不出像什么不像什么，意境朦胧，奇谲多姿。浸泡在海水里的卵石更是娇艳妩媚，在海浪的作用下，它们有流畅的动感，起伏着，变幻着。水石之间，激起浪花，哗哗作乐，有节奏有韵律，构成奏鸣曲。这些鹅卵石，历经山洪冲击、流水搬运、大海洗礼和砂石间反复翻滚摩擦，终于形成了现在这个样子。再硬的顽石，面对漫长的岁月，也慢慢变得光滑，直到浑然天成，光滑如卵。

花岗村村民曾经告诉我，这一滩鹅卵石，以前经常遭受偷盗，有人驾船过来，满载而去，卖给一些建设工地，嵌墙铺路。卵石搞不明白，它们属于大海，喜欢自由，为什么人们要强行把它们押送到工地上，浇到水泥里。人类应该是明智的，也具有悲悯的情怀，面对人世间的一切，包括一花一草一鸟一石，都要充满爱意，给予宽容。你看这里，明朗的天空，白云朵朵；辽阔的大海，海浪声声；飞翔的鸥鸟，轻盈透亮；那些欢快的看海人，也融入了眼前这一份平静和谐之中。

彩石滩海岸景观线东北走向，不远处有一个山头叫牛头山。牛头山脚离海平面约10米处，有一个自然山洞叫牛头洞，长约10米，宽约3米。据当地村民说，1952年解放洞头的时候，这里发生过激战。这个洞的特点是易守难攻，战斗持续好几个小时，牺牲了好几名战士，无法攻下。后来村民想了一个办法，割来许多柴草叠放在山洞口，火烧烟熏，洞里的敌人只得出来投降。

花岗村四面环海，岙口众多。村民居住的3个岙口是畚斗岙、后坑岙和雨店岙。畚斗岙形如畚斗，后坑岙水源丰富，雨店岙富有神话色彩。还有以前没有计时工具时，用来看潮水的看网屿；渔民晒网用的樟网岙，那时候还没有现在的尼龙网，是棕丝编织的棕丝网；乌贼岙，落潮时岙里会露出一个石头井，每年三四月，到石头井里都能捉到乌贼，多时十几个，少时四五个。

我们沿着海岸线走，浪花哗啦啦地卷到我们的脚边，不经意间，一只海鸥扑棱棱地撩过海面，叼起一条小鱼。远处的海面上，海船的灯盏同天边的月亮一起莹亮闪烁。哦，原来已经暮色四起。

九、大三盘岛：怀旧与时尚的情调

一

初秋的海风已经有了凉意，海浪开始层层叠叠地涌向海岸，仿佛给大三盘岛镀上了一道如雪的花边。

据史书载，大三盘岛（也称三盘岛，下面统称三盘岛）因"列小山三座，形似盆盂，故名三盘。"该岛多为低丘，平地较少，陆域面积1.7平方公里，岸线长12.9公里。近20年来，"小山三座"经过开发建设，矗立起高楼大厦，涌现了小区楼盘，已难以看出"盆盂"的形象，但当地人说：我们岛上植被的茂盛、码头的繁华、村庄的恬静和岛民的勤劳纯朴还是原来的样子。两天的走读，也让我对三盘岛有了别样的认识。

三盘岛与洞头区政府驻地洞头岛仅一桥之隔，约760米，两岛居民方言与习俗却有所不同，洞头岛居民方言多为闽南话，三盘岛居民方言多为乐清话，习俗上的差别也可以列举许多。当地居民说：洞头岛我们以前叫洞头山或东屏岛，划船七八分钟就到，祖先是福建福鼎一带人；我们的祖先在300年前从乐清搬迁到此，当时这个岛一片荒芜，但海里鱼虾无数，就在岛上的大岙居住下来，讨海为生。最早上岛的是朱姓人家，由于岛上滩佳鱼丰，这个岛就像一块强力磁铁吸引着更多乐清人迁徙而来，成为海岛的主人。

大岙村党支部书记南少奇说：三盘岛原属玉环，1952年设立三盘乡，1953年划属洞头县，乡政府驻大岙村，辖大岙、擂网岙、西山头、阜埠岙、下尾5个行政村，2001年撤乡并入北岙镇。居民稳定在5000人左右，多数从事渔业，以定置张网作业为主，历史上曾是海蜇的主产区。20世纪80年代之前，三盘岛附近海蜇年年旺发，海面上到处漂浮着大如耥儿的海蜇，岛民说"三八水汪汪，鲊鱼（海蜇）如砻糠"。海蜇是定置张网生产的主要海产品之一，可用鲊鱼罾捕获，也可以用鲊鱼筐捕获，可每当海蜇旺发时，海面上都是浮浮沉沉的海蜇，就是拿网兜捞，竹竿、木棍刺，也有收获。

大岙村老人协会会长金松是一位老渔民，10多岁就下海捕鱼了，在海浪里过去了大半辈子。他说：海蜇生长季节性强，生命周期为一周年，一般每年3、4月份小海蜇在海里开始出现，8、9月成熟，为捕获期。寒露节气过后，海蜇老了，成了没人要的寒鲊。定置作业一般分两种，长期性固定张网和流动性固定张网，三盘岛渔民一直从事长期性固定张网。除了捕获海蜇，还要出海一两个小时捕取各种经济鱼类。渔民劳作强度大，艰难辛苦，一天4次潮水，平均6个小时一次，我们捕鱼要跟潮水走，拉网，收鱼，再布网，划船把渔获送到岛上，又得赶下一个潮水，周而复始，几乎没有时间休息睡觉，连吃饭也是"带赶"的。我们在茫茫大海上作业，夏天阳光毒辣，海面气温高达50多摄氏度，上晒下蒸，连喘气都困难，没有遮挡，脸和肩膀被晒脱了皮是常有的事。冬天冷冽的海风刮在脸上，刀割一样，到了夜里更是寒风刺骨。算起来我们每天在船上有18个小时，寒冬酷暑都要夜以继日地劳作。那时候渔船没有机械化，全靠人工操作，双手磨烂了，许多人有腰伤，用麻布绑起来。渔民衰老得快，50多岁就干不动了，腰是弯曲的，腿脚不灵便，走路蹒跚了。

近海作业一般不会出现断粮、缺水的情况，有时在海上一顿饭也不用吃。但20世纪60年代前的渔船抗风浪能力差，渔业生产危险性大，每次出海，渔民依然担心遇到台风等恶劣天气，如果惧怕风浪畏缩不前，又必然无法有丰厚的收获，难以支撑起一个家庭，这是每一个渔民都无法回避的矛盾。海上的风雨说来就来了，渔民在一般性的风雨中照样劳作，如果是台风来临，他们紧急避险，哪一个渔民没有经历过几次生与死的考验呢？当然，也常有被风浪吞噬、毁灭的。当时在海岛上流传着一句俗语：

脚踏三块板，性命交给天。父子不同船、兄弟不同船成了渔家遵照的准则，同一个家庭的成员不得在同一条船上作业，以免发生意外亲人同时遇难。

也有渔民告诉我，海上的日子除了单调的辛劳，也有瞬间的美丽。比如落霞满天时，海天一片炫目的艳红；比如夜晚在黑幽幽的海上，迷离的月色和昏黄的渔灯让他们有温馨的感觉。

金松原老人说：我这一辈子捕过的鱼虾蟹贝少说也有几百种，让我记忆最为深刻的是夜幕下的芒种虾。暗夜里是很难看清天和海的界限的，周边是一片沉寂的黑色。突然，暗黑中出现了几星粼光，闪闪烁烁，很快，粼光越来越多，不停地闪动着，亮丽地划出一道道银丝般的弧线。凭我的经验，早就知道那是芒种虾们不安心于夜的黑沉，在海面上欢快地跳跃，千千万万只芒种虾把整个海面映照出蓝莹莹的光彩，仿佛是繁星落入了大海。大海上的夜晚并不漫长，我们却捕获了满满几船的芒种虾。

芒种虾是芒种节气前后处于产卵期的毛虾，背至尾部有红膏，旺发时间极短，最多只有10天，稍纵即逝，经验丰富的渔民才能抓住时机大量捕获，制作成的虾皮称为芒种皮。芒种皮与一般的虾皮不同，虾体粗大浅粉色，半透明外壳，个个饱满均匀，含钙量高，鲜美清香。芒种虾生长在东海，但三盘岛一带的芒种皮品质最佳，是温州人传统的待客佳肴，价格也是寻常虾皮的数倍。芒种过后，毛虾产完卵，瘦成纸一样薄了。遇到芒种虾时，就仿佛是三盘岛渔民的节日，大家忙得不亦乐乎，大海里争分夺秒捕捞的图景，村里热火朝天的晒制场面也铺排开来。

二

三盘岛渔港位于海岛南侧的海湾里，属省级渔港，从晚清至今，成为浙南沿海地狭人稠，海上渔获交易繁荣的要冲之区，已有一百多年的历史了。

南少奇说：三盘岛的水产品加工业，历史悠久，海蜇皮、虾皮、乌贼干等海货享有盛名，其中最有名的要算"三矾提干海蜇"。一批批的商船来此运货，然后远销东南亚各国。商船大多来自福建，也有少许广东、宁波等地的商船航行其间。清嘉庆之前开始兴起，晚清到民国颇为繁盛，最鼎盛时，渔港里泊船千艘，首尾相接，有几里之长。福建船只过来时，船舱里都压着一层厚厚的沙子，用沙子镇船是为了在海上航行时起到平稳作用。他们把沙子倒在三盘岛的港湾里，把三盘岛出产的海蜇等渔获运过去，久而久之，三盘岛港湾从原来的石子滩慢慢演变成后来厚厚的沙滩，可见当时商船的规模之大。

为何三盘岛渔港会千帆汇聚，如此繁荣？据南少奇分析，除了拥有名优特产之外，还在于自然环境的得天独厚。这里的渔港位于瓯江出海处，靠近洞头岛和状元岙岛两个大岛，人气较旺，来往便捷；渔港水深湾阔，便于泊船，又是天然的避风区，无风浪之忧。

渔业的繁华促成了三盘岛大岙、阜埠等村商业的兴盛。外来的船只来到三盘岛渔港，不仅要大量购买海蜇等水产品，还带来了桂圆、荔枝、香菇、红糖等南货，在岛上销售，周边岛屿上的人们纷纷来三盘岛购买。许多人说三盘岛的月饼特别好吃，让人垂涎。其实这月饼也是从福建带过来的。据南少奇说，当时福建来的船老大和商人要与三盘岛的水产品加工商和船老大搞好关系，每年中秋节，都会赠送大量盒装月饼。这些月饼制作时用了陈三年的猪油，外表看油滑酥嫩，吃起来软糯香甜。有一些三盘人舍不得吃，把月饼拿出来卖，个小的论个卖，个大的切开来卖，就让人误以为是三盘岛出产的月饼了。外来船只来到三盘岛，还要停歇几天，补充船工生活所需的物资和淡水，于是，靠近渔港的大岙、阜埠村就出现了客栈、饭店等相关服务行业。大岙村老街不长，只有130米，海蜇行却有十几座，这些海蜇行大多建于民国，为穿斗砖木混合结构、硬山顶建筑，屋顶盖阴阳小青瓦，最有名的是"协兴行"。老街上还有咸货店、南货店等，商品琳琅满目，客商熙熙攘攘。当地人建起了陈府庙、太阴宫，供奉神灵，香火缭绕。

金松原老人告诉我，三矾提干海蜇制作复杂。海蜇含水量高，一只一百来斤的鲜活大海蜇，经过提干处理后不到10斤重。当时工坊没有机械设施，方法原始，海蜇捕得后，集中到一种专门用于海蜇加工的木船上。这种木船叫舨艚，加工人员用竹刀把海蜇头割下来，在海蜇身体里取出鲊鱼花，即海蜇卵巢，再用鲊鱼刮（竹片）刮去海蜇身体上的鲊鱼乌，也叫鲊鱼血。鲊鱼花和鲊鱼乌用来鲜吃或晒干吃，味道和营养都好，价格也贵。去了鲊鱼花和鲊鱼乌的海蜇身体叫鲊鱼白，用海水清洗干净，放置在舨艚里，用明矾层层腌制。海蜇头也要进行一番清洗，然后堆在一起进行高温发酵，尽量渗出血污，也用明矾腌制。这是制作海蜇的第一个步骤，叫初矾。二矾、三矾加工，腌料是用盐和明矾按比例配置，放在大木桶里腌制，每个木桶约有三吨的容量。鲊鱼头和鲊鱼白在加工过程中要彻底分开，并且不能接触鱼腥物。成品三矾提干海蜇晶莹剔透，呈粉白色，含水分少，外表干燥，进行包装。三盘岛形成了捕捞、加工、销售为一体的海蜇市场。

20世纪50年代，洞头县成立了水产公司，在三盘岛设立分点。那时候村里实行生产队，是劳动群众集体所有制的合作经济，捕捞、加工、销售都不能单干。于是，生产队负责海蜇的捕捞和初矾加工后，由水产公司收购，水产公司负责海蜇的二矾、三矾加工，再进行统一销售。这样，福建、广东等地的商人就不能来购买了。

三矾提干海蜇开启了三盘岛经济发展的时代，也是浙南沿海渔业起步的标志，具有十分重要的历史意义和现实意义。海蜇行和以后水产公司的开办，不但大大提高了生产力，而且促进了浙南沿海商业、交通、金融的全面发展。

20世纪70年代后，东海上的海蜇逐渐减少，到了80年代，三盘岛周围的海蜇几乎绝迹，其原因当地村民总结成三个方面，一是滥捕滥杀，二是海水污染，三是海流变化。但是，三盘岛渔港依然热闹，渔民还是从事长期性固定张网，捕获的海鲜在渔港码头交易，过秤、结算、配送……成了洞头水产品交易中心之一。夜幕降临，渔港码头灯火辉煌，这里的夜市成了海鲜淘宝控和美食家最不可错过的地方。

三

三盘岛不大，却因繁华富庶和独特的地理位置，历史上屡为海上绿林啸聚之地。据资料，元末农民起义首领方国珍聚兵洞头列岛时，曾在三盘岛建立大本营，声名显赫，拦截元军漕运。至正二十六年（1366），元朝义兵元帅朱亮祖率水师围剿三盘岛，方国珍率部遁往玉环楚门。清代，南雄北枭相迭占据三盘岛为巢，至嘉庆时，闽人蔡牵部下发展至两万余人、海船200余艘，活动于浙江沿海，占据三盘岛，多次与清朝水师激战。三盘岛上的铜钱岙，就因蔡牵军队存放钱粮而得名。蔡牵纵横海上十余年，曾进攻台湾，被称为镇海威武工。嘉庆十四年（1809）8月，蔡牵与清军闽浙水师连续交战于浙江渔山外洋，终因寡不敌众，弹尽粮绝，开炮自沉座船，与妻小及部众250余人沉海而亡。

听岛上的老人说，他们小时候的三盘岛并不是现如今这个模样，没有这么多的平地与房子，更没有桥梁和公路，那都是20世纪80年代以后的产物。原来的村庄依山而建，山坡上是一层一层的石头房，每块石头约有60厘米，不怕台风，窗小小的，对着海，门矮矮的，也对着海，每一栋都是海景房。渔港不远，海潮声不断。村里的石头小路一级一级蔓延在村里山间，与时而升腾起来的白色炊烟相映成趣。年轻的村姑是村里最闪亮的风景，她们被丰美的物产滋养着，显得明艳动人，人见人爱，吸引着那些操着不同口音的客人。客人是来贩卖海货的，村姑见多不怪，目光不躲不闪，言行毫无扭捏之态，客人也为她们的大方和爽利感到吃惊。看家的狗却很悠闲，村前村后溜达，或一路下坡来到渔港，寻找主人忙碌的身影，或者等待主人捕鱼归来。1996年和1998年，三盘岛两次大规模围港造田，2002年开始建沿海公路，新房子也拔地而起。

三盘岛北部的懒滩沙沙滩是天然的海滨浴场，沙质细腻柔软，海水湛蓝洁净，现在已开发为旅游景点，成为海上活动场所，需买票才能进入。在老一辈人的记忆里，不是有沙滩的地方就有景观，懒滩沙并不美好。南少奇说：懒滩沙又名烂滩沙，"懒"和"烂"都是"浪"的谐音，沙滩朝北，风浪很大，人迹稀少，没有利用价值，就一直荒芜、废弃，就慢慢被叫成懒滩沙或烂滩沙了。金松原老人还记得，旧时每遇灾害天气，海难时有发生，死难渔民随着风浪，漂浮到懒滩沙，他年轻时也时有看到，有些尸体还紧紧抱着桅杆或双手死死抓住船板，惨不忍睹。是无名尸体，无人查找，便就地掩埋，至于漂来的货物、船板，只要有明确标记，则想法送去或捎信认领。若无标记，谁捡到归谁。

阜埠岙村书记林碎芬关于懒滩沙的回忆没有这样悲戚。她说：我父母在生产队里是补网的渔民，不用出海，虽然工分低一些，但温饱没问题，我小时候生活平静，每天提个小竹箩到生产队里排队分鱼虾，鱼虾分来烧好后一家人开开心心围着吃。夏季里，每逢艳阳高照，哥哥要去懒滩沙游泳，我也跟过去。做学生时，春游秋游也都去懒滩沙，女同学带上锅碗瓢盆，在沙滩上搭起炉灶烧柴煮饭，男同学去周边山上、礁石上捡柴火。同学们吃饱了在沙滩上接力跑、做游戏、挖沙坑，在礁石边捡贝螺、捉迷藏，真是热闹。后来我做了老师，带学生去懒滩沙春游秋游，眼前都是一张张欢快的脸庞。现在在村里工作，有时女儿过来，也带往懒滩沙寻找童年的印迹。其实我每次来到沙滩上，何曾不想念自己小时候在懒滩沙上的情景啊。那时候的沙滩很平整，睡在上面就像睡在做工精细的凉席上；沙子很纯净，没有一点杂物，像人工过滤过一样；沙面被海水冲过后，看上去像涂了一层油，在阳光下闪闪发光。

1995年，懒滩沙附近建起了度假村，后来又改成了大酒店。近10年里，还出现了大量民宿和海上渔家乐，一栋7个房间的高档民宿，包住一晚要上万元。三盘岛的旅游融观光、度假、娱乐、健身于一体，做足"海"字文章：观海景、洗海浴、荡海舟、钓海鱼、挖海螺、尝海鲜、住海滨。

在阜埠岙村，我见许多老人在村前的长廊里闲坐聊天，轻松惬意。阜埠岙村委会主任徐松龙说：近几年我们村在长廊里推出"爱心凉亭"，给村民和过路人无偿提供茶水，夏天还会烧一些绿豆汤。爱心凉亭是海岛渔村的新景观，成为洞头精神文明的名片。

古与今、新与旧、传统与现代搅拌杂糅在一起，怀旧的情调与时尚的氛围同时弥漫在三盘岛的上空。

十、霓屿岛：向着滩涂要明天

一

陆地上的劳作，叫耕田；大海上的劳作，叫耕海。在霓屿岛，就有这么一批耕海的人，他们有着海一样的性格，搏击大海，打鱼为生，近40年来，他们养殖紫菜，不断扩展，面积达到3万亩，创造了关于海的神奇故事。走读洞头百岛，常常要从霓屿岛经过，但仅仅是经过而已，从来没有像今天这样认真面对。霓屿岛面积约10.43平方公里，周围有大片滩涂，面积约14.28平方公里，岸线长30.18公里。

与许多岛民一样，霓屿人的生产模式曾经是牧鱼耕地，亦渔亦农，他们春种番薯、蔬菜，冬播小麦、豆类，一年四季，番薯是主食，但仍然无法自给，需大量从外地购入。渔业成了他们的主业，是主要的经济来源。

20世纪70年代以前，霓屿人依托海上工具，进行海上流动捕捞，从帆船到机帆船，从张网船到舢板，还有单背、双背、三背。他们的渔业生产基地在北麂的过水小岛，据说那里是霓屿人的祖宗产业。到了70年代初，霓屿以大队集体形式发展机动船，80年代，又以股份制形式使用大马力的钢制渔船远洋捕鱼，收入可观。

在霓屿岛，近海作业有定置张网、网筐、小花蛏、三角棱等，春季扦鳓鱼、抓乌贼，秋季捕虾蟹、网海蜇……那时，霓屿岛近海鱼虾穿梭游弋，加上滩涂广阔，涂里有贝类涂上有跳鱼。原霓南乡（霓屿岛曾设立霓南、霓北两乡）乡长柯育萍说：当时有人夸耀霓屿的霓岙正海涂上的蛏子大如草鞋，蛤蜊大如拳头，有些夸张，但可以说蛏子如婴鞋，蛤蜊如婴拳。霓岙正海涂上盛产弹涂鱼，也叫跳跳鱼，温州人叫阑胡，依靠胸鳍和尾柄在水面、沙滩和岩石上爬行、跳跃，在滩涂上打孔穴居。我们拿着铲子去挖阑胡，半天可以挖三四斤，阑胡肉肥腥轻，味道赛过河鳗。浅海滩涂还有一种鱼叫乌塘鳢，霓屿人叫古呆，温州人叫蝤蠓虎，背鳍两个，胸鳍大，喜欢舒展开来，它能吃掉生性凶猛、甲壳坚硬的蝤蠓（锯缘青蟹）。岛上有渔民仔细观察过蝤蠓虎吃蝤蠓的经过。它善于在滩涂上装出一副呆头呆脑的样子，当蝤蠓爬近它时，它那扇形的尾巴就如响尾蛇的尾巴一样迅速摆动，发出声音，以引诱蝤蠓，当蝤蠓的两只大螯足咬住它的尾巴时，它猛地将尾巴一甩，就把蝤蠓的两只螯足击断了，这时，它马上转过身子，把自己的口水吐到蝤蠓的口中，它的口水里有一种酶，能把蝤蠓麻醉掉，把蝤蠓肉软化掉，它就连肉带汁都吃了，蝤蠓只剩一个空壳。蝤蠓虎的肉肥厚鲜美，用老酒做水，加姜片、冰糖、大蒜，用文火炖30分钟，既解馋，又大补，胜过如今的豪华盛筵。

二

在走读霓屿岛之前，我似乎只知道一条灵霓海堤把霓屿岛与灵昆岛相连，建设中的77省道延伸线从该岛经过，瓯江口新区、瓯飞工程（位于瓯江与飞云江之间的滩涂围垦工程）的石料场在该岛。我相信在很多人的印象中，霓屿岛是一块"飞地"，汽车开在海岸边蜿蜒的公路上，不到5分钟，就出了霓屿岛进入深门大桥。而这一次来，我才知道霓屿岛不仅有良好的海湾、葱郁的山林、时尚的民宅，还有默默矗立了几百年的灵潭摩崖和这块摩崖遥相呼应的石子岙城垣，有宁海禅寺、大贡岭公园、夫妻榕、宋代墓穴、西班牙古银币……我感受到一股浓郁的文化气息在岛上飘来飘去。

柯育萍曾经是霓南乡文化员，对家乡的乡土文化进行过认真的调查。他告诉我，霓屿岛最有名的古迹是灵潭摩崖石刻，位于上社村南岙溪水潭边，20世纪80年代初被霓屿中学师生发现。我们前往调查，摩崖刻在距溪口约100米、高出水面约2米的一块大石头上，灵潭两字楷书阴刻，右上角阴刻有乐清邑令胜忽口，下有敬令，其他字迹已模糊不清。经过考证，"乐清邑令胜忽口"即元朝乐清县令胜忽儿。某一年，乐清大陆久旱不雨，禾苗枯萎，河床干涸，县令胜忽儿带着一批人寻找求雨的地方。他们来到霓屿岛，当时这里属乐清十八都管辖，他们见南岙溪涧有一潭碧水，喜不自禁，拿一块小石扔于潭中，荡起涟漪，有两条泥鳅在游动，他们以为是龙的化身，就把泥鳅抓住，作为龙请到乐清大陆去了。到了乐清，只见天际边滚来团团乌云，一瞬间倾盆大雨。求雨应验，乐清县令就称此潭为霓屿潭，为乐清十五名潭之一，并在潭边岩上刻字纪念。此后多年，乐清人每遇干旱季节，就来此求雨。明万历《乐清县志》载"霓屿岛有龙潭"，光绪《永嘉县志·舆地·叙山》载"霓奥山……海中有龙潭"。石头和纸张，以不同的方式记载着相同的事件。

石子岙村现存一段古城墙，有300多年历史。300年前的石子岙有18户人家近百来人，岙前的大海上有一条狭长的水路夹在两座岛屿之间，是通往温州城的主航道。乱世之中，这里的岛民生活穷困，就聚集在一起打劫过往商船，做起了海盗。打劫毕竟违法，就有官兵上岛捉人。为了抵抗官兵，明末清初时，岛民建了一条长22.7米、高5米的防御城墙，用块石垒砌，当中设一圆形城门。他们屯聚粮食，将乱石与滚木备足，如有官兵上岛，火速封闭城门，乱石与滚木齐下。官府称石子岙为贼子岙。

在包贻岳的带领下，我们参观了那段城垣。它横亘在村口，本来坍塌残破，修整过几次，俨然是一座要塞的规模。我站在城门下往北望，数箭之地可见石子岙滩涂。包贻岳说：有一次官兵摇船过来，正是中午，石子岙起了北风，风大浪猛，船靠不了岸，侧翻了，一船的官兵都淹死了。我小的时候，上辈人叫我不要到滩涂玩耍，那里死过很多人，有鬼，我们也确实见到一些遗骸。我穿过城门，走在通往滩涂的小道上，仿佛走进了那段惊心动魄的历史中。在滩涂边，我们没有发现遗骸，猛一抬头，只见城垣在阳光映照下，黝黑如铁，凛然不可进犯。

郎等村也曾有过海盗。20世纪40年代，有多名海盗驻扎在郎等村。有个海盗头子叫黄庆东，他与部下十几个人居住在内东郎自然村渔民叶月德家里，他们有枪支，占地为王，骚扰百姓。1952年霓屿岛解放了，海盗大多逃跑了，个别被捉住枪毙了。

在上社村，有村民发现过宋代墓，用红砖砌成，后被开垦成耕地。1987年，有渔民在倪岙正海滩上挖到一小坛西班牙银币，乡干部知道后上门动员他拿出来，他拿出了两枚，现收藏于温州市博物馆。2008年，西岙自然村出土了7件北宋时期的陶瓷，这是霓屿岛有确切记载历史的开始。

在蔚蓝的海水中,鸥鹭翻飞,帆影点点……霓屿岛附近的这一片海域,来往穿梭过多少远洋的商船?谁也不知道,但我们知道这里曾经是重要的通商水道,商人和船夫曾经在这片海上披星戴月,征服惊涛骇浪,纵横千里万里,带去丝绸茶瓷,带回香料药物,让千家万户受益。

三

霓屿岛主峰山尖,海拔332米,是洞头区第二高峰,据说在山尖观景平台可360°观景,近百个岛屿能尽收眼底。面对这份诱惑,我们驱车行抵山尖。

我们在观景平台上凭栏瞭望,海阔天空,略有一层梦幻般的薄雾,此时阳光并不强烈,投射到海面上,产生粼粼的光影效果,大大小小的岛屿星罗棋布,远处的海平线是永远的背景。

郎等村程书记说:山尖是军事要地,洞头解放后,这里是驻军的首选之地。当时进驻一个营,没有营房,部队暂居在岛民家里,同时加紧修筑营房、碉堡、哨所,还深挖战壕、防空洞,4年后入住营房。1971年部队撤走了,当地政府把营房改建成霓屿中学。柯育萍说:1974年我高中毕业,来霓屿中学代课一年,5个班级,学生近200人,教职员工10多位,学生来自本岛,全部住校,师生同吃住同学习同劳动。学校里烧的煤炭要到桐岙供销社购买,老师带着学生走山路浩浩荡荡地过去,又浩浩荡荡地挑煤炭回来,湛蓝的天空下是空旷的山野,个个小脸蛋都晒得黝红,来回要一个多小时,算劳动课。师生还在山尖栽种剑麻,这是一种硬质叶纤维作物,被收购站收去打绳子用。那时没有电,学生夜读要点煤油灯。学习氛围很好,大家都很快乐。看到半山腰白雾缭绕或日出日落,学生们就高举双手欢叫。还有男同学去摘几朵山花或几个野果送给女同学,为本已色彩斑斓的校园生活增添更多的诗意。

那时霓屿岛上还没有公路,不同村的村民来往都要走山路。比如从郎等到桐岙,路程约一个小时,这是大路。山尖更多的是小路,当地人叫老鼠路,上山砍柴用的。在洞头群岛中,霓屿岛山高柴草多,柴草成了岛民重要的经济来源,他们砍好柴草,晒干,装在小船里划到洞头本岛去卖,一担一两毛钱,见到现金。他们自己烧柴屑,赤着脚,拿个竹耙子,走老鼠路到山梁上,然后一边往山下跑一边用竹耙子耙柴屑,半天可耙一小箩筐。山尖不仅柴草好,水源也充沛,山上有多条水沟溪涧。清道光《乐清县志》有载"山顶有水如线,悬崖而下",每次雨后,霓岙潭有洁白的水线悬嵌于崖沟中。村村有水井，水质好，冬天井口冒缕缕热气，夏天井水沁凉入心，是岛民的饮用之水。井边有洗衣台，井水充裕时可供洗涤。水井边常常挤满了人，井台成了人们的信息交流中心，洗衣洗菜的女子，七八个围在一起，什么大事小事有趣事开心事，都要聊，聊了之后还要唱，唱当地的民谣小调，大家都那么开心。但遇到干旱或过年用水量过大，井水不够用了，家家户户要排队轮流取水，队伍最长时有10多米，轮到的人家就背来梯子爬到井底，水蓄一点，用舀勺舀一点，水也蓄得快，10多分钟一桶水就满了。柯育萍小时候排队取水时觉得无趣，就带一支笛子在身边，排队时拿笛子吹，他把笛子贴在唇边，双目低垂，双唇轻启，一首悠扬的乐曲在笛孔里诞生了。下了井底等待蓄水时，他也要吹笛，井里有回声，有扩音效果，笛声就显得特别浑厚高亢，更加低回婉转，他沉醉在自己的音乐世界里。后来，岛民用坑道井接水，到了2010年，珊溪水通到了岛上，家家户户有了自来水，吃水问题得到彻底解决。如今水井的水依然清澈见底，但不再饮用了。

四

20世纪70年代，霓屿人从福建学来紫菜养殖技术，开始用竹竿加竹帘养殖，颇有收益。改革开放后，一部分渔民转产转业，外出务工经商，留下来的渔民发展插杆紫菜养殖，经济收入大幅度提升。

石子岙村有近2000亩的紫菜养殖场，村里的老书记包贻岳年轻时出海捕鱼，中年时养殖紫菜，养了38年，最多时养20多亩、700多张网帘，现在已近暮年，他把养殖场送给了亲戚，专心育苗。他说：养殖紫菜关键在育苗，每年清明节前后，我们到海里把紫菜孢子采过来，撒在贝壳里，置放在专门的育苗池中养育。白露前后一个星期，冷气渐重，我们把附有苗种的网帘固定在养殖场的插杆上。进入出苗期，如果有北方冷空气南下，就为紫菜生长提供了更好的生长环境。所有的养殖户都心照不宣地遵循时间规律，保持一致的生产步调。潮涨潮落，十天半月后，一排排网帘出现了变化，一小撮一小撮的红色小苗在海风海水里渐生渐长。养殖紫菜最辛苦的是插杆，买来粗壮挺拔的毛竹，削尖后插到海涂中，并搭起支架，全靠人工。劳动强度大时，只得雇小工、叫亲戚。

上社村的柯受学16岁初中毕业后就开始养紫菜，至今已经30多年。近十来年里，他与妻子一起养了2000多张网，80亩，靠着养紫菜，他们的生活充盈而安康。听了柯受学的描述，原来养殖紫菜有太多的讲究。他说：养殖的海域要潮流畅通、有风有浪，最好刮点北风，海底以沙泥底为佳，水质以含氮、磷较多为好。紫菜养殖的产量、质量主要在于叶状体是否生长正常及收获时间长短，这与管理水平有关。管理并不轻松，小苗生长齐全后，要注意调节水层，增加叶状体光合作用时间，一般出苗后每天生长速度1厘米为正常，长大一些后每天可增长4厘米以上。他们还要经常到养殖场查看插杆是否稳固，网帘固定得怎么样，不敢怠慢。如果几天没有风浪，淤泥会沾在紫菜上，青苔杂藻附生于网帘，占苗位，争营养，都要及时处理。有时高温天气，叶状体腐烂变绿，严重时全海区烂掉。一天天的辛苦，流那么多汗水，烂掉时，却在一夜间。

终于到了紫菜收割季节，柯受学夫妻俩往往要在凌晨趁潮水退下时去收割，他们顺着网帘把紫菜割下来，简单机械的动作考验着他们的耐性。到上午八九点钟，太阳已升得老高，看着潮水一浪高过一浪，夫妻俩才满载而归。大海从来没有吝啬过对柯受学的馈赠，每年的收成总是能够尽如人意，但从育苗、养殖到收割，紫菜的生长需要时间的滋养。

柯育萍说：紫菜的采收跟割韭菜一样分期采割，长至二三十厘米即可采收一次，俗称一水。根据天时、海域和管理，一般采割五六水，好的七八水。第一批紫菜称花水，第二批称二水，如此类推。在花水之前，个别养殖户也会采摘第一茬10厘米长的幼嫩芽头，叫芽头紫菜，用于招待亲朋好友，一张网只能采半斤，并且不会再长，所以金子般珍贵。芽头紫菜色泽紫红，柔韧性好，香甜可口，市场上却没有。市场上最好的是花水紫菜，干货每斤80元，现在霓屿的养殖户少有晒制干货，而是带水收购。紫菜成熟季节，福建等地就有商贩直接到养殖场码头收购。几水下来，一亩可收入1万多元，多的两万元。

经历时间和海潮的孕育，这种人工与自然相结合的海洋生物养殖，让许多人家有千金，展现给我们的是那一排排深入海水的竹竿，在阳光和海风中显得特别壮观。

五

霓屿是一座传奇的岛屿，相传古时有渔民在海上漂泊了几天后，终于登上这个岛屿，渔民看到岛上霓虹悬挂，鸟语花香，这是祥瑞之兆，因此把该岛取名霓屿。而现在，这个诗情画意的岛屿从洞头的"西藏"变成洞头的"心脏"。

霓岙正一百年前出了一个半仙柯天复，霓屿人叫他地仙，他当时说了一些不着边际的话，如"霓屿的巨石要翻身""霓屿的滩涂上有金门槛""霓岙正要开饭店"等等。不料一百年后,他的这些奇思妙想都一一成了现实:霓屿岛成为多个重大工程的石料场,开山放炮,巨石滚滚,还不是巨石翻身?石料场的工人住在霓沓正,就要办食堂,还不是开饭店?至于滩涂上有"金门槛",那万亩养殖场可正是日进斗金。今天看来,他是一个预言家。

当然,这一切的变化不是从天而降,而是人们发扬愚公移山的精神创造了奇迹,把梦想变成现实。早在20世纪60年代中期,霓屿岛就吹起了围海造地的号角。那时候三条垄大队大胆提出要在霓沓正围海造地,得到全体社员的拥护,大队按劳力摊派义务工。那时没有机械设备,人工开采岩石,人工抬扛石料。社员们带着饭包从天亮干到天黑,但建起的堤塘总毁于台风大潮中,建了十来年没有成功。1985年,16位青年人承包了堤塘建设,历经一年多时间终于围成了一条长560米、高4米的海堤,造地面积282亩,这是当今大规模围海造地的前奏,他们被评为省级青年突击队。

三条垄是灵霓大堤进入霓屿岛的第一个村,1982年分为上社、下社村。下社村书记沈上法说:1997年,我们响应上级号召,投身灵霓大堤建设,那一年我刚刚当选为村委会主任,马上就要着手征地工作,但村民很支持家乡的建设事业,耕地和山地几乎是被无偿征用(耕地补偿款每平方米1-2元),每人还要捐款26元。1997年12月29日,灵霓大堤开工建设,在我们这里打响第一炮。当时整体推进没有把握,先建两公里试验堤。2006年4月,不但灵霓大堤建好了,而且五岛连桥了,从此,洞头与温州通车了。

霓屿街道主任陈志华说:洞头发生巨变,霓屿岛作为洞头的桥头堡,贡献很大。这些年来,霓屿岛被确定为温州半岛工程、瓯飞工程、瓯江口新区、330国道等省、市重大工程建设石料场,政策处理规模之大、种类之多、资金之巨、难度之高在洞头均是史无前例。政策处理涉及万亩海区退养、2500多亩土地征用、104户居民搬迁安置,村民全力配合,无怨无悔。霓屿人与美好的生活紧紧拥抱,每个村都绿树环绕,园林点缀,高楼别墅依山而建。

道路狭窄、设施陈旧、交通不便……那是曾经的霓屿。霓屿岛原是洞头最西端的孤岛,一个贫穷而偏僻的地方,人们的意识也受到环境带来的约束,安于讨海为生。

五岛相连工程给霓屿插上了飞翔的翅膀。"春江水暖鸭先知",海岛与大陆相连后,最先感知巨大变化的当然是霓屿人,霓屿岛快速成了投资的热土。一批批投资商来霓屿洽谈各种项目,而让霓屿人自豪的是,该岛历史上第一家企业——温州星贝海藻食品有限公司很快就诞生了。

得益于五岛相连,作为一个令人瞩目的新兴城镇,霓屿拥有环岛立体的公共交通网络，成为温州市综合交通枢纽的重要组成部分。2016年2月2日，总长2638.5米的洞头峡跨海特大桥正式通车，一桥飞架南北，百岛再添通途，从此，洞头城区告别进出"仅此一路"的历史。跨海大桥的一端接点就在霓屿布袋岙新区。市域铁路S1线属于温州轨道交通，全长77公里，是构建未来温州大都市核心区两大中心——中心城和瓯江口新城的快速联系通道，并且服务高铁站、温州机场等，S1线到达霓屿岛。G330国道是长三角和东南沿海向中西部地区经济辐射的重要通道，起点在温州鹿城，经过霓屿岛。同时，建设中的77省道、215省道延伸线也从霓屿岛经过。

这一系列大通道建设，缩短温州市区与洞头的行车距离，也让洞头快速融入温州大都市区，从一个海岛小县变成都市新区，而霓屿构建了互联互通、内畅外快的交通网，成了洞头的桥头堡，具有特别重要的地位。

霓屿人并不满足目前已经拥有的五岛公路、霓屿正线、霓正新线这样的半环岛格局，下步将通过南部外环交通网打造，形成大环岛交通网络，一方面借助省道、国道、S1线建设的契机，把南片的交通做一个提升，另一方面开通霓新隧道，把同兴至浅门沿礁公路建设好，便捷的交通定会给霓屿带来更大的提升和发展。

桥，连着此岸和彼岸；路，通向未来和远方。

六

从草寮到钢筋水泥房，从石厝到风格各异的建筑群，霓屿的面貌在日月轮转中悄然改变。

霓屿人勤劳、勇敢、善良、节俭，他们不相信天上会掉馅饼，他们用勤劳的双手改变自己的家园。霓屿，这个曾被冷落在大海里的岛屿，整装待发，等候嬗变。

霓屿布袋岙新区经过5年建设，一、二期安置房已建成，目前已具规模。我在现场看到住宅小区挺拔的高楼，流畅的线条，别致的造型，勾勒出一道美丽的天际轮廓线，丰富着人们的视觉空间。陈志华说：在洞头，被称为新区的只有两个地方，一个是北岙新区，一个就是布袋岙新区。我们在这个新区不但建设了大量安置房，用于霓屿南片4个村的搬迁安置，还正在建设霓屿义校、居家养老和社区卫生中心、市民活动中心、农贸市场、污水处理厂等。温州医养综合体也落户于此，拟建成一个集指导、实训、医养融合为一体的多功能示范型老年人照护中心。完善的生活配套设施，吸引更多的人居住生活，新区更具人气。霓屿南片4村搬迁工作正在有序进行，北片6

村正在打造洞头美丽乡村的示范区。霓屿城镇建设亮点纷呈，霓屿也在一天天地变化、成长，每一处建筑都在立体地诉说着岛屿的故事。

我的汽车行驶在霓屿街道通畅的大道上，满眼的花红柳绿，草长莺飞，空地上、建筑旁，看不到一处凌乱的线路管网。岛民在公路旁整理养殖紫菜用的竹竿，好一派欣欣向荣的景象。

作为两瓯（瓯江口新区、瓯飞工程）料场的主阵地，近年来霓屿岛生态受到了破坏，霓屿街道以"北生态、南料场"的格局，在生态建设上加大力度。霓屿岛北片的生态保持完整性并予以深化，建设好三条垄、桐岙、内外东郎生态游步道。对南片料场进行生态修复，建亭台楼阁、健身器材、雕塑小品，一幅幅老少同乐的场景定格在霓屿的晨曦余晖中。

古有郭璞"连五斗之山，通五行之水"兴建温州城，今有温州半岛工程的建设，连岛兴港、围涂造地，这无疑是为温州城市的发展拓展了新的空间，实现从滨江型城市向滨海型城市转变，让温州市区进入"东海时代"。据了解，半岛工程陆岛相连将使温州城市发展空间东延60公里，新增包括洞头诸岛在内的200多平方公里面积，足以使温州城市长大两倍。温州城在长大的同时，还朝着向东、跨江、面海的组团式发展。

霓屿街道党工委书记郭海辉说：霓屿作为温州城市东扩的第一个站点，有着比较广阔的熟地，并且随着料场开采的推进，到2020年，我们还会增加3000多亩熟地，这在城市拓展、产业布局、道路建设、旅游开发、居民生活等各方面，提供用地的保障。霓屿是瓯洞一体化、灵霓一体化的融合区，是洞头同城发展、对接温州市区的先行区和示范区。在未来的建设中，我们谋划空间布局，研究编制霓屿整岛短中远期开发建设的规划。

宜业、宜居、宜游是一个城镇的最高境界，拓展海岛的发展空间、改善人居环境的承载，是为霓屿人和新霓屿人生活得更幸福更美好奠定扎实的基础。

霓屿的未来注定是不会平凡的，旅游发展也掀开了新篇章。陈志华说：洞头旅游最大的问题是季节性问题，外地游客来洞头旅游，是冲着这一片海水、这一片海滩而来，这样，往往是夏天人满为患，游客来了也没的住，到了冬天，洞头却门可罗雀。紫菜从每年的白露节气开始养殖，到次年二月收成结束，大丰收又正在冬天，如果发展紫菜旅游，就可打破洞头旅游季节性的问题。我们利用打造紫菜综合现代产业园区，将产业与旅游结合起来，形成农业+观光旅游的产业格局。为了吸引游客，我们推出紫菜海上观光田园，探索开展紫菜采摘、紫菜认养等海上田园活动。郭海辉说：今天看来，上天好像特别眷顾霓屿，它拥有温州地区最好的滩涂，我们要形成海上有田园、泥上有乐园、湿地有公园的旅游格局，建成沿海经济带上环境优美、宜居宜业的现代化城镇。

同时，霓屿街道还在加快建设山尖海洋观景廊道。霓屿山尖海拔332米，为洞头区第二高峰，在山尖观景平台可360°观景，近百个岛屿尽收眼底。这里保留有新中国成立之初的军事设施，曾经办过学校，这里的一草一木都饱含着霓屿人的情感。秋天里，来山尖登高望远，是极好的选择。一山一石静中生趣，一花一木风姿婉约，境界由此大开，心情从这里放飞。

人们期盼着悠悠碧水、湛湛蓝天，人们渴望着青青绿树、簇簇鲜花，霓屿岛西端的霓岙正红树林湿地公园正在积极筹建中，将引种红树林种苗，成为温州城区另一个城市之肺（温州的三垟湿地被称为温州的城市之肺）。据了解，温州市海洋渔业局已经安排2400万元资金，把盎然绿意撒在滩涂上，并融入与之相配套的旅客接待中心、餐饮休闲场所，将霓岙正湿地公园打造成浙江省最大的红树林湿地公园。成树成林必成金，不久的将来，我们在霓岙正看到的会是满园春色，满眼风光。

走读霓屿，我的心情在沧海桑田、白云苍狗中激荡，我感受到了人性中的信念之美、心灵之美和奉献之美，这也是我们不该抛弃的文本。走在下社村的街道上，一个甜美的声音伴着海风飘过来。"听，这是什么歌声？"我问陈志华主任。他说：这是由霓屿街道干部集体创作歌词、国家一级作曲家孟美璋谱曲的《霓岙山谣》。

云雾缭绕的霓岙山尖/守望着日夜奔流的瓯江/美丽浪漫的霓虹之屿/静静伫立在海西湖边/万亩紫菜蓝土地种遍/那是赶海人向着滩涂要明天……

十一、胜利岙岛：讲述不寻常的故事

一

胜利岙岛，原名棺材岙，位于洞头本岛东北端，两岛相距约10米，由胜利桥连接。该岛陆域面积0.37平方公里，岸线长4.17公里，建有海霞军事主题公园，与洞头先锋女子民兵连纪念馆、洞头解放纪念碑等人文景观组成东沙景区，为爱国主义和党史教育基地，每年都有大批参观者前来瞻仰和学习。

1952年1月解放洞头列岛时，人民解放军经过激烈战斗，最后才攻克胜利岙岛，取得胜利。1975年，一部讲述洞头海岛女民兵参加保卫新中国的电影《海霞》上映，洞头女民兵的事迹传遍了全中国。我小时候听过解放洞头和民兵海霞的红色事迹，学生时代看过有关书籍，现在来到胜利岙岛重读这些不寻常的故事，又是别样的体验，这里蕴含丰富的革命精神和厚重的文化内涵，鼓舞人，激励人。

我走读胜利岙岛是深冬里的一天，岛上显得特别宁静，与喧嚣无关，与躁动无着，甚至没有车声人声。岛屿呈凹字形状，岙口里有海滩和村落，周边海岸险峻陡峭。爱国主义教育基地、我国第一座海防军事主题公园海霞军事主题公园，正在闭门整修。胜利岙渔村，已经没有专门从事渔业生产的渔家，几间傍山面海的石头老屋被改建成民宿，由于季节原因也关门谢客。

60多年前的胜利岙岛还称为棺材岙，没有我眼下这般安详，它的改名，就是因为解放洞头的胜利。1949年到1952年，洞头列岛经历了解放、失守、再解放、再失守的反复争夺过程，这样反反复复的拉锯战，在中国战争史上也不多见。

1949年后，洞头列岛仍被国民党残部占据，国民党把洞头视为反攻大陆的跳板。10月7日中秋之夜，我军从乐清湾与温州湾之间出海，百余条渔船满载着数千名指战员向洞头列岛进发，解放洞头战役拉开了序幕。担任主攻任务的是四野7兵团21军63师，并由地方部队浙江警备1旅2团（原浙南游击纵队）配合联攻。总指挥为7兵团兼浙江省军区司令员张爱萍，前线指挥为63师师长李光军。首战洞头列岛全线告捷，英勇的解放军从登陆至战斗结束，先后仅10小时，歼敌3000余人。

洞头列岛解放后，温州、台州沿海的南麂、北麂、披山、大陈等诸岛仍由国民党军队盘踞，且不断派飞机、军舰及武装人员骚扰东南沿海地区。1950年7月6日深夜，国民党2000多名官兵坐着军舰、汽艇和机帆船闯入洞头海区，于次日上午登上洞头岛，向守岛部队发起进攻。我军与其发生猛烈交战，当时守岛仅两个连队，敌众我寡，激战两昼夜后，我军伤亡惨重，只得撤退至大门岛。

1951年6月6日，温州军分区308团进剿占据洞头等岛的国民党军队，后又撤离洞头等岛。12月2日夜，308团又一次进剿和再次撤离。国民党国防部独立第7纵队副司令王祥林等部加紧构筑工事，妄图固守洞头等岛。

1952年1月11日下午5时，人民解放军打响最后解放洞头的战斗。主攻部队为步兵103师309团和步兵105师315团，以309团为主攻，315团和温州军分区机帆大队配合作战，温州军分区司令员夏云飞和105师参谋长刘金山等组成解放洞头前线指挥所，两个团分别从温州龙湾和乐清黄华出发，向洞头进军。晚上9时40分，309团在洞头岛的沙岙、鼻子尾登陆，快速占领了有利地形，12日凌晨，向北岙、东沙进攻，把敌人压到北烟台山。上午8时许，主力部队向北烟台山发起进攻，战斗不到2小时，王祥林带领50多名残兵败将逃入棺材岙，凭着险要地形和隐蔽火力网，一面死守顽抗，一面向大陈岛守敌胡宗南部呼救求援。

二

今年89岁的李德才老人参加过进攻棺材岙的战斗。他现居住于温州市区，我在朋友的带领下敲开了他的家门。李老高高的个儿，宽宽的肩，一脸慈祥，温暖如春风，虽已是耄耋之年，可说起话来声音雄浑有力，与他对话不需要提高声音。

他出生于山东枣庄，1945年参军，参加过淮海战役、渡江战役、孟良崮战役等，戎马一生。他说：我是315团3营营部管理员，主要负责指挥重机枪排，营部驻在玉环楚门，1952年1月6日奉命去师部乐清虹桥开会。到9日下午，张爱萍到会作动员讲话，大意是：兄弟部队要投入解放洞头的战斗，你们要做好准备。当晚我们步行到乐清柳市待命。13日晚上6点多钟，接到命令，增援洞头，于是急行军到乐清黄华乘船。这是我和许多战士第一次参加渡海作战，船越往海里行驶，风浪越大，在陆地作战我们是老虎，但在海上，我们就像老虎下了水，大部分战士因晕船呕吐，船里就有点乱。航行两个多小时，洞头岛出现在眼前，大家精神一振，也不晕船了。14日天还没亮，我们登上洞头岛，迅速进驻离棺材岙最近的桐桥村一带，隐蔽在最前沿的进攻出发阵地。凌晨天蒙蒙亮，我听到附近有马达声，用望远镜一看，是一只小炮艇，我指挥机枪排的同志发出信号弹测试距离，信号弹的亮光划破寂静的海空，是我们的火力范围，立即命令机枪排开火，小炮艇往外海逃窜，后来得知这小炮艇是来接棺材岙的敌军到大陈岛去。又过了一会儿，霞光初露时，传来一阵微弱的哨声，我用望远镜一看，只见一个人从海岸边向我们的位置爬来。我向营长汇报，营长命令我带几个士兵把这个人截过来，原来是309团的一位排长，在战斗中死里逃生，他见到我们兴奋得休克过去，就像电视、电影里看到的那样。他苏醒后一直说进攻棺材岙伤亡很大。这时，天色已渐渐放亮，朝阳也在海面上现出了轮廓，刘金山带着连以上的干部到棺材岙查看地形、敌情，我们爬到山头上，黎明之光如瀑布般倾泻在棺材岙，敌人的碉堡看得一清二楚。我们看到了309团牺牲的同志的数十具尸体漂浮在海面上，想着这些生龙活虎的年轻生命就这样牺牲在冰冷的海水里，义愤填膺。我们还向群众了解情况，总结前面两次进攻受挫的原因。当天，山炮连的大炮也各就各位。

棺材岙，也称观潮山，四面环海，一条狭小海沟与洞头岛相隔，退潮后，行人能涉海礁而过，涨潮时无路可通。海岸线多悬崖峭壁，地势十分险要，守敌凭借天然屏障，封锁了我军进攻的唯一通道。我军两次进攻棺材岙的官兵，大多不熟悉海岛战役，没有掌握好潮汐，没有搞清楚敌人明暗火力点，进攻前火力组织压不倒对方。当战士们看到朝夕相处、亲密无间的战友牺牲战场，遗体一批批地转移下来，无不悲痛欲绝，形成更加强烈的求战心理，想要报仇雪恨，就"打红了眼"，求胜心切。多种原因致使两次进攻均失败了。

李老回忆：15日上午，我们在隐蔽点看到有几个人打着白旗从海沟里过来，刚要上我们这边的交通口时，敌方射来了一串子弹，几个人被打死了。我们想，他们是来投降的还是来送信的？我们把尸体拉过来，在他们身上找不到可提供线索的东西。到了下午3时，正值潮水将要退完的时候，我军向棺材岙守敌发起进攻，在刘金山的临阵指挥下，山炮连集中对棺材岙的敌方军事基地实施轰炸，打得敌人阵地上硝烟翻滚，火光闪闪。我方3发红色信号弹升空，步兵出击，7连为第一梯队主攻，在李德成连长率领和当地数名老乡的引路下，将士们穿着防滑草鞋，猛打猛冲，迅速涉过狭长的海礁道，从右翼冲上山去。在冲到半山腰时，我右边一位卫生排长的脸部被3发子弹擦伤，烫出了3条红杠，继续冲锋；左边一位参谋长的右腿被子弹打准了，倒在地上哇哇大叫。我查看了一下他的右腿，因为穿着棉裤，虽然被子弹打中，但没有穿进去。我让他不要乱叫。他说：我负伤了也不能叫啊？他把棉裤腿卷起来，腿上有红肿，他就给自己包扎。这时候，从敌人的一方阵营里跑来一个人，背着枪，急急地说：自己人，代号×××，叫陈×杰（中间那个字我忘记了），我来掩护，你们赶快往山上冲。是内应？投降？还是陷阱？当时晴空万里，视线很好，我清楚地看到那人确实在指挥战士冲往敌人的军事要地，凭着多年的战斗经验，我果断判断，对方是自己盟友。于是，我命令重机枪排集中火力向敌人阵地扫射，打得敌人鬼哭狼嚎，乱作一团。经过激烈交火，我们突破了敌人的防线。这时，9连也冲过了海礁道，从左翼上山占领了一个山头，以密集的火力向敌人射击，掩护7连冲锋。在两个连的夹攻下，战士们冲上棺材岙最高峰，把红旗插到了观潮山之巅，高高飘扬，大家欢呼战斗胜利。敌人死的死，伤的伤，残敌纷纷缴械投降。战斗于当天下午5时许结束，用了1小时20分钟。傍晚时分在一个山洞里活捉敌酋王祥林，宣告洞头全境解放。这次战斗共歼敌400余人，7连有7名同志轻伤，9连无一伤亡。

一些敌人逃到了棺材岙村，打扮成村民混在村民之中，我军进行搜查。李德才到一户村民家里，看到大人小孩好几位围着火灶取暖，烧火的那位显得很紧张，李德才觉得不大对头，把枪一掏，高喊"举起手来"，并在烧火人的腰间一摸，还有一把枪。李德才把敌人抓来交给团参谋长。类似情况很多，我军共抓到了几十人。在解放洞头战斗中，共歼敌894人，俘敌608人，缴获了迫击炮、火箭炮、轻重机枪、高射机枪等武器弹药。

三

还让李德才老人念念不忘的，是战友牺牲在航船上。他说：有一次，我们的船只从苍南一个岛屿边经过，被岛上的敌人发现了，向上级报告。敌人出动了飞机，追到黄华江口投下炸弹，几位战友牺牲了。这次事件后，我们的船只改为晚上出行，可是又多次遇险。原来在抗日战争时期，日本鬼子把渔民的渔船装上石头，沉没在海里或航道上，其目的是用渔船上的桅杆矗立在海水中，阻挡国民党的军舰。结果，我们的船只在晚上行动时，这些桅杆如尖刀一般把船底划开口子，船漏水了，一些战友获救，一些战友就沉到海里牺牲了。有一次，我团里一船只遇险时，一位营长用平时吊在船屁股上的小舢板实施营救，这位营长是一级战斗英雄，小舢板运了三趟，救出了部队和地方干部，救出了家属，他和战士们手挽着手一起随着船只沉入了大海。

李老还说：那位在棺材岙战场上"临阵倒戈"的陈×杰，解放洞头后找过我几次，要求我证明他是"自己人"，在战场上掩护同志。我说这是事实，可以给你写证明材料，我一个人不够的话还可以找其他人一起证明。根据他的代号，组织关系原来应该在温州军分区，我的部队到洞头后，转到了我团侦察股。侦察股股长我认识，我托了好多人找到了已在金华兰溪当了看守所所长的股长，股长说他是插在敌人中的内应。我把股长的联系方式告诉了他，他就再也没有来找我了。他有没有去找股长？找到了没有？后来的情况如何？我不知道。没有陈×杰，那次解放总攻不可能在短短一个多小时结束。

为纪念洞头解放胜利，1月15日定为洞头解放纪念日，这一天是个不平凡的日子，是战士们用生命和鲜血换来的。政府把棺材岙改名为胜利岙，1957年7月，在那条海礁曲径上建起了一座石板桥，桥名为胜利桥，把洞头岛与胜利岙岛连为一体，后来又在石板桥上空建了一条20米长的水泥桥，汽车行驶在桥上，来往方便。

我在走读胜利岙岛时，特地寻找当年修建的石板桥，石板桥为"一"字形，长约8米，宽约2米，东西走向，垒石为桥墩，上架石板，并以条石为栏，形式质朴，可负巨重。这无疑是一种文化符号，也是一段历史见证，但遗憾的是这座石桥被无情地废弃，严重破损，桥栏已经少去了一半，桥面上的长条石板也少了一条，周边布满垃圾，并且紧挨着一家海洋水产养殖研究基地的厂房,令人叹息不止。我在石桥下见到了几棵野菊,与石桥互为依存,其根深扎在石块和礁石中,长壮了枝叶,绽放着艳丽的黄花,高贵圣洁,这也许就是当年的"战地黄花",本草中的药材,既可以疗救伤员的肉体,也可以陶冶民众的精神,是美好的幸福之花。

四

我与李老聊天,他的爱人毕维明坐在一旁静静地听着,她今年86岁高龄,耳聪目明,我们聊的故事,她非常熟悉,她也是解放洞头的战士,做着后勤工作。

毕维明老人是上海人,1951年考入华东人民革命大学,学习3个月后被分到华东军大浙江分校,后来改为中国人民解放军第13步校,校址在金华英士大学。军校毕业后,她被分配到105师,师部驻乐清虹桥,她在团部任文教(文化教员),积极参与部队扫除文盲工作,荣立三等功,她还给刘金山单独教6年级语文。1952年1月要解放洞头,部队到岛上大修防御工事,用铁锹、洋镐挖防空洞,她也参加,双手磨出了血泡也不停歇。

关于他们的认识,李老这样回忆:当时我在3营营部,我们还不认识,那天我和战友去洞头东沙的团部,见到了一张芳菲妩媚的脸,产生了一种奇妙的好感,积蓄在心中,萦绕于心间。不久,我被调到团部管理股,才发现原来她就在管理股任文教。第一眼的钟情,就想与她相守在一起。这时部队传达了有关文件,有条件的正连级干部可以谈恋爱,领导出于对我的关心,问我的个人问题,我毫无保留地说出了爱慕的人,并在领导的鼓励下,向她表达了爱意。我的坦诚与纯朴,打动了她的心。我们的相遇、相识、相知、相爱,是上苍的安排,是一种缘分。

毕老说:当时我叫他李管理员,他从3营调来时,自己动手搬棕床到三楼卧室,给我留下了勤劳朴实的印象。在以后的相处中也非常融洽,记得师部驻温州时召集各团的文教开会,他随同我们前往,特地带了英国产红鹰牌自行车3辆,为出行提供了方便。会议结束空闲时间,他教战友骑自行车,不厌其烦,不怕劳累,汗流满面地扶着车奔跑,直到战友能平稳骑车才罢休,真是个热心肠的人。有一次我与战友出差到温州,他也正好在温州采购办公用品,闲暇陪我们看电影、越剧,还请我们去天津馆用餐,去华盖山的茶座喝茶,要了瓜子、兰花豆,待人大方热情。1954年5月,根据上级指示,师以下部队的女同志都要调离或转业,要我参加全国高校招生考试,我去温州复习,他因公来温州,我们相约去中山公园,步履轻松,笑意盈盈,公园里山色的青翠、鸟儿的啁啾、树叶的翻响都带着喜悦和甜蜜。据说缘分是前世几百次的擦肩，换来今生的相见，那天他向我表达爱意，我说自己身体不好，不会做家务事，家里经济条件差，他说今后共同负担家庭经济所需，家务事由他来做。漫漫旅途，除了父母亲人、知己朋友，还应有爱人孩子，爱人就是依靠，能强大彼此生命的意志，生命之花才能绽放芬芳。犹如菩提树下的顿悟，我决定与他相伴一生，做他的新娘。

当时团里有几位营级干部的婚姻还没有解决，有条件谈恋爱的连级干部还不允许公开谈情说爱，李德才和毕维明遵守规定不急于结婚，但彼此间的爱就像波涛汹涌，尽情地翻滚，海塘、堤岸、山头、沙滩、礁石都成了他们谈情说爱的地方，他们亲密无间，知音知心。大海的湛蓝辽阔、潮起汐落，海滩上的贝壳、螃蟹，海风中追逐浪花的海鸥，以及黄昏时海平线上的夕阳、午夜后在海面上闪烁的月光星辉等等，都是迷醉他们的风景，都成为他们最佳的话题。

1954年7月，毕维明得知自己考上了上海俄专（后改为上海外国语学院），无比喜悦的同时，也为自己不再是一名军人而遗憾。8月，她怀着无限憧憬离开部队，李德才送她登上了开往温州的机帆船。汽笛响起，航船缓缓驶离码头，他目送爱人离去，视线迟迟不肯收回。

待到毕维明学校放寒假，李德才请假到上海，两人于1955年1月8日在虹口区人民政府办理了结婚证，买了糖果分给上海的亲人和邻居。过了大年初一，初二的早晨他们乘坐北上的列车到达山东薛城，再乘汽车到达枣庄李德才的家。两人把从上海带来的糖果、香蕉、橘子分送给大家。李德才与家人团聚，有说不完的话，几乎是天天谈到深夜，他父亲说因购买农具、棺材借了500多元无力偿还，是最大的心事，李德才当场表态愿意帮忙偿还这笔债务。毕维明满怀新婚的喜悦来到枣庄，却万万想不到要背负着沉重的债务离开，他们在以后的日子里节衣缩食，紧缩开支，过着十分清贫的生活，还清了债务。

最美的年华，莫过于你我携手走过人生的每个春秋，他们一路追逐春的生机盎然，忙于夏的躬耕乐道，欣赏秋的硕果累累，现在进入了冬闲的时光，生活中还是有歌声和希望。

五

在解放洞头的战斗中，特别在最后的棺材岙战役中，洞头人民给予了积极的支援，在缺医少粮、部队伤亡较大时，群众自告奋勇来到前线，运送伤员和烈士遗体。群众还在洞头码头帮助部队把船上的大炮、枪支和弹药卸下来运送到阵地上，给部队筹集粮食，送水送饭。

一个周末的上午，我拜访了原洞头女子民兵连连长汪月霞，汪老今年82岁，腿脚不便，走路依靠拐杖与轮椅，近年来患有神经性皮肤过敏，看了不少医生，但一说起往事，就忘记病痛，来了精神，细细道来。她说：我家桐桥村位于洞头岛的东北面，三面环山，一面临海，对着棺材岙岛。1949年解放军登岛时就到过我家，我家是一间矮屋，建在路边，他们来时喝了我烧的水，我家没有大米，正是冬天，有埋在地里的番薯种，挖出来烧给士兵吃。1952年1月攻打棺材岙时，部队官兵大多驻守在桐桥村。13日晚上响起了激烈的枪声，我们不敢开门，两个国民党兵撞进我的家门，叫我给他们烧开水，我很害怕，就烧了，他俩紧张地喝了几口走了。我关好了门，一会儿，听到房外有嗒、嗒、嗒的整齐脚步声，猜想是解放军来了，我拉开一条门缝，看到士兵拿着红旗，果真是我们自己的军队。我打开房门，跑到隔壁大嫂家，叫着：解放军来了，出来，出来。大嫂和邻居听到后都出来了。14日拂晓，我们见到一批批的伤员从棺材岙运送过来，在我们家门口或坐或躺，流着鲜血，有的包扎，有的没有包扎，几个卫生员根本忙不过来。我一镬一镬地给部队烧水，村里缺水，我拿着水桶去远处的水井提水。15日我给部队官兵送水时，见他们在表决心，发动了更猛烈的进攻，终于打下了棺材岙，洞头解放了。

汪月霞老人就是著名小说《海岛女民兵》和电影《海霞》主角的原型，聆听了她的讲述，让我感受到汪老既是一位命运跌宕起伏的英雄，又是一位平易近人的长者。伟大的另一面，往往就是平和。

汪老出生在洞头岛上一个叫鸽尾礁的偏僻渔村，家里5口人仅3分土地，父亲替人捕鱼，挣一点少得可怜的工钱。当时盘踞洞头岛的国民党军队和海匪，残酷地剥削着洞头人民，渔民出海打鱼要买"牌照"，过着危机四伏、水深火热的生活。

汪老说：我很小的时候就跟母亲去海边礁石上打海蛎子，我力气小，打得很吃力，但也尽量想打多一点。打海蛎子很危险，我却不怕，海蛎子打回来，母亲要上山割柴草，我提着海蛎子与小伙伴一起去码头上叫卖。我父亲给本村一同姓人打鱼，工钱很低，那人还不给，母亲去讨要，被打伤了，躺在床上很长时间不能走路。父亲与那人打官司，那人的一个舅舅与土匪头子有交往，父亲打输了官司。我10岁那年，父亲被人雇去打鱼因没有"牌照"，被国民党兵毒打成重伤，回来后不久中风，两年后撒手丢下一个苦难的家庭走了。没有了父亲，家里揭不开锅，我带着弟妹上山挖野洋葱。我大伯搞张网，家里条件稍好，我就去他家的地里摘些番薯叶来吃，有时拿个小篮子去要点新鲜的虾皮炒洋葱。

汪老说：1950年我14岁，母亲要把我嫁给桐桥村一位比我大14岁的男子。这名男子我和母亲都认识，算起来还有亲戚关系，人长得不错，去台湾做过生意。我反对这门亲事，嫌他年龄太大。但母亲很坚决，收了他家的彩礼，给我两套粗布衣服。我没有办法，被轿子抬去做了新娘。他家也很简陋，矮屋里有一张用木板搭起来的小床，一个破木箱放在米缸上。他还特地为结婚去朋友家借了一张桌子，婚后一个月还给人家。

洞头解放后，驻岛部队官兵分散住到村民家里，军民关系就像家人一样。当时社会治安较乱，大家的警惕性高，各村纷纷成立了青年团、妇女会、儿童团等组织。1955年，北沙乡成立人武部，建立民兵连，桐桥村成立了女民兵排，汪月霞当排长。女民兵经过艰苦的训练，学会打枪，还帮助战士洗衣服、种地、养猪，有时还出海打鱼，旧社会女子是不能出海打鱼的，传说女人划船船会翻，女人打鱼网会破。1958年，汪月霞加入了中国共产党。

1959年5月，在虎头屿打防空洞的战士断水多天。当时，海面上连续刮了好几天大风，交通已经中断，汪月霞接到了送水任务，她带着女民兵驾着小舢板，迎着7级风，载着一桶桶淡水，驶向虎头屿。虎头屿是无人居住的荒岛，没有路，人在山脊上只能匍匐而行，她们以惊人的勇气和毅力，把一桶桶淡水送到战士面前。

1960年4月，汪月霞参加在北京召开的全国民兵代表大会，是一个万人大会。大会安排代表发言，汪月霞荣幸地走上发言台，她讲了洞头的军民联防，虽然有稿子，却脱稿讲了一个小时，引起轰动，会后被记者围着采访到深夜。

大会闭幕后，汪月霞在北京过了五一国际劳动节后去了南京，向南京军区建议建立女子民兵连，军区首长表示赞同。汪月霞回到洞头后，马上着手组建女子民兵连工作。1960年6月，北沙女子民兵连成立，后改称洞头女子民兵连，汪月霞任连长。

20世纪60年代初，大陆东南沿海形势严峻，经常遭到敌特袭扰，地处海防前线的洞头岛情况更复杂，成了保卫祖国的最前哨，一些岛民与特务有频繁联系，"我中有特，特中有我"。在这样的背景下，汪月霞和姐妹们一起投入了洞头岛的保卫战斗。洞头岛有12个岙口，特务常常假装成商人或渔民开船登岛，因此每个岙口都要来回巡逻，24小时坚守，抓到特务交给公安局处理。冬日天寒地冻，夏日酷热难当，都能见到姑娘们挺拔的身影，她们如花的热血像男儿一样泼洒在祖国神圣不可侵犯的土地上。她们都是从漫漫长夜中走来，从封建专制的鞭雨中走来，面对闪耀着铁锤、镰刀的光辉，自觉地、渴望着肩负国家和人民的安全，她们把姑娘的温柔美丽和战士的粗犷威武集于一身，心怀金色的理念，仰望东方。

女民兵训练、生产、演出、政治学习、夜校扫盲，还要经常参加射击表演，很是辛苦，但女子连的每个战士都具有无私奉献的精神。女子连也像磁石一样，牢牢地吸引着一代又一代的女民兵，艰难而光荣地走到了今天。

1976年，全国第五届人民代表大会召开，汪月霞是第四届全国人大代表，再次当选为全国人大代表并被选为主席团成员。汪月霞还出席了党的第十一次全国代表大会，此时她已是女子连的挂名连长。1978年，汪月霞出任洞头县委书记，接着，被提名为省委常委，连续两届担任省委委员。1983年，汪月霞当选为温州市人大常委会副主任。

我们聊到了电影《海霞》。据汪老回忆，1963年，在南京军区政治部文艺创作室工作的黎汝清奉命前往洞头6连担任代理辅导员，深入体验生活，全面了解了女子民兵连的发展历程后，动手创作长篇小说。一年后，黎汝清完成了10余万字的《海岛女民兵》，讲述渔家女李海霞在党的哺育下，与渔霸陈占鳌、潜伏敌特刘阿太等敌人进行艰苦的斗争，逐渐成长为一名成熟的革命女战士。小说发表在杂志上，很快单行本出版，还被改编成连环画，在国内风靡一时。导演谢铁骊读到了小说，改写出电影剧本《海霞》，交给北京电影制片厂拍摄。汪月霞去过北影一次，与谢铁骊见面深谈，谢铁骊也到了洞头考察女民兵的学习与工作，挑选外景拍摄场地，汪月霞陪同他3天。考察下来，谢铁骊觉得洞头岛没有浅水港，海滩又小，拍摄设备摆不开，就在洞头拍了几个镜头后，把外景地选在福建一个风景秀丽的海滩。正当谢铁骊全力投入《海霞》拍摄时，他被调去完成其他工作，直到1975年年初才完成。电影融入了一些海岛风情，并以景写情，情景交融，充满了抒情诗的色彩和情调。

采访汪老后的当天下午，我走访了洞头先锋女子民兵连诞生地海霞村。一进入村里，就有一种与众不同的感觉，是浓郁的海岛渔村风情和丰富的红色文化特征相结合。海霞村以原来的桐桥村为主，加上周边几个自然村于2005年命名。村里的大水池叫军民友谊池，是1958年冬天全村群众和6连官兵共同挖掘的蓄水池塘。村里的石头房被称为海岛红色农家屋，外墙上最醒目的位置都塑有红色五角星。村里还加强了环境综合整治和道路硬化，建有"将军林"主题公园等。同时，还投资重建了洞头先锋女子民兵连纪念馆，馆内存有大量的实物和图片，见证了民兵连从无到有、由小到大、由弱变强的过程，让我们看见了共产党人与革命群众在海岛上艰苦朴素、战天斗地、风雨同舟、共渡难关的场景。海霞村已成为温州乃至浙江著名的德育、爱国主义、国防教育基地和旅游胜地。

正如谢铁骊导演所说，洞头海湾的水太深，深得足以让红色渔船劈波斩浪，岛屿上的礁石太硬，那是打不垮摧不毁的钢铁长城。

六

我走进胜利岙村，村庄被太阳照得透亮，村头歇着的一对墨黑色的鸟在轻轻地叫着，几丘山园收藏着阳光生长着碧绿的青菜。我在村里转悠了几圈，遇到三五位村民，都是上了年纪的人，我走出村尾，巉崖壁立，便无路可走，洞头列岛也似乎就此终结。

我又走回村里，找来两位在门口晒太阳的老人采访，他们原来都是渔民，上了年纪后不再出海，也没有离岛找事做，就一直待在村里。他俩告诉我，胜利岙岛还叫棺材岙的时候，是一个岩多地少、土瘦民贫、庄稼不旺茅草旺的地方。先民就地取材，搭建简易的茅房做居所，生活简陋到极点。村民以渔业为主，夏秋南风季节，岙湾可供渔船停泊避风。岛上有少量耕地，主要种植番薯。在变幻莫测的大海上，海难、灾难屡屡发生，遇难尸体或葬入海底深渊，或无处可依，随波漂荡，被这里的渔民打捞起来摆放在岙口供人认领，若暂无人认领就地掩埋，并做好标记，以备来人查找。久而久之，这个岛屿就叫棺材岙了。

洞头解放后，村里有70多户，发展了渔业，村民生活有了很大的改善，大家纷纷修建石头房，到20世纪80年代，村民达1000多人。这20来年，40岁以下的男女都漂散于外面的世界。

我与两位老人谈着谈着，不知不觉太阳偏西，村里的人和事流经老人的嘴，鲜活地呈现在我的面前。而现在的胜利岙村，全是绿色生态，拥有现代社会稀缺的资源：有时是漫天的白云叠加在屋檐之上，有时是蒸腾的雾霭被霞光染上了几分颜色，有时是一群健硕的鸥鸟盘旋于海面，有时是阵阵海潮声时而轻微时而激烈，有时是如水的月色流淌在你的眼前……这些如诗如画的景色，会让每个人拾起一份生活的美好。当然，胜利岙岛最珍贵的，还是那扑面而来的红色信仰，奔涌而来的春花、夏日、秋风、冬月都在讲述的革命历史。

十二、洞头岛：洞天福地，从此开头

一

　　早春的天气总是多变，近一个月来，大雾、冷风、细雨、暖阳，轮换光顾洞头岛。这一段时光，我也成了洞头岛的常客，我想用自己的眼，来阅读这个岛屿的山明水秀；我想用自己的耳，来倾听这个岛屿的沧海桑田；我想用自己的心，来感触这个岛屿的文化厚度。

　　洞头岛，是一个多么独特的地理单元，它"外载海洋，内资三江（瓯江、飞云江、鳌江）"，海洋资源丰饶，列岛所在的洞头洋总面积4810平方公里，是浙江省第二大渔场，常年可捕鱼虾，种类多达300余种。自然的鬼斧神工，造就了洞头岛的石奇、礁美、滩佳，凝聚了山水的灵动和自然的气韵。洞头岛历史悠久，历来为兵家所重，是对外贸易的要地，是闽南文化和东瓯文化的交融地。岛屿岸线长50.43公里，陆域面积28.44平方公里，是洞头区政府驻地。

　　有人说一个城市的文化等级，在于它的历史认知和文化传承。对于一个岛屿，也是这个道理。追溯洞头岛的历史，一般认为它的文明出现，是在遥远的新石器时代，依据是20世纪80年代，在洞头本岛风门村九亩丘发现了新石器时代的石锛、石凿、石刀、石斧等石器。考古学家说，在新石器时代，洞头岛就有人类活动，晋朝开始有了移民。那么，人类最初为何要渡过重洋来到洞头岛？是因为逃避大陆上的饥饿、贫穷、战乱或瘟疫？他们是古瓯人还是古闽人？他们上岛后开垦过多少土地？搭建过几间草棚？他们接受了这里的恩赐，为何又不定居下来？

这些也许都是永远的谜，考古学家有各种猜想，却无法定论。有资料说九亩丘遗址出土过商朝的篮纹黑陶片、西周的篮纹印纹黑陶片、战国的方格纹硬陶片等，证明人类活动的延续性。尽管九亩丘遗址的文化结构比较复杂，但我们可以肯定，受自然条件和社会生产力限制，从新石器时代第一批人类上岛后到晋朝这3000年漫长的岁月里，人们在海岛上的生活并不轻松，海岛上的社会开发非常缓慢。他们像襁褓里的婴儿，依靠岛屿的呵护，度过一个个酷暑和寒冬。

海岛上早期人类的活动，为后来者积累和提供了宝贵的经验基础。东晋时期，中原人民大量移居福建和浙南，出现了人多地少的矛盾，一部分人过起了海滨取食的生活，他们造船、航海。洞头岛及周边海域自然条件优越，成了闽、瓯人民主要的生产地，也有部分渔民以舟楫为生，每逢鱼汛期上岛，结草为庐，打鱼为业。于是，洞头岛出现了半定居性质的居民。

隋唐时期，温州沿海一些海岛成为海外交通和贸易的必经之地，加上渔业的发展，大批渔民带着家人迁居洞头，进行张网捕捞。到了两宋时期，更多的北方移民进入温州，温州港口和对外贸易进一步兴盛，吸引了来自福建、安徽等地的商人，温州沿海得到了建设和发展，洞头岛九亩丘、铁炉头等地有人利用海水煎盐，甚至炼铁，开始了早期的工业生产。九亩丘以北原来是个海湾，后来滩涂淤泥上升，陆地面积逐渐扩大，海湾被填平，开发成了南塘工业区。2014年年初，在基建工程中发现了一处面积300余平方米的制盐遗址，有盐灶、卤坑、房址、摊场以及引、蓄潮水设施等，同时挖掘出大量草木灰和烧制过的土块。

我两次寻访九亩丘遗址，第一次依靠导航来到了洞头南塘工业园区的九亩丘海创园，内有东海贝雕博物馆、海陶互动工坊、古船木艺术展馆、贝雕工艺体验区等，给洞头岛注入了时尚文化的元素。关于文化遗址，我在园区里问了又问，他们摇头回答"不知道"。第二次来寻访，冒着细雨，由洞头好友谢炳遵引路，在一条车辆川流不息的公路边见到了一块石碑，是"九亩丘宋元煮盐遗址告示"，严禁在遗址内挖砂、施工、游玩、种植庄稼等行为。谢炳遵又带我走到一个山丘边，见到另一块"九亩丘遗址"石碑，字迹模糊，但能勉强辨认。石碑前几株油菜花正开得灿烂，湿漉漉的花瓣闪着亮光。石碑旁一弯山径如黄蛇逶迤，两边稀疏地生长着柴草，也有零星的田园，一位壮实的农妇在山边弯腰锄地，春种又开始了。岁月悠悠，3000多年，江河改道，山川变貌，人类已经走过了子孙千代。九亩丘熊熊的窑火早已熄灭，草寮引渠也已湮灭，形状不一的坑址和"烟熏火燎"的痕迹被挖掘，又被回填，那些美丽传奇和充满文化记忆的石器和陶片，或摆放在博物馆里，或继续凝固在层层叠叠的黄土之中，无声地讲述着先民以拼死之力越过重洋抚平风浪，在迎接文明曙光的艰辛历程中走出蒙昧，寻觅对美好生活的希望。我们走出遗址，在南塘工业园区转了一圈，眼前这一片土地，曾经的海湾，该有多少旧事。有了大海港湾，有了有利的自然因素，才会有食物、安宁，才会有先民的劳作和生活。现在，这里已成为一处现代化的工业园区，厂房林立，轻灵的雨滴清洗街心的浊尘，而旋绕在这片土地上的记忆，不会消隐。九亩丘，无疑是了解海上温州最好的历史教材，也在继续演绎着洞头岛的神奇故事。

有文化人对九亩丘定为新石器遗址、3000多年前洞头岛就有人类活动的说法心存怀疑。如当地文化人庄明松撰文：凭简单的几件石器和几块陶片，就确定了洞头的历史，是否过于匆促？最起码也要对石器的真假、年代、来源以及洞头地壳运动等方面做进一步的鉴定和考证。是的，文化遗址是祖先留给我们的密码，我们尽管通过种种先进的技术手段——猜测，却还有未解的谜底。

二

人们对洞头岛进行开发，岛民并没有因此而安居乐业，特别到了明清时期，海岛几经兴废，岛民迁居而来，又迁徙而去，洞头岛几次成了悲壮的疆场。我对洞头岛的走读，这一段积蓄了500多年求生者苦难的历史，深深触痛了我的心。

明初洪武年间（1368—1398），东海岸倭患严重，宁波、台州和温州等地是倭寇侵扰的直接地带，武装走私和抢掠骚扰猖獗。在这种情况下，朱元璋下令实施海禁政策"片板不许下海"，同时禁止民间互市贸易，推行官方主导的朝贡贸易，堵绝了岛民的正常谋生之路。《洞头县志》和《玉环厅志》分别记载："明洪武十八年，朝廷因倭寇扰边，徙海中居民，以虚其地，洞头列岛居民被迫内迁，诸岛荒废""明洪武二十年，朝廷命徙海岛居民于内地,并勒石历禁,居者死,耕者断足。"迁徙禁令连续颁发,除了"居者死,耕者断足"外,还有"午前迁者为民,午后迁者为军"。寥寥数语,浓缩了当时朝廷拔刃张弩的海禁形势和海岛人民朝不保夕的生存状态。洞头岛几近荒废。

明代末年,倭患平复后,朝廷解除了海禁政策,因洞头岛地沃鱼丰,闽南和温州内地越来越多的人迁居洞头岛及周边一些岛屿。

清初顺治年间(1644—1661),发生了第二次海禁,朝廷主要是为了"防汉制夷"的政治需要和防止沿海民众通过海上活动接济郑成功反清复明势力。顺治十二年(1655)六月,朝廷下令沿海省份"无许片帆入海,违者立置重典",顺治十八年(1661),更强行将江、浙、闽、粤、鲁等省沿海居民分别内迁三十至五十里,限日大迁徙,"五日之后,万室毁于一炬"。康熙年间(1662—1722),一批又一批的岛民迁移内地,陆续在苍茫的大山皱褶之间定居下来,而在迁移途中,造成了无数民众的死亡和被屠杀,让沿海地区变成了无人区,那一片蔚蓝的大海,潮起潮落,哗哗作响,说不完的悲痛和愤怒,道不尽的颓败和绝望。

一次海禁,一场迁徙,一次灾难,一场浩劫,"民死过半,枕藉道涂,惨不可言"。当然,也有敢于冒险的岛民藐视朝廷禁令,他们抗拒不迁,或朝驱暮回,潜至彼地,搭寮居住,挂网采捕,私垦田亩,刮土煎盐。还有一些岛民忘却荣辱,聚居岛舁做了土匪海盗,私贩鱼盐,偷盗抢劫,每遇官府巡船,行贿买脱,或逃跑后再聚集,巡船也难于周流不息。各种地方文献大量记载了这种事件,思想家顾炎武说:"海滨民众,生理无路,兼以饥馑荐臻,穷民往往入海从盗,啸集亡命","海禁一严,无所得食,则转掠海滨"。有资料说,洞头岛在海禁期间居然还有人陆续迁入,"无籍游民趁乱入住洞头各个岛屿成为'海岛棚民'",苦苦的日子里唯有苦苦的劳作。

海禁持续到康熙二十二年(1683),郑成功之孙郑克塽降清,台湾平定,清廷才颁布"展海令",解除海禁并派员在洞头各岛整顿移民、编户记册、丈量土地、征收赋税,岛民才得以名正言顺地定居。雍正六年(1728),朝廷设玉环厅,辖区包括今玉环、洞头两地和乐清的大荆、芙蓉、蒲岐,温岭的石塘等地,隶温州府,继续招徕垦民,建设海岛。很多移民还回乡带亲人来洞头岛定居,因而形成了以同乡聚居为主的"寮""厂",如"同安寮""瑞安寮""乐清厂"等,移民高潮一直延续到新中国成立初期。

1952年洞头全境解放后,洞头仍属玉环县,1953年6月10日,中央人民政府批准洞头置县，隶浙江省温州地区专员公署，2015年撤县设区。而碧波幽幽，遥遥相念，世事如何变迁，这是洞头洋最初的底色，也是洞头洋海色的守望。

三

海之大，足以接纳千万条江河，足以包容变化无常的海况；海之大，足以养育数不尽的鱼虾，足以成为名副其实的农场。

洞头有几个渔港都很有名。谢炳遵说：洞头据说有大大小小27个岙，大的岙口，水深条件好，可以开发成渔港，于是就有了三盘渔港、洞头渔港和东沙渔港。三盘渔港为洞头列岛海陆交通运输之要津，全县客货运输的中枢，1986年被定为国轮出口点，同时也是省级渔港。洞头渔港是国家一级渔港，也是浙南地区最大的天然避风港，过去渔民按生产季节走南闯北找渔场，每逢鱼汛，洞头渔场吸引了东南沿海数省的渔民前来生产；特别在20世纪50至70年代，浙江、福建、江苏、广东、上海诸省市的渔船汇聚洞头渔场。最兴盛时期，捕捞作业单位多达数千个，洞头港内千帆云集，几省渔民在这里销售渔获，结算款项，补充生产、生活用品，交流生产经验，一片繁忙。入夜，渔港内灯火通明，渔船上，喝酒猜拳声、吟曲唱歌声，声声入耳。东沙港是省二级渔港，三面环山，港湾呈"C"形，承受东南风浪，2004年投资5000万元在东南口建成350米的防波堤，形成了一个避风良港，可同时容纳600余艘渔船避风休渔。这3个渔港我又走了一趟，岸上有渔民在忙着修船，海里归来的渔船盛着一些海鲜，收获的喜悦充盈在渔民的脸上。

从渔港回来，我去拜见家住本岛中心街的洞头文化名人邱国鹰先生。他说：洞头岛最早的渔港是后垄港，元代时，就有渔民开始直接对外经商活动，当时的后垄成为浙南沿海重要的商埠。明清时期，渔船在这个港口售货，运输船在这个港口起航，来来往往、穿梭不息。从港口周边还出土过许多唐宋时期的文物。清康熙年间，当地渔行掌柜牵头筹资建起了洞头最早的妈祖庙。从后垄港翻过一个小山头，就是中仑村，更是旧时洞头的经济中心，抗日战争胜利后，中仑村对台贸易一度繁荣。中仑村以前叫当铺基，这个名称就告诉我们这里曾经开设有许多店铺，有商业机构典当铺，为当地和外来渔民提供经济交往服务。后来这里发生过火灾，典当铺烧毁了，留下了地基，也就是遗址，因此后人就叫当铺基。

邱国鹰说：过去的洞头之所以吸引人，我觉得主要原因就是渔业资源相当丰饶。洞头洋水质优良、浮游生物繁多，自带营养，为大量的鱼、虾、蟹、贝和其他海洋经济动物的繁衍生息提供很好的条件，长年洄游的鱼虾类多达300多种，成为浙江省仅次于舟山渔场的第二大渔场。洞头曾经以四大经济鱼类为主形成的鱼汛，几乎贯穿全年，春汛捕小黄鱼，春末夏初捕墨鱼，夏汛捕大黄鱼，秋冬汛捕带鱼。其他的鱼类则穿插其间，如春夏之交的鲳鱼、马鲛鱼，夏天的鳓鱼，夏秋季的海蜇，秋季的龙头鱼等。我小时候，渔船还是小型的白底船、蟹背船，开出一两个钟头就到渔场，几个小时后就满载而归。

邱国鹰说：洞头洋是大小黄鱼索饵和产卵洄游的必经之地，闽南语把大黄鱼叫作黄瓜鱼，小黄鱼称为巴篓。洞头有"春天巴篓，冬天马鲛鳗""立夏到，黄瓜鱼叫，渔民笑"的俗语。可是20世纪60年代敲罟作业对大小黄鱼资源造成极大破坏，产生了灾难性的恶果，70年代起黄鱼不渡洞头洋了，现如今难寻踪迹。春夏之交的洞头海岛多东南风，小潮水时，乌贼就选择海岸礁石上的海藻、水草产卵，卵附在海藻、水草上不易被潮水冲走，渔谚有"南风淡淡，乌贼靠岩"。乌贼卵一嘟噜一嘟噜的，像一长串葡萄，渔民俗称为海葡萄，过不了多久，经自然孵化，便成了小乌贼。乌贼也叫墨鱼，对于它的长相，渔民制作了一条谜语："头发散散，肚内乌暗，背上扛板，屁股红斑。"乌贼旺发，岛民站在岸边用尖头的竹竿戳都能戳到，村里男女老少齐出动，投入乌贼的捕捞和加工中。记得1963年到1965年，我正在学校里教书，那时提倡勤工俭学，学校放农忙假，老师组织学生统一加工乌贼。我任教小学高年级，学生都十五六岁了。女学生个个厉害，到洞头渔港剖杀乌贼，她们在家已练就了本领，叫"两刀半"，就是剖杀乌贼时，第一刀剖肚腹，第二刀剖头部，而后将刀轻轻地在乌贼头部左右顺带抹过，算是半刀，使乌贼双眼的污水流出。用这样的手法剖杀，剖口平整，两翼对称，头部开摊，既显得外观漂亮，又利于晒干。乌贼的骨板是不去掉的，为了体型好看，也可以鉴别乌贼的新鲜度，它药名海螵蛸，是一味制酸、止血、收敛的中药。我们学校和洞头渔港大约有半小时路程，身体强壮的男同学负责抬剖杀好了的乌贼到学校，由个小体弱的男同学翻晒。学校操场上架起一排排竹帘，晒满了乌贼干，俗称螟蜅干。翻晒几天，到七八分燥的样子，就送到洞头水产公司。水产公司把加工费算给学校，学校再按加工数量发到班级，多用于看电影、开班会。洞头乌贼捕捞产量，原先大多在两三千吨，1979年和1980年分别达到6477吨、7201吨的最高峰，但以后每况愈下。1985年以来形不成鱼汛了，而近些年，在分类统计捕捞产量时，乌贼已没法单独列项。四大经济鱼类中，只有带鱼还在洞头渔场唱独角戏，近些年实行伏季休渔期，带鱼资源得到保护，成为秋冬季鱼汛主要的海洋捕捞产品。带鱼因浑身银白色，闽南方言称为白鱼，冬至前后的冬季鱼汛，是带鱼旺发期，鱼身像木柴一样肥厚，"冬至过，年关末，带鱼成柴片"。带鱼是洄游性鱼类，东海的带鱼群，在福建外海越冬，开春过后逐渐北上，一直游到长江口以北和苏南渔场。冬至之后，它们又自北向南，进行越冬洄游，原路返回，重新回到福建外海。渔谚说"带鱼一夜走九州"。带鱼北上南下，来回都要经过洞头渔场。

由于全球气候变化、海洋环境污染、人类捕捞过度等诸多原因，海洋生物的生存条件日益恶劣，海洋渔业资源迅速衰退。渔民常常感叹：渔船越造越大，渔场越来越远，鱼虾愈来愈少。

邱国鹰又说：大气在流转、暗流在奔涌，万事万物都在变化中，海洋生物出现了此消彼长的现象。在四大经济鱼类所占比重不断减少的同时，其他鱼类的比重则逐年增加。如鲳鱼、鳗鱼、马鲛鱼、龙头鱼，20世纪80年代之前，在鱼类生产统计中列在"其他鱼类"或忽略不计，现在年产量非常可观，成了水产市场的主角。如龙头鱼，只有一条柔软的主骨，其余鱼骨细软如胡须，温州人叫水潺，说它像水一样柔软，过去不被人看好，这10多年来，洞头龙头鱼年产量增长速度相当快。又如蛤蟆鱼，也就是鮟鱇，头部上方有形似小灯笼的肉状突出，很难看，没人吃，过去渔民打到这种鱼，嫌弃它，扔掉不要，现在却大受欢迎。日本人还有个鮟鱇节，欢聚一起，载歌载舞，鮟鱇的鱼肚、鱼子因营养高，在日本卖很高的价钱。

四

洞头岛上有不少特色渔村，其中，东岙村要算最有名的一个。

15年前，洞头五岛相连工程竣工后，我几乎每年都光顾东岙村。我喜欢村前那个不大也不小的海湾渔港，总是波涛涌滚、船旗飘扬，我等待渔船靠岸，买几斤物美价廉的海鲜带回家。渔港沙滩上虽然没有厚实的海沙，却有许多形状各异、色彩不一的小卵石，间杂着晶莹剔透的海玻璃，我喜欢捡几枚海玻璃回家，它们原本是酒瓶的碎片，却被岁月和海浪打磨得圆润细腻，质感上乘，成了可以把玩的艺术品。

走进东岙村，只见古建新居杂合，穿村走巷，恍如穿越古今，别有趣味。村里的老屋多为石头屋，尽显洞头海岛民居的特色：外墙石头堆砌，内屋立柱隔开，屋顶覆盖灰瓦，瓦上压着石块，老者倚门聊家常。村里一条百年老街，宽不到三米，长不过百米，两旁楼屋相依，海风轻轻穿过，保留着旧时的门面，展露昔日的容颜。据街上的老人回忆，他们小的时候，这里开有米行、水产行、杂货铺，还有麻将馆、妓院等。那时候，东岙是洞头岛的门户、枢纽，更是渔民、商人贸易、游憩、集会的公共地。

事实上，东岙村历来人丁兴旺、财气畅通、文运昌盛，出现了许多经商奇才，特别在外贸方面，做得风生水起。这里发生的事情，牵动洞头岛的经脉，影响洞头岛的发展。

村里几栋老宅院的堂皇之气，也足可炫人眼目。占地225平方米的东岙卓宅，建于清朝光绪年间，坐东朝西，是由门屋、正屋、两厢组成的两层四合院，磨砖花雕门面，天井藏气通风，庭院栽花种草，厅堂相连，楼道狭窄，房间密布其间，亲人和睦相处。我记得有一次走进卓宅，房檐下飞出来两只蝙蝠，在天井里呼扇呼扇，这有什么象征意义？是否在说明这家主人的富有？但这栋房子无疑是海岛富有人家民居的代表。而位于仙岩西路上的陈宅，一楼高挑，二楼敞亮，面积不大，却布局紧凑，构建精巧，透着一股文雅的气息。可以看出，主人有经济实力和文化情趣，却退缩在时代洪流的一隅，把自己的思想无声地渗入这栋建筑的每一个细节里。建于抗战胜利之后的洪宅，是一幢简约版的欧式建筑，简朴的双层小楼挤在其他民宅中，仍然凸显个性。据了解，洪氏家庭成员去台湾做生意，开了眼界，喜欢台湾一些仿外国风格的建筑，回家就模仿建了这栋小楼，却不忘增添中国元素，在屋脊、柱顶雕上鱼瓦和龙珠。东岙村的老宅院大多安静地立于村中，老墙歪斜而不倒塌，有一份遗世独立的凛然，不免让人猜想它曾经的主人有着怎样呼风唤雨的经历和故事。

东岙村的先辈，300年前从福建的漳州、泉州、厦门等地迁来，以泉州为多，因此这里的村民多讲闽南话，也保留了许多闽南习俗，我曾应洞头有关部门邀请，参观过两次在东岙村举办的洞头七夕成人节。

说起七夕，往往会想到牛郎织女的爱情故事，很多地方也把农历七月初七这一天定为情人节，而洞头岛民在七夕这一天，为孩子祈福和举行成人仪式，东岙村也因此被称为中国七夕文化之乡。

每到了七夕节，洞头岛迎来一年中盛大的节日。大家穿戴整齐，下午4点左右，家长在自家大门口摆起八仙桌，放上供品，点上香烛，带着孩子念《七夕歌》，跪拜叩头，感恩七星娘娘护佑孩子得以度过幼年、童年和少年时期，从而长大成人。供品各家略有不同，多为水果、熟肉、长寿面之类，还有"七星亭"（一种篾扎纸糊的仿亭阁纸艺，最高为7层，正面门额挂有"七星夫人"匾牌，阁内正厅贴着七仙女画像）和"巧人粿"（印着各种人物、动物和花卉图形的米制品）等。民间有十六成丁的说法，孩子到了16岁这一年，七星亭一定是双层以上的，同时还要用米粉做成红圆，再杀一只公鸡。祭拜结束后，现场焚化七星亭，供品分给家人亲人吃。

渔民生产在风浪里，随时有生命危险。渔家孩子不能依恋于母亲的摇篮里，他们要快快长大，早点承担家庭的责任、社会的责任，过去，洞头当地十四五岁的男孩就出海打鱼了。

夜幕降临，东岙的广场上人头攒动，熙熙攘攘，七夕民俗风情节正在举行。台上进行祭拜祈福仪式，孩子们分批祈拜，又齐声诵读《论语》和《祝福成长》辞，并向父母鞠躬表达感激之情，家长向孩子们赠送成年礼。台下摆着上百桌感恩宴，围坐着村民和游客。此时，海港码头，龙灯、鱼灯、贝壳灯也相继舞了起来，把七夕成人节推向了高潮。

夜已渐深，潮水渐退，有人来到海边，点燃水灯，放到准备好的木板上，用手轻轻一推，水灯便随着潮流漂向大海，渐渐远去。一时间，海面上灯影飘摇，一切都变得神秘起来。洞头岛的纸灯用油光纸扎糊，纸芯用菜油浸泡过，漂在海面上难以熄灭。过去洞头人放水灯是为送走孤魂野鬼，现在洞头人放水灯是祝愿海产丰收，人们把心愿放进灯里，把愿望漂向远方。

东岙村靠近半屏山、仙叠岩景区和洞头渔港，加上民俗文化的特色，近年来成为洞头旅游的精华地带，游客在这里吃住玩乐。村里渔家乐餐馆、渔村民宿越办越多，异常红火，消费价格也在飙升。这一次我来东岙村走读，吃惊的是村前那个不大不小的海湾渔港，人工填成了一片小沙滩，鹅卵石和海玻璃埋得不见踪影。我在村里转了一圈，遇到几拨正在把民房改成民宿或农家乐的村民，想与他们交谈几句，又因他们的忙碌而不敢打扰。

五

沿着东岙渔港的岸线，过珍珠礁，爬一段山岭，我到了观光胜地仙叠岩。这是一个云雾蒸腾的清晨。

仙叠岩取了名字的景点有二三十处，多为海滩、奇礁、怪石，且浑然一体，耐人寻味，特别是那些硕大的天然块石堆叠一起，让你浮想联翩，当地的文化人已取名仙人石、观音朝拜、十二生肖、仙女背金童等等，但并不会禁锢你的思想，你依然可以任意想象它们像什么，也可以随口编一个故事流传在民间。山石本来就是山石，脑子里装满奇思妙想的人才会赋予它们灵性。

我在山石上攀走，云雾丝丝缕缕，一直在身边脚下漂游，海面上更是云雾缭绕，随风飘逸，阳光从东方的海面上照彻而来，穿云破雾，把仙叠岩映照得闪闪发亮。

日光岩在仙叠岩的最高处，矗立于大海边，异常险峻，却是听涛观海的绝佳处。立于日光岩之上，海浪、山岛、草木，乃至日月星辰，全是眼前景物；鸟声、涛声、风声，乃至自然界的一切声音，都在耳畔回响。景和情总是融合一起，心头过尽千帆，定能生出凌云之志，那沧海吞吐宇宙的气势，又怎能不让你心潮起伏、触景生情？作家唐达成游览仙叠岩之后，留下这样一首诗："潮激浪翻涛接天，云烟浩荡缥缈间。极目远眺虽千里，望到天边不是边。"

一间古朴的寺院卧在仙叠岩顶部，春天的禅院很是清静，微风寂寥，香烟袅袅，烛光摇曳。没有香客，也不见和尚，木凳上坐着一位中年男子在喝茶。我在寺前恭恭敬敬地站了一会儿，中年男子用慈祥的目光扫了我几下，没有说话。我从寺院前经过，去岩下寻找透天洞，却看到了一个仙水洞。据说该洞8米深，无论怎样的大旱，这里都有一股清澈的泉水，是仙叠岩赐给人间的甘露。

山不在高，有仙则灵。入得仙山，不必苦修，时时都是悟境；不劳寻觅，处处都是相遇。

越过几处山崖，是下坡的山路，曲曲折折，只见面海的危岩绝壁上，有10多处佛像雕刻，最大的是观音浮雕，还有一组十六罗汉的群雕，均线条飘逸，形象生动，眉眼间透着鲜明的个性，或洒脱旷达，或恬静安逸，或嬉笑调皮，或悲愁愤怒。这显然不是一般的画匠所为，应是一位技艺精湛的大家所刻。电话询问了邱国鹰先生，得知这些罗汉图像取自唐代画僧贯休的绘图，原珍藏杭州的雷峰塔，由当时74岁高龄的岩雕大师、中国美院教授洪世清所雕刻。

岩雕一一看过，猛回头，原来大雾骤起，乳白色的雾气汹涌着，翻滚着，淹没了大海，遮盖了天空，仙叠岩也改变了容颜，披上了一层白纱，挥不走，扯不开，斩不断，如梦、如幻、如诗。我停止了脚步，干脆坐在路边的一块石头上，眺望这苍茫的雾世界，心情却是宁静、愉悦和通透的，我第一次这样尽情地赏雾。

六

仙叠岩还留有中国台湾诗人余光中和他的夫人范我存以及小女儿余季珊

的足迹。迷雾中，我似乎还看到了他们一家三人站立在日光岩上的身影。

2010年1月，我还在龙湾区文联工作，牵头举办龙湾文联成立10周年系列活动，其中之一就是请余光中先生前来讲座。龙湾文联10周年纪念会和余光中先生的讲座时间选定在1月12日，一切按计划进行，一切都在预想中，甚至比预想更精彩。余老的讲座不同凡响，台下掌声一次次响起，他在台上讲得兴起时，手之，舞之，那么酣畅淋漓，打动人的心灵。

时任洞头县政府旅游顾问的邱国鹰先生也参加了这次活动，他想把余老请到洞头的半屏山看看，都说"半屏山，半屏山，一半在大陆，一半在台湾"，台湾也有一个叫"半屏山"的岛屿，一面是山坡，一面是峭壁，形状与洞头的半屏山相似。邱先生在余老的讲座后找到我，提出了要求。

余老在温州的行程共有8天，在他来温州的一个月前就已确定，并且，温州好几个部门领导来电要求我安排余老这样那样的讲座，我都一一回绝了，邱先生的要求一时难住了我。后来我还是征求了余老的意见，把行程做了调整，促成了洞头之行。1月15日下午，天空格外明亮，我陪同余老一家去了洞头。

到仙叠岩已近傍晚，一轮夕阳在天边划出温暖而璀璨的霞光。景区里种着几棵相思树。余夫人说这种树在台湾比较常见，我们想起余老的诗集《相思树下》，精选了60多首爱情诗。在阵阵海风中，余老在几位洞头文艺家搀扶下，充满好奇地登上了日光岩，他凝神伫立，远眺半屏山。夕阳下的半屏山被滔滔海浪围绕，这是他第一次见到了海峡这一边的半屏山。因为余老长期居住在台湾高雄，所以对闽南语、半屏山有特别深厚的感情。

时候不早，岩高风急，我们离开仙叠岩时邂逅了日食，这是余老最先发现的，他叫了一声：是日食，快看。余老静静地远望天边，日食那奇特的景象让他沉醉。余老说，今天天气晴好，日食的持续时间也较长，我们的运气真不错。后来季珊告诉我们，余老一直对天文学有着浓厚的兴趣。

吃晚饭时，几位洞头的领导和文艺家陪同。席间，季珊问：为什么这个地方叫洞头？邱先生便讲述了一个关于洞头名称来历的民间传说，情节绕来绕去比较复杂，余老听后脱口说：其实，也不必这样复杂，洞头、洞头，洞天福地，从此开头。佳句一出，众人齐拍手叫好。余老用他那诗意的语言为初识的洞头表达了自己的理解和美好的祝福。

余老回台湾一个月后，寄来了他洋洋洒洒万余言的《雁山瓯水》一文，也写到了洞头之行。2011年，他欣然题写"洞天福地，从此开头"，委托台湾高雄半屏山经贸旅游发展协会名誉会长许灿欣送到了洞头。

2017年12月14日，余老去世了，让人感伤；"洞天福地，从此开头"早已成了洞头最响亮的宣传语,令人欣慰。

七

三月的海风虽然把海岸边的草木吹得瑟缩不已,但也吹绿了枝枝叶叶,吹开了朵朵小花。

我从仙叠岩到大沙岙,选择了一条刚刚修好的栈道,这条栈道总长11.4公里,穿起了洞头岛的多个风景区,据说是目前东南沿海最长的临海悬崖栈道。

栈道沿途一边是险峻的山崖,山崖上的草木萌出了鲜嫩的新芽,细碎的花朵像一张张快乐的小脸,那些花蕊,就像闪动的眸子;另一边是无垠的大海,大海里铺展着羊栖菜养殖场,一排排羊栖菜苗种孕育在海水里,悄无声息地荡漾着,生长着。栈道下面有时是多姿的礁石,有时是狭长的海沟,有时是刀削一般的岩石,有时是呐喊咆哮的浪花。我突然觉得,海水是岛屿的雕刻大师,水石之间,激起浪花,这股冲击力,侵蚀着、切割着地表,把岛屿"雕刻"出一个个山谷,一处处悬崖,一片片海滩,造就了眼前的奇景。

栈道蜿蜒曲折,海岸风光迷离。我一路走来,没有拥挤的人群,没有叫卖的小商铺,每隔一段设有休息场所和景点标识,我时而慢慢行走,时而安静地看海,在这条栈道上就虚度了小半天的光阴。

走到大沙岙滨海浴场已是傍晚,南风渐起,风声显得寂寥,夕阳西沉,海水开始泛红,海潮退去,沙滩越加开阔,服务设施已经关闭,不见一个游人。

大沙岙沙滩长800米,宽600米,坡度平缓,是洞头岛最大的沙滩,沙质为纯净铁板沙,坚硬细腻,踩踏后无明显痕迹,色泽金黄,在太阳直射下,沙子如水晶般光亮,也叫黄金滩。沙滩边缘布着一条卵石带,卵石在海水的涨落里滚动,会发出咕噜噜、咕噜噜的声音,既怪异又动听。海岸边奇礁兀立,怪石丛生,别有情趣。我曾经多次来这里游泳,当然都在夏季烈阳的日子里,沙滩上游人如织,浴场也在"煮饺子"。晚上有很多人在沙滩上搭起帐篷、烧烤、唱歌,这不是我喜欢的夜景,每次都乘兴而来,扫兴而归。

这一次却完全不同,我在沙滩上散步,虽然穿着运动鞋,却感受到海沙的细柔,脚底隐约有一丝薄荷般的凉意。一个人的海滩,是如此的空旷、平静和安详,我在沙滩上走了几圈,海浪的拂弄、海风的飘逸、海色的幽秘、海岸的恬静……都让我陶醉。

突然,有一个人从我的身边挑担而过,定睛一看,是一个穿戴严实的女人,她见了我也停下了脚步,彼此都吃惊不小。我忙说我是来旅游的。她说自己在海滩上捡羊栖菜,可能是刚才在礁石后面的山水坑里清洗羊栖菜而没有看到我。都解释清楚了,我们的表情才恢复自然。我看她挑着满满一担羊栖菜,问这一担有多少斤?她说大概80斤。我又问今天共捡了多少担?她说:每次落潮,在这个海滩上都可以捡到一担。我说累吗?她说:这不算什么。简单的几句对话,我已经知道她是一位平凡的海岛女人,有吃苦耐劳的性格。她嘱咐我早点回家,就挑着担子消失在朦胧的夜色中。

我特别敬佩海岛女人,她们除了做好女人要做的一切事务之外,还总像男人一样耕海牧鱼、应对内外,在沉重的生活面前,显得比男人更坚忍,更挺拔,她们不会轻易妥协、轻言放弃。劳动,是她们的生活方式。

八

这是一座能写进海防历史的山体,有着坚如磐石的体魄,固若金汤的身骨。它面对七百里的洞头海域,见证了方国珍抗元、戚继光平倭、郑成功北征、蔡牵义军反清和红十三军驻守,在八百年的历史风云中,历经了无数刀光剑影、炮火硝烟、枪林弹雨,留下一个又一个保家卫国守疆的壮举。它也更加突显了洞头位处海防前线的重要战略地位,铸就了洞头海防文化的辉煌。这就是位于洞头本岛东南部的南炮台山,从海上进岛的登陆点之一,历代筑有炮台以防侵犯,现在成了一处游客如织的国防教育主题公园和爱国主义教育基地。

我这一次来,正是天朗气清的日子,炮台山经过精心的修建,正流露着古战场的魅力。我面前是一片宽阔深远、浩瀚无际的大海,在日光所及的海面上,闪烁着金紫色的光辉。几艘轮船来来往往,海鸥忽起忽飞,是那么和谐美好。大海的深处是平静的,像故乡一样令人神往。可是,历史上这一片海域却并不平静,它是一个无边的战场。

明朝初期,岛寇倭夷在中国沿海侵扰,沿海居民深受其害。嘉靖年间(1522—1566),倭寇更加猖獗,并与中国海盗勾结,在闽、浙海岸线上抢劫掠夺,杀人越货。倭寇海盗入侵洞头,在海上来去方便,洞头人民生活在惊恐和灾难中。

嘉靖三十四年(1555),抗倭名将戚继光调到浙江,任参将。戚继光从小受到父亲严格教育，立下了"封侯非我意，但愿海波平"的灭倭志向。可那时，中国虽然在人力、财力和军力上都远远超过日本，但战斗力明显不如日本。曾经有一股70人的倭寇从浙东登陆后，窜入安徽、江苏等腹地，行程千里，一路掠杀，如入无人之境，还在南京城大摇大摆地逛大街，当时在南京驻军12万人。最后这股倭寇虽然被歼灭，但明军伤亡达4000多人。

戚继光奉命抗倭后，分析了明军屡战屡败的原因，立即改革军制，不用"世兵制"（世代从军），而是招募受过倭祸之害的流亡农民和矿工，精选3000人组建新部队，教育他们保国卫民，提升战斗意志，严格军纪军规，进行艰苦训练，采取了"鸳鸯阵"等新战术，研制出鸟铳等新式武器。戚继光的军队投入浙东沿海的抗倭战场，所向披靡，群虏惮之，抗倭形势很快改变，在台州出现"九战九捷"的战绩。戚继光主动攻击倭寇在海岛上的据点巢穴，更是给倭寇以致命的打击。他曾率兵在洞头洋和乐清黄华、乌牛一带，与倭寇激战。嘉靖三十八年（1559），戚继光在义乌招兵4000人，成立戚家军，在浙江、福建、广东三省转战10年，百战百胜，终于扫除了为虐沿海的倭患。

今天，我讲述戚家军抗倭的故事和辉煌，依凭的是人云亦云的"资料"，跨越时空依稀见到那灿然的光亮。战火随烽烟飘逝，风雨侵蚀了城垣，我想寻找戚家军在洞头洋征战的具体时间和历史细节，卷帙浩繁，却不见雪泥鸿爪。但细一思量，没有细节的历史才离不开文学的描述，才让人浮想联翩，一如人们对待眼前的风景和情感。

海边礁石丛生，白浪滚滚，在一块巨大的礁岩上，屹立着戚继光塑像，这是洞头岛的标志性景点。塑像礁和南炮台山之间连着铁索桥，取名海上泸定桥，桥长48米，我踩着桥上的条形木板，慢慢前行，脚下是深谷沟壑，波涛翻滚，步步惊心，我仿佛走进了那段缺少细节的海战历史。走到礁岩上，站在戚继光塑像前，我定了定神，见戚继光塑像高约4米，头戴缨盔，身穿铠甲，手持利剑，目视东方，气贯长虹，仿佛就站立在战争的硝烟中，血与火的岁月里。年少时，我也做过书生报国的英雄梦，"醉里挑灯看剑，梦回吹角连营"，现在端详着英武的戚继光塑像，还是怦然心动。生命需要自然的芬芳，更需要激越的力量，需要信仰与偶像。

从南炮台山去钓鱼台，一路上铺满阳光，道路两旁的铁板上有类似于大事记的文字，我都一一阅读。1655年—1659年，郑成功反清，从厦门四次北征，以洞头诸多岛屿为中转地，征储粮草，操练士兵；1798年—1805年，东南海上义军蔡牵驻扎洞头列岛，多次在洞头洋与官兵激战……简约的文字告诉我们，历史总是在无穷的力量驱动下浩荡向前。

九

我是第几次登临望海楼？这个能看遍洞头的地方，我已记不明白了。但这次走读洞头岛，我又一次买票走进了望海楼。

这一天微风轻拂，桃红柳绿，春天，是活力四射的季节，我的汽车飞快地奔跑在延伸洞头岛腹地的330国道上。每当从跨海大桥上经过洞头峡时，远处的望海楼就会出现在眼前，自然会想起颜延之（384—456），内心也像洞头峡的波浪一样起伏翻滚。我感叹这位南朝刘宋时的大文学家，434年出任永嘉太守，到任不久就率众人乘船出海巡视，并在青岙山（大门岛）建筑楼亭用来观赏海景。那个时候，交通工具落后，陆路走凿壁而成的栈道，水路坐船漂洋过海，他们行旅的惊悚、艰辛可想而知。并且，在海岛上建楼亭所需的材料运输困难，海岛气候腐蚀性强，还难以维护。而官场比大海更狰狞险恶，颜延之入朝为官42载，先后4次被贬。我仿佛看到，在一个晦暗的日子里，被贬谪的一介文人颜延之摇摇晃晃走出小木船，走上大门岛荒芜的山头，虽然步履有些蹒跚，却显得儒雅和睿智。他建造的观海亭，后人称之为望海楼，是目前所知的我国最早在东海畔修建的观景楼亭。我们不知道这楼亭建了多少时日，做工是否精美卓越，毁坏于某年某月，我们在故纸堆里发现唐朝宝历年间（825—827），温州刺史、诗人张又新钦羡颜延之的诗名和赏海的雅兴，追随先贤，泛舟渡海，到大门岛寻找望海楼，那时望海楼已不堪风霜雨雪倒塌了。张又新作《青岙山》一诗感怀："灵海泓澄匝碧峰，昔贤心赏已成空。今朝亭馆无遗制，积水沧浪一望重。"被收入《全唐诗》中。

相隔1000多年的沧桑，大门岛上的古望海楼已随波涛滚滚的历史远去。而今天，我们来往于大陆、海岛之间的轻松便捷，傲然屹立在洞头岛烟墩山上的望海楼，如果颜延之、张又新他们有知，也一定会被震撼。

烟墩山横亘在洞头岛的西北面，并不巍峨，却山岭蜿蜒，林木葳蕤，要去山顶得绕着山路盘旋而上，一路上，几个小村落半隐在绿丛中，也是一道风景。

望海楼景区的山门为仿清式建筑，12米高，19米宽，匾额"百岛一望"为当代书法家韩美林书写，山门楹联由当代书法家沈鹏书写：一海放千帆，美景难收，为有朝霞托日起；四时妆百岛，良辰未尽，更留明月待潮生。从山门进入，只见望海楼主楼也是仿清式建筑，坐北朝南，楼层明三暗五，高

35.4米，凝聚着一股凛冽霸气，高大威武，把盛世气象展现在我们眼前。楼上竖匾"望海楼"系书法大师启功墨宝，五楼横匾"晋唐远韵"集赵朴初书法，三楼横匾"海日天风"集沙孟海书法，走近仰望，望海楼更有一种恢宏的气势和夺人魂魄的力量。这是一座盛世杰作。

在望海楼上登高一览，远山似黛，近水含烟，视野辽阔，是遍览洞头岛全景的绝妙看台。从一个鸟瞰的角度，只见洞头新城区一栋栋高耸的大楼争先挺拔，向天空里伸展，使得这方昔日海地愈加巍峨起来；在老城区，一条条街巷隐隐约约，一个个村落疏密有度地分布着，不过只有影像，没有声音；几个海湾被山石填成平地，成了建设的热土，工程车进进出出，建筑群像庄稼一样一垄垄一簇簇地生长着。

邱国鹰先生告诉我，洞头从1987年开始发展旅游业，不少有识之士建议重建望海楼。2003年3月，洞头县委、县政府把重建望海楼提上议事日程，成立了望海楼工程建设指挥部。古楼重建，选址是前提，大门岛的古望海楼原址由于年代久远无法找寻，加之当时大门岛的旅游条件尚未成熟，就采取外地景区"易地重建"的成功经验，选址在海拔227米的烟墩山顶。这是洞头本岛的最高点。

邱国鹰回忆，望海楼的设计几经讨论、评审，最后江西规划设计总院的建楼方案从应征的5个方案中脱颖而出，设计者是陈星文，师从梁思成，他曾是滕王阁第29次重建工程总建筑设计师。望海楼建设工程从2003年3月启动，2007年6月主楼落成并正式开放，2012年全部完工，前后费时10年，占地面积140亩，以主楼为核心，有山门、三亭、诗廊、《望海楼赋》碑刻、颜延之雕像、海洋动物故事园等景点。邱先生作为望海楼工程建设的总顾问，也付出了10余年的心血。与他聊起望海楼的建设，几乎每一块砖每一片瓦都有故事可以述说。

邱国鹰说：千年古楼重建，是洞头的一件大事，当门楹联，大家商定由沈鹏书写，于是我托文友帮忙，牵线搭桥，沈老终于答应书写我寄给他的一副楹联。有一天，沈老给我打来电话，用商量的口吻问：我想把上联中的"况"字，改用"为"字，好不好？沈老既是书法大家，又精研诗词楹联，他的改法自有道理，却不耻下问，令我感动。不久，我收到了他寄来的墨宝，让我意外的是，沈老按修改后的联文书写了一副，又把原文的"况"字另附纸书写，供我们勒刻时选择使用。而望海楼的赋记，我们请剧作家、有"巴山鬼才"雅号的魏明伦撰写。经过多方努力，他终于答应来洞头一看。魏明伦来洞头时是傍晚，第二天一早就上了望海楼，他了解了望海楼的兴废与重建，对长廊勒刻的诗词、楼亭列置的匾额、楹联，看得十分仔细，他指着周魏峙、韩美林、沈鹏、贾平凹、熊召政的作品说："他们都是我的老朋友。"那天晚上吃过饭后，他提出："再登楼吧，看看望海楼的夜景。"第三天下午，在参观了仙叠岩、南炮台山等景区后，魏明伦再次提议"上望海楼"，就这样，魏明伦三上望海楼后，创作了《望海楼赋》。

十

　　望海楼一层到四层是海洋文化展览，分为帆锚相依、耕海牧鱼、闽瓯风情、非遗奇葩四个展厅，均用丰富的实物、模型、图片和先进的声、光、电来展示，介绍了融闽南文化和东瓯文化于一体的洞头海洋文化，讲述了洞头曾经的史实。

　　一楼展厅是各种渔船模型，有捕墨鱼、捞海蜇用的是小舢板；有抓海贝、捉小鱼用的涂泥船；有船底刷成白色、船头和船尾则涂上红色的白底船；有主舱甲板形状如梭子蟹的壳、船上能背负舢板的蟹背船；有原出自福建连江县、能远出外洋打鱼的连江船……邱国鹰先生说：船作犁耙海是田，穿风钻浪捞鱼鲜，对于世世代代以打鱼为生的岛民来说，渔船不仅是不可或缺的生产工具，还是长年相依相伴流动的家。洞头的渔船发展，从独木舟到小舢板，从全靠人力到利用风帆再到机动船，从木质船到钢质船，有8000年的历史，凝结着渔民生存和生产的智慧。洞头的船只很有特点，比如木质船有"眼睛"，渔民尊称"龙目"，说是用来观渔路，辨暗礁，识方向。造新船的最后一道工序是安装龙目，要选良辰吉日，放鞭炮。

　　洞头岛的先民来自闽南和温州周边各地，具有开放的性格，吸收和接纳了外地的文化，使得洞头民俗文化浓郁，地域特色鲜明。在"闽瓯风情"展厅里，邱先生重点给我讲解了"迎头鬃"风俗：旧时衡量一个地方的渔业生产状况，看这个地方有几家渔行，渔行的性质相当于现在信用社和供销社的结合。渔民经济条件差，经常要向渔行借贷所需的生产工具或周转资金。渔行就慷慨地借给渔民，但渔民捕获的海货必须给这家渔行收购。这样一来，就出现一个问题，渔民出海打鱼，收获多少，渔行是知道的，渔民是否把全部的渔获都给这一家渔行收购，主动权掌握在渔民手里。渔行怎么办？大约在清咸丰年间（1851—1861），洞头就出现了"迎头鬃"这个习俗。"头鬃"，闽南语是指马的鬃毛，也指头发，引申为领头、第一，"迎头鬃"就是为捕捞产量第一的渔船庆贺、巡游的民俗活动，相当于渔业生产先进表彰仪式。每年鱼汛结束后，渔行就评比出捕捞作业产量最高的渔船，被评上者谓为"扛头鬃",然后选定吉日举行隆重的仪式,渔行主和乡绅率领众人给"扛头鬃"的渔船老大送去"头鬃旗"、红包、大猪头、老酒,队伍浩浩荡荡,旌旗招展,鼓乐齐鸣。船老大领着伙计接过鬃头旗和礼物后,在自己家中拜祖宗,摆上酒席宴请渔行主、乡绅以及伙计。宴席结束后,船老大和伙计们又敲锣打鼓把头鬃旗送到渔船,把旗升到桅上。"迎头鬃"的习俗鼓励先进,激发竞争,也是渔行主剥削渔民的一种方式。新中国成立后,渔行没有了,"迎头鬃"仪式也就停止了。到了20世纪90年代,"迎头鬃"被挖掘,跟"开渔节"结合起来,进行了改进和发展,赋予了新的内容,提高渔民的生产积极性。

海洋、岛屿、渔村,尽管在不同的时代,演绎的主题不同,生产的形式各异,但是,人们不是简单地索取,而是息息相依,因此要知恩图报。

十一

过着海上生活的讨海人,承受着海风海浪、倭寇海盗等各种危险,加上在封建社会科学落后,岛民观念愚昧,总是祈求"靠天公吃饭,靠神佛保佑""平安无事,消灾解厄"。他们往往把祭拜的佛像、神像供奉在自己的家里,或搭建庙堂放置神像、佛像敬拜。

在走读洞头岛过程中,经常会见到一些佛堂神殿,规模最大的要算中普陀寺,几百亩的占地面积。据当地信众说,中普陀寺是在原来的洞灵寺基础上扩建而成的观音道场,洞灵寺原是一座很小的寺院,周围山上多坟墓,很是荒凉。1999年,在潮州开元寺任监院的芳振法师前来主持兴建,有了一场翻天覆地的变化。我不是宗教人士,对宗教的精微不得其解,我在中普陀寺转了一圈,正是早课时间,见寺中十来位僧人信众双手合十,念念有词,严肃端庄,就不敢打扰,悄悄地出来了。

我也走访了位于东沙景区的妈祖庙。妈祖,又称天后娘娘,是福建莆田湄洲屿的一位普通女子,姓林名默娘。她死后,乡人感其生前为民治病、海上救人的恩德,就在湄洲屿立庙祭拜,传到洞头也有300多年的历史。每年的农历三月廿三是传说中的妈祖诞辰之日,洞头民间会举办盛大的庙会活动,洞头"妈祖祭典"还被列入第三批国家级非物质文化遗产名录。

在洞头的海神信仰中,杨府爷是个重要的角色。杨府爷是北宋名将杨六郎杨延昭。杨延昭确有其人,北宋初年陕西神木人,年轻时随父亲杨业出征,常为先锋,后戍守边关20余年,号令严明,骁勇善战,屡败来犯的契丹军。相传他打仗很有谋略,与辽兵争战时,他密遣部下买来一万头牦牛，把草人穿戴上辽兵服装，腹内装进饲料，引诱牦牛用自己尖锐的角挑开草人腹部吃饲料。如此训练百余日，到了打仗的时候，杨六郎便下令将牛饿上三天三夜，把刀绑在牛角上，待辽兵追来，将万牛放出，牦牛冲入敌阵，见人就挑，辽兵死伤无数，宋军大获全胜。杨六郎在岛民的心中还是护卫渔事的海神，他们在杨府庙内悬挂风帆、船只，把一个北方的将帅转化成南方的神祇，从跃马戍边演绎成泛舟护海，这是海边人们心灵寄托的物化。

洞头也有岛民供奉陈府爷。陈府爷是唐代开发漳州的先祖陈元光，他平定闽粤蛮夷之乱，为首任漳州刺史，在职期间，发展农业生产，传播汉族文化，深受闽粤广大人民爱戴。我在垄头村见到陈元光纪念馆，当地村民告诉我：清康熙二十七年（1688），有姓陈人从福建泉州渡海来到垄头村定居，携带了陈元光的香火，在康熙四十九年（1710）建造了陈府圣王庙，1992年地方集资，扩建成陈元光纪念馆。

十二

有人说，对于洞头的喜欢，或者对于它的思念，常常缘于美食，也终于美食。洞头人也往往是信妈祖，食海鲜，性情豪爽。

邱国鹰说：洞头的美食主要来自海鲜，发出诱人的味道，令人垂涎欲滴。洞头洋这么多鱼虾蟹贝，四季各异，其中大有讲究。不同的鱼虾，由于产卵、生长、成熟期不同，它们的鲜美度也就不一样。春季吃墨鱼，春末夏初吃大、小黄鱼，冬天吃带鱼。就是墨鱼，也还有细分，清明节前后捕到的头批墨鱼，属花水墨鱼，他们刚洄游到近海滩边，还没来得及产卵，正当鲜肥壮硕，肉身厚，肉质脆，鲜美得很。往后，捕上来的头水、二水墨鱼，质量也逐步下降，从小满到芒种，捕上来的就是三水墨鱼，个小肉薄，味道差多了。渔区人讥讽一些身子板单薄的男子为"三水墨鱼"。在渔村，鲜乌贼肉去皮后切块，用刀轻划几道菱形裂痕，经沸水一过，便显得色泽雪白，花纹洁丽，无论是红烧、爆炒、炖煲，都脆嫩爽口，鲜香可口，常做的乌贼菜肴还有蒜薹乌贼、豌豆乌贼、乌贼排骨煲。乌贼内囊可加工成乌贼饼，这是洞头渔妇的一大创造，现在已经成了洞头旅游特色产品，广受游客青睐。

邱国鹰说：至于带鱼，夏末秋初捕到的尚在生长期，瘦不啦唧，多用来腌制鱼生。时令越往后，天气越冷，带鱼也就越长越肥厚，直至冬季，才是品尝的最佳季节。新鲜肥厚的带鱼有人喜欢油炸有人喜欢糖醋，其实清蒸最佳。把带鱼切成10多厘米长的条块，鱼块表面轻切几道浅痕，用盐和味精抹一下，约10分钟后，加姜片、枸杞、老酒同蒸，出锅后撒些葱花，这时，色、香、味、形俱佳。还有一种盐腌的新封带鱼，温州市区人特别喜欢，把带鱼放置在木桶里，加适量的盐，一层层铺叠腌上去，最后用石块紧压，一个星期后拿出来加点老酒隔水蒸熟，鲜味中稍微带咸，最适合下稀饭。如过两三个月再启封，带鱼入盐深，咸味加重，能保存较长时间，可以长途运销。带鱼的鳞片已退化，只留下一层薄鳞，有人嫌腥气重，剖杀时先把这一层鳞刮掉，殊不知这层鱼鳞含有多种不饱和脂肪酸，有降低胆固醇的作用，对身体大有裨益。带鱼的捕捞方法主要为钓捕和网捕，过去洞头渔民用白底船钓带鱼，钓来的带鱼称钓带，特别强壮，内行人去买带鱼，都会问：是钓带还是网带啊？

渔村有不少俗语，讲的就是什么季节尝什么鱼。"春天巴佬鲍，冬天马鲛鳗"。巴佬就是小黄鱼，鲍鱼也是春汛捕捞的最鲜美，马鲛鱼和鳗鱼的最佳品尝期在冬季，鳗鱼晒鲞，冬至前后为佳品，不泛黄不走油。蟹的种类多，"白露鳗，霜降蟹"，这里讲的蟹是指梭子蟹，过了霜降，梭子蟹开始有红膏，但石蟹不同，夏令时反倒壮实。

邱国鹰说：海岛人家有人生病，过去交通不便，缺医少药，他们就利用丰富的海洋生物，经过烹制形成海鲜药膳来治疗。比如蛤蟆鱼（鮟鱇）烧陈年萝卜丝，加陈年墨鱼干和咸鸭蛋黄，是治疗虚火上升、牙龈疼痛的良药。野生黄鱼头加老酒、冰糖炖起来，是上好的补品。鲎，这地球上最古老的动物之一，距今5亿年了，以前洞头岛很多，在沙滩上经常能看到，公和母的成双成对，很恩爱，如果抓走其中一只，另一只就待在海滩上不走。鲎的血液是蓝色的，在医学上很有价值。鲎肉烧汤喝，不会生疮，还可降火解毒。鲎的外壳还是小型的"冰箱"，夏天盛菜盛饭，几天都不会变质。鲎是国家二级保护动物。

在洞头的民俗八大巧中，也有关于美食的描述，如猫耳朵，是用番薯淀粉做表皮，花生、芝麻、白糖拌和为内馅制作的甜点心。过去手工制成的猫耳朵，呈三角形状，中间凹陷像耳郭，所以得名。猫耳朵下水煮时，加生姜丝、红糖，既适合海岛潮湿气候驱寒祛湿的健身需求，又能在过去贫穷日子中寻找一丝甜蜜的感觉。邱先生说，直到现在猫耳朵仍然是洞头岛上宾馆餐厅、渔家乐排档、居家待客极受欢迎的特色小吃。在洞头岛走走吃吃，这些美食将会与眼前的景观融合，化为心底那一份份独特而绵长的记忆。

就这样走走吃吃，我从早春海岛尚未返青开始，一直走到花明柳媚的仲春才告结束。在洞头岛，这海天之间，心域之内，无数不可止息的生命故事，让我感动，让我充满敬意；无数实物和那么多的空白，让我好奇，也让我充满想象。洞头岛，这片流淌着梦想的海域，可以让心走得更深更远。洞头岛，究竟能在未来的温州乃至中国的格局中占据何等的位置？我们不妨让时间慢慢揭开它的面纱。

十三、半屏岛：继续做"海"字文章

一

车过半屏大桥后，是蜿蜒而平缓的半屏公路，我们先到金奋村山尾，半屏岛海拔最高的自然村。站在山尾顶观景平台，俯瞰山间的村落，见石头房错错落落，分布在海边和山坳里，一条条蛇行小道若隐若现，把房子连成小村，把小村连成相互贯通的行政村。四周山色空蒙，海上风平浪静，村庄古朴宁静，弥散着神秘的气息。

金奋村村民说：我们这些低矮的石头房有什么好的？却总有不知从何而来的年轻男女，端坐在村头巷尾，要把石头房画在纸上布上。我说：因为好，他们才画，画得多，你们的村庄就会成为艺术村。半屏岛有许多这样的自然村，从容地保持着它们的容颜，走进了学生和艺术家的视野。半屏岛面积2.445平方公里，岸线长14公里，有"一半在大陆，一半在台湾"的风景区半屏山。

金奋行政村也称三村，下辖4个自然村，据当地村民说，这4个自然村的村名，除金奋因村民金姓多而得名外，都来自坐落的位置。山尾，在一座山的尾巴上；岙唇，在一个山坳的边缘处；路湾，在一条山路的拐弯处；原来还有一个大岙岭，因位于大北岙的岭头而得名，现在与路湾融为一体了。这些村落尽管面朝大海，受台风的影响却不大，台风登陆时的风向是先北后南，这些村落的南北方向都有山头可以阻挡台风，古人建造房子最讲究避风与向阳，金岙行政村是人们在这个岛上生活的温暖家园。

在山尾，我们遇见正在自家院子里忙碌的陈姓大姐，院子里有长势良好的芥菜、卷心菜和红萝卜。她停下手里的活与我们攀谈起来，她说闽南话，我听不懂，只得依靠同行者的翻译。

陈大姐出生在四村，四村都是渔民，出海打鱼或从事涉渔行业，如修船、制网。她的父亲是船老大，有一年突然生病，兄妹5人又未长大，一家7口依靠母亲补网赚钱过日子，日子越过越穷。待她长到18岁，母亲托了媒人，把她嫁到三村的方家。方家家庭成分中农，她老公21岁，已是渔船上的正劳力，公公是打鱼能手，收入较为丰厚。那时候是小张网，搞定置捕鱼，渔民早出晚归，虽然辛苦，但很有奔头，村里有位渔民打鱼出了名，在船老大的岗位上被上级调到县里当渔业局局长。

男人出海打鱼，女人在家补网种地干家务，也是整天忙碌。每次渔船进港，女人还要挑着担子赶到港口整理渔获，按鱼的种类和大小收集到担子里。男人回家休息，女人挑着担子翻山越岭，到北岙鱼市去卖。山岭并不高，但担子有七八十斤重，有些女子还挑到130斤。挑鱼女子成群结队，走在山岭上，聊天、说笑，叽叽喳喳，并不觉得累与苦。"前面是条坡，渔嫂山岭过，百步一小歇，千步路边坐……"肩挑渔担最担心的是上山时双脚发软，下坡时脚下打滑，脚踩下去要特别踏实安稳。从金岙村到北岙鱼市，要先走一个多小时的山岭古道，到达半屏码头，再坐几分钟渡船到北岙鱼市。

卖了鱼回来，她们的担子已经轻了，脚步就显得特别轻盈。一群小鸟从山林里冲出来，鸣叫着掠过她们的头顶，她们也像小鸟一样充满着快乐。如果在春天，山路边的杜鹃花像海潮一样涌动，映照着她们绯红的脸。如果夜色降临了，一轮明月从海里升起，海岸边的浪花还清晰可见，传来哗啦哗啦轻柔的声响。金岙村通往村外有4条山岭，到了20世纪90年代，开出一条简易机耕路，到本世纪初，机耕路实施硬化建设，成为康庄公路，2009年通上公交中巴。

我们在金岙村委会遇到了村支书方后文。据他介绍，金岙村曾两次作为半屏公社（乡）驻地，第一次是新中国成立初期，第二次在1965年到2001年。村里有邮电所、影剧院、信用社、粮油站、中心小学和初中，成为半屏岛政治、文化和教育的中心。20世纪七八十年代，金岙村民超过5000人。

2001年半屏撤乡，并入东屏镇（街道），金岙从一个中心村变成了一个偏僻的地方，加上渔业捕捞业连续多年走下坡路，金岙村萧条起来。

金岙村共有200多幢石头房，大多延续了清代的建筑风格，注重层高和外观审美，有些房子还有精雕细琢的屋檐、石窗和屋顶排水口。在岙唇，50多幢石头房都有近百年历史。2013年，金岙村被定为浙江省古村落保护村，一些石头房被改建成民宿。

越过寂寞，如今金岙村又渐渐热闹起来。这个保持着本色的村庄，把灵气和美好交付给了时间，岁月的吸纳与转化，让它更具风采，吸引着游客和文艺人士。陈大姐告诉我，每到夏天，特别是周末，许多游客来露营，帐篷就搭在她的家门口，他们不仅欣赏岛上的自然风光，还喜欢到渔民家里去串门参观。村里没有饭店，他们就叫村民炒几个菜，有一些来画画的年轻人晚上就住在渔家，他们最喜欢画石头房和院墙，一些荒废了几十年的低矮土坯房，我们这里叫寮，他们也要画。他们静静地坐在那里，一画就是大半天。仿佛他们就属于这个岛。

二

洞头五岛连桥工程，建造了7座跨海桥梁，却不建半屏大桥，这让我非常不解。半屏岛与洞头本岛北岙岛近在咫尺，最近处岸距仅250米。五岛连桥工程于1996年12月开工兴建，2002年5月正式通车，那时候，半屏岛的村民到洞头，还要乘小舢板，遇大风大雾，小船还会停渡。半屏大桥于2003年开建，全长955米，2006年10月通车。

我们站在半屏码头，可见北岙岛沿岸的船只、码头、建筑。同行者谢炳遵是半屏岛人，他说：半屏、北岙两岛相隔不远，曾经在漫长的岁月里，两岸却是完全不同的景象，一边是繁华的渔港，一边是寂寞的渔村，其鲜明的对比，很多洞头人都印象深刻。眼前的洞头中心渔港，历史上是沿海的关隘要地，作为商埠，也一直颇具规模。我小的时候，看到渔港里的渔船进进出出，络绎不绝，码头岸边堆放着一筐筐的新鲜海鱼，渔民与客商过磅交易，讨价还价，一片嘈杂。现如今，渔港码头热闹交易的景象已不复存在，一片静寂，而半屏山西北岸，却开起了成排的民宿和大量的大排档，旅游旺季人流如潮，宾客盈门，成为最受海鲜老饕青睐的渔港。

查阅有关资料，得知半屏、北岙两岛之间的渔港，是在1956年驻岛解放军修建的登陆艇码头的基础上逐步形成的，2003年，经农业部批准按国家级中心渔港标准建成了一级渔港，有高桩梁板式码头280米、8个泊位，浮码头

347米、9个泊位，驳岸851.2米，具有渔船避风、渔需物资补给和卸货、渔民新村建设等功能。

东屏街道渔农办主任黄志新说：海洋捕捞是半屏岛民的传统产业，"渔"字贯穿了这个岛屿几百年的历史，仅在改革开放之后，就经历了3个阶段的发展演变。第一个阶段是20世纪80年代至1995年的渔船大型化，作业渔场逐步向外海拓展，开始在南太平洋进行远洋渔业生产。第二个阶段是1996年至2000年的渔船钢质化，渔船股份合作制全面推行，掀起渔业"造大船、闯大海、赚大钱"的发展高潮，海洋捕捞实力空前壮大，半屏岛共有钢质渔轮41对，每个村都有10对，形成了半屏双拖基地。第三个阶段是进入21世纪，渔船配备了先进的现代化捕捞装备，但渔业资源严重衰竭，收获大不如前，渔轮锐减。

这几年，洞头全力推进国家级海洋公园建设，拟将半屏岛建设成集海洋文化、海洋运动、海鲜美食、海洋休闲和海洋旅游于一体的国际海洋文化综合体。半屏人以"海岛人敢闯大海"的坚韧和执着，利用岛屿独特的地理位置和秀丽风光，让这里成为播种希望的热土，改变村庄和自身的命运。

三

东屏街道宣传委员林阿华说：半屏岛东西走向，像一条仰头东望的蚕宝宝，金岙村在它的头顶，中心渔港在它的尾部，大北岙村在半屏岛的北向，位于蚕宝宝的腹部。有一片滩涂，村里设有半屏办事处，服务岛上四个村的村民，半屏撤乡后，大北岙村成为中心村。

大北岙村也叫二村，谢炳遵的老家就在这个村，还留有三间二层石头房，没有人居住，铁将军把门。他说：在海洋资源丰富的年代里，大北岙村也是热闹繁华之地，这里建有码头，停靠着许多渔船，码头附近有个半屏油库，是洞头最大的油库，被厚实的砖墙围着，围墙内有几人高的油罐，油桶叠起来小山一样高，半屏岛和附近岛屿的渔船来这里加油买油。我小时候上学，与伙伴们玩耍，在高高的围墙下走过，对油库有一种敬畏感。有一年夏天，我与小伙伴趁守门老伯不注意，偷偷进了油库，见到种植整齐的花草，这就是后来知道的绿化，那时候海岛上的小孩谁知道绿化啊？还种有杨梅、葡萄等，也是我们没有见过的。澡堂和厕所里还有自来水，我们也是第一次看到自来水。去过几次，胆子大了，后来下海游泳，游完了就光着脚丫缩起脖子溜进油库去冲澡。油库是国企，公职人员拿丰厚的工资，他们又掌管着柴油，权力大，也有优越感，他们上班下班，进出油库大门，跟渔民讲话嗓门大,真让人羡慕。油库的不远处是粮油公司,内部人员可以优先买到大米、米酒和年糕,过年可以分到菜油,家属可以进公司扛大米做搬运。那时候有人挤破脑袋也要进入这些部门,半屏有个村小老师,觉得工资少,想尽办法调到粮油公司,不料粮油公司很快就不红火了,他提前退休,现在退休金每月两三千元,看到原来村小的老同事,退休金每月七八千元,说起当年的调动,后悔得很。大北岙还设有冰库,制冰给鱼虾保鲜,早就停业生产了。

跨入21世纪后,大北岙村的渔业生产跟不上时代的潮流,和其他渔村一样逐渐沉默了,一些渔民选择外出谋生,一些渔民继续做"海"字文章,海鲜、海滩、海岸线……他们相信,老渔村一定会有它独特的魅力。2015年,当地政府引导村民办民宿,打造海岛民宿一条街。

半屏山中路的怡蓝湾民宿,是大北岙民宿一条街上开办最早的一家,主人柯海娟说:这一带以前叫虎山,海岸边有一个采石场,20多年前,采石场停止开山放炮,培成地基出售,我公公买了两间,是想给自己当码头用。我公公是金岙村人,用舢板搞运输,大北岙一带的码头没有让他的舢板停靠的地方,他要把船停靠到北岙岛沿岸,再游泳回半屏岛。2013年7月,有人要联建房子,我们也跟着建,建好了却一直闲置着,为了孩子读书方便,我们住在北岙城区。政府引导我们做民宿,搞乡村旅游,我当时并不愿意,心想一个如此偏远的地方,城里人愿意来吃、住、玩吗?又要五六十万元投资,钱哪里来?一系列的问题让我犯了难。但又想有政府帮助,不闯一闯也可惜,于是就硬着头皮做起来。我两间房子占地面积80平方米,建成4层,建筑280平方米,有7个大房间和一个阁楼。通过装修改造,貌不惊人的普通农房变成了地中海主题风格的时尚民宿。对外营业后,想不到生意很好,当年夏季几乎每天都客满。

张颖2013年大学毕业后到东屏街道工作,是旅游专干。她说:东屏街道的领导计划以点带面做民宿,开始确定三家做试点,怡蓝湾就是其中一家,我们帮助他们设计、装修、贷款、宣传,投入市场后效益很好,就越开越多,现在共有21家民宿、64条间(当地人叫一间房子为"一条间")、200多个房间,可以同时接待三四百名客人。洞头的旅游淡旺季很明显,每年"五一"到"十一",64条间基本上住满了客人,游客还开车到洞头农贸市场采购海鲜,或直接到靠岸的渔船里买第一手海货,买来自己烧或托给老板娘,蒸蒸煮煮捞捞,调料越少越好,要品尝海鲜本味。游客把桌子摆在门口,海吃海喝,我从街上走过,闻到的全是啤酒加海鲜的味道。

浪花谷民宿的张素萍说:我原来做来料加工生意,随着年龄增长,越来越钟爱民宿经营。我是2016年4月开始办这家民宿的，在半年多时间里，已经接待了2000多位游客，他们住在这里听涛声、看海景、吃海鲜，任海风轻拂，享海韵悠远，其乐融融。

四

半屏岛东部是一处强海蚀岸带，有连绵数千米的绝壁，被刀削斧劈过一样，石壁上依次展开巨幅岩雕画屏，是我国目前已发现的最长最大的海上天然岩雕，被誉为"神州海上第一屏""海上天然岩雕长廊"。

观赏半屏，环岛泛舟，从海上仰观最好。我们在中心渔港码头乘坐游船，站在甲板上观赏沿岸的景色。船至狮子岩，船老大高声说：今天风浪小，我们的游船特别稳，半屏山东向多暗礁，平时这里无风也有三尺浪，如果有五六级风，掀起的巨浪盖过狮子岩。

半屏山的峭壁礁岩裸露出的形骸，形状各异，势尤险奇。船老大指点我看"猪八戒照镜子"、看"一帆峰"、看"渔翁岩"、看"渔翁扬帆"图、看"虾将岩"、看"孔雀开屏"……这些都是象形景观，形象逼真、天趣盎然。我特别惊讶于"黑龙腾海"，一片焦黄色的石壁上有一条长约百米的黑色岩脉，一端酷似龙头，一端酷似龙尾，尾高头低，是腾跃扑海之势。这是一条黑玄岩地质带夹在黄石崖中。

谢炳遵告诉我，他小的时候，岛上每家每户做饭靠烧柴草，岛上的柴草被砍光，人们就把柴桩草根挖出来烧。他爷爷见半屏山的悬崖峭壁间还长有几丛灌木，就吊一根绳子下来砍取灌木。谢炳遵后来也用爷爷的办法吊一根绳子下来到礁石上捡螺拾贝，捕捉海味。半屏山有一种野生鲍，是海中珍品，壁壳坚硬，壳形右旋，它昼伏夜出，以海藻为食，野生鲍肉质细嫩，营养丰富，味道鲜美。

岛上有民谣："半屏山，半屏山，一半在大陆，一半在台湾"。这半屏山为何像刀劈过了一样？民间有传说：半屏山原来是一个完整的岛屿，岛上居住着上百户人家。有一年，一条毒蛇精霸占了岛屿，残害百姓。岛上有一对年轻夫妻叫许东策和金娘，与蛇精展开一场搏斗，小夫妻终因不能胜敌而变成两座小山，以免被毒蛇吞食。龙王得知此事，前来收降蛇精，蛇精躲进深洞，龙王把尾巴伸入洞中，将身子一腾，揭出毒蛇击死，可这座岛屿也被龙王尾巴扫飞了一半，飞落到台湾去了。在台湾高雄市境内，也有一个叫"半屏山"的小岛，一面是坡，一面是峭壁，峭壁横截面与洞头半屏山相似，两地的半屏岛民，语言相通，习俗相同。

从洞头乘船到台湾，只需8小时，洞头中心渔港历来是台湾渔船避风、补给、交易的集散地，洞头与台湾生产、经贸、人员的往来历史悠久。20世纪80年代，半屏山建起盼归亭，寄托两岸同胞团聚的愿望。2010年3月，又立"同源同根碑"，其碑文为"两岸半屏，乡音乡情；珠联璧合，共赢荣景"。"同源同根碑"与"盼归亭"紧依，表达了两岸血浓于水的同胞深情。海水隔不开台湾与大陆，骨肉同胞心和心相连，那道无形的人为屏障，迟早是要被推倒的。

十四、大瞿岛：有中国绿岛的别称

一

在洞头本岛西南面9公里的海面上，葱茏苍翠的草木覆盖着一个名为大瞿的岛屿。20世纪70年代，该岛被媒体作为绿化造林的典型进行宣传，有中国绿岛的别称。

大瞿岛面积2.33平方公里，岸线总长7.93公里，东北部悬崖陡峭，西南岸为泥沙沉积带。海浪声声，我们在3月里来到了这个绿意盎然的岛屿。

3月的海风在上午10时已不冷冽，正值平潮，我们的轮船进得岛来，眼前就是大瞿村。村里有两条溪涧，一条叫东坑，一条叫西坑，两个自然村随溪涧而得名。我先走访了东坑自然村，得到了一位正在培育番薯种的老人亲切的问候，他讲闽南话，我听不懂，陪同我的洞头朋友充当翻译。老人说：大瞿岛有5个自然村，本来有600多人口，现在常住的只有6个老人，东坑4人，西坑2人，位于山上的校场自然村已没人居住，坪顶自然村的赤脚医生周明福，在这里住两天，去洞头岛住两天。蜡烛台自然村在另一个海湾里，已成为附近海域紫菜养殖户的落脚点。2011年市里提出农房集聚改造建设，大瞿村民陆续搬迁到洞头岛居住,我们老了不想动,在岛上搞点农业,可是,种出的番薯、青菜和豆类等,总被老鼠和小鸟给吃掉。

老人放下手里的锄头,让我们到他家里坐坐。这是两间两层石头房,建于20世纪70年代,门窗对着大海,院子里晒着从地里收回的红萝卜,已经切成条齐刷刷地排列着。一楼的厅堂里,楼板下挂着腊肉和鱼干,摆放着10年前通电后买来的电冰箱和电视机,电冰箱底部受潮腐蚀,不怎么用了,电视机可播放几个频道节目。

正如老人所说,岛上早已人去房空。西坑与东坑相似,一些房子敞开着房门,一看就知道许久没有人住了,灰尘混合潮气黏黏地落在家具上。一些房子的屋顶已经坍塌,屋内是一地的瓦砾。更多的房子紧闭房门,门侧贴着红红的对联,墙角堆着朽木劈成的柴爿,说明房子的主人或者他们的儿孙回来过春节了。房子边一小块一小块的菜地,正长着茸茸的新草,如翠玉镶嵌在海岸边,小路旁的野萝卜开出五彩的花,把渔村衬出了古意。远远望去,两个村落都是铺满阳光的石墙,很是耀眼。

二

我们来到了大瞿村老人协会詹会长家里,詹会长得知我要走读大瞿岛,与老伴早一天从洞头岛搭船过来。他在家门口摆放的八仙桌把早春的暖意放大,我们的话题始终没有离开这个岛屿。

詹会长说:大瞿岛的渔民以定置张网作业为主,新中国成立前后,我们的祖辈在大瞿岛周边张网,用的是木制小舢板,用桨划船。我18岁出海打鱼,那时候已是5马力的机动船,过了几年,12马力的也出现了。那时渔业资源丰富,我们搞定置张网捕获有大黄鱼、小黄鱼、鲳鱼、龙头鱼、鳗鱼、鲈鱼以及各种蟹虾,也有搞小拖网,一网拖过来十几担,一担100来斤,中意的挑出来运到洞头岛卖,不中意的倒在岸边晒鱼粉,价格很便宜,天气不好就烂掉。如果有游客对岸边的海鲜表现出好奇,我们就说"喜欢就拿去吧"。我打鱼到40岁结束,去外地做生意了。现在不同了,渔船作业回来,鱼贩船已经停靠在码头等候了,无论多少货物不管什么鱼种都被鱼贩收走了。

20世纪50年代,近海出现一种捕鱼方式叫敲罟作业。据说敲罟发源于广东,当时广东有一个和尚敲着木鱼从海边走过,海里就浮起了昏头昏脑的黄鱼。广东渔民就开始利用这种根据声学原理的捕鱼法,敲罟作业从广东往福建、浙江等地流传,大瞿渔民也加入了敲罟队伍。敲罟作业是用两艘大渔船张好网,再用几十只小船在大船前围成半圆圈,每艘小船3个人,一人划桨，两人敲打绑在船帮上掏空了树心的梧桐木或竹杠，通过水下声波将石首鱼科如大、小黄鱼震昏，渔民把昏死的鱼群赶入大船张开的网中而捕获，捕一网需一两个小时。石首鱼科头大，颊部有黏液小孔，耳石大，最怕声波干扰，敲罟作业给这类鱼群带来灭顶之灾，不分老幼，一律聚歼。大瞿的渔船开始在南麂岛和北麂岛附近捕鱼，后来出海更远，渔船向东驶七八个小时，最远驶出10多个小时。敲罟作业成本低，效率高，一网捕过来都有几千担。1967年，敲罟作业才被禁止，发展了单拖、双拖作业，这些渔船一出海往往都是两三个月，渔货直接在船上交易，没有台风不会进港。海岛上许多渔民感叹：渔船大了，鱼被捕光了，渔民大多失业了，年轻人也不会打鱼了。

詹会长却不这么认为，他说：东海里鱼虾少了，与敲罟作业和渔船大小没有多大关系。大海里的鱼虾太多了，无论怎么打都是打不完的，我认为跟潮水有关系，潮水往北和南走了，东海里的鱼群被带走。这是一家之言。

20世纪六七十年代，渔民参加"五业"合算，统一管理，按劳分配，渔业最吃香，渔民每月能拿10多元，从事农林、运输、畜牧业的村民只能拿到两三元，那时候一斤烤虾4分钱。大瞿的渔民有了钱，就纷纷建起了石头房，石头就地取材，瓦片到乐清梅岙去买，彻底结束了住草寮的日子。

东屏街道宣传委员林阿华说：敲罟作业被禁后，大瞿的渔民还是回到定置张网作业上来，有机动捕捞船50多只，80到120马力。2000年投资280万元把大瞿码头扩建成双层大码头，可供百吨渔船停泊。但从20世纪90年代开始，一些渔民拖家带口搬离大瞿，在洞头本岛安家落户，他们主要是考虑孩子的教育。渔民还是继续下海打鱼，渔获直接运到本岛或温州出售，价格不断上涨。2006年大瞿实现通电，为全省最后一个无电村通电。我们推行"小岛迁、大岛建"，2011年在洞头岛岙口划出27亩土地给大瞿、南策岛的村民作为住房用地。现在，大瞿村民大部分都搬迁过来了，只有少数老人不舍自己的老房子，不愿别离大瞿岛，他们在岛上生活习惯了，自给自足，生活成本是"零"。也许，老人守着岛屿，岛屿是幸运的，而老人是充实的。

三

在詹会长的带领下，我们去寻找大瞿林场。走过村落，便进入了一条被林木遮蔽的山路，我深吸、屏息、吐气，山野的气息充满了胸膛。很快，杂草和灌木把山路挤成了窄径，几乎不可辨认。詹会长说：大瞿岛植被面积180公顷，森林覆盖率70%多，树木的茂盛，离不开当年吕志团、吕志宝两兄弟的带头引种。

树木紧紧相挨，山路被柴草封固，我们弓腰穿行，步履趑趄，爬上一个山坡，詹会长告诉我这里属于校场自然村，眼前就是林场。我们驻足山头，只见深山野林沉寂威严，木麻黄是林场里最高大的树种，枝叶葱翠，冠盖如尖伞，遮阴一方；台湾相思树曾经在哪一年集体被冻枯了树枝，现在蓬蓬勃勃地生长着新枝嫩叶；黑松和马尾松的树龄不会超过10年，阳光稀疏地漏射下来，映照在落地的焦黄松针上；竹林的面积最大，千千万枝，摇曳鲜绿的旗帜；观察身边灌木的静默，它们像兄弟一样抱团生长，我心想：植物是不是也有自己的情感？此时我们头顶的树枝在晃动，两只小鸟落在林杈上，歪斜着脑袋轻语欢言。我连忙举起相机，它们发现后展翅起飞，瞬间隐入眼前的山林里。

我们原路返回，春天的泉水在草木遮掩下显得纤弱又动人。流水潺潺，詹会长说：大瞿岛水源丰富，这些林场就是很好的集雨区，也孕育了东坑和西坑两条溪涧，半山腰建有水库。每到夏天，大海里的毛蟹爬到溪水里生长，夏秋之交的夜晚，我们打着手电去捉毛蟹。

采访到吕志宝是两天后的事，他是个健谈的人，也是个认真的人。他说：20世纪70年代之前，岛民烧火依靠柴草，岛上人家越住越多，连草皮都挖起来烧掉了，把岛屿搞成了不毛之地。1966年，我大哥吕志团在大瞿村当书记，参加洞头公社组织的参观团，到福建东山岛学习绿化经验，东山岛原来没有植被，海风一刮，沙尘把房屋、山园掩埋，岛民在当地县委书记的带领下植树造林，几年下来没有成功，后来从越南引种了木麻黄，成功了。听说这个县委书记被调到省里当了林业厅厅长。我大哥觉得人家能种，我们大瞿岛也能种。当时国家贫穷，我们搞绿化没有补贴，依靠村民集资，我大哥挨家挨户做思想工作。村民拿出鸡蛋，凑起来卖钱。我大哥从福建引种了木麻黄和台湾相思树，先在海边、村里栽种，待它们习惯了环境，慢慢向山里推进。

吕志宝的祖父和父亲都是渔民，他却不想下海打鱼，从小爱好植物，喜欢身居山野、走在幽径的感觉，到了18岁就跟着大哥干起了林业。这时候，木麻黄已经在岛上普遍生长，这种树树干通直，枝条褐色，针叶细长，且在海水中也能生长。台湾相思树也成规模，这是常绿乔木，每年春天开出金黄的花朵，发出微微的清香。吕志宝到了林场后，帮助大哥引种桉树、黑荆树和青皮树等。桉树是高大乔木，生长快，俗称"三年背"，长三年砍下来一个人就背不动了，是岛民造船、造房子的主要木材。黑荆树喜阳又耐阴，喜温又耐寒，喜深厚肥沃土壤也耐干旱贫瘠山地，树皮是制作栲胶的原料。青皮树的根、果、皮均可入药。吕志宝整天忙碌在山林中，大瞿岛的山峰沟壑里，大的乔木，小的灌丛，他都珍爱。春去秋来，季节更迭，风雨几度，虔诚几许，他与大哥仰望大树，叩问小草，树影重叠错落，草木枯枯荣荣。光

121

阴一波波地来了又一波波地去了，大瞿岛发生了巨变，岛上郁郁葱葱、繁生茂长。村民不仅解决了柴火问题，烧不掉的还可以卖钱，渔民的船只每年都要修修补补，木材也有了来源。大瞿村成了植树造林的典型，海岛绿化的样板，成为新闻媒体宣传的对象，一批批的参观学习者拥到了大瞿岛。

20世纪60年代末林场员工得不到应有工分，走掉了，但吕氏两兄弟还坚持着。吕志宝还与老婆一起办起了中草药种植园，兼育树苗。他们引种了几十种药材，如三七、金银花、钩藤、党参、杜仲、黄栀等，种植药材更需精耕细作，他们开垦松土、搭棚播种、挑水施肥，风力、日光、温度都要时刻关注……工作烦琐辛苦，但植物世界极度诱惑着吕志宝，他常常蹲踞某种药材一旁，手拿图鉴翻阅对照，满脑是植物术语。他看到泥土里的草籽被阳光唤醒——发芽时，他看到幼小的子叶被春风启发像两片飞羽悄然舒展时，他看到小芽成株枝条展臂花蕾绽放萌果吐籽时，他看到新的生命又进入繁殖状态时，都是他最欣喜最幸福的时候。专注时，他整个人浸润在草木的思维之中，这是另一个世界的存在。然而春寒料峭，有时春天的寒气远远超过冬天，药材大批量地被冻死；有时雨水过于丰沛，原本生命力强劲的植株烂根或病变不显生机，这又是他最纠结最痛苦的时候。有一年夏天，种了3年的几亩三七被一场台风刮去了顶棚，紧接着又骄阳似火，那些长势良好的三七都被晒死了。

吕志宝说：在大瞿岛种植中草药，作为科研项目是可以的，不宜大面积推广，产生不了经济效益。搞林木育苗赚钱也不容易。20世纪80年代初，我培育了一万株松树苗卖了4元钱，培育的台湾相思树、黑荆树树苗，一株卖不到一分钱；80年代后期，松树苗涨价了，有一年育了100万株，卖了1000元钱，我已经很满意。我用了几个月培育了3万株黄栀，卖了300元钱。我培育的苗种供应其他乡村，推动了许多岛屿的林业发展。

四

"大瞿岛林木成荫，奇峰异石达70余处。"这是旅游部门对大瞿岛景观的评价。的确，大瞿岛上多怪石奇景，形象惟妙惟肖。吕志宝说：20世纪80年代，我大哥牵头搞过大瞿岛景区开发，修了游步道，建了响雪亭。当时的洞头除了仙叠岩，其他地方少有游客，但大瞿岛游客来来往往，有时一天多达800人。许多记者上岛采访，我们一天要接待好几批。后来还是交通不方便，配套设施建设没跟上，旅游业没有发展起来。已建好的游步道被杂草湮没，悬崖边残留下锈蚀断缺的保护栏。

我们在大瞿观石景，坐着轮船，船老大把船开得飞快，容不得我们细看。在东边海岸上，我们看到一块酷似观音菩萨像的礁石，这便是大瞿第一景"石佛观海"了。远远望去，观音菩萨拱手盘坐于莲花台上，面对波涛万顷的大海，默默地参禅诵经。"石佛观海"东侧的悬崖上，有许多嶙峋挺立的怪石，像一个个佛门弟子，应该就是"千佛听经"了。

响雪亭建在山巅，在船上也能看到，那里是看日出、海浪的绝佳之地。太阳从海平线腾空而起时，宛如一盏巨大的宫灯，悬挂在东方的天际。遇到刮南风时，居高临下俯瞰大海，海浪层层叠叠，大海像覆盖着皑皑白雪。

大瞿是一座深藏历史的岛屿。响雪亭附近有一片开阔平整的山地，据说是郑成功的校场遗址。清顺治十五年（1658），郑成功统率水陆军17万与浙东张煌言会师大举北伐，大舰小船，千帆竞发，经过温州海域时，有一部分人马在大瞿、大门和小门等岛屿休整操演7个多月。也有人怀疑这个说法，认为是抗倭名将戚继光的校场，嘉靖三十四年（1555），戚继光调往浙江都司佥事，并担任参将一职，招募3000士兵进行集训，练成一支精锐的戚家军，这里应该是戚家军的一个分队校场。村民说，虽然校场的来历没人拿出一个确切的答案，但我们挖坑种树时，能挖到碗片和牡蛎壳，在校场边割草时，发现有石头的墙基。

村中有一座杨府庙，相传有150多年历史。大瞿村村主任卓桂华说：20世纪30年代，有德国人带着家属住在杨府庙里，德国人每天早上五六点钟上山晨练。有一次我爷爷生病，奄奄一息时被他打了一针，给治愈了，活到86岁。德国人离开大瞿时，递给我爷爷一张名片，并叮嘱有事需要他帮忙到上海英租界找他。吕志宝说：40年代日军占据我国东部沿海时，这段水域曾泊有日军的舰队。日军上过岛，在村里转一圈就走了，村民都躲到了山上。

大瞿岛上有一个被村民交口称赞的人物，是赤脚医生周明福。我在大瞿岛走读时，爬山去坪顶自然村，都没能碰上他。村民说，周明福虽然70多岁了，但体力好，走山路飞一样，要么采药要么放羊，整天在山里转。以前大瞿人外出看病不方便，周明福被派到温州卫校学中医，回来就当了赤脚医生，大队给工分。大队解散后，他在家里开了一间诊所，免费给人看病。无论什么时候，哪怕半夜三更，只要有村民叫他出诊，他二话不说，背起药箱就急急忙忙出来给人看病。没有见到他，是我的一个遗憾，也给我留了一个悬念。

关于大瞿岛的话题丰富多彩，我在大瞿岛上的走读匆忙结束，因为夕阳已从晾晒着的渔网里照了过来，船老大催我们快点上船回程，说风浪开始变大了。

十五、南策岛和北策岛：冬去春来，草绿花开

一

　　海风缠绵在缤纷的山花里，鸥鸟盘旋在岛屿的脖颈间，南策岛和北策岛都以浓浓的春色迎接我们，可是，岛上人去房空，破败的石墙和板壁上写着大红的"换""收""拆"字，特别刺眼。这些石屋在岛上静待了半个世纪，现在，一个字就决定了它们的命运。

　　南策岛设南策一个村，陆域面积1.05平方公里，岸线总长5.43公里。北策岛因靠近南策岛北侧而得名，陆域面积0.74平方公里，岸线长度4.75公里，没有常住人口。

　　踏上南策岛码头，没走几步，迎面是一间小卖部，一位年近七十的大姐坐在柜子前叠纸钱和元宝。大姐说清明节就要到了，扫墓前要把这些东西准备好。沿着海岸再走二十来米，一栋栋的石头房就出现在眼前，错落有致，依山坡而建。走进村中，一些房子已经垮塌，屋檐倾斜在地面上，油过漆的窗棂已经折断，地面上长有杂草荆棘，棘草间有几只小鸡钻来钻去。没有倒塌的房子大多堆放着已被岁月抹淡了色彩的渔家杂什，几间低矮的石寮上站

着公鸡母鸡，屋内光线昏暗，地上铺满稻草，稻草里有一窝窝的鸡崽和鸡蛋。石头房的墙壁上，有红漆大字，或"换"或"收"或"拆"。2012年开始，政府鼓励村民搬离小岛，并在洞头岛建设住宅小区"蓝港花苑"，安置大瞿岛和南策岛渔民。几年来，南策岛的渔民陆续离开这个宁静安详的渔村，进镇入城，有了自己全新的生活。

陪同我的原南策村村书记张军猛说：南策岛是东屏街道南面最偏僻的孤岛，南策村有南屏、北屏和东屏3个自然村，我们现在所在的南屏也是村委会驻地，北屏在岛的北面山坳里，东屏在岛的东面山坡上，房屋呈梯形点状散列，主要产业是海洋渔业生产，渔民从事定置张网作业，20世纪90年代拥有中、小船只40多艘，产虾皮、鳘鱼、七星鱼等。

我们在南屏转了一圈，回到码头找叠纸钱的大姐说话。她姓郑，说岛上的人进城入镇住进了高楼，很少回来看看了，她住在岛上舍不得离开，岛外的人时有过来垂钓捡螺，就留在岛上开了间小卖部，养了10多只鸡，攒一些鸡蛋卖钱。她丈夫姓陈，是南策最正宗的岛民，年轻时打鱼，年龄大了后养山羊，一直保持300多只。这些天天气变暖，山上新芽繁茂，羊就赖在山上，她丈夫是个闲不住的人，还刨地种番薯，每天忙到傍晚才回家。山羊现在卖得贵，毛羊35元一斤，净肉70元一斤，可是，这几年山羊时常被偷，他们没有一点办法。

我们在南策码头遇到了正在补网的戴大姐，海岛人的纯朴写满了她的脸庞。她与丈夫是乐清人，30多年前的某一天，她坐朋友的渔船来到了南策岛，在岛上看看大海，望望天空，空气又那么好，就想留下来做岛民。几个月后，她说服丈夫放弃乐清的事业，到南策岛上租了房子过起打鱼补网的日子。以前海里鱼虾多，近10年没有产量了，她也不着急，就当玩玩。她手头正在补的是鳗鱼丝网，11月份开捕，头发丝一样细，10元左右一条。对海岛的眷恋让戴大姐成为一个不折不扣的南策人，波涛汹涌，鸟啼天亮，杜鹃花开在山上，都能抚慰戴大姐的内心。她不厌倦岛上寂寞的生活，不知不觉间，海风却漂白了她的头发。

二

陪同我的南策村民杨仕林说：我1949年出生，15岁当赤脚医生，20岁去打鱼，开始用小舢板，20世纪70年代后期有了5马力的小机动船，打鱼仍然不轻松，风浪大一些、潮水不对路，渔船还不能出海，人工放网收网，双手总是裂的，一道道口子，有时流着血。我们每年3月份开始下海作业，一天四个潮水，每个潮水都有渔获，劳动强度很大，每天凌晨干到晚上九点多回家吃晚饭，我们满身鱼腥味，也已精疲力竭，吃了饭后还要把一天里的剩鱼腌制好。春天里我们捕墨鱼，夏天秋天搞定置张网，到了深秋，天气转凉，鱼都游到了深海里，我们停止了海上作业，在岸边修理渔船网具。那时候我们划小舢板捕墨鱼，看到海水里有一股"墨烟"（墨鱼成群时，墨汁会泛到海面上），一网撒下去，拉上来就有一箩筐墨鱼，一箩筐100多斤，一天可以捕20箩筐。墨鱼身体里有色素小囊，会变色，肚子鼓鼓的，用手轻轻一戳，一肚子的墨汁喷涌而出，把我们喷得满身墨黑墨黑。我们定置张网捕获了大量的毛虾，体形扁小，生长迅速，繁殖力强，春天旺发，一网拉上来有三四竹筐，500来斤，而且无小鱼、泥沙等杂物。鲜毛虾没人要，我们要把毛虾加工成虾皮。加工虾皮有许多讲究，先在大锅中烧沸淡水，按比例加入食盐，再把毛虾倒入锅中煮沸，捞出沥水冷却，这时不可摇动熟虾，否则会质变，充分沥水冷却后方可晾晒。天气干燥时半天即可晒好。掌握虾皮的干燥度很关键，太干易碎，味道也不鲜美；太湿容易变质，不能久藏。可是，春天多雨，鲜毛虾常常烂掉，虾皮常常晒臭。与毛虾一样多的是丁香鱼，这种鱼个体小，银白色，喜集群，体形似渔家女耳垂的金丁香，故雅名丁香鱼。因为没有人要，我们把捕获的丁香鱼倒回大海，后来有台湾渔船过来收购，我们捕过来一两分钱一斤卖给他们。20世纪80年代，丁香鱼突然就不见了，据说被山东的大渔船打光了。

杨仕林说，大海上作业，往往感觉到生命是不属于自己的，有时还会被逼到十分绝望的地步。小舢板、木帆船都要看洋流走，有一次我划小舢板被洋流荡得晕头转向，有一次我坐木帆船去洞头岛，正常情况是3小时到，我们突遇西北风，船在海上颠簸了两天两夜，我吐得要死。有一次我驾着木帆船在北麂岛附近捕墨鱼，后面拖着6只小舢板，共18个渔民。下午3点钟先刮起南风，又突然转为北风，木帆船不能升帆，渔船像一串树叶在海浪里漂荡。一会儿，乌云滚滚，天暗了下来，10级狂风卷起沉重的海浪扑击渔船，船头几乎没在水中，船舱里也积了水。小舢板上的渔民都跑到木帆船上，小舢板漏水一只，就割断一只。我们在大海上漂了五天五夜，大家饥寒交迫、疲惫不堪，已经临近死亡。在大海面前，我们觉得自己渺小得不如一只毛虾或者丁香鱼，心中没有了恐惧，躺在船舱里一边喘息一边关注可以靠船的地方。我们的渔船漂近一个岛屿，从礁石边擦肩而过，大家仿佛抓住了救命稻草，使出最后的力气，终于让渔船成功靠上岛屿，在一处山岙里抛锚。"有救了，安全了。"我们欢呼，欢呼的声音那么微弱，只有我们自己听见。岛上有渔民过来相救，搀扶我们上岸，他们烧番薯丝给我们吃，这个岛叫北龙岛。我们风里来浪里去，遭受了太多苦楚和惊吓，终是逢凶化吉。

杨仕林34岁时不打鱼了，改成做鱼贩子，在南策岛把海货收过来，冰冻好，运到洞头海鲜市场出售。有时也贩到温州或宁波海鲜市场，几十年如一日，一直到61岁歇业。鱼贩比渔民要轻松一些，赚钱要看行情，有盈有亏。

那时候，南策岛上的女人比男人吃更多的苦，流更多的汗。她们为了一家人的生计，精打细算，节衣缩食，既要照料家里的老幼，还要干繁重的体力活，除了洗衣做饭、养鸡喂猪、种地割草，还承包了挑鱼晾晒的苦活。渔船归来，她们要对渔获进行整理分级。南策岛几乎没有平地，渔获要挑到山头晾晒，山坡陡峭，有800多级石阶，上下一趟和晾晒，要一个多小时，晒好后又要挑到码头装上渔船外运。她们脚踩石阶，脊梁被鱼担压弯，脸上滚落汗珠，头发在风中飘扬。她们的面前，山石沉默，她们的头顶，鸥鸟飞过，她们的身后，海浪滔滔。一趟又一趟，她们从天亮挑到天晚，忙季里晚上也挑，她们在鱼担上挂一只灯笼，山路上上百只灯笼在夜色中穿起了艰辛的日子。

三

我们爬上一个山坳，登高观赏风景。山上杜鹃花团团簇簇，千朵万朵，开满了山野，为岛屿增添春的生机。北向的海湾里有几座石头房，是北屏自然村，有渔民在走动。眼前的南策岛冬去春来，草绿花开，没有丝毫让人不安和惊悸的地方。可是杨仕林却说：历史上的南策岛并不平静，有海贼出没，有土匪抢劫。上辈人说，有一次18个台州海盗划船上岛抢劫，岛上的船老大张瑞法带领村民消灭了17个，1个逃走了。我小时候见过张瑞法，他人高马大，胡须很长，胆大讲义气，很受村民敬重。新中国成立之前，南策岛驻过土匪队和国民党正规军。我父亲被国民党军队押去挖战壕，有一天下暴雨，父亲要求回家拿蓑衣，他们不肯，父亲淋得不行，挖战壕动作慢了，他们就用枪托打我父亲，我父亲被打得半死。温州城解放那一天，有4个国民党兵想逃到北麂岛去，经过南策岛时上岛找吃的，有两个在山脚一渔家，有两个到村里一老太婆家煮饭吃，老太婆偷偷找张瑞法商量抓捕计策。她回家见两个士兵正在狼吞虎咽地吃饭，拿了一把快刀出其不意地把两个士兵的枪带割断，还把枪扔到床底下，几位村民在张瑞法的带领下冲进来把他们按倒在地。老太婆做出如此冒险的行动，说是巾帼英雄也不过分。

新中国成立后，南策村迅速发展，建起简易小码头，与洞头岛有小船往返。后来用电并入华东电网，结束油灯村的历史，岛民添置了家用电器。改革开放后，岛上的年轻人纷纷外出打工或定居，村里的人越来越少了。

世事轮回，2012年国家海洋局批准成立洞头国家级海洋公园，南策岛将被开发建设为国际海钓旅游岛，联合北策岛，共同打造南北策景区。出海垂钓，与礁石做伴，与海浪共舞，看大海上鱼群跃动，成为许多人的休闲方式。

对古渔村进行合理开发利用，既可以让古渔村更好地融入社会、融入大众的生活，还可以让古渔村成为当地经济的增长点。当许多村落渐渐淹没于历史的海洋中，南策古渔村生机勃勃的画面能否再次出现？让人期盼和向往。

四

南策岛与北策岛相距不到500米，我们的轮船却开了10多分钟，此时已是下午3点，船头飞溅的浪花在告诫我们，海上起风了，海浪也在变大。

北策岛东部地势平缓，与虎洞岛相连，龙湾区水潭村人叫肚尔山，两岛之间有一滩坝，大潮时被海水淹没，落潮时显现，两岛互通。岛上植被茂盛，点缀着几间砖瓦房，鱼汛期间有人暂住。岛上虽有高架电线通过，却没有通电。

据龙湾区文化人王锷收集的史料《李浦王氏宗谱》记载，清顺治五年（1648），水潭王氏10余人劈波斩浪，驾舟来到荒无人烟的北策岛上安营扎寨，以垦荒捕鱼为业。民国期间，王氏族内上岛人数增至两三百人。新中国成立之前，水潭村也有整个家庭迁到北策山居住。

今年95岁高龄的水潭村民王茂兴说：我小时候听老人讲，祖辈打鱼为生，那时候划小舢板，风浪来了，来不及到大陆上躲避，想在大海上找个歇脚的岛屿，他们开始考虑洞头岛，又觉得洞头岛太宜居，担心儿孙后代会留在岛上，不想回水潭，后来就找了北策岛，这个岛难挡台风，不宜久居。

王茂兴说：我14岁到北策岛渔业队里做伙夫，18岁开始打鱼，22岁做船老大。每年3月初去北策岛捕鱼，渔货运到温州卖，半个月回水潭一趟，带些海货回家，回岛时带去大米、海盐和日用品。10月底我们撤离北策岛，到乐清租来大船，运上小舢板，到远海里捕带鱼。1958年和1959年，我开"带头船"多次去过沈家门等海域打鱼，带头船上可发电报，后面跟着几十只机帆船。

王锷说：1958年在温州水产局谋划下，原永强区（今属龙湾）以水潭渔业社为核心，在北策岛筹建海带连，组织300多人养殖海带。养殖场设在岛屿西北角海域，总面积400多亩。1961年体制下放，海带连由水潭渔业社单独组建。几年后，养殖海带因成本高、风险大而停止。休渔期间，水潭人就"捉岩头"。每当落潮礁石海岸露出水面，他们就去采捉礁石海岸上的贝类和藻类，有龟足、辣螺、藤壶（永强人叫曲嘴）、嫁蝛（永强人叫壳锅）、淡菜、紫菜、岩衣、羊栖菜等等，价格最贵的是黄龟，1斤黄龟可换四五斤大米，大多卖到温州城底，富裕人家才吃得起。捉岩头极为危险，如龟足、淡菜等多生在礁石的缝隙和岩洞里，采挖者身穿笼裤（布料特厚），攀爬在岩礁上，用近两尺长的铁制龟足撬撬挖。紫菜、羊栖菜当时纯属野生物，多生长于海水浸没的岩壁上，采拾者将簸畚夹在两腿间，站在岩壁上将其采入簸畚里，劳动强度很大，即使寒冬穿着单衣，也累得汗流浃背。水潭村多人因捉岩头失脚，落海丧命。

渔民辛劳的汗水在时光里悄悄地干了，苦难的日子随海风海浪而去。据王锷了解，水潭渔民为了生计，还多次与其他岛民上岛砍柴割草发生过冲突，民国期间酿成械斗，死伤数人。

洞头解放后，南策岛归属玉环县，水潭人在岛上建了一个小型码头和两间两层的房子，还打了一口水井。

1991年，市民政局发出了《关于对洞头县和瓯海县为北策岛争议的处理意见》，北策岛行政管辖权属于洞头县，对该岛的一切经营活动、开发利用，均应服从洞头县行政管理与总体开发规划的统一安排。2003年，龙湾区拨出15万元，由水潭村委会在北策岛上建了新码头。那么，北策岛到底属于洞头区还是龙湾区？洞头和龙湾的采访对象各执一词。

我们离开北策岛时，太阳已躲进了浓厚的云层里，大海却变成了另一副模样。海风呼叫，一排排海浪向海岸和我们的轮船发起攻击。我站在船舱里，眯缝着眼睛凝望慢慢远去的南策岛和北策岛。船体在剧烈地摇晃，我的身体忽上忽下，海浪越过船舷和船头，冲进了船舱，洒在了我的身上。我全身湿透，海水那么苦涩，我抿紧了嘴唇，心中默念：挺住就是一切。

十六、北龙山岛和铜盘山岛：
岛上与海里都有太多的谜

一

几次想去北龙山岛和铜盘山岛，都遭到了"拒绝"，海上风力达到9级，渡船就停开了。上月中旬的一天，正当我在异乡北海被碧浪银沙所陶醉时，有朋友来微信说这几天有去北龙山的渡船。我当晚订了机票，第二天便飞离北海，终于实现了这一次走读。

北龙山岛位于瑞安市东南部，陆域面积2.7平方公里，岸线长13.1公里，岛上曾驻有乡政府，称北龙乡，辖6个行政村，2011年撤乡并入东山街道，现有两个行政村，为大岙渔业村和大岙农业村。铜盘山岛位于北龙山岛西北面，相距约5海里，陆域面积0.5平方公里，岸线长5公里，现有一个自然村，为铜盘村。二岛均属大北列岛。当我完成了走读，了解了其中的美好和新奇后，才明白自己冥冥之中的那份等待与坚持的原动力。

北龙山岛比我想象中的要大，山脉似龙，盘踞起伏，村落的房子也比较密集，面西背东，岙口有小巧的沙滩，停泊着几艘渔船。据民国《瑞安县志》载，北龙山，北曰北龙头，南曰南龙头，四面均可泊船。

沿着环岛公路往村里走，海岸边是堆积如山的毛竹，我站下来向渔民打听，他们说下个月开始下海捕鳗苗，毛竹是用来在海里打桩固定渔网的。村里的道路都是山路，却四通八达，两旁紧挨着的楼屋依着坡势层叠而上，大多是陈旧的石头房，但门窗整齐，院落清爽，天上有云，面前有风，风赶着云在村庄的上空游走。我在村民中心找到了大岙渔业村书记蔡君华，他说，在近一个世纪的渔业和渔村发展变化中，北龙人注重物质遗存，现在渔村环境依旧，骨架依旧，村落的精神传统依旧，离岛的人在外打拼不忘家园，留下的人在岛上艰辛劳作、踏实生活。

蔡君华回忆：当年我曾祖母为生计所迫，带着只有7岁的我祖父荷担远行，来到这个岛上，我祖父记得岛上已有几个居民，自己是文成人。长期在大山里生活的人是畏惧大海的，曾祖母为何要选择这个离大陆三四十公里的海岛落户长居，祖父也说不明白。他们上岛后开荒种田，拾贝捡螺，生活依然艰辛。我祖父长大成人后，划着木船，下海打鱼，开始搞定置张网，鱼虾捕过来载到瑞安或更多的地方去卖，求个好价钱。那时划船到瑞安，顺流的话也要6个小时，但经常遇大风大浪和海贼拦截敲诈，每做一趟买卖都像闯一回鬼门关，惊心动魄。我还记得我祖父的形象，硬朗的身材，两鬓飞霜，手掌粗糙得像树皮，龟裂的口子浸着血，他90多岁去世。1955年北龙山岛才正式解放，划归洞头，1957年划归瑞安。那时还经常发生海难，北龙乡第一任书记就死于一次翻船事故中。听村里老党员讲，这位书记是瑞安人，参加过许多战役，1957年来到乡里工作，为人和蔼，为岛民做了许多好事，我们村的第一个党员就是他发展的。大概是1959年，那次他在办完事回来，渡船里有许多乘客和货物，行至海中，不料大风乍起，渡船颠覆，书记落入海里后使劲把枪举出海面，打了两枪，不知是想叫人拉他一把，还是让人把他的枪拿去，当时他还只有二十八九岁。

二

蔡君华的父亲也成了渔民时，在20世纪60年代初，北龙改称公社，北龙山分成大岙农业大队和大岙渔业大队，农业大队400多人，渔业大队1200多人。那时渔船已有了很大改进，出现了机动船，渔业资源丰富，渔民收益良好，在渔业大队里，一个家庭还享有一个居民户口。农业大队里的社员不可以下海，依靠岛上的山地，养猪割草，日子过得相对清贫。直到改革开放的大幕拉开，北龙再次改乡，农业村的村民也能下海捕鱼。20世纪80年代,也是岛上最热闹的时期,建有机关、学校、粮站、邮电所、信用社、供销社等机构,周边岛上的村民划船到北龙山买日用品、南北货,北龙山的村民也到周边岛上探亲、游玩。渔民的生活富裕起来,常有人到瑞安南门的酒店里摆开桌子吃大餐。有瑞安人羡慕地说:别看这些人黑黑的(长年风吹日晒的结果),兜里都塞满了钱。

渔业村村委会副主任孙广才说:渔业村村民以渔业为主,但每家也能分得一点山地,我5兄弟加上父母7口人,分到的山地能压200株番薯藤。农业村村民山地多,在泥土里种植番薯、豆类、麦类等作物,也种植自己的希望和未来。每年番薯收成,渔业村村民不够吃,农业村村民吃不了,刨成丝晒成番薯干卖给我们。农业村山上柴草多,下半年两个村各自组织人马上山割柴草,男的分一股,女的分半股,渔业村一股柴草是30挑,农业村一股柴草是180挑,他们烧不完,也卖给我们。但农业村的人说:你们黄鱼当饭吃,我们的饭菜没有海腥味。说是这么说,其实农业村的村民也有海鲜吃,因为两个村的居民是混居的,邻居间又多和睦,送来送去是经常的事,就是现在谁家有鱼捕来,邻居去拿些吃吃也都是有的。让外人不可思议的是,在这两个村里,出现同一户的家庭成员,户籍在不同的村里,如现任农业村书记的父亲有3个兄弟,唯他父亲的户籍在农业村。1961年村里办大食堂,一户人家里,户籍在哪个村的,就到哪个村的食堂里吃饭。据老人回忆,渔业村村民出海打鱼,要是体力不好、发挥不了作用,回村后就被下放到农业村去。据说浙江省有这种情况的,还有另外一个岛屿。

三

早上4点半起来看日出,夜色朦胧,路灯昏黄,我来到了村背,这里空山寂然,眼前是一片静谧深沉的大海,天际边已有一抹红霞。可是云层变幻,越积越厚,等到5点一刻,日出如白驹过隙,惊鸿一现,钻进了密云之中。天已大亮,我没有回村,顺着山路,信步登高,到了山顶,一览无余,俯瞰村落,几家已起炊烟,几家已经出海。

山顶立有石碑,是省级文保单位大坪遗址。细读碑文,得知这是新石器晚期至商周的聚落遗址,面积约7000平方米,出土文物有陶器、石器,陶器有泥质红陶、夹砂陶、印纹硬陶等,石器有锛、矛、凿等。石碑虽为新立,却让人读出古意与沧桑,这块长满草丛矮树、被海风吹得沙沙作响的海岛山地,原来历史这么悠久,内涵这么丰富。考古遗址是祖先传下来的密码,我们虽然可以通过种种先进的技术手段有所猜测,但总是一个未解之谜,北龙山的山头留下黑洞一般的远古奥秘。

下山来，吃了早餐，我找蔡君华了解大坪遗址的情况。蔡君华说：今天是渔业村文化礼堂落成，要搞庆典，乡里要来一批演员，忙得很，只能简单说两句。那是20世纪70年代末，我父辈在山上种番薯，挖出一些陶片和石器，大家不知道这些东西哪里来，用迷信解释为雷公打人后留下的记号。这说法传来传去，传到了瑞安，上面派人来调查，那是1983年，文物普查时发现更多东西，粗磨的石锛，精磨的石矛，印纹硬陶数量最多，饰有条纹、回纹、云雷纹、斜方格纹等。考古人员说，这是瑞安历史上最早的文物，展示先民的聪明智慧和对美好生活的向往追求，也见证了先民走出蒙昧、迎接文明曙光的艰辛历程，对研究浙南地区海岛的史前文化有重要意义。

我跟村里的老人聊大坪遗址，他们说起考古的事就像说古书，说不清楚出土的物件，讲了一些民间故事。老人们还说：在20世纪20年代，大北列岛处于无政府状态，附近海域出现大量海贼，横行海上，抢劫过往商船和渔船，还上岛抢夺东西、枪杀村民，北龙人的生命和财产受到巨大威胁。为了保家护岛，先辈集资购买大刀、枪支、渔船，召集五六十名青壮年成立大刀会，个个身强体壮、胆量非凡。他们的活动带有浓重的迷信色彩，出战时扯起旗帜，摆起香炉，身穿长袍的"师傅"念念有词，大刀会成员呼啸奔突，认为自己刀枪不入。大刀会杀死了一批海贼，在20世纪40年代还多次袭击日本侵略者，让北龙人过上平和安详的日子，大刀会名传浙南沿海。

时光静静流逝，在老人的记忆中，平和安详的日子来之不易，过年过节，总要搞点活动喜气一番。他们说北龙山的正月十五元宵节过得与众不同，这是一年之中除春节之外的第二大节日，家家户户敞开大门，提前准备好礼物，有花生、豌豆、番薯片等。傍晚时，村里的孩子，小到刚刚会走路大到十四五岁，每人手里提着一个袋子，挨家挨户讨要礼物，这个习俗叫"正月十五讨豌豆"。那一天，父母都由着孩子玩个尽兴，他们穿梭在村巷里，跳跃在石台阶上，到了晚上9点多钟，背着满满一袋东西回家。对于北龙山的孩子来说，最快乐莫过于过正月十五。现在，渔民的生活蒸蒸日上，分给孩子的礼物品种越来越多，出现了糖果、八宝粥、凉茶之类，可是岛上的孩子越来越少，大部分年轻人迁居大陆，孩子也就远离了海岛生活。

这一天夕阳落下、霞光散尽的时候，渔业村文化礼堂落成典礼在北龙山岛最宽阔的地方——岙口沙滩上举行。先是乡领导讲话，接着是演出，演员是由东山街道组织的业余演员。这对北龙人来说，是最"高大上"的演出，是他们岛上的一次盛会，已经期待了几天。演员面对观众和大海，又舞又唱，又跳又说，每一个节目都得到阵阵掌声，演员和村民的热情，掀得比浪花还要高。

演出结束后，村干部邀请我共进晚餐。宴席早已备好，十盘八碟、有鱼有肉，大家围着大吃一番，我入乡随俗，把海的夜景与渔家的美酒同饮。

笼罩在村庄上空的喜庆气氛还没有散去，夜已经很深了，海岛陷入了宁静之中。我一个人来到海边，在沙滩上漫步，海浪发出轻微的声息，远处的黑暗中透出闪动的光，这是星光，也是渔火。我突然想，喧闹与宁静，间隔着多少距离？喧闹与宁静，原来可以挨得这么近。

四

北龙山岛周边水道开阔畅通，有多条航道，也是鱼虾的王国，北龙山人大多是捕鱼能手，出现了鱼满舱、虾满筐的美景。

老渔民回忆自己当年出海捕鱼，没有科学技术，预测天气看海水反应，看云层变化，全凭经验。海浪上来特别高退去特别深，台风就近在眼前了。此时布置在海里的渔具已经很难收上来了，有人冒险去收，就算收回来，渔船也靠不拢北龙码头了。风浪太大，家里人只得向船里扔两个装有衣服和干粮的包裹，船只就得争分夺秒向瑞安方向行进。那时候渔船马力只有12匹，逆潮是开不动的，到瑞安几个小时都不知道，翻船时有发生。以前渔网小，一张网60来斤，一人可以挑两张，但鱼类丰富，特别黄鱼旺发季节，一船船捕过来载往大陆，或用盐腌制后再剖开来晒黄鱼鲞，晒鲞要靠天公作美，如遇暴雨，赶紧抢收，最担心久雨不晴的弹浪天，晒不了鲞，黄鱼就要烧起来当饭吃，谚语"夏至弹浪，黄鱼当饭"就说这个。因此渔民宁可忍受烈日酷热，也不要长久雨天。后来鱼越打越少，渔民就把网越织越大，现在一张网四五百斤重。

孙广才今年47岁，5兄弟，他是兄长，19岁做船老大，与老二、老三一起搞渔业，是渔民中最年轻的一代，用他的话说，是最后的一代。"下一代不可能像我们这样捕鱼，一是太辛苦，没日没夜地干，潮水就像圣旨，人跟潮水走；二是难找伙计，捕鱼是要搭伙的。"他反复强调。孙广才三兄弟两条船，一条大船捕经济鱼，一条小船专捕鳗苗。他们都在瑞安买了房子，捕鱼季节住在岛上，其他时间住到瑞安去。

孙广才说：鳗苗快要开捕了，到明年2月份结束。北龙有70多条专捕鳗苗的小船，一条小船对应100多张鳗苗网，挂在海里却不起眼，鳗苗网网眼小，蚊子都飞不进去，是做豆腐用的过滤网。捕鳗苗难把握收成，多的时候一天能捕三四千条，少的时候只有几十条。这种比牙签还细的鳗苗，便宜时一条卖10多元，贵时卖到30多元一条，贩子运到福建福鼎去销售，那边市场很大。要说明的是，这种鳗苗不是海鳗苗，而是河鳗苗，学名日本鳗鲡，河鳗要到黑暗深邃的海沟产卵，可谁也说不清准确的位置。河鳗的繁殖之谜，科学家感兴趣，却没有解开，所以鳗苗还不能人工繁殖，只能靠捕获野生的。鳗苗生长在海里，人们对它们的洄游路线及周边环境知之甚少，我们20年前还开船去飞云江，从入海口捕到中游平阳坑，后来才发现近海也有鳗苗，北龙山岛周围海域里更多。定置张网，涨潮退潮都能捕获鱼类，但鳗苗却只能在涨潮时捕获，这个很奇怪。养河鳗却不在海里，是放在山上的池塘里养殖，用的是淡水，这个也奇怪。更奇怪的是，我们从海水里捕来鳗苗，再放到海水里养，会马上死掉，必须在海水里掺入淡水才可以养活，有的人在淡水里放一点盐巴，也可以养。

孙广才说：北龙山岛周围海域还盛产乌贼，以前是大乌贼，一只一斤多，现在是小乌贼，每年7、8月出现乌贼苗，一只只像小蝌蚪，长大了也不会超过半斤。虾蛄苗也很多，一只只都在一厘米左右，像一根根透明的刺，奇怪的是到了10月份，我们看到的还是虾蛄苗，一到11月，看到的都是成年虾蛄了，虾蛄的生长过程到哪里去了？我们不知道，也成了一个谜。大海里有太多的谜，研究起来都是有趣的课题。梭子蟹也多，不过我们很反感，壳硬，入网后随着波涛翻滚横冲直撞，会搞破渔网。捕过来的梭子蟹大多是瘦的，一些胖的也是雄的，运到大陆上要冰冻，螃蟹这东西捕上来是未死先臭的，冰不住。市场里卖的红膏梭子蟹，大都是养殖的，严格来说是暂养的。

孙广才还说：丁香鱼是我们主要的经济鱼类，捕获季节在每年的5、6月份，但从去年开始把禁渔期从6月1日提前到5月1日，我们就不能捕丁香鱼了。禁渔期主要是禁止捕获小带鱼、小鲳鱼之类，6月1日之前，小带鱼还没有出现。到8月30日禁渔期一过，丁香鱼长大了，就不值钱了。

五

离开北龙山岛，我特意去走一走1996年被温州市政府批准为市级风景区的铜盘山岛。《中国海域地名志》（1989）记载：该岛"初名营盘山，后以岛上岩石色泽似铜，岛形似盘，得名铜盘山"。岛上有一个自然村，称铜盘村，属三联行政村，不过，铜盘山比三联村的名气要大得多。

三联村村委会主任林大忠说：我祖父算是铜盘山岛的第一代岛民，78年前从平阳的一个山村搬来，那时我父亲还只有几个月大。差不多时间搬来岛上的还有现任三联村村书记王包亮的祖父和来自梅头（现为龙湾区海城街道）的一户家人。后来又陆续从瑞安高楼、乐清黄华等地迁居过来许多村民，因此铜盘村不大，村民姓氏却复杂，有20多个。铜盘山岛最大的特点就是平整，房子都建在平地上，田地也分布在平地上，我祖父当时种出来的番薯又多又大，晒成番薯干，用船载到瑞安和平阳去卖。可是当时海贼太猖狂，常上岛抢劫，把祖父养的壮猪赶走，还命令祖父到其他人家再拉一些猪交给他们，祖父没有答应，一个海贼端起枪就打，把祖父的脚后跟打伤了，祖母在家里听到枪声跑出来，那个海贼端枪还要打祖母，被另外一个海贼劝住了。祖父被打伤后也没钱医治，伤口发炎流脓就病倒了，在我父亲十来岁时去世。我伯父曾经被海贼抓走，后来逃回岛上，听到国民党要来抓壮丁，就连夜坐船躲到平阳老家。我父亲一直生活在岛上，划着一只小篷船，学着打鱼，与他一起打鱼的好多乡亲都"失"在海上了，他是幸运的人，危险中总能捡回一条老命。

林大忠4岁开始跟父亲出海，10岁开始跟父亲学划船、学看海潮看风向、学定置布网，掌握了一套技术活后，于15岁脱离父亲单干，20岁自己当老板。但对于林大忠来说，大海是那么的神秘，滔滔波浪仿佛在无尽地叙说深藏的奥秘，让人充满好奇与想象，可是大海的言语他还是不甚明白，这让他对大海充满了太多的敬畏；大海又是那么的奔放，胸臆间风云激荡，无穷无尽的生命在狂舞，如果没有海的滋养，人类的心一定如同日落后的旷野，没有光亮与声响，这让他对大海充满了热爱。他几十年追随波涛，收获每一趟出海的希望。累了，他在蔚蓝的海面上酣睡，醒了，眼前那海天一色的澎湃让他的心走得更远。海犹在，生命的精彩犹在。

铜盘山岛曾经生活着几百位渔民，捕来的海货运到大陆上出售，也有一批批的鱼贩前来收购，有几年，岛上还设有水产公司。渔民解决了温饱问题，就去请老师办学校，鱼市场交易的嘈杂声、孩子们的读书声交织着海浪声，铜盘山曾经是那么的热闹。

六

铜盘山岛还是浙南沿海的战略要地。据说从元代起，岛上就有地方政府管辖，有渔民上岛捕鱼的记载。明清时期为抗击倭寇，政府派部队在岛上驻守，修筑了炮台和营盘，所以又叫营盘山。特别值得一说的是，明代嘉靖年间，倭寇封锁东南沿海海面，驻守铜盘山岛的明军淡水供应断绝，将士们凿井取水，坚持到援军到来，打败了倭寇。明万历三十九年（1611），有人在此立碑，书曰"苦海甘泉"。当年开凿的古井现在还在，石碑虽遭受过破坏，也保存至今。

铜盘山的风景算不上壮美，但不乏秀美。侏罗纪晚期岩浆的剧烈活动形成这里的火山岩地层，又长期经受海潮侵蚀和海风风化，形成曲折的海岸、雍容的吞口、耸立的礁崖、诡异的潮穴、舒展的沙滩，以潮浊溶洞为主体的景点40多处，颇能给人浪漫的想象。其中通天洞、葫芦洞、飞鹰洞、三通洞、石鼓洞最为神奇，如通天洞悬崖绝壁，旭日辉映之际，洞内雾气弥漫，灿烂如金；三通洞三洞互通，三面环海，在极仄的小石隙中穿行，既可观海，又可闻涛，世所罕见。2008年7月，瑞安市以铜盘山岛为中心，建立以海洋生物资源、海岛自然遗迹保护和生态旅游开发为主体的综合型海洋特别保护区，遗憾的是，铜盘岛风景区缺乏开发建设的力度。

夕阳西斜，海风呼啸，我还在灰褐色的石壁间游走，眼前这巨石兀立的海岸，呈现着刚柔相济的线条，如同奇幻苍健的巨型石雕，在阳光或星光的照耀下，充盈着被大海拥抱的寂静。

十七、北麂岛：灯塔上的守望

一

来北麂岛风平浪静，船也开得快，3个小时刚过，"云江号"就抵达了目的地。走出船舱，北麂山灯塔站站长杜忠良已经在岸上等候我们了。我电话采访过他，他便老朋友一样拉着我的行李上山了。可是，岛上太阳猛烈，天气异常炎热，我走在山间的水泥路上，仿佛被烤焦了，脚底冒了烟；又仿佛被煮熟了，全身是咸涩的汗水。快到山顶上的北麂山灯塔时，我抬不动两脚。杜站长说：北麂岛把一天里的热度集中在中午，把清凉安排在早晨与傍晚。好不容易到了灯塔站，杜站长给我们安排了房间，我一见到床铺，就像被老鼠药毒倒的老鼠，不管身边飞舞的是蚊子还是飞蛾，放倒自己，呼呼大睡起来。

两个月前，我采写过一篇关于海上航标的文章，同时决定，要带上放假在家的儿子曹江涵，一起参加最浪漫的志愿者活动——在大海上值守灯塔。一直以来，我是一个具有较强行动力的人，只要认定了要去做的事情，我都会醉心地去完成。

睡过之后，我们跟随杜站长登上了灯塔，他介绍了北麂岛的情况，因岛形似麂状，又处平阳县南麂岛之北，故名。岸线长度12.05公里，陆域面积2.0521平方公里，周围海域系北麂渔场所在地，盛产大、小黄鱼及带鱼、墨鱼、梭子蟹等。同时他又讲解了灯塔的基本情况与相关知识，布置了志愿者的各项工作。他还带我们在灯塔上转了一圈，指着远处一些岛屿告诉我，这个叫裤裆岛，那个叫大明甫岛，这个叫下吞岛，那个叫关老爷岛。最后，我们面向东方站定，站长说：右手航程9小时，就是钓鱼岛了。对于我来说，这些岛屿都是神秘的，我什么时候能去一一拜会呢？

二

为了看日出，我与儿子4点多起床，天还没亮，海风轻轻地抚着我们，蟋蟀还在一个调子地叫。我们来到了灯塔的阳台上，见天与海之间，隐隐约约是一圈很厚的云，心里有些许失望。但暗蓝的天空里，星群密布，初看是杂乱的，细看是那么有序，一个个星座都能辨认出来，还可以把它们分成几个层次。我熟读巴金的《繁星》，有些句子都能背诵下来，"我好像看见无数萤火虫在我的周围飞舞"，这是一批让我们感觉离得最近的星星，就像在眼前，触手可及。"天空里悬着无数半明半昧的星"，这些星星又是那么遥远，明明灭灭，好像是天幕的底色，给人梦幻般的感觉。

我想起了小时候在楠溪江看到的星空，印象中也是如此，应该是一致的。但说一致，也并不一致，那时候我与父亲躺在道坦的竹床板上，父亲给我讲关于星星的故事，教我认识星座；而现在，是我与儿子在灯塔的平台上看星星，他看了一会，拿手机来拍满天的星星，拍不出效果，就拍海上的灯火。海上的灯火也像天上的星星明亮，不过稀疏多了。

儿子喜欢拍一些作品发在微博上，说微博比微信更能引起交流和思想的碰撞。我跟儿子说：在网上发海上灯火的照片，可要注明，不能让人误以为是星星。说这句话的目的，我也不甚清楚。此时，天空的色彩发生了变化，从深蓝色变成了鱼肚白，天微微地亮了，星星在不知不觉间已经隐退，灯火也渐渐熄灭。岛上的鸟儿都醒了，齐齐地鸣叫起来，是最原生态的大合唱，这是岛上一天里最热闹的时刻。

三

北麂本岛上分布着4个小村落，分别是海利村、立公村、东联村和壳菜吞村。海利村有一个很大的港湾，客运码头也建在这里，简言之便是本岛的中心区。立公村在山背上，真正的面朝大海，至于是否"春暖花开"，我并不知道。立公村背井离乡的人多，废弃的房屋也多，一些基本完好的石头房紧闭着门窗，让老鼠做窝，任藤蔓缠绕，实在有一些落寞和凄凉。东联村注重村容村貌建设，村口有一个可以停几百辆小汽车的广场，可是每次我经过广场，既不见一个跳广场舞的大妈，也不见一辆小汽车。村民告诉我，这里的大妈听都没听说过广场舞，还怎么跳呢？至于小汽车，整个群岛没有一辆。壳菜吞村的村民由福建迁移而来，村民讲的是闽南话。村旁有营房、操场、岗亭，都已经废弃了。营房前的冬青，经过30多年的生长，已成大树。当年部队官民打凿出来的两口水井，村民至今还在汲水饮用，依然甘甜清凉。一些老人还能回忆当年部队驻防的情景，还记得营房中首长与士兵的宿舍，以及卫生室和小礼堂。

4个村落看上去都不起眼，走进去却是迷宫，狭窄的小巷，弯弯曲曲，黑乎乎的石头屋，高低错落。在北麂群岛，没有旅游开发，游客特少，安详宁静，淳朴自然。这里没有星巴克，没有麦当劳，没有夜店，没有影剧院，甚至连个肉铺都没有。村民说：我们这里三四天杀一头猪，猪肉的价格杀猪人说了算，卖给你多少就看杀猪人剁下多少肉，你不能说太多，也不能说太少，更不能挑肥拣瘦。我说：这不是霸王卖肉吗？村民说：有肉吃才是硬道理。

四

每天早上5点半，在太阳升起的时候，我们都要进行升旗仪式。集合时，我们没有《运动员进行曲》，但有站长高亢的一声"升旗了"。升旗时，我们都想做旗手，站长规定"轮流着来"。我们没有乐队，就来个男子小组唱国歌。五星红旗由旗手徐徐升起，其他人向国旗行注目礼。五星红旗迎风招展，我们的心中有一种神圣，有一种自豪，有一种激动。

一次升旗仪式结束后，我问儿子：升旗时你会想到什么？他说：我会想到团结与友爱，也会想到竞争与合作。而我，刚写过一个纪念抗战胜利70周年的稿子，我想到了前仆后继和义无反顾，也想到了风华正茂和朝气蓬勃。

志愿者的主要工作，每天早上，要上灯塔拉拢厚重的窗帘，来保护灯器；每天傍晚，要拉开窗帘，点亮灯器，指引附近海域的船舶；要做好灯塔里的卫生，清扫那些扑火的飞蛾，因为我们打开灯塔铁门时，飞蛾也要随之进来；风雨来临的时候，要做好防风防水工作。如果机器出了故障，要立即报告站长，紧急维修。所有的努力，都是为了确保灯塔在夜间持续亮灯，指引航船。一天中最轻松的时刻，应该是在傍晚。点亮灯器，吃过晚饭，步出灯塔大院，走在山间的水泥路上，将目光投向远处，辽阔的海天能给我别样的激情。我来到海边，在一块平整的礁石上坐下，凝望大海，在我的目光中，流淌过多少岁月？

踏着星光从海边回来，常能看到路边蹲着一对对兔子夫妻，走近它们，兔子就钻进了芦苇丛中，把狭窄的山路礼让给我。

有一次吃饭时，我提起兔子，站长说：4年前，这个岛上没有一只兔子，我去瑞安买来了4只，两公两母，关在灯塔前面的院子里饲养，没多久，两只母的死了，留下两只公的，我再去瑞安买来了两只母的，过了几天，又死了一只母的。在海岛上难养兔子，我有些灰心，不料，这两公一母终于适应了海岛的生活。2012年夏天，灯塔的院子里要建一个花园，运一些石子沙，铁门就开着了，3只兔子都跑出去了。狡兔三窟啊，很难抓住，它们就在外面生儿育女。一只母兔一年繁殖两窝半，一窝有10只左右，小兔长大了又繁殖，或许不出几年，这个岛就是一个兔子岛了。

五

每天上午，我都要与儿子下山到海利村买菜，确保一日三餐。一路上青草萋萋，芦苇飘荡，空气清新，飞鸟盘旋，如果不是眼前的大海提醒我，真恍如身处少年时的楠溪。路程半小时，海利村的菜市场当然是袖珍型的，淡菜、海螺堆在路边，物美价廉，渔民卖给我们也是秤杆翘翘的，渔民卖出了货物，我们捡到了便宜，大家都心情大好。

这一天，我把买来的菜交给儿子提到山上去，独自一人把海利村转了一个遍。海利村西南一公里处，有一个小岛叫过水屿，低潮时，可以从海利村北面的海滩与礁石上过去，登上过水屿。过水屿不见一个人影，却有一片废墟。这片废墟是由几十栋石头房坍塌而成，占据了小岛大半的面积。残留的几爿石墙，也是摇摇欲坠，石墙上的石头多为块石，方方整整，表面粗糙，表达了这些建筑的低矮与粗粝。一条被荒草遮掩的石路，显得异常神秘。石路两旁，断壁残垣，乱石废瓦，荒草丛生。我想这是一个渔村，在海洋资源丰富的时候，这里一定渔船繁忙，市场热闹。现在，这渔村整体坍塌，显得如此凄凉，也如此宁静，形成一种惊人的自然与人文交织的美，而这种美，却是强大的，强大得任何暴力都不可能碾碎它。

回来的路上，我遇到了一个补网的老人，高瘦的身材，黝黑的脸。他告诉我：当初在过水屿上居住的都是外地人，大多从瑞安梅头、上望等地搬迁而来，从农民变成了渔民。20世纪80年代，小岛上最为热闹，大家见捕鱼赚钱，一哄而来，过水屿上建起了几十座石头房，岛上人满为患，因为紧挨着海利村，人们的生活还算方便，那时候，整个北麂本岛外来的人员也多，近3万人。现代人总是过于贪婪，在自然面前不晓得收敛，捕鱼作业，由浅海到深海，由近海到远海，由简单的捕捞技术到先进高科技的捕捞设备，频繁、过分地向海洋拓展生存与发展空间。很快，因为过度捕捞，海里的鱼类锐减，到后来渔民都是亏本捕捞。20世纪90年代末，渔民无法靠打鱼为生，他们只得弃海而去，另谋生路。

听了老人这一番话，我惊异于过水屿上这片废墟的历史，原来是那么短暂，不过游丝一缕，在小岛上空飘荡。

老人说：我也是从瑞安梅头过来的，在1970年，那时候20岁出头，来这里学习补网技术，后来就在北麂补网了，一补补了40多年，也见证了过水屿的热闹与冷落，繁荣与萧条。不过，这些年来，大家重视了海洋保护与水产养殖，海洋生态有所恢复，渔民的收入又上去了，我补网的工作又忙碌起来，一天下来，可以赚两三百元。他说完开心地笑了，质朴纯真的笑容和海风吹出的坚毅顽强结合在一起，老人的面孔有着雕塑般的俊朗。

六

壳菜岙村是离灯塔最远的一个村落，有一个天然的小港，停泊着许多渔船，另有一种热闹，我喜欢去那个村走走。第一次去是一个傍晚，走的是山路，在快到壳菜岙村时，路边有个中年人正在给番薯翻藤，我见番薯的根部放有一些豆荚壳，就问这是做什么用的。中年人说：既可以增肥，又可以松土。他停下手里的活，我也止了步，便聊了起来。他姓陈，是一个渔夫，但不能叫他老陈，老陈谐"老沉"，出海怎能安全呢？要叫他船老大，或者半边东。

第二次去壳菜岙村在一个清晨，我顺着海边的水泥路去壳菜岙村。在小港边一片延伸到海里的礁石上，我见到了半边东用一只鸡和几个馒头在敬海神。去两次壳菜岙村，都遇到了半边东，有时缘分真是妙不可言。由于风大，没有插上香烛，他匆匆跪拜一下，就带着我走回了他的家。他有两间两层石房，屋顶飘着一面五星红旗。进了上间，这应该算是他的客厅。他泡了一壶绿茶，搬过来两把藤椅，我们坐着悠闲地喝着茶，他还时不时拿自己的茶杯与我的茶杯碰一下，像两个久别重逢的好友斟酒对饮。我们聊得很投机，我知道了他16岁就没了同样是船老大的父亲，他接过了父亲的渔船，开始在大海上漂泊，与海浪争斗，获取鲜美的海鲜。他又用这些海鲜，换成了家里点灯的油、御寒的衣，变成了弟弟、妹妹上学的书和写字的笔。还有，不知有多少个夜晚，半边东躺在大海深处的渔船上，望着星星和月亮，构想自己未来的生活。

两人正聊得起劲，村里的广播响了，一个女高音在"喂喂"地通知什么，我听不懂，半边东告诉我，是出海打鱼的船要回来了，有三轮车的岛民可自愿骑车去帮忙接运海货。半边东也有三轮车，我们把杯里的绿茶喝尽，我坐他的三轮车到了码头。5只渔船已经靠岸，半边东与渔民一起把捕获的海鲜从船舱里抬出来，集中到渔码头上。他夸海虾不错，就买了10斤，要晒虾干，我也跟着买了10斤。我们把海虾提到村委会边上的灶头前，扔进大锅烧熟，然后捞出来放在毒毒的太阳底下暴晒。我也成了岛民，人已晒成了泥鳅，竟然还会制作虾干。煮熟的虾要暴晒三天才成虾干，这事交给了半边东，我要先回灯塔。半边东挽留我吃中饭，我谢过，拿了他家的一个鱼坠做纪念，走了。

七

灯塔里的一日三餐，除了早餐烧面条之外，中餐晚餐都少不了海鲜，各种鱼和各种螺，蟹和虾也有。伙食上头补助志愿者每人每天40元，我们买菜时自己再掏点腰包，所以餐餐丰盛。

岛上的海货之多，在我们的意料之中，也在意料之外。站长告诉我，岛屿的周边都是或养殖或野生的鱼虾，虾蛄旺发时，一船一船地往外运，我们想吃，只管到渔码头去提，有多少力气提多少，不需要钱。站长的话我相信，我与儿子有一次去海边，发现一只小蟹爬进了一块石头底下。儿子掀开那块石头，十多只小蟹四散开来，可见这里的小蟹之多。海水涨潮时礁石上面都长着各类小螺和龟足。我不熟悉海边的情况，不敢贸然下去抓取。站长还告诉我，灯塔上原来有个老员工，经常到海边抓螺卖，半天可抓10多斤，影响了工作，又有安全隐患，就让他回家了。

我喜欢吃黄鱼，这里的黄鱼有3种，一种是养殖的，卖百来元一斤，拿到温州去卖，就说成半野生的，价格翻番；一种是半野生的，当地人叫半真半假，是在养殖的时候逃出来了，但过了一段时间又回到养殖的网笼边，毕竟这里的食物丰富，就被捉住了。这种鱼两三百元1斤，到了温州的菜市场，就百分百说成野生黄鱼，价格自然不菲。第三种确实是野生的黄鱼，在

143

这里也是稀有动物，没有进入市场，渔民自己吃或送亲戚朋友。我在这里吃过一次野生黄鱼，是站长从他弟弟那里拿的，他弟弟是本岛渔民。那一次站长亲自下厨，把剖洗干净的黄鱼先煎后煮，少放一点油，放一点盐，放一点自己种的姜和青葱，其他就什么调料都不放。至于味道，你知道的。

八

　　裤裆岛离北麂岛不远，曾经居住着不到10户的村民，10多年前，都移居到了立公村，现在成了无人岛。我从立公村的东面下山，搭乘一只渔船，登上了裤裆岛。上岛一看，一片荒野，杂草茂盛，绿意盎然，尽管来往的渔民踏出了一条小路，走在其中，青草还是没到了我的膝盖。我的脚步进入小岛的深处，在一丛高大的芦苇下面，出现了一副诡异的骨架。我仔细辨认，这应该是一副山羊的骨架，还能看到它最后挣扎的痛苦与无望。它是怎么死的？是病死的？但生病的山羊会不停地掉毛，到了病危时，羊毛就掉得所剩无几，看骨架下面铺排开来的茂密羊毛，应该不是病死的。是饿死渴死的？但尸骨的腹腔处有紫色凝血的痕迹，说明它生前是有血有肉的，而饿死渴死，只能是皮包骨头。那么，遭到了偷盗者的杀戮？偷盗者的目的，无非是为了盗取羊肉羊毛羊皮，羊毛还在，紫血有明显的痕迹，其羊皮羊肉应该不是被盗而是腐烂或被其他生物啃噬。是被毒蛇活活咬死的？北麂列岛上的山羊，没有羊倌看守，昼夜放养，长年累月，山羊已经练就了不怕毒蛇的本领。

　　我的这些猜想，合乎逻辑，又缺乏印证，都有可能，又都不可能。它的生命带着悲怆离去，腐烂的尸体养育了万千飞舞的幽灵，留下这一副骨架让我无法破读。

　　那么，我就不再追究它是如何死去的，天底下生生死死，无常永在。世间也没有一样完美的东西，你说河豚好吃，却有剧毒，我说海岛美妙，却危险重重。珍惜生命，安住当下吧。

九

　　又一个早晨，我在海利村购物，和我相熟了的小卖部里的大姐告诉我：接下去的4天都要停客轮了，4天以后也不知道是否有客轮。我的心顿时咯噔一下，再过4天，我的志愿者生涯就结束了，我与儿子要回温州去，他要准备考研，我要上班。4天后如果没有航船，这岛山的日子，何时才有一个头？

　　已经来了，"咯噔"又有何用？既来之则安之，找些事情做做消磨时光吧，继续看海，约站长钓鱼，与朋友发微信。

我还是把买好的东西让儿子提到灯塔，开始在村里兜圈。海利村还是那么平静，正劳力都出海去了，老人小孩也不大见到。我在海边的码头上见到许多渔家女子，她们整齐划一地坐成一排，动作轻快熟练地把龙须菜的苗种像插秧一样插在一根粗壮的尼龙绳上。我问她们这龙须菜多少钱一斤，一位戴花帽的女子说：这个我们不敢讲，要问老板。我问哪个是老板，她说老板是个有头面的人物，不怎么来的。我说：老板不来你干活为何还这样起劲？她说：只有老板好了，我们才有活做。我问：不觉得辛苦哇？她说：还好，老公在城里打工，说城里钱好赚，但他一年也并不比我赚得多，在城里赚钱多，费用也大，这是恶性循环。这女子一边忙手里的活，一边与我有一搭没一搭地聊。海面水平如镜，没有一点浪花，在太阳照耀下，蓝得有些缥缈。

十

大海上的天气说变就变。

下午6点，儿子给灯塔拉开窗帘下来的时候，笑盈盈地对我说：爸，灯塔上风很大，我被吹得很爽，你是否上去感受一下？我问：大概有几级？儿子说：9级吧，多难得的体验。于是我与儿子一起上了灯塔，出平台的铁门已被风裹得难以推开，两人一起使劲，门推开了，但我马上退进门内，关上铁门，因为我必须把眼镜摘下来放在塔内，否则，海龙王就可以免费使用了。再一次出来到平台上，风刮得我们根本站不稳脚跟，我们只得双手紧抓平台上的铁杆子，把自己固定起来。眼下的大海，变了容颜，没有一只航船，阴晦的海面上闪着鱼鳞一样的光，给人一种无法捉摸的感觉。海浪汹涌澎湃，咆哮着抛向海岸，海风吼叫，冲撞我的耳膜，大海有时会让人恐惧。我们都想拍几张照片，但不敢掏出裤兜里的手机。我平生第一次站在这么大的风中，很是刺激，也很兴奋。为了安全，我们小心地拉开铁门，回到灯塔里面。

吃晚饭的时候，站长对我儿子说：灯塔上的风力已达10级，你有勇气上去，说明你不是娇生惯养的，能够站得住脚，那很有定力！

一夜风雨大作，让我难以入眠。早晨也没有日出或霞光好看，我第一次没有早起。6点钟，儿子敲响了我的房门，开门一看，他手里拿着一只小鸟，是刚刚在灯塔里抓到的。我们猜想这小鸟是为了躲避昨夜的狂风暴雨，暂居在灯塔的某一个角落，等到铁门打开的时候，它就迫不及待地飞进来了。我不知道这鸟的名字，只见一身黑灰色的羽毛透着油光，一双晶亮的眼睛没有惊恐的神情。它应该是一只很普通的鸟，但它的淡定足见它历经过无数次的风雨与危难。我们准备放飞小鸟，但见风雨依然，只得先放在笼子里歇息一会，儿子还给它一瓶盖的水。中午，雨已经停歇了，风还是急骤的，天空中是急驰的云朵，保持着不变的形状，如万马奔腾，又似硝烟弥漫。儿子说：这小鸟在笼子里并不喝水，关久了怕消耗它的体力，还是早点放生吧。儿子打开笼子，准备去抓它的时候，它敏捷地钻出笼子，展翅腾空。我们忙抬头追寻它的身影，只见它先绕着灯塔盘旋一圈，而后箭也似的飞向云天。它的飞翔让人感到一种无比的快慰，它的命运无法猜度，把我的思绪带向遥远的天际。我们唯有祝福。

十一

裤裆岛回来的那天晚上，我在微信朋友圈发了那副山羊尸骨的照片，引来了许多评论。次日，我还收到了我的一位尊师的短信，全文如下：

凌云兄台，晨起忽然想到，你微信里的山羊尸骨，暴露于荒山野地，这是对生命的轻视，请你花点钱雇一位渔民将其埋葬，或者你自己动手将其埋葬。这是功德好事，去世的山羊及岛上诸神都会感恩的。即颂吉祥！

我马上回复给这位尊师，答应一定去完成。可是，岛屿之上，风雨交加，灯塔内外，鬼哭狼嚎，我无法出行，只得做一些准备工作。我想找一把铁锹，灯塔的仓库里没有，却在院子的花坛里意外发现。我把铁锹清洗干净，又寻来了3条尼龙袋，准备用于包装山羊的尸骨。

下午4点，我见风雨小了一些，就背起工具，迎着大风飞也似的去立公村，竟然在山路上碰到了站长和他的老婆。他俩见我背着铁锹走得飞快，一脸疑惑，我说明了情况，他们说是好事但要注意安全。在岛上做一次好事，就被站长夫妇撞上了。事情有时就这样，做好事想不留名也困难。

到了立公村，下山来到了海边，才知根本没有船只，那个躺着山羊尸骨的裤裆岛，在滔天的海浪中，孤立无援。我站在海岸边，海浪掀上了岸礁，浪花打湿了我的衣裤，我望着汹涌的大海，不知道如何是好。待了半天，我只得返回立公村，找到了一位渔民。我全身湿透，他见到了我很是惊讶，我恳请他划渔船把我渡到裤裆岛上，他瞪大了眼睛看着我。我详详细细地说了事情的经过，他觉得我是纠缠，不耐烦地提高了声音说：这是10级大风，你不要命了，可我还要！霎时，我也像那个裤裆岛一样，孤立无援。我无法过去，又不愿后退，在立公村的山头站了一个多小时，不见潮退浪平风息。

十二

　　日子就像是被复制粘贴了一样，好几天，都是一样的大风，一样的大浪，就连天空中的云彩，一天24小时的变化，都不出我的预料。小时候读《三国演义》，见诸葛亮看天象，预知风雨，觉得神奇和不可思议，而现在，我上午若见疾驰的云，就知下午的风又在9-10级，风在9级以上，就要停航。我来海岛的时候，忘记了把家里的鹅毛扇带来，否则，我就是当代诸葛亮了。

　　志愿者工作结束的日期到了，如果没有大浪，如果风力在9级以下，我们就可以乘坐"云江号"回家了。我把行李都打理好，可我也知道那几天是不可能回去的。我看天象，儿子频繁地刷新天气预报，一直到下周三，风力都在10级，下周三之后，还不确定。我们父子俩，彻底被困在大海最外围的岛上了。

　　这一天买菜回来，走过村庄，走过一片番薯地，上坡的时候，我看到了一条秤杆杆粗细的油菜花蛇。我让儿子快看，他竟然说哪里有蛇？蛇发现我们，就开始爬动。儿子赶忙拿出手机要留下它的倩影，它却钻进了路边的草丛，只拍得一小截蛇尾。儿子说：我刚才还以为是一根树枝。我说：我小时候在楠溪，特别在夜晚，常常会看到蛇横在路上乘凉，有一些见到我便逃，有一些呆滞的不逃，我会拿石头砸死它。有一次我行夜路走得快，差一点踩上一条剧毒的"寸寸白"，如果踩上了，我的生命就停止在楠溪了，也不可能来这里当志愿者。儿子说：那我呢？甚至不能来到这个世界，每一个生命都是一次意外。他说完笑笑。我们继续赶路。

　　这个岛上，除了蛇，还多蜈蚣。有一次儿子洗澡，浴室里爬进来一条手指粗的蜈蚣，是红头的那种。背部红黑色，腹部淡红色。儿子用热汤给它洗澡，它就把身体蜷缩起来。我在灯塔的院子里见到过两次蜈蚣，告诉儿子，他就把这段洗澡的经历告诉我。站长却说：现在蜈蚣少了，三四月梅雨天气，墙角、路边常有蜈蚣爬行。有时我们扫地，去拿扫帚，扫把下面就有一条蜈蚣，衣服晾晒外面去收，底下也会有蜈蚣。至于砖块下、烂菜叶下，一找一个准。

　　岛上的蚊子太可爱了，在洗澡间里（房间里也有少许），几十只长脚的大蚊子，一个劲地跳舞，舞姿舒展大方，舞步轻快流畅，节奏感又强，欢快而利落。在婀娜摆臀的时候，它们动作紧凑、诙谐、花俏，又激情火辣，很有趣味。这应该算拉丁舞的一种？这种流行在拉丁社会的舞蹈，我知道于20世纪50年代风靡全美国，却不知什么时候流行到灯塔的洗澡间里？那是恰恰舞？还是桑巴？儿子每次洗澡之后，总要与蚊子玩上半天，还拍有许多视频。研究舞蹈的朋友如果需要视频，可以与我们联系，免费提供。

十三

虽然岛上的天气不佳，但虾干已经晒好，半边东把我的虾干包装在尼龙袋里，我何时回家何时拿走。我又想晒点虾皮，半边东说要关注村里的广播。他突然问我：本岛的最北岸，有个山头叫拳头山，山边的礁石很美，还有多处峡谷和山洞，你去吗？我说：去，我求之不得。他说：20年前岛上还没烧煤气的时候，整个岛屿的柴草被割得精光，所有的岩石都裸露在外面，我记得那边的风景。可是，现在可能野草杂树丛生，不好行走。半边东话虽这么说，但他已经穿好外出的衣裤，带着我出发了。艳阳高照，气温有30多摄氏度，穿着T恤和七分裤的我热得直冒汗。不过，夏天的海岛是最绰约多姿的季节，芦苇和茅草那么肥美，海水和崖石那么光亮，像个30出头的女子，丰韵娉婷，仪态万分。山石上有一种肉类植物，像铜钱穿成了串，也像风中女人的耳环，但是给我们的行走带来不便，没有山路，也不知道草丛底下的情况。

半边东在前面引路，他一再吩咐我要紧跟着他，他还折来一条松枝，不停使劲地抽打茅草丛，这是为了赶蛇。他说：岛上以前蛇很多，有一次开垦田地，他在一座坟地上挖出一窝油菜花蛇，十几条。但我们也没有什么担心，一是知道蛇是怕人的，它见我们的动静如此之大，早就溜之大吉；二是这几年捉蛇的人多，岛上的蛇量锐减；三是岛上少有毒蛇，多为油菜花蛇，被咬了也是一点疼痒而已。

拳头岛突兀在大海之上，半边东说他记得山上有几条沟壑深可见底，但底下就是海水。这让我有些恐慌，如果茅草下面有沟壑，我们一脚踩下去，掉进了海里，就只能去当海龙王的女婿，这可如何是好？半边东说，沟壑应该不是在这里，是在山坡下面靠近海的地方。20年前他是这里割草的常客，他应该还记得。但我想，他也只不过是"应该"而已，不是确切的方位，危险就埋伏在草丛下面。虽然已经处于听天由命的现实，我还是步步小心。此时，我已经忘记了可爱的油菜花蛇，只担心一脚踩空一命呜呼。半边东见我行走的速度与兴奋明显降低，就扔掉了松枝，说这山坡45度角，正适合他滚下去。我制止他，他哪听我的劝？躺倒在茅草中，一使劲，就像长条的山石一样，滚落下去，他用自己身体的重量把茅草压平，这样，我就可以坐在茅草上像滑滑梯一样滑下来。

海岸边怪石嶙峋，沿着大海铺展开来，壮阔非凡，有一丝淡淡的腥味，不知是来自这礁石，还是来自海风。我已经走得累了，坐在一片礁石上，看着眼前深蓝的大海，海风打在我的脸上，浪花被海风吹成了粉末，沾在了我的脸上。我用舌头舔了舔嘴唇，尝到了海的味道，这是微咸中夹带着苦涩的味道。我看不到海的尽头，海的那一边，是什么呢？渺小与辽阔，就这样相偎相依，永远存在着。

海岸边有一条很深的峡谷，我们在谷壁上爬行，抬头是一线天，低头是轰轰的海水，但海边的石壁经受海水海风的侵蚀，并不光滑，构不成我们爬行的危险。我们还看到一个石洞，里面暗黑一片，我打开手机的灯光，见石洞里全是鸟的粪便，没走几步就出来了。

在海岸边看够了，歇够了，见一只渔船过来，半边东叫着载我们一程，渔船靠到岸边，我们就被载离了拳头山。渔船行驶在大海上，我们可以清晰地看到山坡上被我们用身体碾压出来的一条"山路"，我竟然有一种想哭的冲动。我虽然是个感性的人，但跟着半边东这一路过来，我不是一个志愿者，而是一个玩命之徒。

十四

我来到了立公村，目的是向渔民要点番薯藤，来引诱山上的野兔，抓两只养在灯塔里。走在村里，我的目光总不由自主地扫向裤裆岛，因为我答应尊师的事情还没完成。惊喜来得那么意外，我看到了一只渔船，停泊在山脚下。此时，风并不大，恶浪已经持续了几天，也有所疲惫和收敛。我马上加快脚步下山，来到立公村的那个小码头上，渔民正在岸上系船，他是从裤裆岛那边的养殖场过来的。我语气变得温柔而又坚决，要求渔民把我渡到裤裆岛上，多少过渡费都可以商量。渔民见我执意，答应了。我上了船，船驶向裤裆岛，一排排涌浪推来，把渔船摇得像簸箕。毕竟两岛间的距离太近，我来不及晕船，船就到了。

上得岛来，我熟门熟路，直奔山羊尸骨而去。那一副尸骨还白森森躺在那一丛芦苇之下，我站在尸骨边，才意识到我居然没有携带工具。我抬头看看有没有什么建筑，不是说曾经居住过10户人家吗？果然，远处的荒草中有几间倒塌的石头房。我走了过去，在石块堆里寻到了一片竹爿，同时我也惊恐地发现，石块堆里有更多动物的零碎尸骨。这无疑是一个暗藏杀机的岛屿。我想起了许多鬼电影里的镜头，仿佛这些骨架会突然活过来，站起来，然后集体向我下跪，让我成为它们的大王。我努力让思想走出那些恐怖的鬼电影，来到了山羊的骨架边，用竹爿把整副骨架撬了起来。骨架连在一起，还是牢固的，我就把它穿在竹爿上，背到大海边，使出全身的力气，扔向大海。骨架被翻滚的海水淹没了，连泛起一下都没有。我给山羊实施了海葬。

我想起了尊师的话，比丘尼走在路上见到动物的尸骨，都要埋葬；温州龙湾坦头村一个叫式桂法师的和尚，他一路云游，带着铁锹埋葬路边的动物尸骨。这样说来，我的好事还只做了一半，不能让石块堆里的那些尸骨暴露于天底之下。我转回了身，来到倒塌的石头房里，用竹爿在墙基处撬起一些泥巴，把那些零零散散的尸骨浅浅地埋在一起。事实上，这个过程在烈阳之下持续了两个小时，撬泥土异常费劲，我的左手臂还被竹爿划破了，这是我平时干活太少、手臂的皮太薄的原因，故一笔带过，不述。

十五

这一天我又是4点半起床，来到灯塔的平台上，想看看天空的云层并感受一下风力，预测什么时候可以回家。风还是猛烈的，周边的茅草被刮出一种呜呜的哭声。天空却暗蓝得没有一丝云彩。但是，东方的天际，有一条亮光，血红血红，这是我在岛上10余天第一次看到的红光。我的心跳顿时加快，我知道我今天能看到海上日出了。

这一次来当志愿者，我有一个野心，就是看一眼真正的海上日出。我人生第一次出远门，是在温州十五中读高三的时候，班主任带领几名师生去普陀，我有幸参加，并在普陀的海边看到了日出，虽是海边，但记忆犹新，给我的人生留下了一路光明。但是，这一次上岛以来，我看到了满天的繁星，看到了海上的新月，看到了疾驰的云朵，就是没有看到海上日出。虽然每天都过得充实，乐在其中，但对于日出，总有一份牵挂。

我快步下了灯塔，到寝室叫醒了儿子。当我返回灯塔平台的时候，天际边的血红开始发亮，也扩大了范围，慢慢地，血红变成了橙红，天畔也被抹上了一层粉红色。

到了5点，东方的橙红淡了下来，海水变成了奇怪的灰色，是翻滚的灰色，闪耀着金色的光泽，像一个没有边际的金宝库。我与儿子屏住呼吸，大自然的美可遇不可求，尤其在这神奇的大海上。我看到了大海的中央——是的，是大海的中央，不是海与天的交界处——出现了一道圆边，紧接着，是深红的半圆，没有光芒，盈盈地上升，半圆变成了满圆，是一个特大的朱红圆球。太阳跃出了海面，就在我们的眼前，没有任何阻隔和遮挡，近在咫尺，煞是醉人。我与儿子拿着手机，不停地拍照。一两分钟后，圆球开始发出耀眼的光亮，是无数道金光，让我们无法直视。这整个过程，只存在于电视的风光片中，或20世纪三四十年代作家的作品里，而今早，我却实实在在地看到了，这是我至今唯一一次在大海上看到的日出，这美极了的海上之景。

十六

站长像一只海鸥，迎风破浪去了洞头。

站长是搭乘渔船去的，据说搭乘这种渔船，只能是"专业人士"，渔船在浩大的海面上，就如一片树叶，随着海浪一会儿升腾到浪尖，又一下子跌落在浪谷，人总是与船只脱离，被抛在空中，落到船里，海浪有时盖过头顶，人就像在深渊里，马上被淹没的感觉。站长做过渔民，练出了一身与浪斗与风斗的本领，如果是我们搭乘，一般情况下在吓破了胆之后，再把胆汁呕吐出来。站长不会让我们坐渔船去冒这样的风险。

站长走了后，灯塔里就只剩我们父子俩，更加寂寞了。儿子依然坚守着灯塔，我时常在四个小村落里兜走，除了立公村，其他三个村落里并不是我们想象的只剩留守老人，也不乏小伙子大姑娘，小伙子长得帅气，但一律在脖子上挂着一条比手指还粗的黄金项链。大姑娘五官清秀，但由于长期吃着海鲜，有营养过剩、热量不足的迹象。我到半边东家串门，他正在筹划带我去鸟岛和神秘岛。站在本岛上，鸟岛和神秘岛都清晰可见，半边东说：我们上了鸟岛，各种飞鸟一齐腾空而起，但不会飞远，而是盘旋在我们的头顶，尖声嘶叫，因为它们担心自己窝里的鸟蛋遭受破坏。而神秘岛，一登上去就像走入一个梦境，景色虚幻，心神恍惚，不知道是什么原因，也许是磁场，也许是岛上的矿物质的作用。需要租一条抗风力好的渔船，正在联系。

多么诱人的鸟岛和神秘岛，可是，仍没能解除我想回家的冲动。

时间就这样在海风海浪中溜走，算来已是我们上岛的第15天。我来到了海利村，向小卖部的大姐打听通航的消息，她还是摇了摇头。我只得又来到海边，太阳金盆一样挂在我的眼前，那是落日，通红发亮，把我眼前浩渺的大海映照出无限的艳丽和壮观，动人心弦。太阳缓缓地落到海底，那么孤寂，又那么伟大，那么简单，却成了永恒。

风大浪急，天已黑尽，我要回灯塔了。

十八、南麂岛：中国十大最美海岛之一

一

在浙江南部的海域里，有一个形状酷似麂的岛屿，昂首向东奔跑，这个岛屿就叫南麂岛。南麂岛我曾来过两次，每次都被岛上独特的自然风光和浓郁的渔家风情所吸引。5月的阳光下，我又一次来到这里。

南麂岛是南麂列岛52个岛屿中最大的岛屿，陆域面积7.67平方公里，岸线长32.76公里。1990年9月，国务院批准建立南麂列岛海洋自然保护区，是中国唯一的国家级贝藻类海洋自然保护区。1998年12月，联合国教科文组织将南麂列岛海洋自然保护区纳入世界生物圈保护区。2005年10月，南麂列岛被《中国地理杂志》评为中国十大最美丽海岛之一。

南麂岛位于平阳县鳌江口外28海里的海面上，我到达南麂岛已是午后，乘坐岛上专用的中巴去马祖岙村，马祖岙村不大，依山错落着几十幢石墙民居，多是一层的矮房，开设了民宿。我前两次来都住在碧海山庄里，这一次想找一点不同的居住体验，就住在马祖岙村书记杨志选开办的民宿里。山坳间一条潺潺而下的小水沟，便是村民的用水之源。

杨志选告诉我，马祖岙村有82户，200多村民，原先大都打鱼为生，随着改革开放的推进和商品经济的吸引，村民纷纷外出打工或定居，村子变成了"空壳村"。然而世事轮回，20多年前岛上开发了旅游业，与世隔绝的渔村慢慢受到游客的青睐，久居喧闹都市的人们喜欢来海岛人家小住两三天。看到商机后，有的村民返乡在自己家里办起了民宿或农家乐。杨志选只有两间房子，又租了10多间房子对外营业，夫妻俩经营，收入可观。每年的生意从"五一"开始，到"十一"假期结束，最忙在七八月暑假。农家乐主打海鲜牌，每年夏天，花香引蝶一般，那么多的人像约好了似的过来，位子显得紧张，客人对各色海鲜啧啧称奇称好。杨志选的爱人笑着说以前根本没想到马祖岙居然这么吃香，村民在家里搞搞也能赚大钱。

二

南麂本岛有9个村，马祖岙村的民宿和农家乐做得最好，为什么？因为马祖岙得天独厚的地形。它依山面海，村外有一个宽近600米的岙口，有面积0.48平方公里的贝壳沙滩，叫大沙岙，沙滩松软绵柔，精细干净，金黄一片，一直延伸到碧蓝澄澈的大海里，是海水浴的理想场所。

曾有村民说这里的贝壳沙滩是国内唯一的，国外也只有一处，在俄罗斯。这说法有误。我两年前去广西北海涠洲岛，见有纯净平整的贝壳沙滩，听说加勒比海的圣巴特上，有享誉世界的贝壳海滩。贝壳沙滩尽管不是"唯一"，但确实稀有，它需要强大的水流让大量的海洋生物和无数贝壳在此汇聚，经过几千年的变迁风化而形成。我每一次来到南麂，总要光着脚板在沙滩和海水的边缘走走。层层白浪卷上沙滩，湿透我的裤管，那就索性换上泳裤，冲到海里畅游一番。但这一次过来未到下海游泳的季节，我在沙滩上漫步，见席卷海岸的每一次波水浪都带来一批精致闪亮的贝壳，就挑了几个富有质感、色彩鲜艳的，准备带回家摆在书架上。

杨志选说：南麂列岛地处台湾暖流与江浙沿岸流交汇的海区，涨潮时，台湾暖流涨到我们这里，不会涨到洞头、北麂去，退潮时，北方的寒流退到我们这里，不会退到福建的海域，这样就形成南北海洋生物物种都适合繁殖生长的地方。专家说南麂有鱼类397种，主要有大小黄鱼、黄姑鱼、带鱼、银鲳、石斑鱼等常见经济鱼类，蟹虾类307种。贝藻品种之齐全居各海域之冠，已鉴定的海洋贝类有403种，其中19种为国内首次记录，藻类174种，其中黑叶马尾藻为世界海洋藻类的新种，贝藻类种数约占全国的29%，称为贝藻王国和蓝色牧场。这些数字不会绝对准确，我只做参考。我们打鱼时会发现一些新品种，像几年前发现的真鲷，就是外来物种，那是海水养殖户从外地把真鲷买过来放在网箱里养殖，台风一打，真鲷逃出网箱，南麂海区里就有了这种鱼。有些数量极少的鱼虾贝藻，专家也不一定有发现。

三

每年"十一"假期一过，海岛上的气温就不停地下降，开始有冷空气了，海风卷起沉重的海水拍打着凄艳的近礁远山。上岛的游客越来越少，没有外界的纷扰，每个村都静成大萧条。杨志选的民宿歇业了，他整理好船只网具下海打鱼，他从小就开始下海，在渔船上起起伏伏大半辈子，清楚哪一个季节打什么鱼，哪一片海域产什么虾。其他村民也一样。

杨志选说：南麂在渔业生产中，以天然采集捕捞为主，以前海里资源丰富，经济鱼类多。比如黄唇鱼，温州人叫黄甘，是我国的特有鱼种，体长侧扁，成年后长达1至1.5米，重15至30公斤，最大的可达50公斤，营养价值高，全身都可入药。特别是鱼鳔，非常珍贵，很值钱，一万多元一斤，我们也有捕到，现在几乎绝种，鱼鳔在市场上卖到100多万元一斤，已经属于国家二级保护动物了。那时鲨鱼也常有捕到，因为体积太大弄不上船，船里也放不下，就拖在船舷边带回来拖到岸上杀掉。记得大约在1968年，一条大鲨鱼游进了南麂的海湾里，渔民看到以为是国民党的潜水艇，向驻岛部队报告情况，士兵火速赶到海岸边开枪射击，过了一会，海里泛起一片血红，原来被射击的是一条大鲨鱼，这也是南麂岛民看过最大的鲨鱼。海面上还会漂浮着一个个圆圆的东西，大的如米筛，小的像脸盆，这是海蜇，渔民划着渔船捞海蜇，捞之不尽。海蜇会分泌肽毒，一旦人被伤到，触电一般，会出现红斑血疹，痒而灼痛，敏感皮肤会水肿，甚至表皮坏死。20世纪五六十年代，苍南矾山的矾矿开挖得厉害，废水排放到了海里，海蜇一遇矾水，马上脱水死亡，70年代我们就不见海蜇了，捞海蜇作业也随之消失。

杨志选告诉我，近十年来我们搞蟹笼捕螃蟹捕章鱼。这种蟹笼由铁丝框架和聚乙烯编织网构成，侧面有引诱口，笼子里有饵料盒，放饵料。螃蟹和章鱼都喜欢腥味，饵料一般用炸弹鱼（鲣鱼），切成小块，鱼腥特别重，螃蟹和章鱼嗅到这种气味就从引诱口爬进笼子找吃的，基本上就出不去了。我们将蟹笼抛入海边的浅水滩里，是捕螃蟹，抛入海里的礁石上，是捕章鱼。我们将绳子的一头系在岸边或船上，一两个小时收一次，或者傍晚放入海中，第二天早晨去收。我们开船出海，船上叠满了蟹笼，一条船有1000多个。我们放饵、抛笼、收笼，再放饵、抛笼、收笼，重复作业着，到了海风大的时候，才把蟹笼收回来。

南麂列岛海域是贝类和海藻的王国，它们自然生长着。最多的要算辣螺和沙蛤，辣螺的采捞期在每年的4到5月，有渔谚是"三月三，辣螺爬满滩"，三月三指农历，这也是辣螺的繁殖期，雌雄交配，在礁石上几十个上百个结群叠加一起，渔民戏称"上床"，规模小的结群叫小床，规模大的叫大床，最大的可以达到几千个，捞过来有上百斤。雌辣螺在礁石山产卵，潮水会给它们的卵带来氧气。沙蛤是蛤蜊的一种，被称为南麂第一鲜，蛤壳薄而平滑，有细密花纹。当地渔民告诉我，每一个沙蛤壳的花纹都是独一无二的，就像人的指纹。蛤肉鲜腴粉白、滑嫩柔软，像一条小舌头，沙蛤又叫"西施舌"。这里还有一个传说，春秋时，越王勾践借助西施使了美人计灭了吴国后，准备接西施回国。这消息被王后知道，她怕西施回国后受宠，威胁到自己的地位，便安排手下将西施绑石沉海。西施死后变为沙蛤，常常吐出小舌头尽诉冤情。

我在潮间带岩石上多次发现野生紫菜。岛民告诉我，南麂列岛属典型中亚热带海洋性季风气候，适宜紫菜等藻类生长。1957年，浙江省海洋水产研究所在大沙岙试养海带获得成功，次年4月成立省级浅海试验总场，后改为国营南麂海水养殖场，固定员工200多人。养殖场办公大楼建在马祖岙村，气派超过县府大院，大门口有武警站岗执勤，外人进入要登记，大楼里设有厂长室、书记室、资料室、医务室等。厂长、书记等领导配有手枪，部队里的政委到厂里也只当一个副厂长。海带种植在冬至前后，收成在四五月份，收成时，大沙岙沙滩上黑压压晒满了海带，晒干后打成捆运到平阳水头镇，供碘厂做原料提取。20世纪90年代初，碘不再依赖海带提取，从其他矿物质里提取成本更低，这样，海带养殖业萎缩了，后来养殖场停业，工人解散。

四

来南麂岛不能不去国姓岙。我轻吟着"开辟荆榛逐荷夷，十年始克复先基。田横尚有三千客，茹苦间关不忍离"的诗句走读国姓岙。南麂列岛中，唯国姓岙是避风港，也是重要军港，该岙口三面环山，宽1000来米，能阻挡东南风、西南风和东北风。

我这一次来国姓岙已是下午4点，阳光斜斜地照着国姓岙村一座座石头房和连接房屋的小路。渔民端坐在家门口拿螺丝刀挖藤壶肉，脸上是平淡的表情。我与他们聊藤壶，他们也不怎么搭理，但还是说了几句，大意是藤壶生命力极强，无论是岩礁、码头、船底，还是海龟、龙虾、螃蟹的体表，它都可以附上去生长，并且吸附力极强，用凿子类的硬金属才能把它们挖下来，也因为这种特性，渔民每年得耗力清除船底的藤壶。他们把藤壶肉挖出来用重盐腌制，一斤可卖20多元。

我与渔民聊郑成功在国姓岙的往事，他们来了兴致，说：国姓岙原名西岙，清初，郑成功坚持海上抗清，他以金门、厦门为根据地，连年出击粤、苏、浙等地。他在征途中经过西岙，看上了这里既避风又隐蔽，拉来部分船队，休整人马，操练水兵，在山上建了营房和校场。郑成功被明朝皇帝赐姓朱，即所谓国姓，大家叫他国姓爷，西岙也改叫国姓岙，建有营房和校场的小山叫国姓山。现在营房早已倒塌，校场还在，只是校场的老围墙在民国时被村民拆下石头建了民宅，场地杂草丛生一片荒野。国姓山山腰原有一祠，据说建于清初，叫国姓庙，规模较大，庙貌雄伟，供着国姓爷的塑像，到南麂的渔民客商无不前往献香瞻拜，后因战事被毁，十几年前重建了一个小庙宇，十几平方米的石头房。国姓山边上有个龙头屿，山和屿之间有一条水道，潮落时，渔民可涉水行走，潮平时，船只可以航行，据说有一次郑成功部队被清兵围困在国姓岙内，就从这条水道突围到了福建，后来从厦门出发，收复了被荷兰人占领了38年的台湾。郑成功的水军在国姓岙操练两年，是清顺治十五年至十六年（1658—1659）。

太阳已经接近了海平面，海浪亮亮的，白白的，一层层往沙滩上叠垒着。海风大了起来，把岸上的草木刮得瑟瑟发抖。恍惚间，我的眼前千船齐发、船炮齐鸣、硝烟弥漫，这是350年前的古战场，英雄豪杰的身影，轰轰烈烈的征战，那些荣耀和辉煌，成为史书上的文字，后人口中的慨叹，那些英勇和忠诚，至今还固执地坚守着这个避风的海湾。

五

历史上的南麂岛并不平静。到了顺治十八年（1661），清廷厉行海禁，毁沿海船只，"寸板不得下海"。海禁的原因是多方面的，其一就是为了打击以郑成功为首的东南沿海地区的抗清势力，南麂的岛民遭到驱逐。

20世纪30年代的中国山河破碎，大地呜咽。疯狂的日本侵略者把中国人民逼到亡国的边缘，两次占领南麂岛。岛上无论是怎样的白云蓝天，岛民都生活在苦难的梦魇中。

南麂岛曾被海盗和大刀会轮番占据，岛民称海盗为乌军，乌军手拿短火枪或水手弯刀，无恶不作。大刀会是民间武装社团，他们反清复明，在平阳望里乡（现属苍南县）一带活动，后被人告发，逃至南麂岛。他们在南麂设立神坛，亮出旗帜，布道传教，吸引岛上年轻人加入。会徒手臂上刺着标记，日夜训练棍棒拳脚。新中国成立后，大刀会被定性为反动组织，明令取缔。马祖岙有村民告诉我，村里有个名叫李成波的人，个子只有1.62米，为人老实，却成了大刀会会徒，新中国成立后他登记自首，在村里做赤脚医生，给人看病态度和蔼。有人开玩笑，叫他把手臂上的标记亮出来看看，他不理睬，他闭口不谈自己的历史。

据史料，新中国成立初，浙南国民党残部退守南麂，妄图固守顽抗，1953年国民党成立"平阳县政府"，管辖南麂列岛，"县政府"所在地设在南麂岛后隆村。1954年5月4日，蒋经国先期视察南麂列岛的竹屿和后垄村。5月9日，蒋介石带领美国顾问和一批亲信高官，乘坐"峨嵋号"军艇舰抵达南麂岛，停泊于马祖岙外，登马祖岙勘察修建飞机场址，视察游击队驻所与民居。蒋介石在日记中写道："人民面容与体格并不过劣，尤其少女之健美有甚于大陆者"。当时南麂岛生活条件较差，全岛找不到一间像样的房子，当夜蒋介石一行在艇上宿夜。

南麂岛国民党守军司令获悉，宋美龄欲率"战地慰问团"慰问大陈战区并准备上南麂岛，1954年5月，在大沙岙开始修筑"美龄居"，是一座由大块花岗岩垒砌的碉堡式建筑，平房三间，有保卫室、会客室、卧室、书房，又叫美龄行宫。1955年年初，蒋介石到浙江沿海视察海防，宋美龄一路跟随，由于战局非常紧张，出于安全考虑，宋美龄住在洞头，"美龄居"虽然建好了，最终未能成行居住。

解放军相继收复大陈岛和一江山岛，国民党知道不能固守南麂岛，1955年2月18日，蒋介石下达南麂岛撤退命令，代号"飞龙作战"。24日，天气寒冷，下着小雨，国民党军队开始执行撤军的"飞龙计划"。为实现将岛上居民全数迁台的计划，驻岛部队兵分两路，一路分赴各村以开会名义集合村民，另一路到大沙岙建筑码头，由于沙石不够，军队逼迫村民赶运大米、麦子、面粉、白糖、肥皂来堆砌码头。晚上6时，以所谓"保护义胞"的名义，岛上居民不分男女老少被集中在大沙岙的登陆艇上撤退，次日凌晨最后一批人员离开南麂。杨志选说：岛上百姓极少有人愿意离开南麂到台湾去的，军队就用强制的办法，抓壮丁一样，又拉又拽，用皮鞭抽，用枪托打，不去就要枪毙，大家泪水潸然，哭声凄惨。岛上居民只有4人没有去台湾，一个是补网师傅，躲到山洞里没被发现，另3个在撤退前两天深夜，在三盘尾偷偷下海，划一条小舢板逃往苍南。

国民党军队撤离南麂时实施了"爆破计划"，用战机对岛屿进行轰炸，如大沙岙一带被炸成了一片焦土，带不走的民资全部烧毁。杨志选说：据老人回忆，他们当初上岛时看到被烧焦的面粉和大米，挖下去下面还是全好的。肥皂烧化了，像一摊稀泥，他们开始以为这东西有毒，不敢接近，后来太阳一晒，"稀泥"能结成块，雨一下，泡沫出来了，有人觉得是肥皂，拿刀砍一块，用来洗衣服。

26日，曾经在齐鲁大地上赫赫有名的铁道游击队，我35军105师315团进驻南麂列岛，五星红旗插上山头，南麂岛作为浙江省最后一个敌占岛被解放了。5月份，平阳县委为了重建南麂岛，动员平阳麻步镇60多名青壮年作为第一批垦荒志愿者登上南麂岛，和岛上的解放军一起开垦耕种，建设家园。而后又组织瑞安、文成等地268户872人迁居海岛。

我走访美龄居，一座低矮的房子在山坳里，初建时为石头房，后来作为旅游景点时用砖块加高了。一扇不大的铁皮门，两个小玻璃窗，固定着防弹钢丝网，世事沧桑，原来的门窗早已破损，都是按照原样翻修的。国民党原主席吴伯雄题写馆名。房子前面是一个院子，栽花种树，清静幽美。房后是一个颇有规模的宾馆，前方不远处立着南麂解放纪念碑。我站在美龄居前，抬头眺望碧蓝壮阔的大海，当战时的硝烟散尽后，大海又恢复了平静，但大海茫茫，天各一方，迁台后的南麂人，把自己的村庄也取名"南麂"，几十年来，"南麂新村"的村民对故土的思念和眷恋，未曾断过一时一刻。故土二字在他们的心里，是承载着苦难的记忆，是经年积攒下的亲昵，是大寄托还没有实现的小慰藉，是两座岛屿之间血脉相连的含义。几十年来，他们一直延续着故乡的生活习俗，讲温州方言，祭祀和红白喜事的仪式都不改变，他们日夜盼望着回大陆、回南麂走一走看一看。20世纪80年代，两岸开放探亲，许多老人已经去世，当初年少的移民也已成为老人，欣慰的是，他们终于实现了探访南麂岛的愿望。他们从台湾岛来到南麂岛，寻找故地，认祖归宗，讲述旧事，感叹不尽。他们在故乡栽上了相思树，将黄土装进预先准备好的塑料袋带回台湾。少年的伤痛可以被岁月抹平，但故土之情陪伴他们终生。

六

南麂列岛11个行政村，本岛9个，只有一辆出租车，叫一趟（村与村之间的一个来回）要150元，上岛两天来，我已叫了3趟，用450元走访了4个村，第三天我舍不得叫出租车了，于是就靠双脚。有些山路我前两次已经走过，如司令部到大沙岙的山路，更多的山路我没有走过，在村民的指点下登石阶、过沙滩、攀礁石、钻岩洞，抄近路走访村落。傍晚，海上升腾起乳白色的薄雾，似纱，如梦，轻飘飘，细腻腻，挥不走，扯不开，摸一下脸拂一下头发，凉凉的，湿湿的。光色幽微，所有的一切都在渐渐的昏暗之中。

在海岛的山野里行走，有时一味空旷，有时一人多高的茅草湮没了小径，举步维艰。这是一种大茅草，当地人叫蒙根，以前岛民结茅草为庐，但原料短缺，需岛民种植蒙根。山路边还长有许多砂仁，砂仁为姜科植物，根茎粗壮，初夏可赏花，盛夏可观果，果实是中医常用的芳香性药材，现在干果卖50元一斤。村民说，内陆有人看上砂仁的观赏价值，挖过去种在公园里，只开花不结果。

在海岸边礁石上，长着许多瓜子形叶的常绿灌木，枝繁叶茂，其形状千姿百态，有的玲珑潇洒，有的豪宕雄劲，有的纵横奔放，有的苍健俊逸，它们叫海岸柃，当地人叫瓜子树或盆景树。它们日日夜夜面对大海，年年岁岁与各种恶劣的自然环境抗争，接受外来的任何暴力与摧残，它们没有怨言与惊悸，有着大海的胸怀，遵循着某种生存的法则按照自己的逻辑孕育、生长。它们以自然美与艺术美相结合的别致形象，表露了那份凝重、朴素和坚韧的性格。

七

杨志选告诉我，第一批上岛的垦荒队被分成了种植、渔业、搬运3个小组，在岛上重建家园。他爷爷奶奶和父亲是第二批上岛的人，响应国家号召，从平阳麻步镇举家而来，那时他父亲还只有十来岁，一家人坐着摇橹的木帆船，在海上经历了两天两夜才上岛。所有移民都要通过严格的政审，地主、中农和有海外关系的人都不允许移居岛上。当时成立南麂乡，后来改成人民公社，中心村在火焜岙村。20世纪60年代，苍南桥墩水库库区移民算是第三批移民，岛上的几个村庄可以让他们选择，愿意定居哪个村就定居哪个村。许多移民刚来时开荒种山地，后来慢慢学会了捕鱼采贝藻。

政府推出了许多优惠政策。所有移民在岛上修缮原来留下的旧房屋，政府无偿提供砖瓦、竹木等材料；要新盖房子、购置渔船，可以无息贷款；上岛3年内免费供应口粮；按人头分地，粮田实行家庭承包；荒地谁开垦归谁种。这些符合当时实际情况的惠民政策，使移民很快进入有序的生产，过上了安居乐业的生活。

在杨志选的陪同下，我走访了火焜岙村。这是一个古朴的渔村，岁月漫长，渔民的石头房斑驳铮亮，如旧铁一般。再走几十米，就出现了十几幢二层到三层的楼房，排列成一条老街。房子的墙体有用石块垒成，也有用青砖砌成，青砖石墙间镶嵌方形的木制窗，窗口不大，是由于海岛上风大的缘故，有一幢十间三层的楼房外墙上，还用石英装饰。这些在远岛上少见的高楼大厦，却遭受了长时间的冷落，有的没有门窗外墙斑驳墙皮剥落，有的破漏后楼道房间里杂草疯长，有的被废弃后年久失修而坍塌，房子周围长满野草，很是荒凉。杨志选说，火焜岙村作为公社所在地，公社机关、公安分局、工商局、税务所、粮管所、卫生所、航管站、供销社、医院、小学等机构都在这里，各自都有办公大楼，还有宿舍楼、家属楼。村里最热闹是在20世纪七八十年代，农贸市场、服装店、饭店、理发店等一年四季生意兴隆，四邻八村的村民翻山越岭，来这里办事购物。火焜岙村人来人往，每一天都像集市，到处是喧闹声，渔村和人们又是那么的和谐。

我发现这些办公楼和一些民房夯建年代相对集中，可以想象当年这村里的氛围，也说明当时政府重建家园的力度。时间到了1998年，南麂撤乡设镇，是温州陆地面积最小、人口最少的乡镇，2011年，南麂镇撤销并入鳌江镇，在火焜岙村的单位陆续撤走，工作人员带着家属离开了。同时，岛民也大多外出打工经商，或在老家买了房子，举家搬回去居住了。社会的变迁，改变了人们的就业状况，也改变了人们的生活状况。外村人不再过来，又不是旅游景点，当年红红火火的渔村如今冷冷清清，似乎流露许多无奈，在无奈中存在着。

村里原国营百货公司，现在改开超市了。我进超市一看，各种各样的物品琳琅满目，放满了货架。老板娘40来岁，穿一身飘逸的休闲服，衬出她的干练与沉静。她姓唐名小华，父辈是从桥墩搬过来的，她出生于火焜岙村，19岁时嫁到平阳县城，丈夫是平阳食品公司的职工。10多年前，丈夫的公司解散了，她就带着丈夫到火焜岙村开起超市。我问她这村里人少，也不见游客，开了这么一家大超市，怎么经营？她说：我这家超市是南麂岛唯一的超市，货物供应岛上所有的村民、民宿和农家乐。他们需要什么，也不用过来购买，打一个电话，我老公开着小货车送过去，很方便。账目一个季度结一次，人家都熟悉，讲诚信。

唐小华说：我年少的时候，正是火焜岙最繁华的时候。村外有一条长长的狭窄海岙，六七百米的长度，被两条山梁一夹，形状像一条吹火棍。这个海岙是个良港，每当外海风大浪高，特别是冬天冷空气一来，渔船就过来避风，千帆林立，首尾相接，海货交易就在码头进行，叫卖声此起彼伏。我母亲提着小篮，花上几毛钱，就可以买到半篮子活蹦乱跳的鲜鱼。渔民也纷纷上岸购买生活必需品，他们有来自苍南、乐清的，也有来自舟山、上海的。晚上的火焜岙村像一只渔船泊在海边，渔火闪闪，渔歌阵阵，海水散发着幽幽的气息，像一股来自遥远的暖流，外来的渔民感受到火焜岙热忱的性情，心灵得到抚慰，便想久留，有的渔民在海岸边搭一个棚屋住上几个月。火焜岙也因他们的停留或居住，显得纯情动人。

那些干部和同志，大多来自外地，有些还是城镇里的学生或大家闺秀，他们大方开朗，有知识有能力，穿戴打扮洁净整齐，言谈举止从容和气，让渔民羡慕和向往，很愿同他们接近。有渔民生活上碰到困难，找他们帮忙，向他们借钱，他们也都乐于相助，关系就像亲戚。女干部的形象，也成了村姑效仿的榜样，村里有几年流行"半尾巴"（短辫子），后来兴起剪短发。

火焜岙村水源还算丰富，村里有4口水井，村民和机关的用水不很紧张。到了鱼汛期和干旱期，港岙里的渔民到村里取淡水，每个水井都被淘空了，村民和机关同志的洗漱和饮水都成了问题。村民有意见，向公安局反映，要求公安局出面制止一下，公安局领导当面回绝村民，说：渔民很辛苦，在大海上漂泊，来这里取点淡水，我们应该相让，村里的井水一时没有蓄起来，我们可以到邻村去取水。村民听了连连称是。后来火焜岙村建起了蓄水池，家家用上了自来水，但来的渔船越来越少了，就是鱼汛，岙内也只停泊着几只小渔船。

八

在火焜岙村，我遇到了在三盘尾当导游的唐爱秋，她也出生在这个村。她说：当初父母从桥墩迁居过来时，父亲才18岁，母亲还小两岁，过来先开荒种地瓜，能填饱肚子，后来父亲去搞海上运输，开始是摇橹的帆船，后来换成机动船，运过货物也开过客轮。搞运输跟打鱼不同，回家的时间比较固定，也少些风险。母亲是家庭主妇，有繁重的家务劳动，种菜、割草、养猪、养鸡，儿女们要吃要穿要用，她要保障一家人的生活。

唐爱秋8岁时去读书了，放学后还要割两篮子青草。那时家里养了三十来只长毛兔，兔子好斗会撕咬，要用笼子隔起来饲养，每天放出来活动一小时，清理生活区。这些是大人的事情，到了采毛时唐爱秋也要帮忙，用木梳梳毛，用剪刀剪毛，也可以用手拔毛。兔毛多用于纺织，有人来收购。下雨天，是唐爱秋最开心的日子，不用出去割草，放学后就愉快地躺在家里看书，她也喜欢看看大海，她对大海太熟悉了，春去秋来，寒暑易节，风起风平，潮涨潮跌，这一切变化，使她觉悟世间一切最终都是阴阳平衡，有去有来。这是她初中毕业时写在笔记本里的话，初中毕业后她就嫁人了。

唐爱秋说，那时家里还养有一头母猪，每年要生猪崽的时候，住在桥墩的奶奶就要过来帮忙，等到猪崽长到二三十斤卖掉，奶奶又回桥墩了。奶奶与母亲的关系很好，像妯娌，村里偶尔有放电影，她俩拿一条长木凳，紧挨在一起看电影。电影就在老街上放，那条老街一直向岙口方向延伸，平坦宽敞，中段还有一座码头，可以容纳几百人观看。

一年当中，火焜岙村都能放映几场露天电影，这也许是岛民最奢侈的文化生活、娱乐享受。一有放电影，那消息传得很快，本村的人把板凳搬到老街上抢占位置，外村的人从山路上赶过来，大柴屿岛和竹屿岛的人也划船来了，一睹为快。傍晚，村干部帮助放映员竖起竹竿扯上影幕安放好设备，小孩子好奇放什么片子，偷偷去看胶片箱写着什么名字，可在放正片之前，偏偏要放科普片。银幕前是围得水泄不通的人群，银幕背面也有人观看。看露天电影也是青年男女互相认识谈恋爱找对象的场所。当时，驻岛部队在司令部的礼堂里也放电影，许多村民闻讯跑过去观看。礼堂里，官兵已坐得整整齐齐，村民就站在周边看。礼堂里站不下人，就搬到操场上放。

九

为了看日出，我在南麂岛又多待了一天，凌晨4时，我从马祖岙村出发，乘着景区最早一班前往三盘尾的中巴。透过车窗遥望天空中的几颗明星，凭经验，我觉得今天可以看到海上日出。到了三盘尾，东方的海岸线上已经有了一抹亮色，却像惺忪的眼。鸟儿们也开始鸣叫了，婉转的啼声令这个早晨有了乐感。

岛上的南麂山向东南延伸有头屿、二屿、三屿，按山丘高低来分有头盘、二盘、三盘，一直延伸到南麂岛东南之尾部。三盘尾之名由此而来。它是南麂岛自然景观中，观海景看日出的最佳之地。我在海岸边找到一块平整的石头，坐等日出。看时间5点还差一刻，天已微亮，海水在涌动，起伏不大，泛着粼粼波光，海浪声一声接着一声，我静静地等候，身上起了寒意，只得拉紧衣服。

海上日出，在将出未出的那一瞬间，霞光照亮了天空，很是耀眼，云彩绚丽地铺展着，连绵不绝。5时25分，太阳出来了，先露出一个头角，很快就是整个圆脸，它开始像一盏渔灯挂在海际，只是一点温暖的金黄色，但极为活泼跃动，每一刻都在突破和超越，逐渐形成势不可挡。天上有太阳，海中亦有太阳，天上的太阳静静的，似乎停止了移动，海中的太阳在波浪中左晃右晃，上晃下晃，不停地变幻。又过了10多分钟，一轮朝阳升上了云天，它把浓烈的爱投向生养它的大海，在它的映照下，整个海面流光溢彩，美得摄人心魄。太阳与大海满是亲情，大海与天空如此瑰丽。

看了日出，我一路愉悦，爬上了三盘尾的顶巅，百景亭。脚下的石阶是景区开发后建造的，石阶两旁的草木还挂着夜水和朝霞凝成的水珠，在阳光下闪闪发亮。温州海域有一条北宽南窄的混水带，南麂列岛正好在混水带末端外缘，成为温州乃至浙江海域少有的清水海区，水色终年清澈湛蓝。每到3月中旬，台湾暖流开始影响该海区，透明度逐步提高，夏秋季节可达7米以上，到10月份受沿海岸流影响，透明度逐渐下降，在2米左右。海岸边的花岗岩类基岩受到海浪长期侵蚀冲击，风化崩塌，形成了岩滩、港湾、岬角、水道、砾石、沙滩等各种海景，可谓碧海仙山。

我一一走过猴子拜观音、天然草坪、风动石等景点。我喜欢三盘尾块块嶙峋的顽石山岩，或孤立，或叠垒，或横架，或卧躺，或掩映在青草藤蔓间，或仰天撑起一个山形。天然的美蕴含着顺理成章的偶成，更易启动人们的心扉。头顶上的云朵被海风驱赶，行色匆匆，而我漫步在三盘尾的海岸边，大把大把消费着时光。

十

我想起第一次来三盘尾，给我做过导游的温端酒。第一次来南麂岛是在5年前的夏天，在三盘尾景区进口处被温端酒跟上了。温端酒带我走完了三盘尾景区，邀我去他家里坐坐。他的家是两间单层小矮房，一间做卧室，一间是融客厅、厨房、餐厅、仓库为一体的多功能室，墙上挂着他为习近平讲解的照片，他是侧脸。我在他家买了一个小西瓜吃，买了两袋海带带回家。

我熟门熟路地找到了温端酒家，铁皮的门虚掩着。我推门进屋，还是那摆设，没有见到他。我退了出来，掩上房门，在门口叫了两声，没有人应答。没遇上温端酒，有点小失望，正想往回走时，眼前山道的拐弯处，出现了一个熟悉的人影，唐爱秋。唐爱秋自然还记得我，她家也在三盘尾村，一批游客刚刚带好，她有些空闲，热情地叫我到她家坐坐。

唐爱秋说：我嫁到三盘尾村时，这个村办有一个瓶盖厂，村民在厂里做工，大家生活过得还可以。但第二年，瓶盖厂就搬到鳌江去了，许多村民失了业。我父亲让我老公去火焜吞村跟我弟弟打鱼，一时没有找到职业的村民为了生计开始打岩头，就是到海岸岩礁上采挖贝藻，晒成干运到鳌江去卖钱。打岩头是一个极为危险的海上作业，那时没有救生衣，村民安全意识也不强，为了更多的收获，铤而走险。他们在海岸边劳动，深邃的大海给予他们丰盛的生，也给予他们冷酷的死，时有村民踏上不归路。打岩头不是村民的长远之计，大家坐下来商量，觉得应该去打鱼，相对安全些。大家集资买了两艘渔船，出海打鱼了。

三盘尾在没有成为旅游景区之前，岛民倒不觉得美丽，由于打岩头连续有人丧命，空旷的海岸边很少有人走动，没有人愿意到这里来，这里是如此的不可依凭如此的荒凉萧索。可是，南麂小学有一位老师，时常在海边出现，开始是形单影只、踽踽独行，而后兴致勃勃地从大陆上带来一批批的人。岛民很是疑惑，这位小学老师在海边看什么？一批批人来这里有什么好看？再后来，这位老师竟然请来了专家，专家用敏锐的目光观察着海岸边的礁石，琢磨着那些散落的山岩，他们还不放过路边的柴草，沟壑里的虾蟹，他们给礁石海湾取名字，村民一听，还确实是那么一回事，都是不错的创意，原来三盘尾蕴藏那么多丰富的旅游资源。

小学老师的热情推介，最终目的是把南麂岛打造成旅游风景区。1989年，南麂岛开始旅游大开发，唐爱秋还在村里摆贝壳店。一些游客上岛，不知道去哪儿玩，唐爱秋给他们带路，没有讲解。有一天，温州市旅游局有位女局长也上岛来，要为三盘尾招考两名导游，颁发省级导游证。唐爱秋报名了，当时她35岁，女局长在岛上进行笔试和口试，唐爱秋通过，与她一起通过的还有温端酒，女局长说这是原生态景点配原生态导游。有上级领导过来需要导游，上头就点名他俩。他俩也没有按照上头给的导游词讲解，大都讲些自己熟悉的事情和当地岛民的故事，不料游客却特别喜欢听。

三盘尾的游客一年比一年多，这几年每到夏季，要限制客流量。三盘尾的村民却一年比一年少了，他们像树叶隐入森林一样地隐入城市，城市也像三盘尾的风景诱惑着游客一样诱惑着他们。

海岸边，晃动的都是游人。游人说：南麂岛的天有多蓝，海就有多蓝，云有多白，空气就有多纯净。在这份纯净中，女人在海风中抛衣捡贝，露出雪胫玉臂尽情释放快乐的表情；男人在太阳下攀崖垂钓，光着肩膀举杯豪饮展示大海一样的情怀。这是大自然的魅力，也是南麂岛海阔天空、气象万千的神韵。

十九、南关岛和北关岛：
"虾皮之乡"的蓝天与碧海

一

南关岛和北关岛属于苍南县霞关镇。南关岛是浙江省最南端的有人居住的小岛，与霞关镇政府所在地迎面相对，距大陆最近点460米。北关岛是苍南县面积最大的岛屿，离大陆最近处1.3公里，与南关岛相距2.84公里。南关岛岸线长10.71公里，陆域面积1.76平方公里。北关岛岸线长19.16公里，陆域面积3.7平方公里。居民最多时在20世纪80年代，南关岛700多人，北关岛400多人，而现在，都成了寂寞的岛屿，岛上不多的几户人家过着原汁原味的日子，古朴而宁静，他们说自己的日子就像竹管子接过来的山水，静静地来，悄悄地流逝。

说起南关、北关岛名的来历，得先说一说霞关镇名的来历。霞关镇古称镇霞关，明嘉靖二年（1523），为防御倭寇入侵，朝廷派兵镇守霞关，在霞关一带设立3个关卡，称"三关镇港"。每天清晨天气晴朗时，旭日东升，朝霞如锦，海水被映照得一片通红，霞关因此得名。南关岛地处霞关南面，北关岛地处霞关北面，历史掩埋了烽烟，风雨侵蚀了关卡，地名留存至今。

从霞关镇政府所在地到南关岛很是方便，坐快艇上南码头约需10分钟，上北码头不到5分钟，两个码头之间修建了一条平整宽敞的水泥路，步行约20分钟。南码头附近的海湾里，有较大规模的海虾养殖场，我上岛在5月下旬，还不到养虾的季节，每个虾塘都排光了水，塘底朝天晒着太阳。陪同的朋友是霞关人，他告诉我，夏季放养虾苗，冬天捕捞上市，春节期间卖得上价钱，但养虾受天气、海水和病虫害影响很大。

我们沿着水泥路前行，见路边的田地山园，割过了油菜还未栽种其他作物，或疏或密的林木间，隐约有几间老房子。我们走进其中一个小村落，老房子大多石砌的墙，青瓦屋顶，屋内光线昏暗，地面凹凸不平；也有的塌了一半，塌下的屋檐耷拉在地面上；或只剩下石墙，地面上杂草恣肆。每一栋房子都是旧时光里的家，收藏着陈年往事。突兀的是，有一栋房子正在建设中，钢筋混凝土的柱子，红砖砌的墙，梁和椽子还没有安上，屋旁堆着沙石和水泥。这明显是把老房子拆建成新房子，眼前这个已经没有炊烟的村落，或许哪一天全盖起这样崭新的小楼房？

我正这么想着，见一间老房子的门口坐着一位阿婆。她身着粉红色汗衫，黑色长裤，用茫然又诧异的眼神看我们。我赶忙上前问好，她不挪一下身子，摇头表示听不懂我的话。朋友用闽南话与她聊天，她才简单说了几句。她姓游，今年72岁，在这个村出生，嫁在这个村里生儿育女，子女长大后搬到霞关，老伴几年前去世，她始终守在岛上。她说在村里长住的就她一个人，她也习惯了，种地养鸡，砍柴捡螺，一个人与万物和谐共居。我们无意中打扰了阿婆，就像无意中打扰了这个小村庄，驻足一会就离开了。

二

初夏的阳光特别耀眼，水泥路弯弯曲曲地把我们带到了一片桃园。山坡上几百棵桃树一行一行整齐地排列着，桃树不高，枝叶繁密，桃花早已凋谢，结出了嫩黄色的小桃，豌豆般大小，像婴儿粉嘟嘟毛茸茸的脸蛋。这是一种六月桃，桃树开花较晚，白居易诗说"人间四月芳菲尽，山寺桃花始盛开"，果实成熟是农历六月，到七月半结束。桃园里藏着十几只蜂箱，蜜蜂进进出出，是本地中华蜂。天气晴朗，正是养蜂的好时节，前段时间酿出的桃花蜜一定绵腻香甜，不过不见主人，我们无法买来享用。

一路走来，见民宅前后、道路两旁，丛生着高大的香蕉树，青翠的叶片中间，垂挂着一簇簇青绿的果，伸手可触。朋友告诉我，香蕉树其实不是树，是巨型草本植物，它的茎是软的，由卷起来的叶柄构成。蕉树只要叶片抽生到一定数量，就可以长出花序，幼果向上直立，成熟后逐渐趋于平伸。每年8月到10月，是香蕉成熟的季节，因此吃香蕉的时间比较长。可是一棵蕉树一生只结一次果，结过果后便要砍去，新的蕉树在根部旁生出来，继续生长结果。南关岛家家户户栽种蕉树，田园紧张，都栽种在零星的坑土里。小孩子在蕉丛中钻来钻去，透过枝叶寻找成熟的香蕉，却望见朵朵白云轻盈透亮地飘在天空中。有时一阵秋雨，将蕉树洗涤得更加清丽闪亮，顽皮的小孩偷摘一根半熟的香蕉解馋，又苦又涩。只有到了采收的季节，小孩大人才能吃上又香又甜的香蕉，这是一年中最幸福的时节。

南关人就是这样过着静谧的岛民生活，他们出海打鱼，回家栽种，生活过得并不富裕，却也自给自足。岛民林传月说：明朝时岛上开始有人居住，清代和民国时来了许多汉族人，我爷爷那一代在清末时为了躲避抽壮丁，逃上南关岛，岛上气候温和湿润，少有平地，他们开垦山坡旱田，肥沃的土壤适宜种植番薯和水果，后来晒制的番薯丝吃不完，还要供应霞关的居民。海岛四周碧波万顷，鱼虾肥美，南关人捕获了大量的海产品，载到霞关镇集市以筐计价，没有短斤少两之争。岛上风景怡人，有沙滩、礁坨、岩洞，浪涛声伴随着鸟鸣声，南关岛是南关人温暖的家园。

三

林传月说，南关岛上有5个烟墩，是明代的军事防御设施，用条石做基，大石块垒建，修筑得非常坚固。站在烟墩上可望四周海域和附近诸岛，遇有敌情发生，白天施烟，夜间点火，传递消息。烟墩有明显的沉陷，岛民一直心怀敬畏，建房修路，不动烟墩一块石头。

霞关镇是革命老区，抗日战争时期，在南坪建立的中共蒲门区委领导抗日救国运动，1941年4月11日，在中共鼎平县委的领导下，举行了"霞关起义"。其间南关、北关两岛的一些渔民成了革命的骨干分子，掩护革命志士，参加游击队。两岛上都发生过激战，战死沙场的忠骨无法还乡，就埋在沙滩礁石下。

新中国成立后，岛民安居乐业。1962年，解放军南京军区守备27团部分官兵进驻苍南马站地区，分别驻防北关岛、南关岛等地。当时南关岛上有一个大队6个生产小队，每个生产小队都相应落实民兵20多名，与部队官兵一起演习站岗，大队还成立担架队和后勤支援队，同时部队官兵帮助岛民搞农业和渔业生产，军民一家亲。1985年，南关岛成为温州市第一个军民共建文明岛，当年11月5日，军民共建南关岛验收会议在霞关举行。20世纪80年代渔业兴盛，南关岛、北关岛成了霞关渔业的中心岛，霞关成了有名的虾皮之乡。

  林传月18岁开始在内港捕墨鱼，一天能捕一百多条，墨鱼捕上来啾啾地叫。20岁第一次跟父亲去外港捕毛虾，开始用摇橹的小木船，后来换成了小马力的机帆船，放网起网全靠人工劳力。那时候海里毛虾多，船在行进虾在船沿跳跃，一天能捕十几筐，无杂质。捕虾期从每年农历十一月开始到次年三月结束，春节期间毛虾旺发，渔民特别繁忙，每天凌晨3点钟就要出海，天空里布满着星星，晚上9点钟才回家。毛虾体小皮薄肉少，容易腐烂，需抓紧时间加工，煮熟晒干，称为虾皮，温州人叫炊虾。他们煮虾用淡水，放少量食盐，用太阳晒，非常鲜美。虾皮中最好吃的一种叫流水线，煮时不放盐巴，吃起来是甜的，烧面炒菜放一点，充当味精的作用。

  渔民的生活钟点，无关日出而作日入而息，他们要踩准潮水涨落的节拍，要摸清各种海生物的习性。到了晴冷的冬日，许多人开始做年糕晾晒各种海鲜干货，年味渐渐浓郁起来。但捕毛虾的渔民没有时间准备年货，甚至没有时间过年，他们要迎着冷冽的海风，追逐毛虾。一年里，春节前后10多天是丰收的日子，他们无法享用年俗传统带来的各种欢乐。

  岛民林维珍肤色黝黑，身形矫健，24岁开始做船老大。他说：以前捕毛虾的船小，在大风大浪里太危险。有一年七月十五，我们摇了3个小时的木船到外港，刚一放下网，就刮起了西北风，一会儿风大到了9级以上，南关岛有十几只小船在海上，都无法靠岸。船老大把风帆拉起来，顶着风使劲摇橹，木船在大海里打转，我当时27岁，牛一样的体格，摇船的技术又好，迎着风转动木船，我一次又一次发起冲锋，一次又一次被巨浪推着后退，我用尽全力把好帆摇好橹，我的船一点点接近最近的福鼎沙埕岛。我看到许多船只的船帆折断，船老大无力再与海风抗争，我害怕海浪带走了他们的身影。天无绝人之路，那天霞关镇紧急出动3条机帆船前来救急，才没有出现人员伤亡。而我，硬是把木船摇到了沙埕岛，没有葬身大海。

  时光荏苒，岁月的船只奋勇向前几十载，人类对海洋资源的过分索取，让岛民赖以生存的大海不再有源源不断的供给。岛民在忧虑中纷纷转变生产方式。10年前，林维珍迁居霞关，在南关岛周边的海域里搞起了养殖，与大海相伴的生活方式没有改变。

四

上北关岛要特别关注潮汛，岛上只有一个简易码头，长满了苔藓，一旦落潮就很难上下岛。我们来北关岛还是没有把握好时间，潮水开始退落，陪同我的一位镇干部就在码头摔得不轻，后脑勺着地，俩手臂擦出血丝。

山梁上矗立着一座座高大的白色风车，被阳光一映照，像涂抹了淡淡的脂粉。山岙里有几间渔民住房和一排养殖海虾的池塘，飘荡着一股咸涩的气味。来自岛上风电场的余鹏飞开着皮卡车已在码头等候，我们坐上皮卡车沿着狭窄的山路来到风电场。余鹏飞说：北关岛风电场是浙江省最南端的海岛风电场，由温州新能源控股有限公司投资开发，2008年进驻建设一期工程，二期工程于去年投产，目前共有23台风力发电机组，年发电量383万千瓦时，所发电量全部并入温州电网。

余鹏飞是江西上饶人，2008年毕业于湖南工程学院，得知这个项目后前来应聘。他说：我刚上岛时这里是荒山野岭，只有几个人在搞土建，我很意外，但也很新奇，岛上漫山遍野的柴草、山路边一丛丛无名的小花，还有海面烟波浩渺一望无际、海浪列着横队向岸边推进。据说附近海域里还有珊瑚礁。岛屿北端的布袋岙有一个村叫顶海，南端龟山那边有一个村叫下海，当时大多村民搬迁了，只在渔业生产季节上岛整理网具下海捕鱼。上岛员工年龄相近，性格相近，9人分成两组，一组5人一组4人，每周换班一次，上岛的一组带足一周的食物。业余时间上网打篮球，也到海边沙滩玩耍，我们捡捡海螺贝藻，吹吹凉爽的海风，听听啁啾的鸟鸣。这里没有尘埃、没有噪声。

余鹏飞还说，风力发电易受天气影响，打雷下雨、天气潮湿、冷空气南下都会影响机器的正常运转，台风就更不用说了。从每一个叶片是否正常运转，到每一个螺丝钉是否有松动，都要关照。故障修理大多是高空作业，要爬到55米高的风车上，但我们已经克服了最初的恐惧。夏天迎高温，冬天抗强风，在地面上感觉有风的时候，风车顶端的风力已在八级以上。有媒体称我们是"追风人"，也有人说我们是驭风而行的"超人"。

忘记不了2013年10月6日"菲特"台风来临的那一夜。90后方凯说。那年的国庆假期里，方凯、潘炜等5个小伙子正在值班，台风来临时间恰逢天文大潮期，他们迎风冒雨加固风电场里的所有门窗。到了晚上，大风呼啸，草木嘶叫，半夜12点钟，风雨忽然像一头头猛兽撞开门窗，四处寻找较量的对手。他们第一反应是不能让雨水灌进机房发生事故。5人合力搬来桌子顶上房门，窗户用铁杆沙包堵死加固。凌晨，"菲特"在沙埕镇登陆。

五

原顶海村村主任李祖钦说：历史上的北关岛多灾多难，村民住茅草屋，生活困难。我爷爷那一辈，常遭海盗的凌暴欺侮，村民叫海盗乌军，谈乌军而色变。乌军划船过来，停靠在沙滩上，村民发现后纷纷卷起铺盖逃到山间躲藏，家里的粮食家禽猪羊都被运走。一个林姓的老人回忆，有一次村里来了两个乌军，个子矮矮的，各背着一支长枪，几乎拖到了地上，也不知道枪里有没有子弹，见鸡鸭就抓，见牛羊就牵。村民来不及逃走，也不敢制止，忍气吞声。乌军还叫村民挑水，挑到他们的船里。那位姓林的老人人高马大，当时他心想自己用两只手臂就可以把两个乌军夹死，但夹死他们就会招来更多的乌军报复，甚至来扫荡村庄。到了新中国成立后，海盗四散而逃，岛民才过起了平静安宁的日子，在山上放牧牲畜，在山园栽种地瓜，放心下海捕鱼，海岸边捡螺抓蟹，生活慢慢开始过得富足殷实。到了20世纪90年代，下海村又遭受了一次大火灾，烧毁房屋30多栋，烧死了一个9岁的男孩。

2006年的"桑美"台风给北关岛带来几近毁灭性的破坏。超强台风"桑美"于8月10日17时在苍南马站镇登陆，苍南县平均降雨量超过300毫米，风力超过16级，强风暴雨在台风登陆后还持续了一个多小时，为历史罕见。李祖钦说起"桑美"，一切犹如昨日：那天下午3点多，风大了起来，雨成了风的武器，搅得天地间一片混沌，但我们经历的台风太多了，不知道"桑美"究竟有多厉害。4点多钟，狂风暴雨肆虐，几乎要扫尽岛上的一切，瓦片被掀起，门窗被刮飞，房子发出嘎嘎的响声，这时，我们才预感到房子就要倒塌了，惶然四顾，拿点贵重的东西逃出家来。村外的石路上水流湍急，却都是张皇失措的人。大风在无情地呼啸，大雨像瓢泼一样往下浇，大家在风雨中无法站立，只得趴在水流中拼着命地向着妈祖庙的方向爬去。时间还没有到晚上，可是比晚上更幽暗，更寒冷，风力大到可以把一棵大树像一根稻草一样刮到海中，我们陷入一个完全陌生又危机四伏的世界里，生与死同在，但又不得不向着生的希望奔跑、突围。所幸妈祖庙离村庄并不远，80多个村民都安全地爬到了妈祖庙。大家在庙里住了一夜，那一夜风还是一个劲儿刮，雨还是一个劲儿下。"桑美"台风过后，我们村除了妈祖庙，每一间房子都不能幸免，牢固一些的房子留下一堵堵残墙，年岁已久的老房子夷为平地，岛上的树木大都被摧折，露出一段段惨白的树桩。下海村的情况也是这样。村民只得到霞关等地投奔亲戚，之后就陆续移居了。

就这样，北关岛的村民搬走了，搬不走的是这里的山海礁石，这里的风能资源。村落、古道、田园，还有那个妈祖庙，都是我进入北关岛的一种理由，无论上岛需要选准潮位，还是进村的路有多长有多弯，我以走读者的角色融入其中，寻找这里特有的语境，寻找存在于当地人脑海中的记忆。

又是因为潮位的原因，我们匆匆走访了北关岛就坐着快艇回霞关，回首间，见一排排风车随风转动，与蓝天、白云、碧海交相辉映，构成了一幅美轮美奂的画卷。

二十、西门岛：滩涂上浮金跃银

一

南距温州市63公里的乐清市，东临乐清湾，与玉环、洞头两县隔海相望；南以瓯江为界，与温州市隔江相望，270平方公里海域面积里，有海岛9.5个，其中0.5个岛屿为横仔屿，因其跨温州市和台州市两个市级行政区，乐清市和温岭市分界线穿过其间，故两市各占0.5个。我选择了距陆地最近（约330米）、面积最大的西门岛进行走读。

西门岛位于乐清湾北部，隶属于雁荡镇。岛上有4个行政村，岸线长11.71公里，陆域面积7.06平方公里，滩涂湿地资源极为丰富，总面积为2.8万亩，主要用于养殖樱蛤、蛏子、泥蚶等，还大面积种植红树林。2005年2月，经国家海洋局批准，设立乐清市西门岛国家级海洋特别保护区。

我转过身来，北上，北上，去乐清西门岛。

过了沙门大桥，就是进岛的第一村南岙山村。这是一个充满新时代气息的海岛渔村，民房建在平地上，且多洋房别墅。村口古庙里有一棵樟树，苍劲繁茂，我向村民打听树龄，回答"600多岁了"。村民说：根据古樟来推测，我们的祖先也是600年前登上西门岛的。

曾有乐清的文化人去查找西门岛的历史，最早的记载就在明永乐的《乐清县志》里，有"东门山，西门山，以上二山去县东南水程一百里，在海中"。潮推浪急，沧海长歌，想当年在海上漂泊的渔民见该岛青山高耸，水草肥美，物藏丰富，就上岛休养生息、安居乐业。先民以打鱼为生，渔船在乐清湾里进进出出，他们见海港两侧陆地相对，东西相望，就把海港东边的陆地称为东门、西边的陆地称为西门，西门岛也因此得名。

二

对于海岛人来说，恬静的海湾、湿润的海滩、肥美的海鲜，都消除不了他们对台风大潮的恐惧。他们靠海而居，每一次台风的来临就是一场生与死的博弈，西门岛的渔民避风救灾，但还是在狂风暴雨和大潮中，海堤、房屋、船只被毁，人员遇险。

1957年，西门岛有几位渔民到福建打工，他们看到海岸边有一片片矮矮的树林固堤防浪，就问当地人这是什么树种。当地人说这叫红树林，适合种植在海涂浅滩，能防风消浪，抵挡风暴潮。几位渔民听后喜出望外，仿佛遇到了保护神。他们先后多次从福建带来红树林苗种，在西门岛滩涂上试着种植，成活122株。

南岙山村党支部书记陈传宝说：经过20多年的自然繁殖，范围不断扩大，面积增加到150亩。但在20世纪80年代，许多渔民围垦海涂搞渔业养殖，破坏了大批红树林，仅在岛屿西北角留下3亩的老林地。直到近年来，红树林的价值逐渐被普遍认知。乐清市有关部门组织村民栽种，在老林地边上扩增了几十亩。2005年西门岛国家级海洋特别保护区正式获批后，有关部门开始在滩涂上大面积种植红树林，可是在2008年遭遇了一场严重的寒潮，死亡大半。2011年11月经国家海洋局批复同意，西门岛红树林移植工程作为省重点海湾生态修复和示范项目的子项目之一实施，分三期进行，包括抬高改造滩涂、建设观光平台、栽种红树林及修复景观岸线等。村干部动员鱼塘和滩涂养殖户迁移养殖场地，得到大部分养殖户的支持，也有个别人思想不通，经过一番思想工作，养殖户从"思想捣牢"转到参与红树林的种植。南岙山村安排了4名护林员，分块负责，每天巡逻，制止有人进林区捕鱼捉蟹，发现垃圾及时清理，发现病死苗木及时报告。

西门岛的红树林种植面积已近1000亩。这是目前全国最北端的红树林种植区，也是省内唯一的海岛红树林种植区。陈传宝一番介绍后，还带着我去观看红树林的俏模样。正值涨潮,一道道波浪不断上涌,靠海的苗木被海水淹没,靠岸的苗木露着枝干,青翠的叶子迎风摇曳,发达的根系将涂泥紧紧地揉捏在一起。几处栽种点的红树林长势良好,几棵约两米高的大株已长出了果子,一条条小辣椒似地挂在枝叶间。据说成熟后跟茄子非常相似,可以食用。滩涂上鱼跳蟹爬,白鹭低飞,它们在此找到了理想的生养处所,这片广阔的海涂已形成了复杂而庞大的生态体系。

陈传宝说:红树林能在海水中生长,涨潮时被淹没,潮退时显露,它对盐土的适应能力比任何陆生植物都强。但不等于红树林对生长条件要求不高,它计较气候温度和被潮水淹没的时间,海生物如藤壶之类也不能过多长在树干上。因此,离海岸线60米以外区域就难以种植了。红树林能有效固定滩涂里的营养成分,为海洋生物创造优良的生长发育环境,树林区是鸟类越冬、迁徙的中转站和觅食、繁殖的场所。它发达的根系能固定泥沙,净化海水水质,把有毒物质、重金属等过滤吸收掉。这几年里,海岸线由于种植了红树林,明显感觉到水鸟越来越多,只有环境好了,它们才选择来这里。

在堤塘上,我们碰到了正在巡视的护林员胡德洪,他做这份工作已10年有余。他告诉我,红树林的种类有50多个,西门岛的品种叫秋茄,高不过3米,一到春末,就开出淡黄色细碎的小花,花落长出果实。到8月份时,秋茄再次开花,但不结果。它的繁殖很有意思,母树上的果实成熟后会长出胚根,然后脱离母株,坠落于淤泥中发育生长,成为新个体。把长有胚根的果实摘下来人工种植也行,成活率不是很高,往往需要补种。秋茄最怕寒潮,种大一棵树需要很多年,冻掉它只用一个晚上。

眼前已初具规模的红树林,成为西门岛海岸线的一景,有关部门正着手发展海岛生态旅游业。我们期待,红树林不仅能保护滩涂家园,更能为西门岛的可持续发展开辟一条新路径。

二

下午3点多,海水逐渐退去,被淹没的滩涂逐渐露了出来,深褐色的涂泥像黏稠的原油,绵延数百里,在阳光照耀下泛着闪闪的金光。滩涂上是一丘丘的青草丛和养殖场,远处是淡灰色的云层。空旷、安然、恬静,又是若有所待的蠢蠢欲动,这是这片滩涂给我的感觉。

西门岛潮间带海涂养殖分滩涂养殖和围塘养殖,养殖面积1.3万亩。围塘养殖主要养蛏子、对虾、蛤蜊、蛴螬、沙蚕等;滩涂养殖主要养樱蛤、泥蚶等。西门岛海涂交混物丰富,给各种海生物提供了充足的食物,生长着37

种岩礁生物和92种泥滩生物，大部分是野生，给人们提供了源源不断的鲜美海货，因此，滩涂也被称为海边渔家的"饭碗"。西门岛岙里村蔡立明书记是彩虹明樱蛤的养殖大户，1999年，养了1000多亩，是岛上养殖彩虹明樱蛤和泥蚶最早的一批人。他说：彩虹明樱蛤俗称瓜子蛤或海瓜子，小型类贝壳，形状像瓜子，刚开始养殖时海水好，产量高。养彩虹明樱蛤要选择风浪小、潮流弱、海况稳定的滩涂，建低坝塘蓄水，播苗前要清除不利于彩虹明樱蛤生存和生长的因素，包括其他海生物的干扰。播苗后要每天去管理，察看海水的温度与水位，春秋季天气暖就蓄浅水，夏季炎热、冬季严寒加高水位。在台风、雨季和大暴雨时，塘内海水比重下降，必须及时排水纳入新鲜海水。我们干的都是辛苦活儿，作业时间跟着潮水走，不分白天黑夜，也没有节假日。特别在冬天，天寒地冻，海风刀子似的刮脸，常常冻得失去了知觉。泥蚶的养殖方法与养彩虹明樱蛤相近，温州人叫它花蚶或血蚶，外壳坚硬，洗净用沸水烫过后生食，蚶血鲜红，极为鲜美，小寒至大寒期间，血量最多，蚶肉也最为肥美。

　　野生海生物最常见的是招潮蟹。这种蟹最大的特点是一大一小的一对螯，它们喜欢舞动颜色鲜艳的大螯，像招呼潮水上涨，因此称为招潮蟹。其实拥有大螯的是雄蟹，雌蟹两只螯都很小，而雄蟹这个"招潮"的动作，也是用来吓唬敌人或者求偶。听当地渔民说，招潮蟹个小肉不多，要捉也就捉雄蟹，把大螯掰过来后扔回滩涂，让其再长大螯。当然，在以前生活比较贫穷的时候，渔民会把雌雄招潮蟹捉过来捣成蟹酱进行腌制。

　　我在海涂边观察招潮蟹，它们的眼睛很特别，眼柄细长，高高竖起，火柴棒般地突出。我在观察它们，它们也在观察我和四周的动静。它们用螯刮取涂泥表面含有藻类、细菌以及其他微生物的小颗粒送入口中，经过分类和过滤，把不能消化的残渣吐出来置于身边，成为一个小土球。它们穴居生活，潮退而出，潮涨而归，有着极富规律的生活节奏。

　　当地文化人施达军告诉我，这片滩涂上生长着众多沙蚕，也叫海蜈蚣，身体分节明显，外貌颇像蜈蚣，一米来长，栖息在泥涂中，已被人们当作美食和营养保健品。特别是福建人，需求量很大。有福建人住在西门岛，三五成群地下海涂抓沙蚕，每人拿一把梳子一样的器具，有五六个齿，齿有手指那么长，在涂泥里刮，刮到一条沙蚕，就用手慢慢拉。抓过来后一条条地把肚子剖开，洗净，冰冻起来，运到福建出售。

　　施达军把我带到海涂上，给我介绍一种渔民海涂作业的工具：泥马。涂泥有老嫩之分，老涂泥较硬，双脚踩下去只漫过脚板，而踩到嫩涂泥里就会漫到膝盖甚至臀部，离海岸线越远，涂地越嫩。以前有人陷入涂泥太深出不来，海水上涨就淹死了。泥马是木制滑板，长不到两米，宽不到半米。下海涂的人们一人一只，双手握住泥马上的横档，一只条腿跪在泥马里，另一只脚在泥涂上一蹬，泥马带人就滑出去一两米，看到海涂上的泥螺、皮皮虾（虾蛄）、蟳蠓什么的都捡过来，放在泥马上带回家。滑泥马简单易学，现在成了农家乐的一项活动。

四

走过西门岛的滩涂海岸，我想看一看当下岛上人家的生活情况。施达军带我去西门岛的中心村西门村。据了解，西门岛4个行政村在新中国成立之前归属白溪镇，之后改属温岭县，1950年划归临近的白沙岛建立沙门乡，现撤乡改为沙门社区，社区驻西门村。

我们在村口看到乐清市政府的公告，禁示在养殖过程中使用农药破坏生态。新街上人来车往，街两边高屋瓦檩，挤挤挨挨。20世纪90年代，村民大兴土木，改善居住条件，形成新村。村委会为村民建起了文化中心，每天热热闹闹，成了老年人休闲娱乐的场所，这是西门岛的新貌。

沿江路238号是一间造船的店面，师傅姓施，继承了父亲的技术，造船30年了。施师傅说：我造的是木板船，渔民近海劳作的工具，不是专门的运输船，每只船都是定做的，都要根据渔民的要求有所变化，尽管外表不一定看得出来。做一只船大约需要3立方米木料，大多是柏树，也用一点杉树做船里的隔板，半个月做一只船，一年做十来只，其余时间给人修船，木板船每年要保养一次，船底的木板易烂，要换换木板，填填缝隙。做船是个技术活，一道道工序都要细致认真，也是个力气活，一天下来腿疼腰酸，年轻人受不了这种累，不愿意做，年龄大了也做不动。施师傅说到这里，伸出右手给我看，手指微微弯曲，手掌里有多个厚茧。

我们来到了西门村码头，海风轻盈，浪花细碎，没有靠岸的船舶，没有候船的行人，显得异常安静，像一位在太阳底下打盹的老者，任凭海风吹拂，待听到来往船只的马达声、鸣笛声，再清醒过来也不迟。

施达军指着眼前的一个小岛屿说：这小岛叫横趾山，我们以前去台州温岭，先坐渡船上横趾山，步行几分钟到另一个码头，再坐台州的渡船去温岭，需要半个多小时。沙门大桥没开通之前，西门岛的㟃里、西门、山后三个村都与温岭相近，卖海产品购生活用品以及看病什么的，都从这个码头上坐船去那边。码头上客流、货流不息，熙熙攘攘，特别是过年过节，更是拥挤。2009年沙门大桥一通车，去乐清就方便了，岛上的村民去温岭就少了，西门村码头的繁华与喧嚣都已经远去，只是涛声依旧。

施达军又说：1990年我师范毕业被分配到西门岛南爿山村小学，校舍是石头房，要教好几门课。5年后我被调任西门岛海岛中心小学校长，校舍依然破旧，师资依然薄弱。2000年，我参与筹建海岛寄宿小学，学校从立项起的每一个建设环节，我都不懂，但无数次地进出海岛，奔走在乐清的有关部门。每一次去乐清，天微微亮我就要出门，去南爿山渡口坐船，渡船是机动船。渡船受潮水影响时间难以保证，等上两三个小时是常有的事。与我一起坐船的大多是渔嫂，她们挑着泥螺、樱蛤、蛏子和蟢蛑，要到乐清一些菜场售卖。西门岛码头有一个特别之处，就是浑浊的海水退去后，码头上沉积着一层海泥，坐渡船的人鞋子上、裤管上都会沾着泥巴，城里人一看鞋子上裤管上沾有泥巴的，就知道是西门岛来的。忙完事情赶回来坐渡船，往往渡船没有了，我只得租一条船。坐一趟船一块钱，租一条船30块钱，也不能报销。

施达军回忆，当租来的渡船靠上南爿山渡口时，夜色已经笼罩了整个岛屿，月亮俨然一只白色的海鸟，在头顶高高飞翔。从南爿山到西门村，当时没有公路，需走40分钟的山路。天黑了下来，路边草丛中的昆虫发出怪异的叫声，树丛中的鸟诡秘地啼鸣。

2006年，海岛寄宿小学建成了，被村民称为岛上最漂亮的建筑。4年后，通往大陆的沙门大桥建成，岛屿连上了大陆，那一颗颗善良、孤寂、苦苦等待的心，终于获得了满足。

在西门岛走读，看到的是一望无际的滩涂上浮金跃银，栉风沐雨的渔民在海岸边交易各种海鲜或海生物苗种，三五成群的游客亲近大海，寻找城市性情之外的端倪。

二十一、白沙岛：惊心动魄的制盐历史

一

相传清朝之前，白沙岛是一个无人居住的荒岛，只是偶尔有渔民口渴难熬时上岛找水，有人发现在一处山脚下有天然山泉眼，涌流着清凉甘洌的泉水，泉眼边有一大片白色的沙子，故此岛称为白沙岛。到了清顺治年间，有渔民在岛上搭茅厂小住。清康熙二十二年（1683），周边岛屿和大陆上有人迁居岛上，繁衍生息，人口渐增，村落渐成规模。经当地文化人考证，传说与历史相符。

仲夏的一天，我走读了位于乐清湾北端的白沙岛，才知道现在所谓的白沙岛，是由白沙、单屿门、中山、三山4个岛屿因历年围塘连成一岛。岸线总长度5.22公里，陆域面积1.06平方公里。

围塘，无疑是白沙岛的一大特色。走进白沙岛，一丘丘围塘尽收眼底，塘埂堆砌得高高的，塘水在阳光映照下闪着五彩的光，渔民在劳作，白鹭在歇息，水塘里的鱼儿摇头摆尾、优哉游哉，多么质朴和谐的渔家乐园。

白沙岛有广阔的滩涂，海洋资源丰富。曾经挨家挨户围塘晒盐的白沙岛

村民，在20世纪90年代将盐田改为鱼塘，以水产养殖为主导产业，养殖贝、虾、蟹和鱼类等。2005年白沙岛村民把握"浙江省百万亩生态鱼塘改造"的机会，将2200亩粗放、低效的鱼塘改造成生态、高效的养殖塘，加上3000多亩的滩涂，盛产泥蚶、缢蛏、对虾、青蟹及彩虹明樱蛤（瓜子蛤）等水产品，年产值达3000万元以上。围塘，成了渔民的财富塘、丰收园。

二

说起白沙岛围塘的历史，白沙岛村党支部书记蔡贤清一清二楚。他说：自清朝中叶到清朝末年，岛上先民划着木船、竹筏在附近海域"讨小海"，捕鱼、捉蟹、耙苔，去大陆的集市卖点钱。那时还没有围塘，4个岛屿也不相连。到了民国初年，村里较有经济实力的财主、乡绅开始在单屿门附近滩涂小规模围海造田，在围塘内种水稻。在民国中期，已有小部分围塘改建成盐坦晒盐；部分村民组成远海捕捞队，驾船到披山和大陈等海域捕鱼。此期间围塘面积已有300多亩，单屿门和中山、三山之间有海塘连接，这是白沙岛围塘的第一阶段。第二阶段是新中国成立后到1990年，村民延续晒盐产业，围塘将四岛连接。第三阶段即1991年至今，村民开始合股修筑海塘，使陆域面积新增1600多亩。1994年17号台风大潮冲毁岛上大部分海塘。台风过后，从经济效益角度考虑，村民放弃了传统的晒盐生产业，开始大规模的水产养殖，还把原有的旧海塘按十年一遇的抗台风标准加固建设，开启了白沙岛经济发展的新征程。

白沙岛靠近雁荡山麓，周围海域和滩涂有大荆蒲溪、雁荡玉溪以及湖雾溪等溪流的注入，咸水淡水交融，海水咸淡适中，滋生大量的微生物，是鱼、虾、蟹、贝生长的天堂，海产品尤为鲜美，在温州和台州各大市场拥有很高的美誉度。

白沙岛养殖大户白鲜根，20多岁开始经营鱼塘养殖，至今已26年。他说：我一开始与5个人合作，养了180亩鱼虾，10年后分掉了，大家都搞"家庭作业"，收入高一些。我与老婆现在有50多亩鱼塘，养殖泥蚶、蛤蜊、蛏子、青蟹、蝤蛑等，品种比较多，收入每年二三十万元。围塘养殖和滩涂养殖的相同之处是都不轻松，不同之处是围塘养殖更讲究科学技术，从确定混养品种开始，到苗种选择、放苗密度、水质调节、饵料投喂、病害防治，技术含量都特别高。我每天去鱼塘两次，看水深、水宽、水活，水深才能充分利用立体水域多规格混养密养，水宽才能风吹水面自动增氧，水活才能正常灌排。

蔡贤清说：由于滩涂广阔膏腴，还有很多野生物种，最多的是动如脱兔、静则呆萌的弹涂鱼，白沙人叫弹胡，温州城里人叫阑胡。每当潮水退去时，它们纷纷钻出洞穴，爬在涂泥上觅食。在众多捕鱼的方法中，也数抓捕弹涂鱼最为有趣，方法有好几种，其中"张阑胡"工具很简单，只用竹筒。竹筒长约30厘米，直径约5厘米，一头开口，一头密封，不过要准备一两百个。每当潮水退下滩涂时，人们就滑着载满竹筒的泥马，在滩涂上将一个个竹筒密封的一头朝下，对准弹胡洞插下去，再将开口处伪装成弹胡洞的样子，在附近做个记号。当潮水开始返涨时，弹胡以为竹筒就是"家"，不假思索地钻了进去。我们就顺着记号把竹筒收回来，一般二百来个竹筒，一次可捕10多斤弹胡。

捉螃蟹要比捕弹涂鱼容易，多是小姑娘爱干的事。螃蟹当中的蟳蚱很聪明，把身子埋卧在泥浆里不易发现，只露出两条长长的触须和一双火柴头一样的眼睛，等待送上门的猎物。三五个小姑娘结伴成行，背着鱼篓，到滩涂里搜罗海鲜，她们更希望捉到蟳蚱，细细观察滩涂上的印痕，不放过任何可疑之处，捉到一只，像彩票中奖一样开心，咯咯的笑声随着长发飘了起来。潮水又涨了，孕育着鲜美海货的滩涂，又重新回到了大海的怀抱，小姑娘的鱼篓也满了，背到集市上卖，得到的钱去买心仪已久的发夹或小红花。

白沙岛上，不管是男人还是女人，大人还是小孩，每天都关心着潮水的起落，潮间带海涂栖息着太多的海生物，为他们提供丰裕而美味的食物，他们也总能准时赶着潮水起落的节奏下海劳作。

三

村民都说，1994年17号台风之前，白沙岛到处是大大小小的盐塘，岛上居民曾经世世代代以晒盐为生。

每天早晨，白沙岛的晒盐村民在太阳还没有升起时就拉开了劳动的序幕。他们引海水入河沟，用水勺将河沟里的海水泼洒在灰坦上。根据当时蒸发量大小，掌握泼水量，再均匀地撒灰（瓦窑灰与沙子的混合物）于已泼水的坦地上，让灰吸取盐分，晒到日落时，将灰推扫在一起，分聚成堆。第二天天晴，再在灰坦上泼水，把前日的灰再一次撒在泼过水的坦地上。一般盛夏二至三日，秋冬四日，灰中已饱含盐分。于是进入制卤结晶工序，用淋、漏等手工劳作制成盐卤，再通过火煎或日晒等手段结晶成原盐。这叫灰晒工艺，工具简单，劳动量大。

我在白沙岛村文化礼堂的展示栏里，还看到流枝滩制盐工艺，就是"流田、枝条架、平滩三结合"的制盐工艺，可以加快制盐速度，结晶成的盐更加白净。

我没有查到民国中期到新中国成立前后，白沙岛盐塘的年产量，但相信是逐年递增，因为那时的海涂，村民可以按照自己想要的晒盐区域圈起来，白沙人勤快，越圈越多，盐塘越建越大。食盐买卖一直操纵在官府手中，盐民辛辛苦苦制盐，所获得的并不多，生活依然困苦。直到新中国成立后的公社化时期，盐业蓬勃发展，盐塘里带盐花的灰堆成了一座座"小岛屿"，盐味浓郁。管理部门白溪盐务所（后改名为沙门盐务所）驻白沙岛。那时候，村里的盐塘根据人口来分，18岁以上的男人可分得1亩，18岁以上的女人则分到3分，晒出的盐挑到盐务所收购。到1990年，白沙岛盐坦300多亩，年产盐3000担左右。

蔡贤清说：20世纪六七十年代，我父亲出海打鱼，我母亲下塘晒盐。我出生于1961年，到了能蹒跚走路时，就被母亲背到盐塘里，她下塘泼水撒灰，我就在堤岸上坐着，夏天里头顶一轮烈日，冬天里寒风冻僵了手脚，我就这样在盐塘边长大了。我七八岁开始帮母亲干活，到了10多岁，就能打水挑盐干较重的活了。晒盐靠天气，三日晴天像神仙，三日雨天叫皇天，再落三天饿肚皮，一遇雷雨就遭殃，我们一边抢收，一边喊天喊地让雨停一停，可是灰和盐卤还是泡了汤。一天夜晚，我们一家人正睡下，突然一声雷响，我们就得飞速披雨衣冲出家门，凭着感觉和借助闪电的亮光跑到盐塘。雷电紧跟着大雨，要扫荡盐塘里的一切，我们无力抗争，没能把劳动成果抢救下来。雷雨交加，全身湿漉的我们在开阔的盐塘里是很危险的，雷击概率很高。蔡贤清说到这里不免声音颤抖，他又走进了那段惊心动魄的历史里。多少往事本已沉埋在滩涂下，今天又泛上了他的心头。

四

白沙岛离大陆最近点720米，但在2012年填海通路之前，与岛外交通依靠木船摆渡。外出坐船，要看潮候，涨潮才能开船，潮退海面变成滩涂，无法渡船。岛民熟知潮水表：初一十五大水潮，初三十八昼平潮，初五二十天亮泽，初八二三全小水，初十廿五起水潮，十三廿六两头潮。大水潮是指大潮汛，昼平潮是指中午平潮，天亮泽是指天亮时潮水退到最底，全小水是指小潮汛，起水潮是从小潮汛转换到大潮汛，两头潮是指早晚都是满潮。每天有两潮，一潮为12小时，两潮看上去相似，强弱也有差别，春分到秋分期间，晚潮比早潮大，秋分到春分期间，早潮比晚潮大。岛民的生活、劳作都要跟随着潮落潮涨。

我走访了几位村民，他们都有潮落时遇到紧急情况而被困岛上的记忆。有说生了病不能出岛看病耽误了病情的，有说生孩子请不到接生婆而只能叫亲人帮忙的，有说为了赶涨潮坐船必须在深夜两点之前出门的。蔡贤清说：那时，白沙岛的孩子读初中就要离岛到白溪中学寄宿，周六下午回家，周日下午回学校。这样，每到周六上午上完课，我们几个来自白沙岛的同学中饭也不吃，就到白溪街上找熟人，希望能碰到自己岛上的大人，有碰到的话，就打听他的船停靠在哪里，几点钟回家，请求捎带回家。大多情况遇不到捎带的熟人，就只得背着书包步行到白沙岛对面的鲤鱼山渡口，坐半个多小时的渡船回家。

从学校到鲤鱼山渡口，要走5公里的山岭，岭旁有柴草，有时飞舞着色彩斑斓的蝴蝶，鸟儿也在林间叽咕叽咕地鸣叫，还要经过几条溪流，干旱时山水细细地流，下雨天大水汹涌奔泻。蔡贤清和同学们走得飞快，黝红的小脸蛋上挂着汗水，他们只担心潮水落下没有渡船。去白沙岛的摆渡也没有固定的，到了码头，有渡船最好，没有渡船就要高声喊叫，白沙岛那边的大人听到了，就摇船来把他们载过去。遇到落潮时，他们就要等候，等到天黑是常有的事。

有一次，蔡贤清和同学们赶到渡口时，起了浓浓的海雾，白茫茫一片，没有渡船。他们面对盈盈的海水喊着：划船过来哎，接我们回家哟。可是，喊到潮水都退下去了，对岸的亲人还是没能听见。有一个孩子哭了起来，其他几个孩子也跟着哭了起来，他们嗓子喊哑了，泪水也快哭干了，还是不见船的影子。天暗了，有一位搞海带养殖的老人经过渡口，收留了这几个孩子，给他们煮番薯丝吃，他们蜷缩在养殖棚里度过一个寒冷的冬夜。第二天早上五六点钟，迷雾散去，远处呈现连绵起伏的山峦，海上的一切获得新生，上涨的海水浮起搁浅在滩涂上的行船，老人划着木船把他们送到白沙岛。这时，朝阳已将村庄和盐塘镀成了金色。

蔡贤清说：由于交通不便，村民的海产品销售都要通过小贩，好东西卖不上好价钱，丰产不等于丰收，不光海产品贱卖，其他如生产、生活、教育、医疗等成本，都比陆地居民要高出百分之二十以上。白沙岛与温岭、雁荡等地的渡都是小木船，每遇大风大浪，海上沉船事故时有发生。渴望对外通路是白沙岛人的百年梦想。

2011年，白沙人自筹资金，利用标准堤塘工程建余留下的废石料，准备筑一条跨海大坝。当年11月29日，白沙人在滔滔海水里倒下第一车石料，经过栉风沐雨47天的昼夜奋战，于次年1月15日，宣告全长520米的大坝筑成，村民在浅涂上硬是修出了一条白沙岛连接西门岛大道。2013年10月，村里又在坝面上浇注混凝土硬化并安装了安全护栏。

白沙岛的命运，真的因路而改变。这几年里，围塘养殖一年比一年好，货物价格一年比一年高，许多村民致了富，一些搬走的村民又迁回来。当然，白沙岛要真正地大发展，还需更高层次的努力。

五

白沙岛单屿门自然村还留存白定法碉楼。白定法是个财主，家境殷实，于1926年修筑了这座碉楼，为块石垒砌的三层瓦屋，每层均开有窗户和枪眼。随着寒暑替换，固守着村庄的平安。眼前这无声的建筑，外表残破，神情肃穆，旁边一棵大樟树的枝条像绿色的大手呵护着它。我见到了白定法孙子，他还住在碉楼附近。他告诉我这碉楼被充公后，分给一户贫苦人家居住，虽然现在碉楼不再住人，但房产权还登记在那家人的名下。白沙岛原有5座碉楼，其余4座在1970年前后被拆除。

在单屿门山南麓，有红十三军第二团活动过的三间正屋，双檐双层瓦屋。1945年到1948年间，岛上有村民参加过中共地下组织，进步青年白罗底就是其中一位，他参加新四军括苍游击队三五支队，任指战员。蔡贤清说：白沙岛300年历史，先祖皆为布衣，无达官显要、巨贾大儒，在革命时期，终于出了白罗底这样的仁人志士。

到了当代，白沙岛出来了一位大名人，歌手白雪就是从白沙村走向全国的。蔡贤清说：白雪父亲白学明，土生土长的白沙人，到了20岁参军入伍，转业后在雁荡派出所任所长。1975年白雪出生后跟母亲生活在白沙岛，母亲下围塘晒盐，她有时也跟着去。记忆中，她在白沙村上过学，我还教过她一段时间。八九岁时她跟着母亲到父亲部队随军了。1987年考上乐清县小百花越剧团，在团里唱小生。1991年考上浙江省军区文工团，做了一名歌唱演员。1992年，总政歌舞团在全国各军区文工团挑演员，白雪幸运地被选中。过年过节，白雪总要回岛上来看望亲戚，不忘桑梓，不遗余力支持家乡建设。2015年10月12日，白雪在温州体育馆举办个人演唱会，邀请乡亲们前去观看，还出资安排了5辆旅游大巴接送。村里搞文化礼堂，她帮助我们创作村歌《白沙岛之恋》，她以自己实实在在的行动来证明对家乡的爱，故土的情。

二十二、北渔山岛：听灯塔站长讲爱情故事

一

人与人是有缘分的，人与山水的相遇也讲究缘分。记得一个月前同事跟我说：北渔山灯塔真美，雄踞海疆，水天清碧，网上正在介绍。我听了她的话点开网页，这个"远东第一大灯塔"就这样开始扯动我的思绪。不久，我得到温州航标处的帮助，去北渔山灯塔当了志愿者。

夫北渔山要到宁波市象山县石浦码头坐船。我与温州航标处张工一起到达石浦，却遇上了大风浪。张工在码头转了两圈，问不到一只去北渔山的轮船，只得在石浦留宿一夜。第二天，海上还是大风大浪，只得继续留在石浦。石浦港是全国六大渔港之一，留在这里也不觉寂寞，正是休渔期，四岛屏罗、五门环列的月牙状封闭港湾里，几万艘渔船停泊着。早晚漫步在石浦老街，也是夏天最舒服的事情。我好几次在碗行街53号买粉丝花卷当正餐，花卷是由一位自称古城阿婆的老人手工做的。我在老街上与古城阿婆聊天，与古城小姨聊天，与古城姑娘聊天。就这样聊到了第三天中午，终于有去北渔山的轮船了。

北渔山远离大陆，我上船后开始坐在船头，两手紧抓缆柱，饶有兴趣地

看天看海看云看浪看鸥鸟看飞鱼。船越往大海深处行驶，风浪就越大，张工称这种浪叫"涌浪"，会让船颠簸得厉害。船行3小时后，我躺到了船舱里，情绪开始低落，嘴里直流清水，身上淌着冷汗，糟糕，我开始晕船了。我跟身边的一位渔民说：我在温州是不晕船的，今天我太自信了。他说：跟我们这里的远海岛屿相比，温州那些个都不算海岛。他说这话的时候，脸上有揶揄的神情，我想发表意见，可大海在施展淫威，我躺在船舱里，像荡秋千一样忽上忽下，头昏目眩，四肢无力。渔民还说：这对于我，不算什么浪，现在不过5级6级风，我在海上打鱼时，遇到9级10级风是常有的事，我们把船抛锚在海里，船在海风海浪中直打转，我们还要站在甲板上作业。我不知道他说的"打转"是什么情况，面对风浪，他当然有资格骄傲。可是，我已经不行了，紧抿住嘴也不行，强忍住呕也不行，五脏翻滚六腑乱套，只得由渔民保护，趴在船舷上吐了起来。我一边吐，一边看到在平静的海面上，推起了一座座浪山，落出了一道道海谷，我乘坐的哪里是船啊，分明是没有线的风筝，飘在太空中。

二

北渔山南高北低，灯塔建在岛屿最高的山峰上，海拔约100米。与北麂山灯塔相比，北渔山灯塔更有历史与故事。1895年铸铁塔身，烧煤油照射25海里的海域，指引航程。战争的炮火一次又一次地想把它毁灭，可它兀自不倒，至今依然是铸铁塔身，灯器改成了太阳能鼓形透镜，射程大于25海里，成为中国东南沿海重要的导航标志。

我们上岛已是傍晚，因天气晴朗，见海边还有几位垂钓者，不知是岛上的渔民还是乐不思蜀的驴友。张工告诉我北渔山在海钓界名声显赫，被称为亚洲第一钓场。夜色已经降临，灯塔发射出的光芒显得明亮，给人黑暗中前进的力量。

在灯塔里见过站长蔡财相，做简单的交流，吃过晚饭，我就迫不及待地上灯塔登高望远。天空中繁星璀璨，海面上渔火点点，山坳里的村落异常安静，海风拂面而来，夹杂着海浪的味道，天地间空旷，大自然渐渐沉浸在酣梦中，悄悄孕育着一个全新的黎明。这样的景色对我来说并不陌生，去年的夏天，我在北麂山灯塔当了11天的志愿者，海岛上的夜色不仅有着独特的美感，还特别容易让人触景生情。

早起，我打扫灯塔，维护灯器，轻车熟路。早餐后，张工带着我在灯塔周边转了一圈。张工说：1895年就是清光绪二十一年，这个灯塔由上海海关耗银五万关平两（一关平两合37.8克）建造，当时也是迫于情势，因为在光绪九年和十六年，华轮怀远号、德轮扬子号在这个岛屿附近失事，死了几百人。第二次世界大战期间，北渔山被日军侵占，1944年美机轰炸日军时，灯器、灯笼、房屋都被炸毁。1947年，灯塔修复，射程18海里。1954年11月解放军在渔山海域击沉国民党护卫舰，是轰动当时的著名海战。1955年2月，渔山列岛解放，岛上已无人居住，灯塔内的设施也都被破坏了。1985年，上海航道局和温州航标区组织施工队开始重修，块石砌筑的圆形基座和直筒形铸钢组合塔身仍为原物，塔身祛锈后漆红白相间环带。同时加建了值班、生活等用房和围墙，形成塔院，为国内等级标准最高的灯塔。1987年7月1日灯塔重放光芒。张工当初就负责灯塔的重修工作。

我在塔身处发现了一些弹孔，这些累累的伤痕，不损它的壮丽，更显它的庄严，这是英雄的标记，是历史的印证，怎不令我景仰啊！

三

岛域面积0.48平方公里的北渔山，只有一个村落，就是北渔村。这个村落还是古旧的模样，低矮的石头房，窄小的庭院，梯级的街巷，村民俊秀可亲。张工跟我说：不要以为这是一个封闭原始的渔村，这里的男人勇闯三省一市（福建省、浙江省、江苏省和上海市）的码头，这里的女子特别柔情开朗。20世纪80年代，温州的女孩谁敢穿泳衣从村里走过、下海游泳？她们当时就这么做了。

为了证实张工的说法，我走访了村里几位老人，不料他们告诉我：清道光二十九年（1849），渔民陈双喜等在北渔山聚义，大败清军水师。后来，北渔山长期被国民党占领，直到1955年解放军打进来才把国民党部队赶出北渔山。但是，岛上的渔民也随军被裹挟去了台湾，后来飞越黄河的柯受良那时候只有两三岁，也随家人到了台湾台东。北渔村成了一个空壳村。1956年，当地政府建设北渔村，在石浦港选了19个十八九岁的小伙子，以拓荒者的身份上岛开荒打鱼。那时从石浦到北渔山用的是帆船，6个人一只船，轮流着划，从石浦一大早出来，到北渔山已经是晚上了。他们上北渔山修复村落，下海打鱼，两年后，19个青壮年去石浦港带了19个姑娘上岛做后勤工作。这38个青年男女，就是重整北渔山的第一代岛民。他们成立了一个渔业大队，比大陆更早地实行包产到户，三个男人一条船，鱼打过来运到石浦等地卖钱。改革开放后，北渔山的渔民更是放开手脚打鱼赚钱。一些外地渔船纷纷过来收购海货，鲵鱼、黄鱼等价廉物美被一船船拉走。后来，北渔山有了粮站,有了供销社,有了地质队,有了边关哨所。

村里没有娱乐场所,唯有部队里有专职放映员,两周放一次电影,军民关系融洽,电影也对村民开放。时间到了80年代中期,第二代岛民也长大了,都是情窦初开的青少年,男孩子个个像牛犊,女孩子出落得亭亭玉立。他们接触的新鲜事物多,思想解放。女孩子在穿着方面,比上海人还时尚,她们从电影里看到下海游泳可以穿泳衣,可以把身材穿得很婀娜,她们就跟着出海跑码头的父辈到了上海滩,偷偷地买了泳衣。夏天,她们就集体穿着泳衣,气场很大地穿过村里的老街,接受男人女人欣赏的眼光,到海湾里尽情地游泳戏水。

四

我每一次到北渔村,总得到村民友善的询问;问他们问题,也一律认真回答。这是一个温秀可喜的渔村,在蓝天碧海间抹上瑰丽的诗情。

20世纪80年代,在象山,北渔村算是首富。村民告诉我,那时候岛屿周边都是鱼,石斑鱼、马鲛鱼、鲻鱼、海鲫鱼,每天都能钓到好几百斤,一天能赚几百元。有人觉得钓鱼不过瘾,就用炸药炸鱼。他们把炸药装在瓶子里,瓶口插一条几厘米长的雷管,用导火线连上雷管,到海边把导火线点燃,哧哧地冒着白烟,把土炸弹往海里一扔,嘣的一声闷响,海面上就浮起一大片白花花的鱼来。水性好的就跳到海里打捞,水性差一点的就划小船在水面上打捞。捞鱼要捞得快,被炸的鱼大多是昏死而不是真死,打捞慢了则会苏醒过来,又游走了。一个人炸起了一片鱼,村里人都可以下去打捞,很集体化。炸鱼的人承担着很大的安全风险,土炸弹扔迟了,会把自己的手炸断,脸炸花。有个人点燃了导火线,一慌张,把土炸弹往自己的肚子上扔,当场就被炸死了。

有一次晚餐,我把炸鱼的事讲给张工听。他说:我当初在这里修建灯塔时,好几次有村民慌慌张张地跑来要借用我们停泊在码头的机动船,说有人被炸药炸得生命垂危,要运到石浦医院去抢救。我们的船马力大,开得快,也就马上给村民用。到了20世纪90年代初,政府发文禁止炸鱼。那时候岛上人气也最旺,有200多户。

五

七夕,我一个人守着灯塔。时间已过21时,我走出灯塔,想看看牛郎织女是否上了鹊桥,却见到乌黑的天空,飘来斜斜的雨,这应该是牛郎织女鹊桥相会时的泪吧。黑夜中,灯塔发出烁亮的明光,照射大海,指引航旅。雨越下越大,打湿我的衣襟,我感觉到凉意,回到了灯塔。

经过站长的窗前,我见他还没有睡觉,就到他房间叫他讲讲自己的爱情故事。他说:我1979年来北渔山当兵,那时还只有17岁。当到第三年,我发现我喜欢上了村主任的妹妹,她的名字叫爱村,岛上最靓丽的女孩。我们平时在村里相遇,没事也要找事地说上几句,特别开心。我们约在海边散步,坐在礁石上聊天,晚上看漫天星光,说着各自的故事。岛礁上有太多的淡菜、辣螺、小海蟹,我们捡之不尽。刚刚退潮时,礁石上布满青苔、海带,成群的马鲛鱼游在礁石边吃青苔和海带。爱村教我怎么钓鱼,第一次海钓,第一次抛钩,我都记忆犹新,也第一次知道海鱼是这么傻的,第一竿就钓着一条十来斤的马鲛鱼。岛上海鲜太多,虾蛄没人吃,堆在路边没人拿;墨鱼被钓上来,垂钓者用脚踏一下,踢到海里去。马鲛鱼也叫炸弹鱼,头大,呈圆锥状,像大炮的子弹头,大的一条300多斤。海风习习,海浪翻滚,海水那么清澈又那么深邃。爱村像海风一样轻盈欢快,又捉摸不定,身上带着渔家姑娘特有的纯洁与芬芳。

蔡财相当兵四年,要退伍回老家了,他与爱村在码头分别,爱村抱住他的脖子不放手,他第一次近距离地看着她的脸,闻着她的气息,听着她的挽留,她的声音交织着海浪的声响,海风吹乱了她的刘海。最后,他理了她的头发,她在他的脸上吻了一口,他们还是分离了。

他回到了江西老家,正是进入夏天的日子,一切都那么燥热,一切都变得慵懒。他们彼此间虽然信来信往,但思念却像潮水一样一浪高过一浪。睡觉是他逃离思念最好的办法,然而,当他闭上眼睛后,无论是梦境还是想象,爱村的面容,总像灯塔一样,泛着晶莹的光亮。就这样,蔡财相在老家度过了漫长而寂寥的三个月后,决定再回北渔山。决定了后,他的脚步变得轻盈起来,心情也变得轻松舒畅起来。

而这三个月里,爱村有空就来到码头,望着大海,茫茫大海上出现的一只只船儿都开走了。突然有一天,大海上有一只船笔直地向她而来,船头站着一个挥着手的男人,那个她朝思暮想的男人。

六

早晨,我从灯塔站出来,沿着西向的山路,向海边走去,这是去北渔村的反方向,我还是第一次走这条山路。路两边是碧翠的茅草,沾满晓露,早晨的海风很清爽，让我微醺。到山脚，我看到海岸边有一栋孤零零的小砖房，门口两只家犬汪汪地叫。我停下脚步，一个四十来岁的女子从砖房里娉娉婷婷地出来，家犬就不叫了。这是一家小卖部，货物不多，女子客气地让我到小店坐坐。女子自我介绍叫李姐，连云港人，五年前，她丈夫到了石浦，给渔老板打工，两年前她过来看望丈夫，来到了这里，看这里的海水和天空这么蓝，一尘不染，阳光和海风那么缠绵，这么美好，就留下了。丈夫继续给石浦的老板出海打鱼，她就做一个小岛上的家庭妇女。近几个月禁渔期，丈夫就搞了深海网箱养殖，养石斑鱼和黄鱼，规模不大，自给自足。岛上的游客渐多，遇到李姐要喝的要吃的，她为了方便游客，才开了这间小店。

李姐落落大方，她说：岛上5月份最漂亮，这个岛没有树，只有几丛灌木和漫山的茅草。三四月份，茅草丛里就会长出百合；5月份，各色百合花开满北渔山，有朋友来可以在草地上席地而坐，泡一壶红茶，吃几块甜点，在挟渗着草香花香的海风中，随意地倾吐各自的心声。李姐还说：我这间房子虽小，可是真正的海景房，依床观海，卧听涛声，住在这里，什么地方都不想去了。早晨和傍晚，我与爱的人沿着山间小路散步，一起看太阳升起，太阳落下，很是满足。听李姐这么一说，我仿佛看到她一肩长发在海风中飘扬，与蔚蓝的海天融为一体，成为爱情场景里的构图。在这样一个远离尘嚣的小岛上，连一草一木都充满爱意，美得那么纯粹。

我问李姐住在小岛上生活方便吗，比如用水要不要去山腰挑水。她说：我用水泵打水过来，水源在山洞里，要去山腰挑，还不累死呀？水桶挑起来那不跟和尚一样吗？她这样说着，又咯咯地笑了起来，那笑容就像她所说的百合花，清纯明亮。在这个偏远的小岛，我蓦地遇到了知音，一种他乡遇故知的感觉，与她聊得更加放松了。将近中午，李姐拿碗去舀面粉，说要做饺子给我吃。我没有拒绝，她的热情不含杂质，毫不作态。

下篇：走读温州海岸线

一、苍南海岸线：浙江南大门

一

苍南是浙江省沿海最南端的县级行政区，历史上属平阳县辖域，于1981年独立设县，海域面积3.72万平方公里，岸线长168.8公里，与台湾岛遥遥相望，西南毗连福建省福鼎市，素有浙江南大门之称。绵长的海岸线遍布着古朴的村舍、丰沃的田野和广阔的海滩，5天的苍南海岸线行走，我从山谷到平原、从滩涂到沙滩、从城镇到渔村、从古城堡到庄稼地、从渔民家到原生态……

穿过巍峨的鹤顶山，眼前豁然开朗，马站镇到了。马站镇地处浙闽交界，依山面海，地阔天长，是浙江省唯一具有南亚热带气候特征的地理单元，加上绮丽多姿的地形地貌和得天独厚的农业资源，被叫作浙江小昆明。

马站旧称蒲门，在唐宋时，这里还是一片荒滩，菖蒲丛生，来此搭寮垦荒的先民采蒲叶编织为门而得名蒲门。当地还流传着"沉东京，浮蒲门"的传说：更早以前，这里是一片汪洋大海，海岸上有个东京城，设有渡口，后来可能发生了地震，东京城沉入海底。同时因潮汐涨落，泥沙淤积，这里渐成菖蒲、芦苇生长的海滩，蒲门就此浮出海面，又经过沧海桑田的变化，蒲门平原上出现了现在的马站镇。

马站地名的由来，源于蒲门平原一角的蒲城。蒲门地扼海口，地形险要，唐朝就设有蒲门戍，北宋设置了蒲门寨。明朝初年，倭寇屡犯浙闽沿海，洪武十七年（1384），明太祖朱元璋派信国公汤和到江浙沿海一带筑城防倭，汤和实地巡视后决定筑城59座，其中设金乡卫，下辖蒲门、壮士等千户所城。蒲门城墙经过3年修建完成，此地改名蒲城。隆庆二年（1568），位于10余公里外的雾城壮士所并入，合称蒲壮所城，是中国古代著名的海防城堡建筑。当时的蒲城，城外海面上行驶着巡船，这种船艏艉翘起，进退敏捷，一旦发现敌情，即可投入战斗；城内屯兵守寨，诗人络绎，巨商贩客，来往不绝；还有众多官兵和战马应朝廷征调，从各地辗转而来。路途迢迢，兵马进入通往蒲城的官道后，总要在驿站憩息一番，解决食宿，马站因此得名。走读温州海岸线，我第一站选在蒲城，这个曾经的繁华之地，如今靠近它，已不见马帮的踪影，却依然感受到那厚重的历史和遥远的马铃声。

二

在蒲城的东门威远门，我遇到了蒲壮所城唯一的导游金丽华，她带领我走过瓮城，顺着跑马道登上了城墙。金丽华说：城墙墙体为三合土夹碎石夯打而成，外壁用不规则块石分三层包砌。清乾隆《平阳县志》载：蒲门城周长五里三十步（约2550米），高一丈五尺（约5米），底宽二丈（约7米），顶宽一丈二尺（约4米），城门三座，城垛六百一十一口，敌台六座。现在鸟瞰所城，平面为不规则长方形，南北长，东西短；北面城墙依龙山山势而建，为圆弧形，没有城门；其余三面均筑于平地上，各城门皆建有城楼；城门外各设有护城门，两门之间设置方形瓮城，战时可引敌入室，关门打杀。护城门外左右两侧各筑敌台一座。城内面积约0.33平方公里，当时有"千户等官十四员，旗兵一千二百三十二名"，下辖一批寨（城堡）墩（烽火台）。

威远门在1987年整修过，重建了城楼迎阳楼，城楼前面复原了齿形垛堞。南城门又称正阳门，上建城楼聚奎楼，因为是正门，规模比东门略大。金丽华说：原来城墙上砌有女儿墙，比垛口低，起拦护作用，后来塌掉了。迎阳楼附近的两棵古榕树是以前留下的，风骨遒劲，树冠庞大。我们来到了西城门（又称挹仙门），不见城楼，城墙严重残损，萧条中带着悲凉。

我在城墙上漫步,抬头是湛蓝的天空;低头是护城河,至今流淌,河水环绕蒲城,流出东门外的吊桥(现改为水泥桥)后汇入蒲江,在沿浦湾注入东海;远望是蒲门平原上绿莹莹的庄稼和明晃晃的塑料大棚,大棚里大多种植葡萄,马站有千亩葡萄园。这里的土壤是海底淤泥改良,很适合葡萄、西红柿、西瓜等种植。穿越时空,400多年前,这里腥风血雨,是兵家剑拔弩张的战场。倭寇如挥不去的苍蝇,嗡嗡地侵扰沿海,在蒲门平原抢劫财物、绑架人口、杀戮生命。官兵奋起打击,城墙之外,马蹄声和士卒的呐喊声一次次响起,让倭寇闻风丧胆、抱头鼠窜。英雄的故事流传至今,古城墙见证着当年的飞沙征尘。

　　我在城墙上遇见一群可爱的蒲城孩子,娇美的小脸蛋上泛着一抹自豪的红晕,曾经的海防城堡成了孩子们的乐园和欣赏风景的看台,这让我倍感喜悦。

　　我们从城墙下来,在南城门洞略作休息。城门洞两边的条石上坐着3位老人,他们的方言我听不明白,金丽华说老人讲的是城里话。蒲城方圆不过里许,城外人说闽南话,城内人说"城里话"。历史上,戍守蒲城的将士主要来自浙北、苏南和闽南,明代军制实行军卫制,将士驻防时带着家属,军籍世袭,很少流动,于是,各地方言在这里经过交汇融合,形成了特殊的"城里话"。时至今日,我们仍能通过他们的"城里话",体味到蒲城人兼容并包又依然故我的性格,这也许正是蒲城能以较为完整的面貌从历史的刀光剑影中顽强地走到当代的主要原因。

　　金晖映照着数百年雄峙的古城墙,城门洞里的石条上老人越坐越多。这里是他们最喜欢光顾的地方,特别在夏天,大家在这里排排相坐,叙聊农事收成、家长里短、逸闻趣事……有的老人倚在石墙上聊着听着就睡着了,到了夜深人静,才深一脚浅一脚地回家去。月光把老人的影子拉得很长,留下了古城最有特点的画面。

三

　　南门街是蒲城的中轴线,长140多米。蒲城以前根据方位分为4个村,分别是城东、城南、城西、城北。2001年行政区划调整,城东、城南合并为金城村,城西、城北合并为龙门村,但街巷布局没有变动。城内最长的是东门街,长300多米,另外还有西门街和仓前街,均100多米长。巷弄幽深狭窄,在军事上却各有功能,如社仓巷为军队后备设施放置区域、发祥巷为士兵受罚处、铁械局巷为军火库所在地、马房巷原多马厩。街巷整齐排列,街街相贯，巷巷互通，与环城跑马道相接，纵横交织，这样的布局，是为了军事化防卫，城池万一失守或诱敌深入，既便于巷战，又易于城内居民疏散。

我行走在这些街巷里，与其说寻幽探古，不如说进入迷宫，而这些街巷又实实在在地将城内密集的民居住宅连成一个有机有序的整体，让每家每户安居清静，出行便利。不过，蒲城虽然建于明代，我们却找不到明代的老宅，这是因为清初沿海"迁界"的原因。顺治十八年（1661），清廷为了切断郑成功义军同各地居民的联系，"十里插木为界"，实行大规模的强制迁徙濒海居民的政策，沿海许多地方遭到破坏，成为废墟。蒲城人民背井离乡，房屋烧毁，田地荒芜。康熙九年（1670）清廷进行展界，让迁界居民回归本土，蒲城居民不在其列。康熙三十二年（1693），蒲城居民才陆续返乡，蒲城浴火重生，重新走向繁盛。

我们在南门街推开一扇深院老门，这幢老屋叫九间宅。是康熙年间郡庠生金藩所建，该屋原为四合院，坐北朝南，正屋九间。庭院式木构建筑，所用石板又厚又宽，柱子又粗又直，可见这金家家境殷实。我见院子里晒着玉米、豆荚，堂屋挂着几个寿匾，心想金家一定多长寿老人，蒲城是一个适合养老的地方。

天灯巷的郭宅在蒲城也颇有名气，建于清道光年间，为贡生金肇篯所建，坐北朝南，七开间，泥石铺地，青瓦覆顶。据说主人喜欢热闹，每逢喜事就叫上吹打班吹奏一番，在地方上盛传他有"九次吹"。他的儿子金德隅，是福建九品官员。后来此宅转手给郭姓，曾一度作为夹缬作坊。我见郭宅屋顶房梁斗拱均精雕细刻，见厅堂特别宽敞，猜想金肇篯爱好文艺，广交朋友，讲究排场。

我还参观蒲城的大名人、清代台湾总兵张琴的故居。故居背靠龙山，正屋七开间，两侧厢房，庭院深深。清嘉庆年间，张琴随父亲组织民团，多次追剿东海义军蔡牵部下，道光元年（1821）升任四川城守营参将，道光十一年（1831）任台湾镇总兵。他为苍南南坪人，后移居蒲城，为官时执法如山，战绩卓著，病卒于任，清廷加谥为振威将军。灵柩回归故里，安葬于蒲门积谷岭脚，据说送葬队伍前头已到达墓地，后头的人还未起身。

蒲城人重武重商重文，清嘉庆年间的华文漪以诗文称世；咸丰年间的叶良金以饰演生角闻名温州，人称蒲门生；同治年间又有女诗人谢香塘，满腹诗才，有清代李清照之称。他们生活在蒲城，享受着这里的海风月影，也在古朴小城里种下了浪漫的情愫。

四

蒲城的十字街头有一块中心石,是明初建城时的奠基石,也是整个蒲城的中心点,为米红色花岗岩,长0.56米,宽0.53米,石面上刻有纵横格线,为防止行人脚下打滑。1953年、1980年路面两次翻新,石头有所升高,但位置没变。中心石立在街心,寓意光明磊落,又因"石"与"誓"谐音,这里就成了当地人辨明是非的地方,若有邻里争执或夫妻吵架、婆媳不和,当事人就面对中心石讲真话,表真心,和好如初,这就有了城门洞里讲故事,十字街头辨是非的俗语。

金丽华的家在东门街,父母务农。她说,东门街的居民大多务农,西门街的居民大多从商。农民总是勤快,一年四季,心系庄稼,古话说日出而作,日入而息,但务农的城内人早上天没亮就到田地里干活了,还没等日头落山就回家。西门街有许多商铺,是个集市。以前,我们这里是午市,海鲜从附近港口挑运到蒲城,多在中午了,街上也才热闹起来。每年农历十月十三日,蒲城有物资交流会,小时候我看到许多从周边矾山、灵溪等地来的山民,他们大多挑着竹木制品翻山越岭来到蒲城,人困马乏,叫卖都没有气力。而从福建沙埕港过来的鱼贩,有木船运输,相对轻松一些,叫卖声响亮。

每年正月,蒲城都要举行迎神赛会拔五更,活动场面盛大,时间跨度长。蒲城人的生活、劳作与大海息息相关,他们信奉海神,妈祖是海上女神,晏公是海上男神;蒲城东、西门各有一座晏公殿,东门的晏公主农业,佑助一方风调雨顺;西门的晏公管商业,保佑丁两旺。每年正月初四活动正式开始,晚上晏公出殿,先举行一系列仪式,如闹花灯、抬高阁等,女人们吃过五更饭后回避,躲在家里不再观看。年轻壮汉穿统一服装,抬着晏公像的轿子在城内大街小巷一路奔跑、欢呼,尽显男人的力量、速度和激情。当赛神队伍跑回起点,晏公的轿子尚未停稳,便有人一哄而上争抢抬轿竹杠,抢到竹杠的人,此年必是诸事顺道。活动直至正月十七吃毕福酒才算结束,长达13个昼夜,加上事前准备,蒲城人为之耗时半个多月。

蒲城曾是马站一带最繁华的市井,有着政治、经济、文化中心的地位。近半个世纪来,城内越来越多的人外出闯世界去了,加上马站城镇的建设与发展,古城成了一个偏僻的地方,渐渐沉寂了。到了1996年,蒲壮所城被国务院列为第四批全国重点文物保护单位,继而成立文物保护管理所。蒲城在马站镇显得特别耀眼,成为温州沿海的一个文化地标和让人忆古思今的地方。

五

江海相连,水天一色,我顺着蒲江到了沿浦港,这里潮起潮落,涛声如歌,是观潮听潮的好地方。

沿浦港东起苍南霞关镇,西至沿浦镇沙岭村,南接福鼎市沙埕港,北止沿浦镇下在村,宽度约为3公里,面积约19平方公里,沿岸是冲积平原,涂滩广阔,是发展盐业的理想之地。

翻看苍南的一些志书,得知早在宋咸平三年(1000),朝廷就在温州设天富南监盐场和北监盐场。明洪武八年(1375),南监场盐课司在沿浦建筑海塘,开辟盐田,称蒲门子场,承担着官方下达的产盐任务。幽深的海湾,涌动着绵绵不尽的海水,盐区绵亘10余里,源源不断地盛产海盐。因盐而生的富庶,滋养了当地的文化气质,也深深渗染在盐业里。到了民国,沿浦盐区分为五堆,以温、良、恭、俭、让名之。温良恭俭让是儒家提倡的为人之美德,这些古老的信仰和仪礼,名之于盐场,印之于盐人,代代相传。到了1949年前,期间盐场归属有过更改,但沿浦作为制盐生产地没有改变,在温州的盐业生产史上闪耀着夺目的光彩,还被写进了《中华盐业史》的篇章。

我来到了沿浦镇盐兴村村委会,这是一个刚刚由企业改制成立的行政村,揭牌还不到半个月,成为苍南县第777个行政村。村支书郭进云和村主任陈其志得知我的来意后,请来了几位老盐民。年近七旬的吴成要说:1961年,政府在沿浦港组建了平阳县马站制盐厂,属地方国营企业,定员500人,名额分到沿海下在村、沿浦村、新塘村等各个村庄,月工资从24元到19元不等。当时盐田914亩,下分8个工区,分别为下在、沿浦、新塘、李家井、岭尾、外垟、陡门头、三茆。1964年体制改革,盐场调整为县属大集体企业,实现按劳分配、多劳多得。不过,上级要求马站盐场扩大面积,向海涂要盐田,各个工区有新建80到100亩任务。盐民不怕劳苦,打涂、做塘谷,两年时间围垦盐田780亩。后来,盐工的配偶、子女也逐渐成为盐民,增加至1100人,盐场到了20世纪80年代最为兴旺,为全县贡献了10%的财政收入。当时政府也重视,生产一担盐(100斤)奖励半斤米票、一斤化肥票。

老盐民说,马站盐场系坦晒,1967年之前是用炭灰晒盐,可称灰晒。炭灰是木柴灰,大多从福建沙埕的砖瓦厂购买的,从沿浦划船到沙埕要一小时,两三只木船同行,一只船可载一百担(1万斤)炭灰,一个月要载一次。1968年,进行技术改进,把盐田围成坦格,每格50~100平方米不等,格内用铁板沙压实，铺上碎缸片，缸片不够用石片代替，要到福鼎的海滩边捡取。盐民通过多个步骤将海水制成鲜卤，再注入坦格中，利用阳光与风使卤浓缩结晶成盐，洁白精细，是海水凝结到最后的模样。到了1994年，碎缸片被黑色塑料薄膜所代替。每一次技术改进，产量、质量都大幅度提高。

六

晒盐是靠天吃饭的职业，天气好的时候，从抽上海水到结晶成盐一天就行，天气不好，要两三天。夏天是旺产季节，盐民顶着烈日作业，身上的汗水和灰土搅在一起。可是夏天又多雷阵雨，凡有雨情，哪怕是半夜三更，他们都要从床上跳起跑到盐场，赶在下雨前把卤水遮盖好，保护好。盐民最怕台风，台风过境，狂风怒号，暴雨如注，海潮翻滚，盐场海堤往往会被洪水怒潮冲垮。堤塘是盐田的生命线，一支由身强力壮的盐民组成的突击队，总是不顾自己的生命保护堤塘。但人的力量毕竟有限，有几次，台风大潮还是把堤塘毁掉，一群堂堂男儿难以接受现实，抱头痛哭，当然，他们没有屈服，伤心过后又马上投入紧张的重建之中。

吴成要告诉我，20世纪80年代，由于盐田自然退化、盐价偏低等原因，周边许多盐田废弃，盐场停业，而马站盐场的产量还在上升。到了1991年，上级要求马站盐场控产，报废盐田400亩。我们打了折扣，报废了200多亩。随着时代的发展、技术的改进，马站盐场因人多田少、质量不佳、缺乏市场逐渐走向衰落。2009年，马站盐场启动改制工作，到2011年停产，一千多名盐工及家属得到安置补偿，盐田土地移交。就这样，从明朝开始书写盐业历史的沿浦盐场，带着咸涩的海风从此消逝。现在，温州市尚属首例的企业改制行政村，是顺应社会经济发展规律的一次有益探索，取得了成效，但移交后的盐田荒废了多年，亟待开发。

吴成要带我走访了一处盐场原址。原址荒草萋萋，已成一片荒滩。我们步入这片荒滩，原来的泥路尚可辨认，两边的草丛中有淙淙的水流，小螃蟹在水流边觅食，见到我们，飞速爬进洞穴。我们找到了几处当年的卤池，积满墨绿的污水，水面上飘飞着水蚊虫。我们见到了几亩沙地，沙地上挤挤挨挨生长着盐角草，这是著名的耐盐植物，植株挺立、小枝肉质、色彩淡绿，据说可以食用，味道咸中带甜。吴成要说：这些小螃蟹善于打洞，会打漏盐田，以前用盐卤灌到洞里杀死它们。这些海草（指盐角草）生长在盐田边，妨碍制盐，我们要拔草除根。不料还不到10年，这里全是它们的天下。我一一拍了照片，准备回程。吴成要却不愿移动脚步，默默地站立在荒野之中，像搁浅在岁月浅滩上的一只老船。我想,眼前的这一切,对于我来说是杂草丛生的盐场原址,而对于他,是一本打开的旧书,读到最想读的章节,是自己生命中的原地,找到了太多的记忆。

七

在温州地区,霞关,是我心中的那个远方,它位于浙江省最南端,有许多令人向往的地方。到霞关可以听历史故事,看月下渔火,逛石板老街,探瑶洞古村,品芒种炊虾,吃生猛海鲜。

霞关原是一个渔村,依山临海,古称镇下关,因其独特的地理位置,自古以来海防地位十分重要。明洪武十七年(1384),朝廷在霞关南关山巅建造烽火台,隶属蒲门所管辖。嘉靖二年(1523),设立南关、北关、镇下关三个关卡,派兵驻守,以防倭寇。万历四十七年(1619),倭寇入侵镇下关,驻军迎战,各有伤亡。清康熙年间,霞关作为重要军港,驻有水兵。清晨,水兵们经常看霞光云氤弥漫大半个天空,嫣红一片,把海水也映照得绚丽无比,因此改名霞关。霞关还是革命老区,大革命时期,就开展农民运动;抗战时期,在南坪村建立中共蒲门区委,领导抗日救国运动;1941年4月,在中共鼎平县委的领导下,举行了霞关起义,此后,共产党员被迫转移到海上活动。

霞关渔港碧海蓝天、百舸争流,天然良港最深水位16米,是浙江南部的重要渔港,是浙闽渔场渔业管理生产的后方补给基地,是浙江省对台贸易口岸。1987年被国家农牧渔业部确定为一级群众渔港。2014年被列入国家第三批更大开放的对台贸易试点口岸。我曾经多次走访霞关,了解这里的渔业生产情况,结交了一些渔民朋友,熟悉了他们的艰辛与喜悦、浪漫与惊险、虔诚与敬畏。海风浪潮的历练,使得霞关人豪爽里带着真诚,平和里不失勇敢。

八

这一次来,我在人之初渔业合作社遇到了船老大周丽利。他皮肤白净、温文儒雅,不是我脑海中船老大的形象,却实实在在从事海上捕捞20多年。他说:我15岁开始下海,那时还是木船,渔船是6个人合股的,我父亲是其中一股,转给了我。刚到船上要拜师学艺,船老大就叫我先学做饭。当时煤气灶刚刚替代柴火灶,我在船舱里打火煮饭,见煤气胶管有点脏,就拿布来擦,不料泄漏出煤气,胶管就着火,紧接着胶管接口处喷出火焰,船里的渔具被烧着了。我见势不妙跑到船尾，同船的几个人都在放网，只晃眼的工夫，船里就冒起了烟雾，又马上蹿出了火焰。大家惊叫"不好"，但已经无法抢救了，只见火头越来越高，仿佛发了疯似的要把船只吞噬。大家纷纷跳到另一艘渔船上，眼巴巴看着那艘船烧毁沉没。那时船只没有保险，没有理赔，其他几个股东也没有叫我赔偿，说人没事就好，重新再来。船烧了后，我家里没有钱给我入股，我只得去打工，在别人的船上张鳗苗、捕虾皮。

周丽利打了几年工，积攒了一些钱，又借了一些钱，与人合股买了一条渔船，专门捕捞毛虾，制成虾皮。每年10月从台州外海开始捕捞，到11月进入生产旺季，于次年4月在福建海域结束。毛虾寿命只有一年，每年4、5月放子脱壳后会死亡。霞关镇是浙江省虾皮之乡，鲜晒的毛虾叫生皮或淡皮，含水分少，含盐量低；焯熟的毛虾称熟皮或炊虾，一尾尾像小镰刀，耐存放，不易变质；芒种时节毛虾将要产卵，肉质坚实，晒制成芒种皮，色泽鲜亮，味道鲜美，是虾皮中的上品。

周丽利22岁做了船老大，第一次带领员工出海。那是农历二月二，去台湾附近的海域捕捞毛虾，突然起了大风，周丽利把船开进一个小岛的港湾里避风。来了一只指挥船，要求人员要他们立即离开，周丽利说风大不好开船，得不到同意，只得迎着狂风巨浪起航，往福建平潭岛行进。一个多小时后，渔船进入了风暴区，高达六七米的海浪把渔船推上浪峰或打入浪谷，渔船里的货物被掀进了大海。又过去了两小时，渔船接近平潭岛港口。不料这里的海况更加恶劣，潮流汹涌，漩涡翻卷。周丽利打电话向平潭岛的朋友求救，没有接通，他一面使劲稳住船只，一面把马力加到最大，准备冲刺进入港口，但几次努力都没有成功，渔船剧烈晃动，船头的木头断裂，船舱大量进水，船底发出强烈震响。眼看着渔船将要在外洋沉没，离死神越来越近，周丽利对员工说：大家穿好救生衣，渔船不进港口了，准备让海风往岛上刮去，大家把握逃生的机会。这时，平潭岛的朋友来电话了，告诉周丽利一条容易进港的航道。大家如做了一场庞大的噩梦，渔船终于进入了海港。

2006年，超强台风"桑美"于8月10日17时在马站、霞关镇一带登陆，当时周丽利已把渔船开到福鼎沙埕港避风，那里共有1万多艘避风渔船。沙埕港是著名的避风港口，但凡台风来临，闽东、浙南地区和台湾的一些渔船来这里避风，几乎没有出事过。面对"桑美"登陆，在此避风的渔民起初并不惊慌，许多渔民留在渔船上，他们习惯守在船上开机避风。然而，这次台风登陆时风力达到17级，风速之快、雨量之大都是历史罕见，渔民谁也没有经历过,也无法想象它的威力。避风港在疯狂的风暴潮中失去了保护船只和人员的能力,渔船显得不堪一击,渔民惊慌失措,挣扎着,呼喊着,有的逃离了渔船,有的被恶浪飓风卷入海中,与渔船一起沉没。周丽利总算成功逃离,而与他一起打鱼的表哥等几位亲戚却葬身海里。"桑美"过后,沙埕港惨不忍睹,数以千计的渔船沉没和毁坏,许多渔民死亡或失踪。周丽利忍着巨大的悲痛,打捞亲戚的尸体,火化埋葬。十几个日夜之后,当他把所有的后事料理完毕,突然万念俱灰。虽然科技发展带来海上捕捞的科技含量,但危险性仍然很大,每次出海还是"脚踏三块板,性命交给天"。

周丽利在家休息了一段时间,郁闷的心情与日俱增,有一天,他在朋友的带领下,去金华义乌开服装店。干了十几天,他觉得自己不适合开店,在复杂的生意场上不懂套路,最主要是自己过惯了渔民生活,在海上作业往往是好几天连轴转,开服装店太空闲,晚上在店里睡觉也没有在船上安稳。他在义乌待了三个月待不下去了,转让店面又回老家。

历经曲折,尝尽百苦之后,周丽利还是觉得自己最适合干老本行,出海打鱼。手头没有多少资金,就去租了一条渔船,重操旧业。

渔业是霞关镇的支柱产业,"以渔兴渔、以渔兴港"是霞关镇的发展战略,2007年以后的几年里,渔船油补力度加大,缓解了海洋资源锐减的不利因素,保持了渔业经济的稳步发展。周丽利说:20世纪七八十年代,霞关近海盛产毛虾,捕获后在霞关的虾皮加工厂加工,也带动其他行业的发展;后来霞关附近没有毛虾了,就得到宁波、舟山等地,甚至更远的海域。渔船跑长途,不用大船安全没保障。2017年我与两个渔民合股,花了400万元买了一条235千瓦的渔船,但去年亏了。以前捕捞靠渔民经验,设备落后,可以保证海洋生物的繁殖期,现在捕捞靠仪器,捕捞的速度远远超过海洋生物繁殖的速度。

周丽利给我算了一笔账:去年我们毛钱收入100万,上半年出海3个月,员工10人,每人月工资1.6万,就是48万;柴油费30万;渔贝折旧费和员工生活费10万;购买渔船时贷款了220万,要付利息。另外还有下半年3个月出海的费用。周丽利说:如果都像去年这样亏下去,两三年后,整条船也就没了。我从来没有因为劳累和危险想过放弃打鱼,但仅靠意志力能坚持下去吗?周丽利说到这里,沉默良久,我也语塞,说不出安慰他的话。

九

来到霞关镇,霞关老街和瑶洞古村是不能不去的。

霞关老街，依山势而曲折蜿蜒，宽约3米，长100多米，路面多是青石板。两边房子参差交错，紧紧相依，为了抗拒台风，大多矮小而结实。我向居民询问房屋的年代，有的建于20世纪50年代，有的建于民国时期，有的10多年前改建过了。走街串巷，见到的多是老人，他们或喜欢这里的静谧、安详，享受晚年生活；或被经营了几十年的店铺所牵绊，赚取所需生活费用。老街对于一些老人来说，就是一辈子，虽然现在身处宁静、恬淡的氛围里，但记忆里是曾经的富有与繁华。

三四十年前的老街，商业发达，人气很旺，从早到晚，人头攒动。霞关港地处浙闽两省海上交通汇集点，港内能避9至10级大风，自古以来便是南北船舶航运中转站。距离台湾基隆港仅120海里，乘海船20多个小时。光绪二十八年（1902），清政府就在霞关设闽盐分栈，收售食盐；宣统年间，霞关客商还将大米转运台湾出售。每年春、冬季鱼汛，闽、浙、苏、沪四省市和香港、台湾渔船出海打鱼，常常要停靠霞关港避风、补给、小额贸易。港内设有渔船签证检查站，跨省的渔船要报关签证。霞关港的渔船首尾相接，数里不绝，夜间渔舟唱晚，灯火闪烁。得此地利，老街成了霞关的商业中心，客商云集，商贩的货物把整条街道摆得满满的，后来也出现过国营商铺。20世纪90年代初，霞关的商业中心转移到了霞关码头附近，老街褪去了往昔的繁华。

十

瑶洞村位于霞关镇东南边的山谷中，已无人居住，几十栋房子大多残破不堪，有几间还保留原初的模样，但砖墙斜了，屋檐漏了，房内遗留一两件旧家具，看不出主人的生活状态。这些破房残墙被翠绿的藤蔓缠绕覆盖，给整个村庄披上了一件葱绿的外衣，再加上野花点缀，花香袭人，没有古村的颓废感，反而显得生机盎然。更加惊艳的是，残留的瓦背上生长着瓦松，枝叶肥厚，花团锦簇，一丛丛，一片片，整体来看如织锦像彩霞。走在这个村里，就是走在画廊里，换句话说，一个村就是一个花园，还是那么别致的花园，到处都是大自然的惠赠，到处都是美的化身。

我在瑶洞村遇到了75岁的老杨，他在村旁的田园里管理小葱。他是瑶洞村人，搬离已经30多年，但还经常来种点庄稼。他说：最早来这里居住的是福建晋江人，那是在清乾隆年间，他们逃荒而来，发现这里土壤肥沃，面临大海，就定居下来开荒种地，造船打鱼。他们先住草寮，后来在山间建窑烧石灰，并采掘石头修建房屋，因此取村名窑洞。慢慢地，村里人越来越多，分成3个自然村，窑洞、中窑洞和下窑洞。不知是哪一年，村里有了文化人，他们把"窑"字换成了"瑶"字。20世纪五六十年代村里人丁最兴旺，共有800多人，打鱼为主，农业为辅。我20岁开始打鱼，30多岁时有了机帆船，网也织得很大，我与村里人一起到沈家门、象山那边去打鱼，一网打起来，带鱼有200多担，有时打墨鱼或黄鱼，多时一网500多担。80年代鱼少了，大家觉得住在山上不方便，纷纷迁到霞关中心街和灵溪等地，90年代村子荒弃，近年来更是人迹罕至，现在有一些游客慕名而来。

瑶洞村海拔500多米，视野开阔，抬头可见青山，低头可望大海，风光秀美。而世道维艰，渔民在生命的潮流中负累前行，需要寻找他们认为的宜居宜业之地，无意中留下了这片山间的美好，成为我们无尽的回味。而我们需要思考的是：我们究竟能为瑶洞村做些什么？

十一

渔寮，搭寮捕鱼之意，原是一个小渔村，清廷的"迁界"，让这里荒芜了60年，留下了一段悲伤的往事。清雍正元年（1723），有福建泉州人迁居于此，渔寮重新有了人烟。

长期以来，朴实敦厚的渔寮人大多以渔为业，他们相信只要自己对大海有足够的虔诚，加上辛勤的劳作，便能获得满舱鱼虾，年年丰收。事实也确实如此，他们凭着一条小渔船和简单的渔具，在沿海几公里范围内作业，渔获或鲜卖或晒成干再卖，能养活自己和家人。对于渔民来说，渔寮也有先天的缺陷，没有避风港，码头也小，台风来临，渔船无处躲避，因为海上的风浪从不与任何人客气，狂啸起来的时候，生死便在瞬间。他们出海前，总要立于海边合掌祭拜，祈求海神的保佑，也感恩海洋的赐予。直到20世纪80年代，渔业资源锐减，一部分渔民搭股购买渔轮远洋， 部分渔民上岸做旅游生意，同样是大海赐福于他们，立于海边合掌祭拜的习俗一直延续至今。

我是第三次来渔寮，前两次是来游泳吃海鲜。这一次来我找了一家旅馆住下来。渔寮多为家庭旅馆，我住的那家老板，肌肤黝黑如礁石，是个老渔民，很健谈。他说：我爷爷爸爸都是渔民，我15岁出海，大多在附近打些小鱼小虾，红膏蟹很多。偶尔出海远一些，要带上盐巴，把打上来的鱼虾腌一下，回家才不会发臭，那时的渔船没有冰冻条件，现在都有专门的冰船。我25岁结婚，老婆是附近王孙村人，也出身渔民家庭。我打来海货，由她挑到马站去卖，夫妻俩埋头于生计。渔寮作为风景区开发是在1994年前后，至今已20多年，开始名气不大，游客不多，渔寮有一两家家庭旅馆，接待三五个客人，后来旅游业越做越大，这生意好赚钱，又没有风浪惊扰。13年前我把唯一的一间石头房拆掉，扩建成两间四层楼房，开农家乐办家庭旅馆，不打鱼了。现在村里有60多户开家庭旅馆、海鲜酒家，举办一些沙滩文化活动，每年游客数十万人。

黝黑的老板说：我认为渔寮有两大特点：一是沙滩长约2000米，宽约800米，平坦如一片平铺的地毯，走在湿漉漉的沙面上，连鞋底都不湿，如此宽广，在浙江并不多见；步入浅水层，前行上百米，海水也只是淹到胸部。蓝天碧海，阳光沙滩，是渔寮风景区最好的卖点。二是礁石，渔寮海岸线大多还没有开发，像峡谷一线天那边，奇石累累，错落有致，却没有栈道，观景危险，只在渔寮沙滩中部的一堆乱石中开发了一个景点叫音乐石。当地渔民早就知道这些石头能敲出美妙的声响，如鼓如锣，或洪亮或低沉，能敲出五音七律。开发风景区那一年，有人来做资源调查，我们向他们反映后，来了几位音乐老师，带来录音机、电子琴。他们先用电子琴定好音，接着就这里敲敲，那里敲敲，这里是什么音阶，那里是多少高度，都在石头上详细标注起来。他们敲出一曲完整的《东方红》，悦耳动听。忙了一个下午，他们录了音，拍了照，回去了。听说这些资料后来报到省里，用于审批省级风景区。

渔寮不是看日出的最佳地。晨光初露，被山梁阻挡，朝霞倾泻在大海上，游客往往找不到东升的旭日。渔寮海面辽阔，我每一次来，都喜欢坐在码头迎着海风远眺海天，大海浩渺，天空高远，水光接天，融为一体。渔寮海湾由于受附近岛屿的影响，海水起伏不大，多是风平浪静的时候。海鸥在这里飞翔，羽翼轻盈，叫声温顺，灵逸动人，让人爱惜，它们与我们一样，都是大海的儿女。

夜幕降临，我漫步在沙滩上，空气里饱含着湿润的气息，大海变得和天空一样深邃，黑幽幽的很有质感。岸上的灯光高低起伏，一派辉煌，却把沙滩映照得很不真实，虚拟一般，令人恍惚。轻漾的波浪向沙滩推进，翻滚出一层层洁白的浪花，消逝在沙滩上。一群年轻的男女在音乐石边举行篝火晚会，歌声笑声飘得很远。

十二

苍南海岸线曲曲折折，山水相依，渔寮、雾城、棕榈湾、韭菜园，都有极佳的观海和露营的平台，一路走来，雾城给我留下深刻的印象。雾城位于渔寮的北面，也有一个金色沙滩，长约800米，宽约200米，海湾被当地人称作澳，是一处极佳的海水浴场。澳东有凤山，澳西有龙山，呈龙凤呈祥之态势。传说旧时这里多浓雾天气，故澳内村落称为雾城。

我来雾城正是午时，日丽中天，根本看不到一丝雾气。雾城很小，一条街道，有汽车来往，寥寥几个行人多是游客。街两边是新建的楼房，一楼均是店面，店主小贩也不吆喝生意，摆出守株待兔的架势。我在雾城待了大半天，像个闲散的观光客，结识了开面店的老陈。

老陈本是雾城下码头人，那是一个小山村，几十户人家，大多务农，种番薯，每户一千多藤（番薯地按栽种番薯的株数算面积，一藤是一株），一年要征购100斤左右番薯丝。20世纪50年代初，下码头村分到了在马站的200多亩水田，村民种了两年水稻，觉得路途太遥远，亩产低，征购任务重，就不想种了，把水田还给政府。60年代初，政府发动群众开山辟路，从马站到渔寮的公路尽管没有通到下码头村，村民也分到了建造其中一段的任务。公路造好了，大巴每天一趟。90年代，下码头村村民陆续搬迁到雾城。

老陈说：雾城以前每天早晨必起浓雾，快到中午时散去，我小时候听老人这样说过。雾城两边山上有一条龙和一只凤，龙和凤本是天上神物，因为相爱，怕被玉皇大帝晓得，就偷偷地来到这里，白昼各自躲藏山上，晚上就合拢一起谈情说爱，又害怕天兵天将发觉，龙就喷吐出浓雾遮盖，雾城澳就浓雾翻涌变幻。居住在澳里的村民洗了衣服也晒不干，要拿到山头去晒。

老陈说：雾城还流传这样一个民间故事，元末明初，倭寇入侵浙闽沿海，"滨海之区，无岁不被其害"。洪武年间，明王朝信国公汤和在金乡设卫建城，在雾城筑壮士所。倭寇见建了所城，计划攻城抢劫，但盗船开到雾城澳，见氤氲大雾，无法看清进攻的方向，接近不了所城。有一次，一个倭寇打扮成风水先生，登陆来探虚实，终于发现龙凤相爱的秘密。他就来到城内，对村人说："这些漫天大雾，是两个妖怪所为，妖怪不除，恐怕全城人都要遭殃。"村人忙询问除妖办法。于是这倭寇就与村人一起把狗血、羊血抬到山上，倾倒在龙凤歇息的地方。龙凤见到这些污物，无法忍受，就飞离雾城。龙凤离开之后，雾城雾开云散，壮士所城一览无遗，倭寇大兵压境，被攻破了。村人方醒悟自己被倭寇欺骗，怀念那一对相爱的龙凤，就称澳东山为凤山，澳西山为龙山。

据清乾隆《平阳县志》记载，壮士所城兴筑于洪武二十年，为"濒海筑城五十有九"之一，城墙周长1500多米，设东、南、西城门，并筑有护城门、城楼、瓮城等，北城墙依山而建，驻有千户等官15名，旗军1232名，辖台1处，墩3处，三面护城河环绕，经雾城沙滩注入东海。城墙上战旗飞扬,城墙内外刀光剑影,抗倭官兵屡有战绩。正统八年(1443),倭寇又一次进犯壮士城,官兵损失惨重,副千户王山战亡。隆庆二年(1568),倭寇攻破城堡,烧杀抢掠。

阳光下,我在老陈的带领下来到壮士所城遗址。硝烟散尽,450年过去,时间涂抹了细节,所有的背景也已淡去,那些离我们久远的人和事,不可避免地演化为一个简单名字或一个印记。壮士所城残存的城墙和西门城兀自挺立在山脚下、旷野中,柴草、藤蔓、青苔疯长,灰色的松鼠扇着大尾巴敏捷地跳跃着。老陈说:壮士所城平面呈"凸"形,占地面积约0.14平方公里,东面临海,城墙、房屋除了当初大部分毁于战火,又在以后数百年风吹雨打、年久失修中倒塌。20年前我搬下来时,老城内已经没有房子,只有地基,现在居住的几户人家也是那个时候从山上搬下来的,房子是后来建造的。但以前的田园、水渠还在,证明所城是战斗和居住浑然一体。我们行走在老城的石路上,只见阡陌纵横,沟渠交织,几间民舍掩映在绿荫花影之中。

有史书载,海防真正形成防御体系是在明代。蒲壮所城保存了完整的明代抗倭防御设施和体系,也是研究明代卫所制度的实物史料。蒲壮所城起因于战事,尽管在现代战争中已失去其威力,但坚厚的墙石所封存的历史前尘,后人应当倍加珍惜。

十三

这是一个阴天,天空灰白色,没有海风,海浪也很轻微,我的海岸线走读进入了大渔湾。

大渔湾位于苍南海岸线的中心位置,南临渔寮,北近炎亭,金乡、钱库也在附近,渔寮、炎亭是风景名胜区,金乡、钱库是苍南县的经济强镇。大渔湾海岸线39公里,浅海面积约20平方公里,由于湾口有官山岛等岛屿作为屏障,风浪较小,又由于溪流的注入,使海水咸淡相宜、温度适中、水质肥沃,滩涂与海域都适宜养殖。我眼前的大渔湾一片沉寂,一个个紫菜养殖场密布其间,共有面积4万余亩,在灰白色的背景中,有着摄影构图中的透视效果,像一帧素雅高贵的黑白照片。

大渔湾海岸边分布着近20个村庄,每个村庄都显得安静祥和,约一半的村民外出做事,留下来的一半大多从事海上作业,作息时间跟随着海水涨落和紫菜的生长期,长年累月经营着自己和家人的生活。

我在下厝村停留了半天。下厝村缘海负山,逼仄而少平地,与大渔湾的辽阔形成鲜明的对比。下厝村党支部原书记严加川给我介绍有关情况,他说:大渔湾一些村落有滩涂,出产螃蟹、跳鱼、蛏子等,村民伴滩涂为生,日子过得相对安逸。下厝村没有滩涂,土地资源紧缺,世代只能向大海讨生活,划着小舢板,与海浪、海风打交道。70年代,我们村一些渔民把小舢板改为机帆船,去远海捕虾皮,效益好,但有一次十来条渔船在福建石狮海域遭遇大风,沉了3条,9个渔民丧生。这次打击后,有渔民开始紫菜养殖,养到了1000亩,我们总想借助大海的力量来改善自己的生活。

十四

下厝村村民林维杰从小把舢板当作自己成长的摇篮,大海是他人生搏击的舞台。他说:大渔湾出产的紫菜特别细嫩、鲜美,广受市场青睐,养殖紫菜也成为大渔湾沿途渔民发家致富的主要途径。我以出海打鱼为主,养紫菜是副业,只有10多亩。紫菜养殖最担心的一是台风,二是"海霸",三是价格。每次的台风预报总让人提心吊胆,我们可以把船只开到三四公里外的中墩港避风,但紫菜养殖场不好做防台风措施。台风总把紫菜竹排和编绳刮得不见踪影,网帘和竹架缠在一起无法解开,损失或多或少。2005年之后的3年,紫菜价格飞涨,养殖户数量迅速增多,于是,养殖户与养殖户之间、村与村之间,出现了抢地盘的现象,后来甚至发展到"海霸"势力扰乱社会治安。政府采取了一系列措施才得以控制。这几年,全国紫菜养殖业发展太快,江苏、山东、广东等地都有大规模的养殖基地,紫菜价格暴跌。2008年紫菜价格最好的时候,吊机从养殖船上把紫菜吊上码头,还全是水,就以一斤4元的价格被收走,一亩可收入两三万元;这两年紫菜的价格是6毛一斤,一亩只收1000多元。有的养殖户连本钱都收不回来,只得外出打工,把养殖场交给老人打理。

十五

从大渔湾到炎亭,如果沿海岸线开车,应该十几分钟的路程。我向大渔湾渔民打听沿海公路,他们说建设中的甬台温沿海复线高速就是我想要走的路,不过还需要一两年才能竣工通车,我只得按照导航,从藻溪、钱库两镇绕道,又因复线高速建设造成一些路面坑洼不平,这一路我用了两小时。

到达炎亭镇已是下午3时,我想把这小半天时间留在炎亭镇海口村。我十年前来过炎亭镇，听说海口沙滩不亚于炎亭沙滩，但因交通问题没有成行。这一次闯进这个古朴的小村，却发现它已经衰老了，几十间老宅要么翻新后无人居住，要么就破败着。我来到了村委会办公楼，锁着门，旁边宣传栏里张贴有炎亭镇人民政府的走访慰问困难群众对象公示。在村委会附近，我遇到一位老人，跟他打招呼，他说"听不懂"；问他姓什么，他说"听不懂"。我想应该用"蛮话"他才听得懂，可惜我一点都不会。"蛮话"是苍南原住民的语言，以钱库和炎亭的"蛮话"为代表。我来到了6号老宅，一位老妇人坐在门口择菜，我们聊了几句，她还能说几句普通话，遇到听不懂的话彼此间就用"嗯嗯啊啊"来连接。她大概是说海口村原来热闹时有一百来户，现在只住着5个老人，过年过节外出的人也有回来小住。她的孩子在龙港做事，她留在村里管理老屋，有人住着，这村子就不会废弃。我们在艰难地交谈时，听得一群山羊咩咩地走了过来，羊群后面跟着一个老汉，挑着两畚箕青菜。老妇人接过青菜，老汉跟山羊走了，应该是赶羊进羊圈。老妇人接着说，大意是那老汉是她的丈夫，与她相依相伴，长期蜗居村里，丈夫年轻时近海打鱼，老了和山沟里的泥土打交道，近海打鱼和海岸边种田都有风险，台风威胁着生命，也影响着收成。此时，她的叙说中已溢满爱意，充满温馨。她还让我进家里坐坐，我说天色不早了，要去看看沙滩。

在老妇人的家门口就能看到沙滩，一弯月亮似的镶嵌在山脚下，去沙滩却要绕一段山路，下一处缓坡。港湾里很幽静，几栋楼房稀疏冷落，都有不同程度的破损。有一栋三间两层的红砖楼房，将近一半的墙基被海水掏空，半悬而未倒，成了"楼坚强"。曾经出售过"猪头排、羊脚、鸭头、鸡壳"的餐馆，曾经有冲洗项目、兼做旅游商品售卖的小宾馆，无论以前怎么喧闹，现在都是关门大吉。有一间低矮的售票处让我颇感意外，原来海口沙滩还设有门票，是哪年的事？门票的价格多少？旺季时一天可以卖到多少钱？售票处带给我许多好奇，却无人打听。

沙滩的岸坡有栈道，一头断在礁崖之上，一头弯进林木深处，青石栏杆保护着行人，细小的树叶和山羊的粪便落在水泥石块的路面上。我走过一段栈道，来到了沙滩上，细沙绵绵，洁净舒适，沙水相接之处，光润细腻如肤。海口沙滩长约300米，宽约200米，是一个精致小巧的沙滩，而现在只有我一个人，倒成了私人空间，独爱这一份寂寥。傍晚的海风，送来了涨高的海潮，翻腾迭起，煞是有威，到了沙滩之上，却变成了深情的爱抚，最后依恋地退去。有人说"每朵浪花都为海滩而来"，说这话的人是否也像我一样，在海滩上久久地逗留，细听海浪的心声。

十六

炎亭的大街上,过客流水一般来往,叫卖声潮水一样冲击耳膜。正是虾蛄收获的季节,渔船满载而归,码头成了交易市场,渔民、搬运工、散客、批发商,挤挤挨挨。我这一次来炎亭是在初冬,本以为炎亭会像即将打烊的大排档,有一种激奋过去的倦意,嘈杂之后的落寞,然而,时下的炎亭却没有冬天的冷意。

当地渔民告诉我,来炎亭四季皆宜。渔业是炎亭镇的支柱产业,出产有梭子蟹、虾蛄、丁香鱼、鳓鱼等,渔港位于东沙村跳头山,为国家二级渔港,浙江省梭子蟹出口基地。炎亭不同于一些打"海"字招牌的旅游景点,除了夏秋季踏海波、逐海浪,还可以春冬季尝海鲜、品海味。况且,这个海边小镇常住人口也多,已经超过8000人了。

渔民说得在理,我在炎亭渔港还看到了众多的海鸥,它们大模大样地在海岸边、滩涂上寻找食物,一伸脖子一抬头,转瞬之间尖嘴上就叼着战利品。海鸥是候鸟,喜欢群集于食物丰盛的海域,炎亭良好的生态环境和充足的鱼虾吸引了它们在这里安心越冬。炎亭还有一个颇有规模的避风港,防波堤长370米,可容纳300多艘渔船安全避风,堤坝之外,就是广阔无边、静默涌动的大海。

苍南县旅投集团炎亭分公司设在炎亭金沙滩边,公司经理林领发接待了我。他说:早年的炎亭是个小渔村,据说在北宋时开始有人常住,住着草寮,以捕鱼为生。我小的时候,炎亭还有稻草盖的草寮,不过大多是木头建的矮屋。炎亭旧名盐亭,据清乾隆《平阳县志》记载,五代就有盐亭之名,但炎亭晒盐规模不大,估计就几亩盐田,在西沙村陛门附近,主要是设有盐税所。炎与盐同音,到了元朝时,就有人称炎亭了,平阳诗人陈高在《竹西楼记》这样写:"温之平阳有地曰炎亭,在大海之滨,东临海,西、南、北三面负山,山环箕状,其地可三四里,居者数百家,多以渔为业。"明嘉靖年间,炎亭梭子蟹作为皇家贡品,朝廷派员在炎亭修建道路,抓捕"御蟹"。不过,现在的炎亭人对于祖辈的历史已经模糊,许多故事在口口相传中流失。

我走访了炎亭镇政府所在地东沙村、西沙村,两村融合在一起,组成一个集生产、生活、旅游为一体的海湾。对于游客来说,到炎亭既为吃海鲜,也为看海景。炎亭最有名的海鲜当数梭子蟹。梭子蟹因呈梭子形而得名,温州人叫江蟹,在炎亭近海区域繁殖或栖息,每年捕获季节,炎亭渔民将一船船的梭子蟹运回港口，沿海各地民众纷纷迎接这场梭子蟹的盛宴。新中国成立后，炎亭成立渔业互助组、建造渔用避风港，梭子蟹产量连年增加。到了20世纪70年代，炎亭梭子蟹出口日本，开始创汇。林领发说：20世纪80年代是炎亭渔业产量最好的时期，一条渔船七八个渔民，出海来回两三天，可捕获几千斤梭子蟹，平均每人几百斤。那时候虾蛄是不要的，全身是刺，也没人吃，不小心捕到也都扔回大海，渔民主要捕梭子蟹和黄鱼，炎亭被称为中国梭子蟹之乡。当时炎亭还建起了9家冷冻厂，其中炎亭水产冷冻一厂是国营的，库容200吨，日制冰10吨，其他8家是股份制的。渔民把捕获的梭子蟹运到冷冻厂，冷冻厂雇了一批小青年，由他们先挑选一番，把那些一只脚都不差、身上没有破点、还带有红膏的梭子蟹挑出来，用橡皮筋扎好，一个个按重量分等级，速冻后空运销往日本。我当时还小，上午放学经过冷冻厂，都要停下脚步看小青年在那里挑挑拣拣，到了11点多钟肚子饿了，我就拿几只剔除的梭子蟹回家，让母亲炒年糕吃。那几年日本也有专家来炎亭进行梭子蟹加工、活蟹暂养等技术交流，炎亭的梭子蟹出口日本都是免检的。

　　林领发说：许多炎亭的食客讲究应季的食物，何时吃梭子蟹，何时吃小黄鱼，何时吃虾蛄，何时吃水鱼（龙头鱼），都有一个时间表。梭子蟹是农历十月到春节前为收获旺季，临海而居、沿海而作的炎亭渔民肯吃苦，又勤快，他们在大海上冒着寒冷，把网上来的梭子蟹及时剥下来，成活率高，肥度就足，脂膏鲜美。鲜食以蒸食为主，干蒸梭子蟹清吃，蟹肉丝丝缕缕，洁白清香。梭子蟹炒年糕更是一道本地特色菜，渔民出海回来，船在码头一停稳，就从箩筐里拿一只梭子蟹，跑到店里，交给本地厨师炒年糕，吃饱了再去船里卸货。梭子蟹炒年糕的那只锅，一般是不洗的，油油的放在那里，给渔民轮流炒，炒的次数越多越好吃。至于江蟹生、呛蟹、蟹酱、蟹子（蟹卵经漂洗晒干），均是海味之上品。这些年，炎亭梭子蟹引得千万人慕名而至，已经供不应求，想要觅求正宗的炎亭梭子蟹比较困难。现在的炎亭梭子蟹大多来自外海、远地，经过暂养后出售。炎亭沙滩底下的海水水质好，特别清澈，用水泵和水管抽上来，暂养着梭子蟹。所以，在炎亭海岸边不难发现一条条横卧着的皮管。暂养一两天的梭子蟹口感就好起来，食客依然纷至沓来，这与我们县的桥墩螺蛳一个道理，现在市场上的桥墩螺蛳基本是经过桥墩溪水暂养后的外地螺蛳，其味道也接近本地螺蛳。

十七

　　炎亭风景旅游资源主要有海水、阳光、岛屿、沙滩、果林，且以沙滩最具吸引力，但是，情况在发生变化。林领发告诉我，炎亭沙滩名为金沙滩，苍南县最北的一个沙滩，长800多米，宽200多米，原来焦黄色的石英细沙纯净鲜亮，且不沾身体，赤足在沙滩上行走，夏天滚烫，秋天有说不出的惬意。20世纪90年代，炎亭渔业发展很快，渔船增多，台风比较频繁，老渔港不能满足渔船避风需求，台风将要来临时，数百只渔船前往苍南石砰、巴曹、霞关等渔港避风，给渔民带来不便，也造成不同程度的损失。1998年，东沙、西沙等村的渔民筹集了200多万元，建了120米的防波堤，又等了若干年，终于在2008年续建了250米防波堤，避风港建成了。但防波堤影响了海沙的循环路径，金沙滩的坡度日益抬高，靠海的沙子不断减少，并且裸露出大量长满蛤类贝壳的石头。林领发说到这里，发出一声轻叹，"我亲眼见证了金沙滩的退化，金沙滩曾带旺了炎亭的旅游业，炎亭有'点沙成金'的昨天，是否会有'石去沙回'的明天?"他的话语中带着忧伤。

  初冬下午5时就暮色四合，我告别林领发，驱车离开炎亭。与我10年前来过的炎亭相比，现在交通便利，与外界联系水乳交融，城镇格局有所发展。村民依海而居，耕海而获，日子更加富足，生活方式相应变化。但如何更好地保存渔村的风貌和资源，让村民和游者心无抱憾，已成为当前不可回避的沉重话题。

  汽车转弯时我一回眸，夜幕下的炎亭飘逸着浓浓的夜色。

二、平阳海岸线：横屿船屯"可泊万船"

一

在铄石流金的7月，我的右臂出了问题，患上带状疱疹和疱疹消退的后遗神经疼痛，病痛折磨我到了8月，我的走读海岸线，继续还是停歇？

8月中旬，我见病情有所好转，服用止痛药，驱车去平阳，平阳的海岸线以海西镇为主，延绵起伏，全长19公里。在平阳的两天里，太阳如一个火球，海边的天气很是溽热，但我在溽热中感受到海滩的气息和海水的味道，感受到礁岩的厚重和渔村的情调，一切都散逸着美好。

10余年前我来过西湾，在这里坐过渔船，吃过排档，住过农家。记忆中到了半夜，还是"文青"的我没有睡意，来到海滩上听潮看月，正是潮落时，潮声显得很遥远，也没有月亮，头顶是密密麻麻的星星。当时的西湾，是一个乡镇，海岸边分布有许多美丽的渔村，既有丰饶的海鲜，又可开辟为旅游胜地。

这一次过来，西湾已成为社区。2016年1月平阳增设海西镇，西湾从鳌江镇划归海西镇。来西湾也方便多了，印象中的田间公路都成了大道，贯穿海岸的城新线虽然略显窄小，但刚刚铺过柏油路面。听村民说，西湾已经迥异于以往，与平阳滨海新区相生相融，进入台湾海峡以西的经济圈。

西湾殿后山村村主任林中淦证实了村民的说法。海西镇地处东海西岸，依托滨海新区工业发展、宋埠老城区城镇化建设以及西湾旅游业开发，打造"滨海古邑、产业新城、风情海西"的未来平阳港区综合配套区。林主任认为，无论是新区建设还是老城改造，都要尊重西湾人祖祖辈辈赖以生存的大海，这是家乡的海，也是祖宗海。

二

林中淦说：20世纪80年代前，西湾人绝大多数以渔为业。海水击拍海岸发出不同节奏的声响，是向渔民发出出海的指令，一种不可违背的指令；或是向家里人报告满载而归的信息，一种让人期盼的信息。一代代西湾人承接宿命走向大海，殿后山就有六七十只渔船，整个西湾就是几百只渔船。西湾的渔船大多是擂网船，属小型船舶，长约7米，最宽处约1.5米，木质结构，一只船不过600斤重，4个人抬下海轻而易举，虽不能远洋，但那时只需在四五十公里的近海捕鱼。擂网船捕鱼时成双成对，相当于"双拖"，让两船拖曳一副网具进行捕捞作业，每天一趟，一趟能捕两三千斤，子梅鱼（梅童鱼）、水滂（龙头鱼）、江蟹最多。渔船归来，大家都想早一点到岸，趁着海水涨潮、南风刮起，把船划得飞快。到了滩涂边，海水还没有涨上来，船夫拉起风帆，擂网船冲上海涂，发出突突的声音，一艘艘齐齐滑向岸边，当地人称之为"走涂"，蔚为壮观。小孩子等落潮后在滩涂上捉蟳蚌、阑胡（弹涂鱼），遇上辣螺、泥螺等，也不放过，叫作捉小海。滩涂就是渔民的田地，一年四季都有收获。孩子们一边捉小海，一边等待大人的渔船归来，渔船一到，都跳到自己的船里忙不迭掀开饭桶盖，只有饭桶里的渔获才能拿回家，如果装满有足足20斤，其他要归公或卖给鱼贩的。每一个渔民出海都带有饭桶，一天的饭菜都装在这圆圆的木桶里，回来时饭桶空了，就装些留给家人吃的鱼虾，小孩子看到桶里活蹦乱跳的鱼虾，别提有多高兴。大海留下了西湾人的辛劳与喜悦，岁月无法冲刷，也无法更改。

林中淦告诉我，西湾原有大小7个海滩，一个挨着一个，多为泥质沙滩，越靠岸沙杂越多，越靠海泥性越强，海涂资源丰富，共计8万多亩，落潮之时，沙滩前是一望无垠的海涂，跳动着鱼虾。这里海水较为浑浊，水温较高，很适合一些鱼类生长，比如每年春夏之交，子梅鱼就喜欢在西湾附近的水域里产卵繁殖。这些沙滩中，本来头沙的沙滩最大，建有渔码头，最有知名度，1994年有人要在沙滩上围垦，要搞房地产，让村民集中居住在一起，当时的村民不知道沙滩和生态的重要性，就同意了，还出了钱。后来沙滩被围垦了，房地产却没有搞起来，现在是荒滩一片。

现如今游客大多集中在跳头村，赏海景、听海潮、吹海风，在海滩上滑溜板、捉海蟹，如果潮水涨得高，也可以跳进海水中畅游一番。想起上一次我来西湾，晚上就住在跳头村，夜宿哪个农家已不可寻，半夜听潮看月的海滩正是村前的百步金沙。百步金沙还是那么细柔平坦，无边无际的滩涂白茫茫一片，肉眼视线的尽头，是隐约的几座岛屿，应该是瑞安的区域了。游客来西湾，往往少不了吃海鲜，百步金沙的岸边礁石上搭建了一排排竹楼，都是海鲜大排档，游客一边吃海鲜一边观赏大海或许别有一番风味。

三

村民老龚自告奋勇要当我的导游，我说我熟悉西湾呢，跳头、头沙、一沙到四沙，我都走过。老龚说，那我带你去看看北山的民宿村。好吧，我让老龚坐上我的车，就去北山。

途中我们聊起西湾的风景，老龚说：西湾有三大景区，百步金沙、二沙和西谷仓、龙潭瀑布群。到西湾看海之后可以看山，海边的山上有3处溪流瀑布，最大的莲花瀑，落差达60多米，在阳光映照下如莲花绽放；双龙瀑，一大一小两个瀑布组成；龙潭瀑，有深潭幽谷，以前叫樟木潭，潭边多樟树。日夜奔流的瀑水汇成溪流，绕过山峦欢天喜地去了大海。海滨溪流瀑布在其他地方少见，以前万全垟一些地方大干旱，村民到龙潭瀑求雨，果真把雨求过去了，从此风调雨顺，五谷丰登。近来瀑布群在修整中，我才不带你去看。

过了几个山村，眼前豁然开朗时，沟峪中的民宿村跃然而出。这本来是一个"空壳村"，村民大多跑到大城市去了。几年前被开发商看上，与村民签下合同，对民房进行了翻建改建，保留下传统元素，融入了现代设计，更显得亲切温暖。石阶上鲜花引路，我们顺势而下，来到村里，这是一个小村落，点缀着海滨渔家的装饰，透着一种质朴素雅的气质。站在每一栋房子的院子里，可望群山，可眺大海，居住此地，如隐士一样。

老龚告诉我，西湾最早的房子是稻草寮，框架木头搭建，屋顶盖上金黄的稻草，稻草两年一换。新中国成立后西湾人陆陆续续盖起砖瓦房，冬闲的日子，积攒了一些钱的家庭就谋划建房子了。主人家要叫亲戚、邻居，甚至村里人帮忙，挑选精壮的汉子到万全垟的仙口村那边挑砖瓦，瓦片一担110块，80多斤，青砖一担40条，近100斤，都是刚出窑还没有被雨水淋湿过的，淋湿了的砖瓦很沉重，砖瓦窑要低价卖给船运的人。挑担的汉子凌晨起身，走枫门岭古道去仙口，路上居然遇到许多担行贩的生意人。这条古道长约5公里，用不规则石块铺设，但平整宽敞，以前是西湾出入平阳县城及瑞安的主要通道，每当潮水上涨时，渔船进港，海鲜卸货，担行贩为了赶时间不让海鲜变质，用最快的速度贩走海鲜，走枫门岭到达仙口村，再四散到各地出售，他们不分白天黑夜，赶路要紧，因此枫门岭渔樵商旅终日不绝，夜间古道上处处是挑夫、流动的灯火和在空谷中回荡的吆喝声。挑砖瓦要到中午结束，可以挑两趟，村里人互相帮忙，挑夫到主人家吃饭，不拿劳力钱。后来西湾公路建成通车，古道被冷落了，也不再是西湾人外出的必经通道了。

用老龚的说法，西湾人原本本本分分，在家打鱼务农，很少外出。到县城和瑞安算是出远门，要到仙口的轮船埠头乘坐内河轮船前往；如果个别人去温州，要到平阳鳌江坐外洋轮船。西湾多田地，水田一户有两亩多，山地就更多了。山地种番薯，这些山地似乎就属于番薯，一直到20世纪90年代开始荒芜从来没有改变过。所以大米和番薯是西湾人的主粮，他们没有过青黄不接的时候，甚至拿余粮养猪，把猪养得膘肥体壮。在西湾，阳光、土地、风水都好，让每一个村庄安稳平静地向前走，不慌不忙。这一份气定神闲，到了20世纪80年代才结束，村民纷纷外出，移居到鳌江、龙港、昆阳、温州，甚至北京、上海等地。

四

林孝暖是西湾人，虽长期在县城昆阳工作，但心系桑梓，这几年特别关注西湾的海岸线，经常前往考察。他说：西湾的海岸线海湾众多，海岸曲折，礁岩造型奇特、纹理清晰、色彩丰富。近年来因为海涂围垦加速，大量礁岩海岸消失，实在可惜。现在，挖土机、填土机还在轰鸣，海岸线一天天缩短，自然景观一天天枯萎，西湾的美丽就在一天天减分。

去年3月，林孝暖在了解围垦对西湾礁岩海岸的影响时，来到一沙村。偶然间，他在村码头附近看到了一处石头建筑，两边是大块支石，上面是一块巨大的盖石，里面是土石墙，可容一人弯腰进去。石头建筑坐南朝北，面临大海，距海面有近20米高，疑似石棚墓。林孝暖曾经与其父编写过志书，看过石棚墓照片，也实地走访过。浙南石棚墓群是国家级文物保护单位，瑞安、苍南有，他眼前的疑似石棚墓与鳌江龙山头的2号石棚墓极像，但文献中从来没有记载过。

林孝暖说：朝鲜半岛有两万余个石棚墓，浙南也发现了这种石棚墓，可以证实两地在史前时代有过文化交流，西湾这处疑似石棚墓相似于韩国济州岛的一些石棚墓，应该属于同一类型，这很难用巧合来解释。我猜想原先的族群追逐海水，擅长航海，他们选择在靠山面海之地生存，既可以上山采集野果和狩猎鸟兽，也可以下海捡拾贝壳，捕捞鱼蟹，海水每天涨潮退潮，为他们带来了充足的食物。随着最近一次海退的发生，滩涂不断转化为陆地，石棚墓的族群也不断往东迁移，西湾等地是他们的最后落脚点。

在西湾追寻历史，或许能追寻到人类文明的源头。我终于明白，温州海岸线，何以那样的逶迤而富有灵气。

五

离西湾6公里（据开车导航的行程）的仙口村，是一个古村，村头的老人甚至说是平阳第一村。

老人们振振有词：所谓第一，不是指地域面积，而是平阳置县之初，县治就设在仙口。早在平阳建县之前的三国吴赤乌二年（239），孙权在安固（瑞安旧名）县仙口一带建横屿船屯，驻扎水兵进行海上操练，委派典船校尉监督罪徒造船。44年后的西晋太康四年（283），包括横屿船屯在内的安固县南面，建立始阳县，后梁乾化四年（914）改称平阳县。

经仙口村村委会安排，由该村文化人胡方春和郭景生给我介绍仙口村的有关情况，他们还陪同我参观村文化礼堂。据他们收集的材料和观点，当时横屿船屯与福建的温麻船屯、广州的番禺船屯同为东吴三大造船基地，其范围大致为仙口至西湾墨城（也有说昆阳东门山脚至仙口）一带，东濒大海，南依古盘山，是一个很大的避风港，加上飞云江和鳌江上游有广袤的森林，供造船所用。三国时期，造船业有所发展，瓯越先民更以舟为车、以楫为马，掌握了高水平的造船技术。一般的船只长十余丈，高出水面二丈多，可载600多人；有些船可载战马80多匹，最大的船只有五层，可运载3000名士兵，相当于现代的航空母舰。横屿船屯所造船只多军用和商用，除战争使用外，还有大量船只供官员使用，北往沪宁，南通闽粤，直驱长江沿岸。有学者认为大陆最早以政府名义出航台湾的船只有可能是横屿船屯所造。船只来往，促进了水系与水系的沟通，城市与城市的沟通，区域与区域的沟通，经济与经济的沟通，文化与文化的沟通，南方与北方的沟通，东部与西部的沟通。史书记载横屿船屯"可泊万船"，有千船竞发的壮观景象，规模很大，盛况空前。据说万全垟的名称也是"万船"谐音而来。

仙口村周边多农田，正是盛夏，田野一片郁葱，水稻长势喜人，丰收在望。田间有清澈的溪流，静静的，缓缓的。村庄南面是嵯峨黛绿的群山，连绵起伏。青山绿水沃野，呈现仙口的自然之美。胡方春说：这山脉叫古盘山，像一条来自东海的盘龙，东起西湾，西至昆阳东门山，山上有多处烽火台，大多建在明代抗倭时期，在古代沿海军事战略上有重要地位。古盘山北面广袤的平原，称为万全洋，古时候是一片汪洋大海，现在古盘山的山岙那时都是港湾，居住在海边的先民打鱼采螺，早出晚归，生火做饭。千百年来，海水消退，滩涂渐露海面，大海演变成了万全平原，这就是沧海变桑田。据《温州市志》，温州的浅海和滩涂，现在每年还以两厘米的速度在淤积和抬升。

有考古专家在仙口村挖出古陶罐，有唐朝的，有战国时期的。确定最早出现人类活动的，还是遥远的商周时期。从三国到两宋，是大型的对外交流的沿海港口。读南宋大臣、史学家李心传的《建炎以来系年要录》，载"绍兴十五年十一月，日本国贾人有贩硫黄及布者，风漂泊温州平阳县仙口港，舟中男女凡十九人"。绍兴十五年距今800多年，已有日本、高丽的商船来往，自由贸易已经发达，"南则闽广，东则倭人，北则高丽，商舶往来物货丰衍"。随着时光的流逝，仙口港湾慢慢淤积，元大德年间（1297—1307），诗人林景熙为仙口港写有"神山空缥缈，水弱不胜舟"的诗句，可见仙口一带在元代水位很浅，难以行船了。到了明嘉靖年间（1522—1566），出现了"仙口塘"的记载，说明这里已有堤岸和水池。清康熙年间（1662—1722），朝廷实行"迁界"政策，在沿海插桩为界，仙口属于"界外"，所有人都得背井离乡，房屋全部被烧光，仙口从此淡出人们的视线。

有村民告诉我，仙口村过去曾挖出古船桅，已不知去向，但由木头炭化成的黑炭土，挖出过几次，是不是以前的沉船？哪个年代？还没有权威的说法，村民挖回家晒干当柴火烧。林孝暖说：去年4月份我从西湾回来，见沈海高速复线在仙口修建，山洞打好了，正在水田里打桩位，有三四米深。我问施工人员有没有打到木头，离山洞口200米以内的几个桩位施工人员说有打到木头碎屑，这些木头碎屑让他们伤脑筋，混凝土浇灌下去会漏掉。而我在想，如果这些木头碎屑是三国时期的，就是国家级文物了。

六

与仙口村历史相配套的，是颇有一些"国家级"的传说。有一座始建于唐乾符年间（874—879）的神山寺，寺中有一个千年石缸，石缸上没有文字，说不准哪个年代。猜想水缸的用途跟祭祀有关，祭天地、祭祖宗，却长期用来盛水，据说自来水在水缸里存放几天，就有山泉的味道。又说东晋咸和年间（326—334），医药学家葛洪途经仙口，在神山寺附近的一块仙石下驻足炼丹。还说有一天，仙口村对面的柏树村一位狄姓男子上山砍柴，在神山寺附近的一个山洞里看到两位老人一边下棋，一边啃着桃子。狄姓男子把柴刀和串担放在洞口，看他们下棋。看了半局光景，其中一位老人说：你快点回家吧，不然找不到回家的路了。狄姓男子转身要走，见洞口的柴刀生锈了，串担烂掉了一半，心里慌张起来，匆匆忙忙回家。路上，只见田地、村庄都不一样了，到了柏树村，也认不出自己的村子了。一打听，他的父母和老婆早已去世，他孩子的曾孙也七八十岁了。原来那两位老人，一位是张果老，一位是铁拐李。

这故事像一部情景剧，有一些小曲折，正如仙口村的历史。我在仙口村走读，它的历史和故事，都让我恍然如梦。1700多年前的船屯难觅踪迹，许多故事在民间口口相传。

七

原本，我只知道鳌江镇因江得名；原本，我只知道鳌江镇是中国近代史上的一个集镇开放口岸；原本，我只知道20世纪80年代后，鳌江镇与隔江相望的龙港镇在经济发展的竞争上输了一截。走读了鳌江港之后，我才知道鳌江镇在我国沿海的战略意义与地理位置的重要性；我才知道鳌江镇历来是浙南和闽东北地区重要的物资集散地和主要商埠；我才知道几百年来浓郁的文化气息曾在鳌江镇四处飘扬。

鳌江是浙江省八大水系之一，古称始阳江、横阳江，干流源于文成桂山，总长92公里，注入东海，后因海水涨潮，江口的波涛起伏如巨鳌负山，故称鳌江。鳌江镇临海靠江，河网密布，海涂辽阔，被称为"中国古鳌头"。

踏上鳌江镇这一方土地，我便跌进了时空交错的历史风云中。唐朝时有鳌江的文字记载；北宋时期，鳌江由渔人聚集成市；清朝初期设置了海关，后来清政府下令"迁界"，渔民内迁数十公里，雍正年间（1723—1735）再聚民众。民间还有乾隆帝在此发生恋情的故事，说乾隆微服下江南，恰逢江南梅雨，在此歇脚，邂逅一女子，美艳动人，一见倾心。女子见乾隆风度翩翩，亦眉目传情，故演绎出一段龙凤呈祥的爱情。乾隆还在一座乡间小桥边，赐碑一块，建亭一所，便是如今的三官亭，立在拥挤的老城区。

150年前的鳌江有上、中、下三埠，埠即码头，这里应指摆渡过江的码头，便于江南江北两岸人们通行，也来往着官艚海舶，那时还被叫成舻艚头。据当地老人推断，当时的上埠是后来新渡的位置，历史最早，明朝已经开渡；中埠是后来安澜渡的位置，新中国成立后改名胜利渡；下埠是后来的平安渡，建于道光年间（1821—1850）。鳌江三渡是鳌江文化的脐带，不管历经了战乱、灾荒，还是改朝换代，为交通方便发挥了作用，成为海货集散之地，逐渐衍生出商港、渔港。20世纪90年代之后，随着大桥开通，船渡失去了往日的作用，逐渐荒废或挪为他用。

八

据有关资料记载，民国十二年（1923），鳌江港开港，因得天独厚的地理优势，成为国内的转运港，通过宁波、上海等港口转运出口。民国十三年（1924），王广源商行经营的"光济轮"进入了鳌江港，并在上埠首建木结构码头一座，名为三江码头，可供停靠500吨级货船。接着，同生利商行在下埠与中埠之间建起瑞平码头，也是木质结构，可停靠500吨级货船。民国十四年（1925），王广源又经营了"三江""福州"等轮船，航线南达汕头、香港、基隆等地以及日本、新加坡，北通大连、营口，并自置南岐小轮船往来于南麂。这期间，葡萄牙、荷兰、英国等国外轮也纷纷入港贸易，甚至有比利时3200吨级巨轮驶入。此外，王广源还开拓性地经营东北豆饼，承销德国肥田粉，进口花纱布，开办碾米厂，组织本地土特产如陶瓷、茶叶、烟叶、大米、土布、生猪、明矾等出口，后来还直接投资茶叶加工和明矾生产。矾山有"世界矾都"之称，生产的明矾作为平阳重要的出口产品，60%以上由王广源运销国内外，在南洋一带享有盛誉。由于王广源和其他各家航运业主的配合运营，鳌江港成了当时浙南、闽北地区的主要物资集散地和出海口，商业十分繁华，商贾大户云集，宁波、福建等地方的商人都赶来这里采购商品。鳌江镇也携航运之便成为当时著名的百年商埠。

同时，鳌江港汇集了大量的渔船，停得黑压压一片，却井然有序地轮流着卸海鲜到码头上，然后经人力板车、挑夫、车夫、搬运工的分流，大部输送到各地，小部分在鳌江栈前街、栈后街的鱼市上交易。

当年的码头是由商行私人筹建，许多是专用码头，如渔行码头，仅供卸货、销售或渔民歇脚、避风之用。新中国成立后，先后设立专门的粮食、煤炭、沙石、石油、天然气码头，又整合原来私人码头，设一至四号码头。

码头的尽头是街道。据当地老人记忆，大街有栈前街、栈后街、南门街、陡门街、兴隆街等,每天总有数不尽的马车、商贩、挑夫来来往往,四处吃喝,熙熙攘攘,摩肩接踵。街两边多渔行、客栈、酒肆,都有高大柜台,鳌江的渔行有36家,其中金、李、范、孙被称为"四大渔行"。临街铺面还有烟杂铺、肉铺、打铁铺、中医馆、照相馆等。鳌江最有名的照相馆是兄弟照相馆,在一栋两层小楼里,一楼是时髦的落地玻璃橱窗,挂上好看的照片,像大上海的店铺一样;二楼是摄影棚,天花板是玻璃的,让自然光透进来,墙上是手画的背景,十分洋气。照相馆隔壁是聋子开锁店,聋子制锁开锁的名声传扬鳌江流域。许多小摊子摆在石板街上兜售鱼干、草药、小吃零食等,叫卖声不绝于耳。热气腾腾的茴五香干发出一阵阵扑鼻的香味;熟透的汤圆晶莹透明,裹在里面的猪油芝麻隐约可见;还有其他地方根本见不到的冰淇淋,有鸡蛋和牛奶的香味,有橙子和桃子的甜味。孩子正是贪玩贪吃的年龄,为了能吃上这些小吃零食,常常到父母那里骗点钱来。大街上的芸芸众生,细细品尝人生的味道,流淌着淡然的喜悦。

码头周边除了大宗商行,还有海关、钱庄、货仓、洋房、教堂、各地客商办事处,以及大量手工作坊,移民云集港口方圆十里,鳌江镇凭借对外便利的交通优势和商业繁荣,得到飞速发展。居住在鳌江闹市区的居民,往往也有显赫的身世,据说个别家族还存有皇帝赐予的匾额。

夜晚,码头上、大街里,一排排的灯火高低起伏,充满烟火、食物的气息,缥缈着人潮涌动的乐趣。夜晚变成了白天,月亮变成了太阳,灯火倒映在江面上,一棱棱地跳跃着,像星星在闪烁,灯光下的江水显得很不真实,是一种张狂的姿态。

鳌江最有名的老建筑应该是栈前街上的壬泰商行,坐南朝北,两层楼房,六开间,面阔25.6米,进深11.3米,中西合璧风格,是鳌江富商林仲昭于民国四年(1915)所建。正立面用七根青砖方壁柱,中间开有两个罗马式圆形拱券门,并饰有多层浮雕纹饰,为花岗岩制。两侧山墙均用青砖垒砌,开天窗,用砖脚线砌出各种纹饰,造型精美。为防火,每一窗户均有3层,最外面是铁皮窗,可以阻断屋外的大火,中间一层是百叶窗,里边是玻璃窗。最为精巧的是屋顶上的瓦片,双层雕凿,边缘有槽,相互咬合,形成类似鱼鳞片的屋脊。据考,瓦片坯料是日本进口,在温州特别烧制,类似地砖,并由上海师傅监制,建成后创办壬泰商行。

1937年抗日战争全面爆发,1939年至1942年,日军入侵鳌江港4次,多次炮轰鳌江两岸,两座木质码头被炸毁,兄弟照相馆被炸平,大街上的许多房子炸没了,可壬泰商行屹立不倒,甚至片瓦无损,成了古镇鳌江"百年商埠"最好的见证。新中国成立之前,鳌江已没有像模像样的码头。

九

20世纪六七十年代，因港口而兴的鳌江再次燃起商业薪火，便捷的水上交通运输成为联络周边地区的枢纽，舟船所集，常填满江口，鳌江再次繁盛。据鳌江港一些老船员回忆，鳌江港由于涂泥是"糯米涂"，是大船进港停泊的理想之地。70年代为解决运力不足，鳌江造船厂赶制400吨级的木轮，80年代初制造250吨海轮（水泥船），并购进日本产和联邦德国产的半自动化铁壳货轮，使鳌江航运公司船舶总吨位达到3000多吨。那时温州城没有半自动化船只，温州航管局十分重视，对船长、轮机长等进行重点培养，还要求船只修理的进度"大船不过夜，小船不过潮"。80年代最鼎盛时期，鳌江商业、港口规模仅次于温州，港口船队泊舟首尾相接长达几里，码头、街道上各地货车川流不息，过年过节更是人山人海，补充船员生活所需物资的店铺和旅馆、饭店等相关服务行业异常兴盛。那些年，鳌江还成为全国建筑机械生产基地、浙南水产市场，一派似锦的繁华。

许多老鳌江人告诉我，鳌江的历史值得骄傲，鳌江人也很骄傲，自视"城里人"，除了温州市区，其他地方在鳌江人眼中都是乡下地方，包括瑞安、乐清城区，鳌江人外出都会自豪地说"我是鳌江人"。这并非孤芳自赏，外地人也喜欢与鳌江人交朋友。

然而在80年代后期，行政区划调整，苍南从平阳分出建县，一江之隔的"中国第一农民城"龙港迅速崛起和发展，人口集聚优势及经济中心转移，鳌江支柱产业整体萎缩，原先的优势渐渐失去，无奈地显得有些落伍了，落寞了。三十年河东，三十年河西，荣光终要消歇。

时间周而复始，在经济飞速发展的日子中，鳌江不能只是简单地回忆辉煌的历史，或笼罩在忧伤的阴影中。近些年来，鳌江已在悄然中加快了脚步，于无声无息间又一次与时代合拍。我徘徊在温润的老街，行走在喧嚣的新街，眼前的物事拌和着自己的想象，仍然可以感受当年号称"小上海"的商业风采，更为憧憬那条不舍昼夜的江水汇入大海的无比壮丽。

十

盘山南面、鳌江入海口北岸的鳌江镇，在近现代的飞速发展中离不开鳌江儒商王理孚。

据当地文化人候千声提供的材料，王理孚，字志澄，鳌江人，少年家境中落,遇良师刘绍宽,成为入室弟子。17岁中秀才,光绪三十年(1904)任鳌江公学堂长,后又任平阳县劝学所总董等职位。宣统三年(1909),他当选浙江咨议局议员,与沈钧儒等共事,而后任浙江会议厅议员等职。民国五年(1916)王理孚出任宁波鄞县知县,这是他仕途的最高职位。世事沉浮,王理孚目睹官场黑暗,产生了对政治的厌倦,对创办实业充满向往,认为自己年少时"奔走革命所得并非所望",从而急流勇退,离开官场。

他42岁回到家乡,这个他听惯潮落潮生、看惯西窗挂月的地方。很快,他在自己的人生驿道上描绘了一张海阔天空的蓝图,先后创办鳌江红皮厂,开设泉春钱庄,投资墨城开陶土烧窑,开办王广源商行,经营光济轮船。此后,商行等事务交由其次子王文川打理,让自己空出一些时间听潮读书、结友纵论,主持修编《平阳县志》,该志书成为温州地区第一部县级民国志。

王文川主持下的王广源不到10年,发展成为浙南闻名的综合企业,涉足实体工商交通、金融投资服务和房地产业。1930年,由王广源商行带头,兴建了一条鳌江新街,路面全是花岗岩石板铺路,沿街两侧新建店舍整齐划一,大部分还是钢筋水泥新式楼房,李仁泰、永记、白永丰等商行也纷纷迁入经营。1933年,王理孚首倡和出资建起东河大桥,是当时鳌江最大的桥梁之一,直到2010年仍在使用。抗战爆发后,王理孚率先认购爱国公债,据说数额为全省第一。1940年,王广源商行被日机轰炸摧毁,加上地方官吏诬陷敲诈,王理孚举家迁往温州避难。1950年,王理孚病逝,终年75岁。

十一

在鳌江近现代史上,还有一位历史人物不能忘却,那便是宋元春蛎灰行老板宋上楠。今年72岁的宋方彬先生称呼宋上楠为叔公,是鳌江港的一位"老交通",当过船员、海上救护、船长,退休前的身份是平阳县航运公司党委书记兼经理。说起宋上楠,他有太多的话题。

宋方彬说:七七事变后日本军队气焰嚣张,发起对华北的进攻,八一三事变后,日军对上海发起进攻,从此,中国军民奋起抗日。当时,我父亲宋锵在我叔公宋上楠的蛎灰行(也称砻壳行)当差,1938年6月的一天,几位军警来到砻壳行厅堂,我父亲以为抓壮丁,腿都吓抖了,便溜到隔壁偷听。他听到军警和气地对宋上楠说:"日军攻下上海,离鳌江很近,上级命令从金华到瑞安的公路全线掘毁,抵制日军器械化部队入侵,唯有海上无法拦住日军军舰,现政府和军队想用你家的砻壳船装块石沉于鳌江口主航道上,拦截敌舰进港，好让百姓避难"。宋上楠听后说："好办法，把我的砻壳船统统划去吧"。他还把我父亲叫去，吩咐将自己的9艘和外借的2艘砻壳船，全部交给军警统一调度，合计总载重300余吨，当时价值2万余银番钿。

宋方彬回忆：我父亲跟我说起此时，总是感慨万千。他难以置信，宋上楠平时视船如命，经常对船员和职工说，"人怕懒，船怕漏，小洞不补，大洞吃苦。"平日里生活艰苦，下饭菜常是鱼生、虾虮、蛎勾咸、菜头糟、田螺汤，怎么会这样爽快奉出所有的船只？这样"甩大衫袖"不是让砻壳行倒闭吗？几十号常年工怎么办？

11只砻壳船被军警划走，在鳌江狮子口建造封锁坝，先打桩和压石沉船铺底，再投入石块加高。宋上楠几次到现场察看，江面上有船队运送石方，民工石匠人人赤膊上阵，抛出石头溅起的水花，洗刷身上的汗水泥水。石头是从附近山上凿运过来，江岸上搬石头的人群形成一条运输线，就像蚂蚁搬家一样。自发的后勤大军携饭包送点心，从引桥（用竹子搭建）上过去，吃饭的人狼吞虎咽。宋上楠站在岸边，面朝大海，他的心情随着潮起汐落难以平静，灿烂绚艳的晚霞、黄昏时海平线上的夕阳、夜晚闪烁的月光星辉，都令他感叹。夜晚，民工和石匠都走了，江上岸边清静了起来，他感到江水下浮动着神秘的影子，两岸悄无声息。

狮子口江面狭窄而流急，是天险之水道，宋上楠和成千上万的无名英雄在这里垒起了水下"封锁线"，成为日军的鬼门关。

鳌江钩沉，并非流星划过。宋方彬先生细数叔公宋上楠少为人知的抗战壮举，他那张棱角分明的脸上表情很是丰富。在国难当头的危急时刻，多少鳌江人有着坚忍不拔、不畏牺牲、救亡图存的奋斗历程。他们的家国情怀丰富了中华民族抗日的历史，历久弥新。

据载，鳌江狮子口封锁坝长达439米，当地解放后为恢复鳌江口的运输，疏通狮子口竟花了3年之久。

三、瑞安海岸线：温州的大粮仓

一

一座城市，有山水之孕育，便会充沛和富足。瑞安，山河纵横，飞云江贯穿全境，海岸线长达23.4公里，滩涂广阔，成为江南鱼米之乡、浙江省重要的现代工贸城市和历史文化名城。

几天来，我都是清晨出门，薄暮回家，走访瑞安的海岸线。虽然我算不清以前来过瑞安多少次，但没有像这一次把步履放慢，静下心来去阅读它。我在瑞安读到了深厚丰富的文化遗存、山明水秀的自然之姿、具有潜力的投资环境，读出了它端庄郑重的气质。

古时，瑞安港有着辽阔的海湾，海面浩瀚无际，是观赏浪潮、静听涛声的地方，也是制造战船、操练水师的港口。瑞安港历史绵长，在秦汉时就开始了航运，三国时成为东吴的造船基地。年深月久，瑞安港不断发展，到了唐宋时期，沿岸出现港埠和集镇，竹木、粮食、柑橘、茶叶等货物通过瑞安港远销外地，并接纳外国商船进港贸易。瑞安成了温州南部水陆交通枢纽中心。

由于海水慢慢后退，陆地渐露海面，瑞安港口不断外移并愈加成熟。到了元代，瑞安港处在飞云江和温（温州）瑞（瑞安）、瑞平（平阳）塘河的交汇点，集河口港、海港于一体，朝廷在瑞安港东山埠设置巡检司，在离飞云江口不远的凤凰岛开辟外港埠，一时商船云集，百货交流，贸易兴盛。有志书记载，在元代，日本、高丽和东南亚一些国家的船只进瑞安港避风、进行商贸活动，国外商人、传教士、旅行家陆续来到瑞安。延祐五年（1318）十一月，有日本商船前来贩卖金珠、白布，停泊在瑞安飞云渡，受到官府的热情接待。外国商人还以贡使的名义，带来马匹、骆驼、狮子、钻石、地毯、葡萄干等，带去瓷器、漆器、桐油、丝绸、药材等。繁荣的商贸业，使古瑞安城成为富庶之地，大小商行、货栈不计其数。

元末明初，倭寇侵扰，瑞安港发达的海上贸易遭到破坏。明洪武年间，朱元璋因倭寇之患等原因，下令实施"海禁"政策，阻止了海上经商贸易。从永乐到隆庆年间，海禁政策时紧时松，明末时得以废弛，瑞安港的商贸也随之时衰时兴。清顺治十八年（1661），朝廷因郑成功据守台湾反清复明，颁布了"迁界令"，大规模强制迁徙濒海居民，瑞安沿海的良田沃土、渔业盐业、贸易口岸也一同被废弃而荒芜。康熙二十三年（1684）九月，朝廷平定台湾后，下令开放海禁，允许"百姓制造装载500担以下船只，出海贸易、捕鱼"，瑞安设立海关分口，港口海运起死回生。此时，西方资本主义迅猛发展，开辟商品销售市场和原料产地，开始对旧中国发起入侵，温州被辟为通商口岸，大量洋商洋货相继涌入瑞安港。

光绪三十一年（1905），瑞安商人项湘藻（1858—1918）创办大新轮船公司，租赁"湖广"号动力客货轮，载重量为300吨，开通了瑞安与上海、宁波之间的航线，可是乘客不多、货运有限，致使航运业务难以为继，半年租期一到即行解约。项湘藻又自购了一艘汽轮船，在温瑞塘河上航运。时间又过去10多年，瑞安已出现好几家轮船公司，购置客货轮进行航运，如"瑞平""新瑞平"号轮船，行驶于上海、玉环、鳌江之间。"新瑞安"客货轮载重量达到780吨。1925年，几家轮船公司合并为申安轮船公司，有6艘客货轮，瑞沪航线每月有18个航次，月平均货运量5000余吨，客运量约3600人，同时外籍船只也不断增多，瑞安航运商贸再次繁荣。

1937年，抗日战争全面爆发，中国对外贸易几近中断，温州港、瑞安港却在此时发挥着沟通沿海各港口和抗战大后方的作用。1940年2月，日军"集中大小兵舰八十余艘，分载敌军开向浙闽沿海一带，大事窜扰"，闯入瓯江口、飞云江口试测水位，搜捕商船、渔船，封锁港口。4月18日，日机对温州沿海进行轰炸，七八艘日舰驶入飞云江口对瑞安港和沿江商店、民房进行炮火射击,下午1时许瑞安县城沦陷。1945年抗日战争胜利,瑞安港航运开始复苏;"新瑞安"客货轮恢复航运,有"东平""小瑞安"等轮船远洋台湾、香港,运去的物资有生猪、黄酒、木炭、屏纸、水产品等,运回的物资有白糖、染料、水果等。但战争不断、时局动荡,瑞安港没有出现繁荣景象。

二

在瑞安乡土学者苏尔胜带领下,我拜访了曾在温州航运管理处瑞安航管所工作多年的陈育森老人。据他介绍,新中国成立后,瑞安的水运和港口再获新生,继续延续以前以航运为主、渔业为辅的功能,修复、扩建和改造了许多老码头。计划经济时期,瑞安港贸易量扩大,海运量增加,港口货物通过能力不足,船舶压港、压货日趋严重,于是新建了一些散杂货和专用码头,瑞安港迎来了黄金期。20世纪80年代后,随着改革开放的实施,对外贸易和能源、原材料运输迅猛增长,政府更是加大了对瑞安港的建设,迎来了港口发展的高潮。

陈育森说:我在航管所工作正是计划经济时期,当了11年所长,所里约40名员工,有运输管理、安全监督、工程建设和航证检查等4个股,行使航政、运政、港政、船检、航道管理监督和规费稽征等职能。瑞安港当时与许多著名港口有通航,北至温州港48海里、宁波港225海里、上海港326海里,南至沙埕港52海里、基隆港129海里、福州港162海里。当时运输的东西各种各样,堆积如山,港口附近建了许多仓库。比如瑞安的百好乳品厂,创建有"白日擒雕"炼乳名牌,当时生产出口"熊猫"牌甜炼乳,产品都要通过管理所开单运输,运往全国各地和东南亚十几个国家和地区。我们还要检查来往船只的船员配备情况和有关证件,处理安全事故,比如1987年,某供销社的货船违章载客,在瑞安附近的冬瓜屿以南海面倾翻,淹死32人,失踪9人,由管理所负责安全监督的同志前去处理。我们还要建码头、埠头。在海岸上搞工程建设要特别注意土质、海潮等,海边多"隐水",地面上看不到,那时有个石油码头建成后不久,在一个晚上突然消失,其实是"隐水"把地底下冲空了,码头垮塌在江中。那时航管所权力大,是很"吃香"的部门,干部职工却搞增收节支,外出办事舍不得坐三轮车,到下辖的航管站检查工作,从来不留下来吃饭。

陈育森说:瑞安港也有缺点,比如港口不深,潮涨和台风带来大量的泥沙,淤积在港口,要进行疏通。港内码头吨位等级低,大船进港只得候潮。

瑞安港属浅海不规则半日潮港。但水路运输对于大宗货物流通具有价格优势，一些货物运输还是弃陆走水，瑞安港吞吐量比较稳定。作为温州第二大港，瑞安港现在拥有经营性码头20多座，最大通航船舶为5000吨，在浙南闽北地区的重要商贸集散中心地位一直没有改变。这几年，港口外迁也在进行。

三

早晨，阳光透过薄薄的云霞，把飞云江口映照得一片清亮。我开着车，来到江口南岸的飞云镇。飞云镇古为飞云江的重要码头地和渡埠头，宋朝设有飞云寨，明朝筑有寨城墙，是瑞平塘河北端起点，全镇河网密布，驿道通达。我眼前的飞云镇与隔江相望的瑞安市区相比，让人真切感受到城乡之差距。当然，城乡发展不平衡，是工业化进程中的必然现象。按照经济理论，经济发展过程中，城乡差距总是先逐步扩大，再逐步缩小。

道路沿水而行，我寻访飞云渡，汽车拐入一条两边都是破旧厂房的巷子，导航提示飞云渡就在附近。我下了车，走完简陋的巷子，尽头就是堤岸，堤岸边多是低矮的旧屋和破败的工厂，生长旺盛的杂草丛中，一朵朵孩童般稚嫩的紫色喇叭花，在阳光下绽放，脆弱而娇艳，脸庞上沾着闪亮的晨露。

站在高高的堤岸上看飞云江，正是平潮的时候，浑黄的江水把河床淹没得没有余地，江浪起伏很小，江面上漂浮着一股水雾，水雾蔓延到两岸的堤坝上。飞云渡在不远处，一艘渡船静静地候在码头，冷冷清清，不见一个旅客。我想，也许一天里首渡的时间尚早，也许要过渡的旅客已在附近，等着汽笛的召唤。600多年来，飞云渡虽然在时代的变迁中最终走向衰落，但它终究是瑞安海港和飞云江交通史上最重要的章节。

没有被尘世的喧嚣干扰，能容我安静地在江堤上行走，安静地谛听与观望。我发现一段已被江水和风雨剥蚀得面目全非的古老码头，存在于江岸上，倔强地伸入江水中。我揣摩它如此老态龙钟又如此坚持，是否依然在等待哪一艘航船？是否在表达一种失落、怀旧或者沧桑的情绪？那累累石块，是否藏有记载历史的文字，能告诉我们一些细节？我还看到一位身材魁梧的老者，在江边放鱼笼捕鱼，赤裸的背脊和灰白的头发耀出一轮亚光。他放好鱼笼，坐在老码头上歇息，同时也在等待落潮后收取鱼笼，他希望到时从每一个鱼笼中都可以掏出鱼虾来。

苏尔胜来电，说经过多天的打听与寻找，已经为我安排了几位采访对象，都是江口北岸飞云渡的老员工。我喜不自禁，当即开车去他指定的地点。

四

北岸的飞云渡位于瑞安城最繁华的南门外的江边。在唐朝史料中，就出现了飞云渡之名。元代渡口摆渡业兴起，但江程六七公里，江宽流急，民间小船常有沉没。延祐六年（1319）出现了一起翻船事故，死亡人数较多，温州郡守赵荣祭江后督造10只渡船，分布两岸，南北对开。明嘉靖元年（1522），飞云渡改为官渡，此时，飞云渡已为地方带来商贸繁荣，米行、布行、钱庄、海鲜行、咸货行、南北货、竹木行、饭店、客栈等一应俱全。后来由于倭寇扰乱、战争迭起，飞云渡停止官渡。清康熙十六年（1677），有民众为飞云渡捐助，开始义渡；光绪三十一年（1905）八月，贡生吴之翰见飞云渡时有发生轻船重载，敲诈勒索，创办了义渡改良会，制订规章，革除弊端，重振义渡。民国四年（1915），项湘藻创办的通济轮船公司购置汽轮，用于飞云江横渡，汽轮用煤炭生火、蒸汽推动，代替了人力划桨的舢板，速度快，安全性好，深受旅客欢迎；该公司还开辟了飞云江南岸至平阳的内河汽轮航线，将温、瑞、平三地连成一片。

林水梁原是瑞安轮船公司客轮驾驶员，据他回忆，1947年，18岁的他到一资本家的船队里当水手。新中国成立后，他成为温州轮船公司驾驶员，驾驶一艘木质拖驳船，接一两只客驳，往返于飞云渡和平阳坑；40多公里水路，往返一趟7个小时。每只客驳设50余个座位，有驾驶员、售票员、烧煤工、水手。在飞云渡做驾驶员，需要高超的技术，为节省时间，拖轮不靠岸，接近码头时，驾驶员估算好距离，一声令下，水手们将连接客驳的缆绳解开，客驳随着惯性向码头靠拢，岸边的水手手持竹篙，将客驳接到岸边，而拖轮则转个弯，接上新的客驳立即行驶。开夜船还要考验驾驶员的眼力和经验，那时两岸没有多少灯火，更没有现在的探照灯，驾驶员凭眼力和经验进出码头。由于币制不统一，乘客过渡买船票很有意思，有的拿清朝铜钱买票，有的用民国铜币买票，还有进城卖鸡蛋的农民直接用鸡蛋买票，一只鸡蛋2分钱，船票也正好2分钱。售票员收到鸡蛋，搁到抽屉里，然后自己掏钱给乘客票，收到的鸡蛋要是数量较多，就转卖给单位食堂。

1978年，一艘400客位150马力的钢制渡轮替代拖驳船，投入渡运。1985年，飞云渡3艘客轮对开，每5分钟一渡。1986年，飞云渡拥有钢质渡轮6艘，码头占地面积1300平方米，建筑面积480平方米，是瑞安港区最大的客运码头。20世纪80年代，飞云渡南门一带餐饮店林立，其中"文成拉面"就有近10家，加上小商品市场、棚下水产品市场、布料市场，飞云渡附近成为瑞安的商业中心。"那些年，飞云渡从早到晚全是人，浩浩荡荡，熙熙攘攘，形成一道独特的风景。"林水梁老人动情地说。

瑞安轮船公司原副书记南庆标说，我是1971年进公司的，飞云渡已经开始繁忙，客流量很大。20世纪80年代达到高峰，日渡旅客三四万人，比新中国成立初期增长30倍，每班渡船人挤人，像筷子笼，船沿上也站着人，虽然危险，但那时许多人都经历过江海的惊涛骇浪，也就无所谓。"竹签代票"是飞云渡的一大特色，最早使用是在光绪年间，当时采用"竹签代票"，是考虑到从南岸乘坐渡船进城贩卖农产品或购物的农民，他们肩挑背扛手提，江风又大，用纸票不好拿，还有海浪和下雨，纸票容易淋湿破损。竹签长20厘米，宽2.5厘米，顶端削尖，涂上红油漆，下端涂上绿油漆，并用火印烙上船运公司名称，以防伪造。旅客买了票后进入入口时把竹签往小箩筐里一扔，就可以上船。售签处、收签处每天整理对账，再一百条一捆扎好，以备第二天好用。"竹签代票"一用就是一百年，现在还在使用。我与南庆标交谈了不短的时间，他对飞云渡也充满感情，说起一些往事很是兴奋。

飞云江大桥管理所退休职工季良富，原为飞云车渡负责人，他抽丝剥茧的记忆都是关于车渡：飞云车渡始建于1955年，置58马力拖轮和木质趸船，日均渡运汽车20辆。1964年，木趸船改换为钢质趸船，拖轮120马力。在20世纪80年代初，车渡按汽车收费，一些乘客打起小算盘，挤进车渡，自行车、人力拉车也凑热闹，使得原本就十分拥挤的车渡不堪重负，交通秩序十分混乱。拖轮马力和趸船多次增加，渡运汽车量也在飞速上升，每天24小时工作，还是无法缓解汽车过渡压力，候渡汽车排起长龙，从渡口一直到东门，甚至排到国道线上，排20多个小时才能上船的情况也时有发生，驾驶员说"走遍天下路，最怕飞云渡"。1984年10月，瓯江大桥通车后，飞云车渡日均待渡车辆骤增到八九百辆，而车渡的最高日渡量是2500辆左右。1989年1月6日，飞云江大桥正式通车，飞云车渡完成了历史使命，水运行业逐年萎缩。对于季良富来说，记忆有时是那样真实，就像一条江，有始有终，源源不断；记忆有时又是那么虚无，对往事的追溯，人不在，物已非，江里岸边发生的故事，被江水带进了大海，渐渐远去。

五

"向海而兴，背海而衰，禁海几亡，开海则强"，海洋与人类发展息息相关。位于东海岸的瑞安，城区不大，却车马纷至，舟楫络绎，商贾云集，居民富足，同时又显得人口密集，街巷拥挤，耕地不足，用地珍贵。瑞安海域面积3000多平方公里，海岸线外又形成了约12万亩的开放型滩涂。跃动不已的大海和一望无际的滩涂，是大自然的馈赠。滩涂围垦，向大海要土地，成为瑞安缓解人多地少矛盾的方法，为工业、农业、交通、外贸等的发展提供了用地条件。

据有关志书介绍，现在的瑞安城区就是由古海湾淤积的海涂围成的。自秦汉以来，随着海涂淤长，瑞安、平阳两地人民不断围垦，开发瑞平平原。历史上，大规模的围涂建堤共有4次，海岸线明显外移也就4次。第一条海塘（或称海堤）建成于唐代，北起乐清城关，南至平阳钱仓，全长80多公里。第二条海塘建成于宋代，主要在平阳与瑞安一带，围垦海涂10万余亩。第三条海塘建于明代，为了防御倭寇，朝廷在温州沿海设置温州卫、金乡卫，就地筑塘围城。第四条海塘建于清代，共筑海塘19条，总长436公里，围垦土地5.13万亩，其中永嘉1.2万亩、乐清2.96万亩、瑞安0.97万亩。

瑞安市围垦专家胡川说：温州沿海淤积的泥沙，少部分来自瓯江、飞云江和鳌江，大部分来自长江。从卫星图上观察，长江江水激荡而下的泥沙注入东海后，随着海潮（水动力）先到台湾岛附近，再回旋到温州海域沉降滞留下来，千百年来，渐渐形成了沉厚、黏重、匀细的浅海沉积物，日复一日、年复一年，进而形成了广阔的滩涂。有科学家对温州沿海泥沙颗粒进行分析，其形状和成分与长江口的泥沙一样。人们为了获取土地，把滩涂进行围垦，又因为地势低洼，排水不畅，就深挖沟渠，培高田地。因此，我们现在看到的温州几大平原都是水网密布、土地肥沃，成为温州的大粮仓。当然，温州也常受海潮、台风影响，"淹人，覆舟，坏庐舍，漂盐场。潮退，浮尸蔽江，田禾三年无收。"为防御海潮侵袭，又要进一步筑坝围堤，世世代代的瑞安先民经历了不知多少日月风雨，才有了后来的"既瑞祥又安定"的"瑞安生活"。

六

胡川说：新中国成立后，瑞安的海涂围垦没有停歇，特别在20世纪80年代后，大规模的围垦工程上马。1983年，丁山一期围垦工程真正开始，面积9140亩，因当时施工设备简陋，技术力量和财力不足，围垦时间拖得很长，后来因区划调整划给龙湾。2006年2月，飞云江口南面的阁巷围垦工程开工，面积5775亩，海堤长3726米，南接平阳宋埠、西湾围涂工程。2007

年6月，飞云江口北面的丁山二期围垦工程开工，面积10680亩，紧依温瑞平原。阁巷和丁山二期这两个工程竣工后用于瑞安经济开发区建设。现在，阁巷高端装备制造产业园已经成型，入驻近百家企业；丁山二期形成高新科技产业集聚区，同时打造农业休闲观光项目，展现碧海蓝天、游艇白帆、鹭飞鱼跃、田园牧歌的生态画卷。还有位于飞云江出海口以北沿海滩涂的丁山三期围垦工程，面积3.58万亩，由于2017年国家海洋政策调整，仅围了西片的8700亩，就停掉了。

瓯飞工程，位于瓯江与飞云江之间的浅海及滩涂区域，在古航海图上，这一片区域叫瓯飞滩（飞云江与鳌江之间的浅海滩涂叫飞鳌滩）。2012年9月，作为国内规模最大的单体围垦项目获国家海洋局正式签发，该工程总计49万亩，相当于320平方公里，是温州建成区面积的1.64倍。工程于2010年开始前期推进，一期围垦13.28万亩土地，主要在瑞安、龙湾辖区，分南北两片，各6.64万亩。瓯飞二期规划用海面积约35万亩。瑞安市高度重视围垦造地工作，让城市东扩，再造一个"海上新瑞安"，实现从"飞云江时代"迈向"东海时代"。

胡川说：我这一生与围垦有缘，一开始工作就在围垦指挥部，阁巷和丁山二期围垦花了我10年时间，最后在瓯飞工程指挥部退休。我对围垦的思考，是速度不宜过快，不能超出自然修复的能力。原来围垦丁山一期，大概是围了海岸线外1.5公里，是尊重自然规律的。我提倡促淤工程，就是建低矮堤坝，提高促淤区的进潮量，送来泥沙，慢慢淤积，先淤后围，再开发利用，把围垦工程做成生态工程。如果在短时间里大规模围海，土石方没有来源，前几年我们从海岛上开取石料，这是没办法的办法，海岛是宝贵资源。从海底取沙土，叫吹填造地，不合理的话会破坏生态平衡。建设堤坝，目前的技术还是抛石、堆石、砌石，可是温州海涂地基软，比如砌堤到7米，要沉陷下去3至4米，造成工程量大，用石料多。温州潮差大，最大可达6米多，给工程建设带来许多难度。

大海不需要人类任何的恩惠，人类却不能没有大海的滋养。向大海要资源，就要亲近大海，顺从大海，听懂大海的言语，始终从保护大海和长期利用大海的角度思考要做事情，如果规求无度，就会咎由自取。我无数次注目过大海，那蔚蓝的海面和海面上云彩飞扬的蓝天，有着无穷的美好和奥秘。我无数次聆听过海浪的话语，它的叙说有欢快，有沉郁，也有愤怒。

四、龙湾海岸线：民间筹资修建永昌堡

一

10年前我还在龙湾工作的时候，时常到瓯江口南岸走走，有时会一直走到东海岸边，我的脚步轻缓而悠闲，氛围亲切而宁静，就像在自家的院子里溜达一样。

龙湾，地处瓯江口南岸、东海之滨，海岸线长40.42公里，海域面积183平方公里，滩涂一望无际，气势雄伟，潮涨潮落间，带来无尽的财富。我曾经撰文称龙湾的海岸线为阳光海岸。

这一次我用了两天时间，走访了龙湾海岸线，龙湾海岸线的主题词与瑞安海岸线相似，是滩涂、围垦、港口、瓯飞工程等。其中瓯飞工程近年来引人瞩目，因为它是一个宏大的工程，并且与民生息息相关。

我带着这种美好的愿景，前往位于龙湾海滨的瓯飞开发建设投资集团有限公司。当汽车从滨海大道转入瓯飞园区，看到的是一栋栋竣工不久的企业办公大楼和厂房、颇有规模的商品住宅区和公寓群楼。道路密集如网，各种车辆呼啸而过，细微的尘埃在阳光映照下清晰地飘浮在空中。绿地、花园、

湿地、河道和景观带一应俱全。传统的滩涂原本是荒凉的叙事，现在已经走向城市建设的前台。在瓯飞后方保障基地，工程车辆穿梭往来，简易棚屋整齐有序，瓯飞集团办公楼在广阔的工地和无边的海风中低调伫立，指挥着瓯飞工程建设高歌猛进。

瓯飞集团工程技术部副经理金锦强和集团下属的龙达公司工程部负责人管植、集投公司工程部负责人周昌臣接待了我。金锦强说：瓯飞工程是从瓯江口到飞云江口的围垦工程，于2010年开始前期工作，总体规划分两期进行。瓯飞一期围垦东面大海，西连瑞安丁山、龙湾永兴等沿海围垦区，南顺飞云江北岸，北顺瓯江口南岸，围垦面积13.28万亩，是目前国内获批的单体面积最大的围垦工程。一期围垦加上龙湾二期和丁山三期围垦，共计20余万亩，跟市区现行建成区面积相差无几，可以说是再造了一个温州城。工程堤线总长36.66公里，水闸6座，南北堤防潮（洪）标准为100年一遇，东堤为50年一遇，设计批准投资272.93亿元，批准施工总工期9.5年，是集防洪、交通、生态、景观、渔业、旅游、休闲为一体的多功能综合性工程，也是我市打造海洋经济发展示范区建设的一项标志性工程。已围垦的龙湾二期因地块离市区近开发价值高，不涉及拆迁，已先行开发建设。为了工程建设，开辟了洞头霓屿岛和瑞安凤凰山两个料场。但是，一期围垦工程面积广、堤线长、投资大，给工程建设、管理、融资等方面带来诸多不便，为此根据围区隔堤等建筑物布置和地形条件，对一期围垦进行分区块核定概算，采取分片分期实施，2015年4月，一期围垦工程分为南、北两片，北片继续由温州市政府实施，南片由瑞安市政府实施。

周昌臣说：瓯飞一期北区围垦于2013年7月进场施工，面积6.64万亩，约占瓯飞一期工程的一半，海堤长度是20.24公里，其中北堤4.3公里、东堤15.94公里，还有两条隔堤，目前成了北区的南堤。2017年3月，我们顺利实现了海堤的合龙，比计划提前了一年，这也意味着瓯飞一期北片围区正式圈围成功，比整体计划提前了一年。该工程5个标段的施工单位均获水利部全国文明工地称号，并先后创下审批周期最短、前期工作最规范等6项"全国之最"。

管植说：围垦区域建设及开发一般要经历海堤建设、造地施工、城市功能配套建设等3个阶段，其中造地施工和城市功能配套建设需要根据城市规划分步实施。瓯飞起步区龙湾二期围涂工程总面积3.445万亩，并于2011年6月开工建设。第一阶段的海堤项目已提前完工，第二阶段依据城市规划覆盖情况实施的造地项目已经完成5320亩、开工建设3015亩，第三阶段3号围区纳入城市总规范围的控制性详规已经获批，城市功能配套设施按照滨海核心区功能定位实施前期工作。

这真是一个大胆的实践。温州属于典型的丘陵山地地形，"七山一水二分田"，人均耕地仅0.4亩，城市用地紧缺，限制了温州的发展，影响了温州人民的生活。他们极具专业性的介绍，虽然不带文学性，却为我勾画出了一个令人心潮澎湃的未来。

二

在金锦强的带领下，我们来到了4号围区的大堤和龙湾二期。眼前所见，又是另外一番景象，堤坝宏伟壮观，宽阔得可以让汽车相向而行，结实得足以抵抗狂风巨浪。堤坝内围填起来的广袤滩涂，水流纵横，水草肥美，水塘泥淖，苍鹭觅食，所有这些，安然，恬静，却又似乎蠢蠢欲动，正在抒写蓄积与勃发的故事。堤坝外是300米宽的人工大河，沿海堤坝正在进行堤面建设，河水那么的波澜不惊，水光潋滟。这是"围海不填海"理念的实施，人工大河仍属于海洋管理范围，可供大面积渔业养殖，也为未来的造地埋下了伏笔。大海边，长空下，围垦的情结浓郁无数岁月，孕育无限的梦想。

金锦强告诉我，造地过程中的"吹填成陆"很有意思，用专业挖泥船把海域和航道深处的淤泥、砂石、泥水混合物抽挖出来，吹填到围堤中，经过沉积固结处理，形成土地，就像做豆腐一样，造地最高峰时，工地上有工人2000多人。周昌臣和管植告诉我，瓯飞工程浩大，建设难度很高，又受台风大潮影响，建设者既要注重科技含量，又要赶工期。春节不停工，工人把家属接到工地上过年；酷暑寒天，工人都坚持在工地上，特别在水闸施工打桩的那一年里，24小时施工，工人每天顶着七八级海风，在惊涛骇浪中作业。

我们走进了一间水闸管理房。站在管理房里看瓯飞工程，感觉这真是一个"造城工程"的典范，沧海桑田，不是一种想象，也不是一种形容，而是一段不到10年的历史，就发生在我们脚下我们的眼前。东堤外的大海，海浪翻卷，充满野性，可是，经过岁月的淤积，加上人们围海的蓬勃野心，有朝一日，这一片海域最终也会被围填成陆地吧？

当然，环境问题越来越被人们所重视，围海工程与海洋保护之间的博弈、海域使用论证等方面的问题，有关方面正在研究解决方案，围海工程仍需进一步观察和认识，不能鲁莽行事。瓯飞二期综合开发工程，规划用海面积约43万亩，根据上级要求，现已停止实施。瓯飞工程的未来命运，还不可知。

三

当年我在龙湾工作时，有朋自远方来，往往提出要看看龙湾的工业厂区、商业横街或钢材市场，因为他们知道龙湾是国家改革开放的前沿阵地，更是创业者、开拓者的乐园。我带他们走了一圈，建议再看看龙湾的永昌堡、寺前街等一些文化景观，因为我觉得龙湾最值得关注的，还是它幽深、厚重的地域文化，龙湾的韵味在于访古探胜。

龙湾的地域文化，我认为主要是滨海文化，是人们依傍大海、改造自然、改善生活的社会实践。早在6000年前的新石器时期，龙湾就有先民居住与繁衍；春秋战国时期，龙湾成为越国辖地；从东汉末年至三国，北方处于战乱之中，这一带比较平静安定。

到了唐代，朝廷十分重视盐业的发展。据《唐书·食货志》载："就山海井灶近利之地置盐临院。""肃宗乾元元年（758）变盐法，……刘晏上盐法……置永嘉等十监。"当时永嘉的产盐地，就是现在的龙湾永强沿海一带，永嘉盐监院就设在永嘉场（今龙湾永兴蕚芳村）。大批从京城来的盐税官员，到这里来任职，也带来了京城的书香文化和人文精神。在海滨的盐场有盐兵坐镇收税。永强成了国家十大盐业经济特区之一。《宋史·食货志》载："以三灶至十灶为一甲。"现在天河、沙城的二甲、三甲、四甲、五甲、七甲、八甲等地名，就是当时的盐场遗制。明嘉靖《温州府志》载："自一都至五都，负山滨海有渔盐之利，而民勤耕作，且习于工匠……"由于盐灶靠近海边，为了保障人民的生存安全和防止倭寇入侵，在沿海一带建有石城海堤。当时，龙湾人民还以捕鱼、养蛤、种植为经济活动之一，龙湾作为温州城的东部城郊，经济文化不断发展。

由于龙湾依山临海，横亘在西南面的大罗山阻碍了龙湾与温州城区的交往，面临的浩瀚东海更是不可跨越的天险，这样致使龙湾（特别是永强片）自古以来是一个独立的单元，其语言习惯、民情风俗，与温州城区有着差异性。

四

位于永中街道的永昌堡，是一个大古董。当我们轻轻地去触摸永昌堡这根历史的神经而感到悲壮与凄迷时，岁月已经飞逝了400多年，让人追忆起许多史实。

在明代，倭寇经常侵犯我国东南沿海，温州是倭患惨重之地，洪武二十年（1387），军事将领汤和在浙江与福建沿海设立卫所，在永强筑有宁村所城。嘉靖三十一年（1552）至四十二年（1563）的11年间，倭寇入侵温州多达28次，龙湾屡遭倭寇焚掠，在永强以王氏族人为骨干组成的"王氏义师"，连续7年打击了倭寇来犯。嘉靖三十七年（1558），义师首领王沛、王德在战斗中相继牺牲，震动京城。在京任兵部车驾主事的王叔果奏请朝廷，要求修建防御工事永昌堡抗敌，获准后，由其弟王叔杲担负建城任务。建城需7000两银子，却没有朝廷的资金支持，怎么办？王叔杲和众乡亲变卖田地财产凑足资金，又不分昼夜寒暑，抵住倭寇骚乱，用了11个月建成了垒石填石达10万立方米工程量的雄伟建筑。加上建在二都海口盐廒地的永兴堡，永强筑成三城，成鼎足之势，彼此呼应，联合防御，形成了坚强有力的抗倭堡垒。现存的永昌堡，为国家文物保护单位。

建城人有很强的防范意识，城堡四周有护城河环绕，城堡内开凿出两条河道，各与城外河道相通，这样一旦战事发生，城门落下，既抵住了倭寇，城内的河道也可供生活、生产和消防用水之需。还有，城堡内留有100亩田地，以保证城堡内的人民在遭到敌人长期围困时能生产自救。这种"城堡内可种田"的特殊设计据说全国独一无二。

历史的细节已经消弭于时光之海，但那些还没有沉没于时间海底的城墙遗存，现在还留有当年倭寇用炮火围攻下的痕迹。永昌堡高高的城墙，曾经让倭寇望而生畏，因为城墙上的弓箭、石块、蛎灰随时可以倾泻而下，让他们城下披靡。在二百年断断续续的抗倭斗争中，永昌堡就有8次成功抗击倭寇大规模进攻的历史记载。至今，永昌堡的几座主要城楼没有倒塌，几千米的城墙曾经被田野里的庄稼、荒地里的蒿草、村庄里的农舍所掩盖，但后来都已经修建完好。

永昌堡有2688米长城墙，面积达0.34平方公里，是全国唯一属于民间筹资修建的城堡。永昌堡是一座杀敌无数、战士牺牲无数而曾经浸漫在血泊中的城堡；一座可以纪念历史、可以凭吊怀古、可以科学研究、可以教育后人的城堡。它凭借守城人的英勇，抵挡了强敌的入侵；它又凭借方砖的厚重和垒石的坚硬，抵御了时间的入侵；在温暖的家乡，在后人的呵护与泪眼中，兀立着，延伸着，存在着。

历史是一幕一幕地上演着的。那一段血海滔滔、壮烈激怀的历史只剩下一抹淡淡的影子，在潇潇血雨中显赫了几百年的永昌堡带着满身的尘土，静静地居于江南水乡的一隅。城堡里的舟船自由地开动着，炊烟慢慢地升腾着，人们匆忙地行走着，孩子们无忧地戏耍着，少妇们时尚地打扮着。这一次我故地重游，在永昌堡走街串巷，气氛与以前又有些不同，沿街开出了许多铺面，一群群游客穿着色彩鲜艳的服装，一路拍照留念。

五

寺前街是龙湾的一条老街，不宽敞气派，不古色古香，380多米长，3米多宽，两边密密麻麻的商肆民居、古老的房子，给人一种夹缝里生存的感觉。这些年来，龙湾一个个旧村被推平，一条条老街被拆除，而寺前街却能保存下来，守着老旧的日子，实在难得。

有民俗工作者说，现在的寺前街和明、清时代相比没有多大区别。甚至还有人说，这里留有宋代的气息，它还是南北走向，还是起自南头湾，终至北头桥，或者说起自北头桥，终至南头湾，只是路面有所改变。明清时为石板路，新中国成立后铺成砖，改革开放不久浇灌了水泥。街两侧的店房自然也有所改变，经受不住百年风雨的洗刷纷纷修建，把一层改成二层或者三层。全街的划分还是新中国成立之前的划分：南头花、南二花、北二花、北头花。

几百年来，寺前街一直以商业街的形象引人注目。历史上，瓯江港是浙南闽北的重要商埠，土特产繁盛，手工业发达，寺前街紧靠瓯江口和海岸线，擅舟楫之便，商业繁荣是自然的事。20世纪30年代到新中国成立初期，是寺前街商业市场繁荣的鼎盛时期，据说街上三十六行应有尽有，许多特色商品成为各地客商采购的紧俏品，如苎麻、渔网、棉布、鱼咸、南货、中草药等都形成集散市场，很具规模。当地人最喜欢的要算寺前街的南货，这里的南货店有七八家，都设了糕间，加工各式各样的糕饼和茶食，由于选料精良、技术精湛，是寺前街最受人宠爱的美食。春节前后的福寿糕、百子糕、小蛋糕、梅花蛋糕、糖面蛋糕，端午节前后的桂花糕、茯苓糕、葱腿糕、水晶糕、细沙糕，中秋节前后的三锦、白糖月、麻心月、红月、大月，隆冬腊月里的芙蓉糖、花生片、芝麻片、砂米糖等，真是花样繁多，罗列出来也不是一件轻而易举的事情。

开爿南货店铺毕竟还算是寺前街上的小买卖，民国时期寺前街上的巨富，多出现在中药业和渔网业中。寺前街的中药店中，王阳春的牌子最老最响，该店由清光绪年间的三都人王顺福开创，两间门面，坐落在北头花，生意兴隆，王顺福便拥有了不少资产。王顺福去世后，其子王庆宏、王庆林接管，由于经营得法，管理有度，药店不断发展壮大，抗战胜利后成为寺前街同行业中的佼佼者。20世纪50年代，其声誉更是远扬，于1958年实行公私合营。自明万历年间起，寺前街上渔网行林立，四方客商纷至沓来，渔网商获利颇巨。20世纪50年代时，有名的渔网行还有20多家，如大兴、杜晋大、顺泰、王义记、何祥记、吴聚盛、周大兴、元大等。20世纪60年代后，由于尼龙线制作的渔网问世，寺前街用苎麻制作的渔网便退出了渔网业的历史舞台。

六

龙湾建区时间不长，是国家改革开放政策的宁馨儿。

一定还有许多人记得，1984年4月，国务院宣布温州为14个进一步对外开放沿海港口城市之一，同年12月，经国务院批准，建立龙湾区，区委、区府所在地设在状元镇。

历史上，状元镇这地方还是有名气的，这里出过一位读书人赵建大，后来殿试夺魁，光耀无比，而他不忘乡里，热心为乡井捐资建桥，后人称之为状元桥，桥两岸的渔村称为状元桥村。状元桥村里有一条石板铺成的老街，两旁开设有杂货店、酱油店、打铁店、鱼咸行，是一条集商贸、饮食、风俗为一体的商业街市；还有一条茅川路，是永强片的人们走陆路去温州城的必经之路，无论寒暑风雨，总有匆忙行走的路人。不料，一个渔村，就这样变成一个新城区的政治、经济、文化中心，状元的名气更大了。

我沿着海岸线从永强来到状元。状元镇已改称状元街道，状元老街已经拆除，茅川路上的古风古意已渐行渐远。多少生于斯、长于斯的状元人与状元桥一起慢慢变老，我的老友江国荣就是其中一位。

江国荣的心中蕴藏着许多状元的旧事，对状元的兴盛衰败可谓了然于胸。他说：状元旧时是个小渔村，岸上有几间小木屋，依傍着江滩，江上白帆片片，岸边炊烟袅袅，似乎一片祥和。我爷爷本是福建莆田的渔民，划船到瓯江口一带打鱼，就在状元江岸上搭了一间小木屋，成了状元人。爷爷有5兄弟，都陆续住到了状元、横街一带，以打鱼为生。我父亲后来也成了渔民，被国民党抓了壮丁，我爷爷拿银子把他赎了回来。抗战时期，温州3次沦陷，有一次我叔叔在瓯江口捕鱼时被日军军舰的火炮打死了，连尸体都找不到。我跟父亲去上坟，他总要说：我打了一个小银人埋葬在坟墓里。

江国荣说：新中国成立后，状元成立了渔业生产合作社，我爷爷和父亲驾着自己的渔船加入了合作社，父亲还做了船老大。20世纪60年代，渔民用敲罟作业，集体打鱼，按劳分配，产量很高，收入很好。当时状元老街有了水产交易市场，渔民把分来的海鲜挑到市场上叫卖，卖不掉的腌制或晒白鲞，给小贩收购。改革开放以后，状元渔业合作社改名为瓯江渔业捕捞队，渔船也从风帆撬网船改进为机帆船，渔获由当地水产公司收购。状元人也有务农的，经济收入比渔民差，他们说：状元好看的女人，都被渔业大队的人挑了。

七

江国荣最早的记忆是关于江滩的，他说：我家3间砖木房，坐北朝南，门前是茅川路，屋后是瓯江口，在家都能听到浪花拍击江滩的声音。我的童年是在江滩上度过的，当时状元江滩上长着许多碧绿的蒲草，有人会来割过去做草鞋，江水里天然生长着大量的鱼虾蟹贝，成为渔民的聚宝盆。江滩上爬动着无数巧圆儿（招潮蟹），最能满足渔民孩子捕捉的乐趣，我也时常约上两三个玩童，用细长的拉线去套巧圆儿，套过来也不吃，纯粹是为了挑逗它取乐。我长到十来岁，对巧圆儿不感兴趣了，就拿上蟳蠓锹，在滩涂上做"7"字形的蟳蠓洞，涨潮时，蟳蠓（也叫蟳蚌，锯缘青蟹）会爬进洞里，落潮时，在洞中抓获蟳蠓。蟳蠓肉食性，螯足壮大，非常凶猛，胆大的人直接伸手到洞中，眼疾手快地抓蟳蠓，我胆子小，用铅丝做成的蟳蠓钩把蟳蠓从洞里钩出来，每抓到一只，心里一阵欢喜。我在滩涂上约10米距离做一个洞，一般做十来个洞，不能做到别人的地盘上去，每一次落潮能抓三四只蟳蠓。捉了蟳蠓之后，洞穴要用蟳蠓锹稍加整理，等待下一次涨潮。我家里每天都有蟳蠓香飘散出来，但吃口多，我3姐妹5兄弟，加上父母共10人，一大盘蟳蠓，一人夹一花（半只），盘里就空了。

江国荣说，1966年我14岁，读初一，有人来动员我"上山下乡"去黑龙江。我不想去，父母也舍不得，我只得辍学到瓯江渔业捕捞队。按规定，进捕捞队最低年龄为15岁，我不够年龄，我父亲是捕捞队支部委员，与大队长、书记关系都好，加上我个头已高，胳膊浑圆，腿脚健壮，就当15岁。我刚到捕捞队时，正遇上机械修理车间的仓库管理员身体不好请假在家，我就顶了这个职，后来顺理成章成了修理车间维修工。20世纪60年代中期，渔船上出现了鱼探仪，瓯江渔业捕捞队分到了一台，安装在带头船上。我从小就爱好无线电,对带头船上的鱼探仪很好奇,船一停靠岸边,就跑过去向负责鱼探仪的师傅询问准备好的问题。捕捞队负责人见状,派我去上海无线电22厂学习超声波鱼探仪维修技术,学习回来后,被安排到温州地区水产局成立的渔场指挥部里。指挥部由20多人组成,有的负责气象,有的负责安全生产,我负责维修鱼探仪。每年春、冬两汛,指挥部随着船队出行,冬汛头一站在上海辰山,再是嵊泗列岛、岱山长涂镇、沈家门、石浦、大陈岛,回洞头,再去福建。在大海上遇到狂风、暴雨和大浪是经常的事,70年代初有一次在辰山,遇上一股超强冷空气,先是刮东北风,指挥船就躲到一处能够避风的山坳里,不料风向突然转为东南风,船只被刮断船桅,锚链无法固定,船身直往山上撞去。船老大大叫"不好",如果船身撞到了山上,后果不堪设想,他只得把马达开到最大,顶着风浪往外海开,巨浪一次次地盖到船上,大家都九死一生。我魂魄吓掉了七分,移步躲到了船舱里,牙齿打战,双腿哆嗦,心想如果船只沉下去,死了算了。那一次依靠船老大过硬的本领和超人的意志,大家都逃过了一劫,算捡了性命。从此我知道,我永远做不了出色的船老大。

改革开放后,江国荣离开了渔场指挥部,搞个体经营,在状元开了一间无线电和家用电器修理部,这时渔船上的无线电通信设备发展很快,也给他的修理部带来足够的忙碌。2001年8月,经国务院批准,温州市区行政区划进行调整,将原属瓯海区的永中等四镇和瑞安市的部分区域划归龙湾区,区委、区政府所在地从状元迁移到永中。此后,状元几成"飞地"——只有汽车从它身边飞驰而过——冷寂了许多。

不过,瓯江口还是那么宽阔,许多渔民还在从事捕捞业。据江国荣介绍,瓯江口和近海区域,主要鱼类有王鱼(丝鳍海鲇)、鲻鱼(鲛)、子鲚(凤鲚)、鲥鱼(刀鲚)等。王鱼头大、口大、眼小,体无鳞,长50-80厘米,每年春暖花开季节,雌雄王鱼结伴从三四十米深的近海洄游到瓯江口产卵。王鱼产卵后,把卵含在口中,两月不进食,鱼卵慢慢变硬后孵化出鱼苗。王鱼肉质鲜嫩,状元和黄华两地烹调得最好。状元人喜欢将王鱼切成大块,用锅煮十几分钟后加粉干、土豆一起炖煮,直至汤色奶白才上桌。鲻鱼前部近圆筒形,后部侧扁,背缘平直,长20-35厘米,多栖息于沿海和江口的咸淡水中,也进入瓯江。子鲚头短、侧扁,长12-16厘米,每年春季,从浅海洄游至瓯江口半咸淡水域产卵,但决不进入纯淡水区。鲥鱼的外貌像子鲚,长18-35厘米,极为名贵,主要销往长江口一带,那里的居民很喜欢这道美味,长江口由于污染和滥捕,鲥鱼产量逐年下降,在温州,产量稳定。

值得一说的是，状元渔民在瓯江口捕鱼，至今还在使用较为原始的舢板和渔网，这跟20世纪60年代的敲罟作业和现如今的大马力渔轮作业相比，就像是几只蜻蜓轻轻掠过水面，大海大江渔业资源的贫乏，不会是因为"蜻蜓掠过"的缘故。

五、瓯江河口：东南地区的海疆孔道

一

瓯江，浙江省第二大河，其干流延绵376公里，支流众多，流域面积1.79万平方公里。干流发源于丽水庆元、龙泉两地交界的锅帽尖，流经丽水市龙泉、云和、莲都、青田和温州市永嘉、鹿城、乐清、龙湾、洞头等县（市、区），在温州湾注入东海。

对于瓯江，我是熟悉的。我的童年和少年时期，就在瓯江的第二大支流楠溪江畔度过，我是喝着楠溪江的水长大的。我在读高二那一年（1987年）离开楠溪江，来到了瓯江河口南岸的龙湾区。我在龙湾读完高中，参加工作，成家立业。之后，我又工作生活在温州城区。这30多年里，我时常行走在瓯江边，看潮涨潮落，忘记了自己。特别是从2014年春天开始，我背着肩包，逆江而上，来到了瓯江源头，开始较为系统地走读瓯江。将近两年时间里，我利用所有的双休日和节假日把瓯江干流走完，又走访部分支流。在这两年里，我出发、抵达、回来、工作、再出发，我访问、阅读、记录、写作、再访问……如此循环。走读瓯江，令我魂牵，令我迷醉。我的长篇纪实文学《走读瓯江》，2016年被浙江省作家协会列入"优秀文学作品创作扶持项目"。2017年，近40万字的《走读瓯江》出版，引用《温州日报》的报道，"这是我国首部以文化走读形式系统反映瓯江流域人文地理的专著"。

在书稿完成后，我按照1∶110万的比例，画了一幅瓯江流域的手绘地图，上面细细标明我走过的河流和地名。瓯江干流源远流长，自西南向东北流经浙南山区，一路上汇入许多支流，而各支流又接纳许多小支流，从形态上看，为分支鲜明的树状结构，我画出来的瓯江犹如一棵倾斜生长的繁茂的大榕树。瓯江干流上游叫龙泉溪，溪水晶莹透亮，两岸多为矗立的大山；中游叫大溪，水流悠长灵秀，两岸多为静美的田舍；到了下游才称瓯江，岸高江低，江面逐渐开阔，水色开始黄浊，两岸蜿蜒的公路如长带，繁密的房屋如蜂巢；而在河口段，江水泛着微波，沉着滞重，风平浪静的日子居多，沿岸宽广富饶的滨海平原，田畴多稼，人口安宁，温州城中，八街九陌。

瓯江口以这种动静结合的形态，构成了温州城区的基底，成为繁荣城市的缘由之一。瓯江口是我国位列长江口、黄河口、珠江口、钱塘江口之后的又一大主要河口，区域内拥有丰富的港口、滩涂、人文、旅游等得天独厚的资源，航运业发达，历来是沿海产业带的建设热土。同时还是海防要津，军事要隘。历史上，瓯江口担当着温州地区的门户和枢纽，带动了温州乃至江南的经济社会发展。

二

6000年前，全新世时期气候转暖，冰川大量消融，海平面迅速上升，海水侵入近岸地区，使瓯江口成为溺谷型海湾，潮区界可到现在的青田，入海口在今天的永嘉县桥下镇一带，现如今的支流楠溪江、戍浦江都直接注入大海。海侵高潮过后，因板块运动、海水蒸发等原因，产生海退现象。到5世纪，瓯江入海在今龙湾区状元一带，而大罗山北面的永强海滨仍处于浅海中。漫长的历史岁月里，在海与江的相互作用下，瓯江河口堆积大量泥沙，形成了沃野千里的冲积平原，海岸不断向大海推进，瓯江入海口也不断延伸。现如今，瓯江入海口在乐清市柳市镇歧头村，从源头到入海口，落差1250米。

根据《瓯江志》，瓯江河口从青田县温溪镇算起，长78公里。起始25公里，水流为径流，河床比较稳定；中间38公里，水流进入冲积平原，江面大幅度变宽，楠溪江等支流汇入，河曲沙洲犬牙交错，心滩心洲星罗棋布，径流潮流相互消长，流态十分复杂，河床极不稳定；距入海口的15公里，江面开阔，水流受潮流控制，两岸多为坚硬的山石，是瓯江口河床最为稳定的河段。瓯江河口之外称为温州湾，范围在洞头区灵昆岛以外，由霓屿、状元岙、大门、小门等诸岛所包围的海域，湾内诸岛之间，水道与浅滩相间分布。瓯江河口属于正规半日潮地区，也是我国著名的强潮地区之一。

西洲岛、江心屿、七都岛、灵昆岛自西至东依序居于河口江中，都有千百年的历史，风光无限。西洲岛是瓯江上唯一的淡水岛，面积1.9平方公里，土质好，宜种小麦、甘蔗，常住人口近两千人。江心屿被称为瓯江蓬莱，旅游胜地，面积0.7平方公里。是佛之岛，岛上寺院高僧辈出；是诗之岛，李白、杜甫、孟浩然都曾留下诗词歌赋，历代名人咏叹的诗章达上千篇；是塔之岛，岛内屹立东西双塔，分别建于唐、宋两代，成为世界上著名的古航标。七都岛自2001年区划调整，从永嘉县划归鹿城区后，规划、定位为温州未来城市的后花园，面积12.7平方公里，常住人口近1万人，而旅居港澳台及海外的人数却在万人之上，是著名的侨乡。灵昆岛又名温州岛，面积25平方公里，常住人口2万多人，该岛有一望无际的滩涂和成群结队的海鸟，拥有1万亩近海海水养殖。2011年开始，该岛作为瓯江口新区的建设用地，滩涂被大量围垦开发，成为实施温州中心城市东扩的战略重地。这些岛屿置身河口江心，使得瓯江水道逐段南北分汊，再加上瓯江口岸滩、心滩移动频繁，水深常有变化，造成航道不停改变。如西洲岛的北水道原为主流、主航道，但近10多年来南水道河床被径流冲深，而北水道流水缓慢造成泥沙沉积，现已淤积成林地，不可通航。

瓯江干流在温州境内长70公里，流域面积4022平方公里，是温州人民的母亲河。人与自然和谐相处，两岸的人们男耕女织、渔樵农桑，重视海上贸易。瓯江港口是一个千年之港，早在春秋战国时期，就出现了原始港口的雏形。从唐代到民国，瓯江港时兴时衰，但一旦开放，就成为国内国际贸易的重要港口。新中国成立后，瓯江港逐渐发展为一个现代化港口，1984年温州被列为全国首批14个沿海开放城市之一，给瓯江港带来了新的历史发展机遇。光阴翻覆，人世沧桑，多少故事与传承接力，默默守护瓯江口的这份财富。

三

瓯江港口为温州港区的重要组成部分，主要以龙湾、白楼下、杨府山、七里、灵昆5个作业区为主体，通过瓯江水系网连接山区腹地，把瓯江流域连成一片，使温州城区成为沿岸经济、文化、人员、物资的集散和转运中心。现全港区建有5000吨至3万吨泊位40多个，吞吐能力在4000万吨以上。温州港区位于中国大陆海岸线的中部，距北面的上海港320海里、宁波港219海里，距南面的厦门港393海里、福州港236海里，距离适中；距最北的营口港1042海里、最南的三亚港986海里，也不是太远。并且靠近日韩和东南亚等国。自古以来，温州港区就因独特的地理区位、水文条件以及腹地网络，海上交通贸易不断发展。温州是一个典型的海港城市，因船舶停靠、装卸货物、海域避风，成为东南地区的海疆孔道。

往上回溯，温州古为瓯地，也称东瓯，东晋太宁元年（323）建永嘉郡，此时瓯江港已经形成。港口的形成，必须具备两个条件，一是优良的自然条件，二是需要人口，形成人流、物流和常规性航运、贸易。瓯江口自然条件得天独厚，再加上西晋末年，中原大乱，士族庶人纷纷南逃，中原文明也随之南迁，为瓯江港的形成创造了人口条件。南北朝时，瓯窑所产的青瓷颇负盛名，因其釉色淡青、晶莹滋润而得名"缥瓷"，带动了当地的经济和航运业。唐朝时始称温州，温州相对稳定的社会环境吸引了更多北方和福建的移民，人们安居乐业，造船、纺织、制盐、酿酒、陶瓷、造纸等各业兴盛，瓯江航运畅通，港口贸易无阻，并且与日本开始船舶往来。

到了宋代，不管北宋还是南宋，不管在社会与经济稳定还是发生战争、局势动荡，一批批的北方人进入江南后，向僻处东南海隅的温州移居，给温州带来了大量的人口和资金。南宋至元朝，由于龙泉窑瓷器崛起，龙泉青瓷成为瓯江港最主要的出口商品。南宋绍兴元年（1131），温州设立市舶司，实行对外开放，除了青瓷外，漆器、木材、丝织品、蠲纸、水稻、茶叶、柑橘、食盐等物资，通过船舶源源不断运往国内外各地港口，瓯江港区也停泊着众多来自日本、高丽、西亚、南亚、东南亚等地的外国商船，瓯江港成为瓯江流域、浙南以及毗邻地区内外贸物资的集散和中转枢纽港，海上贸易进入了前所未有的繁荣时期。在温州任知州的北宋诗人杨蟠作《咏永嘉》一诗："一片繁华海上头，从来唤作小杭州。水如棋局分街陌，山似屏帏绕画楼。"元代的文献也有记载温州港的繁华景象，最直观的要算留存至今的元代宫廷画家王振鹏的绢本水墨手卷《江山胜览图》，长9.5米的画面，描绘了元代的山水风情，纪实性反映了瓯江港口的海运码头和船运活动的场景。画作中共有68艘船，有海船、江船，有即将到港的远洋大船。其中四桅船是当时最先进的船只，可张12张风帆，载重约300吨，配备水手200余人。

明朝政府对国内海事采取"海禁"政策，对外国商人来华经商进行严格限制，没有在温州设立市舶司等官方贸易机构，再加上倭寇愈演愈烈、猖狂无比，严重扰乱和破坏了温州人民正常的生活和经济活动，导致海外贸易停顿，温州港开始走向衰落。但在利益驱动之下，私人贸易仍在政策空隙中发生。清朝顺治年间，郑成功起兵南澳，兴师反清后，东南沿海兵事不息，清政府实行大规模的禁海和迁界，强调"不许片帆入海"，下令沿海居民内迁三五十公里，设界防守。迁界给沿海人民生产生活带来极大不便，千万家庭被迫背井离乡。以诸省而言，受害最深的是福建，浙江、广东次之；以浙江而言，则温州受害最深。清朝温州人孟锦城在《东瓯轶事随笔》写道："永嘉议将一都至五都濒海民内徙，以茅竹岭为界……徙民人众，界内屋少，贫而无亲戚者，凡庙宇及人家门外，皆设灶榻，男号女哭，四境相闻。其中黠悍者，倡率愚民，所在抢夺殷户积谷。"永强人王至彪在《失书叹》中写道："严令遣徙，余从闽回，尚未至家，闻限十日为居民搬运蓄储，才至五日，兵丁拥集，抢掠一空。余家悬磬无可运，儿辈仅携书籍数筐。半途遇兵丁，截路遍搜，无当意者，遂翻书入水，掠空箧而去。复值大雨，儿辈力弱，不能捞取。评阅手译，向诸水演，可胜悼惜。"永强距海30里，南北长达50里，田禾弃而不收，房屋祠宇悉遭焚毁，所有明代为防御倭寇所建的城堡如永兴堡、永昌堡、宁村沙城等亦均遭平毁。直到康熙二十二年（1683），郑成功之孙郑克塽降清，台湾归附清朝，清廷方开海禁。

鸦片战争爆发后，中国逐渐沦为半封建半殖民地社会，瓯江港也成为殖民者的侵略目标。光绪二年（1876），英国强迫清政府签订《中英烟台条约》，将温州开辟为通商口岸。光绪三年（1877），英政府把通商港口定在温州城区朔门，并设立温州海关，开通了温沪线、甬温线，开通了北至营口，南到福建、广东的航线，开通了到香港、台湾以及国外的客运航线。

四

千百年来，生生不息的瓯江水滋润了瓯越大地，哺育了两岸儿女，孕育了温州精神，就是在苦难深重的岁月里也从来没有停止过。

瓯江流域地形复杂多样，气候温暖湿润，光照充足，雨量充沛，蕴藏丰富的鱼类资源，特别是瓯江口海域渔业，自古就相当出名。清朝诗人郭钟岳在《瓯江竹枝词》描写了当时渔业盛况："不讨崖头整钓船，收风欢喜得鱼鲜。朝朝暮暮潮头弄，万顷沧波海作田。"抗日战争前，据有关部门统计，温州有大小渔船5771艘，定置张网万余门，直接从事捕捞的渔民有2.8万人，渔业产值达471万元，占浙江的11%。依靠渔业为生的渔民眷属和商贩劳工至少有28万人，可见规模之大。即便到了1946年，温州仍有渔船4037艘，渔民2.2万人，渔业产值336万元。

瓯江口海域流动着一艘艘渔船，也时而迎潮逆流来到瓯江河口一带捕鱼。清代到民国，许多来自福建的"公婆船"也进入温州水域作业，却保持着闽人特有的习惯与风俗。清代诗人戴文俊在《瓯江竹枝词》里写道："公婆船小惯迎潮，相守孤篷暮复朝。喜煞龙头鱼罢贡，海天如镜种蚶苗。"公婆船，也叫连家船，多为一船一户，船长10余米，宽约5米，夫妻俩依靠船只默契地在江中撒网捕鱼，用捕获的鱼鲜换取粮食等生活必需品，日日夜夜、风风雨雨都住宿在船中，因此有竹枝词这样写道："公婆船，公婆掌，一公一婆渔以养。"有温州老渔民回忆：新中国建立之初，温州城区东门埠还有公婆船100多艘，他们在舢板中间搭上篷盖，把柴米油盐及生活用具备在船上，不大上岸，每天出江，渔夫站在船头展开双桨咿呀咿呀地划到江中，选好捕捞点，手一挥，把一张渔网抛成圆弧形状，唰唰有声撒入江中。从前温州城内河道密布，公婆船也进入小河，渔婆携小孩上岸购买东西。也有个别渔公渔婆赚了一些钱，不再捕鱼，在东门开店铺，在朔门落户籍。瓯江沿岸之外，飞云江的瑞安城关镇南门头和乐清湾中段的乐城镇百袋港一带，也有不少公婆船。

根据《浙江动物志·淡水鱼类》记录，20世纪90年代，经调查，瓯江共有鱼类114种，其中中华鲟、鲥鱼、花鳗鲡最为珍贵，凤尾鱼、香鱼、鲈鱼最受温州人欢迎。比如凤尾鱼，温州人习惯叫子鲚，每逢春末夏初，梅雨绵绵，薄雾蒙蒙，来自瓯江口海域的凤尾鱼就成群结队溯江而上，聚集在江心屿到七都岛一带的江中产卵繁殖，便形成了一年一度的瓯江凤尾鱼鱼汛。凤尾鱼子粒饱满、肉质鲜美、营养丰富，是端午节前后温州市区最主要的经济鱼类，又因产量大、收益好，引来大量渔船捕获，它们洄游的路线上布下了数不清的渔网。随着渔网的一次次起水，渔民往往得到满意的收获，浓浓的海腥味夹杂着买卖的喜悦，盘旋在温州鱼市的上空。可是，如今凤尾鱼资源锐减，保护瓯江水域和近岸海域凤尾鱼繁衍的行动，已刻不容缓。

瓯江河口的平面形态呈喇叭形，潮差大，江流海潮相互激荡，泥沙沉积，形成了辽阔的淤泥质滩涂。滩涂层次分明，且有斜度，可分潮上带滩涂、潮间带滩涂和潮下带滩涂。潮上带滩涂一般不会被潮水淹没，涂面多生长着耐盐碱植物和少量海生动物；潮间带滩涂时而被潮水淹没，时而又暴露出来，环境变化大，水动力强，植物难以生长，却是为数众多的水生动物、鸟类和两栖动物的栖息地及一些洄游鱼类的繁殖地，有各种蟹、螺、蛤、蛏子、滩涂鱼等；潮下带滩涂，是喜光性藻类生长的乐园。人们利用淤泥质滩涂特有的生态环境，进行水产养殖，形成淤泥质滩涂常见的人文景观。明代官员王瓒、蔡芳编撰的《弘治温州府志》，论及永嘉场盐场，有这样的文字:"沿海皆沙涂,亭民取咸潮溉沙晒卤煮盐,鱼虾百利亦在焉。其取鱼也,有簋有箅,有网有缯"。温州沿海居民不仅对滩涂上的"鱼虾百利"认识深刻,而且有多种捕捞手段,其中"有簋有箅,有网有缯"。

五

盐为百味之首,食盐中所含的钠元素是人体不可缺少的微量元素。自从有了盐业,盐便与国家的经济发展产生密不可分的关联,盐田的存在,能带动地区的经济繁荣。

温州海盐资源丰富,沿海滩涂适合食盐生产。魏晋时期,温州即有盐田,盛满着卤水。到了唐朝,历代君主注重盐田开发,扩大盐业生产,为了管好盐业,还设立了监盐机构。盐官不仅要管理盐,还负责向各个盐商收购食盐。唐乾元元年(758),温州置永嘉监,为全国十监之一。如今龙湾区永中、永兴一带俗称永强,就是从永嘉盐场、永嘉场等名称演变而来。唐代诗人顾况曾任永嘉监盐官,其衙门设在温州城灰桥浦,盐场在永强的郑岙、白水一带。制盐工艺从瓯越先民最原始的煮盐技术改进为煎盐技术,唐朝广州司马刘恂在《岭表录异》中记有煎盐法:"恃人力收聚咸池沙,掘地为坑。坑口稀布竹木,铺蓬簟于其上,堆沙,潮来投沙,咸卤淋在坑内。伺候潮退,以火炬照之,气冲火灭,则取卤汁,用竹盘煎之,顷刻而就。"永嘉盐场是温州地区第一个产盐场所,成了古代中国的经济标杆。

宋朝初期,朝廷对盐场进行大规模扩建,温州增设了玉环(北宋时,玉环为乐清县一部分)、乐清、瑞安、平阳盐区,形成五大盐区,食盐产量大大提高,一直延续到新中国成立初期。宋熙宁五年(1072),政府对盐民实行亭户管理,三灶至十灶为一甲,永嘉盐场沿海岸线分设一至九甲。明代实行盐业国有政策,由户部掌管全国盐业,永嘉盐场有了大幅跃升。洪武年间(1368—1398),永嘉盐场有灶户1400户,正丁1990名。

新中国成立后,永嘉盐场焕发新活力。20世纪70年代,以滩晒法生产原盐,其工艺流程分为纳潮、制卤、结晶、收盐四大工序,让盐业蒸蒸日上。盐滩达到3000多亩,晒盐的盐民2000多人,海盐年产量达7000多吨。80年代盐业生产萎缩,永嘉盐场步履蹒跚,走向了沉寂。90年代,拥有千年辉煌的盐场关停,预示着一段厚重历史的终结。如今,那一片片闪亮的盐田、一层层晶莹的海盐、一座座雪白的盐山,只能在老盐工的记忆里搜寻了。

围涂造田,增加耕地,是沿海人民拓展生存和经济空间的主要手段,是农业经济的发展趋势和措施之一。唐末五代,瓯江口两岸的民众自发进行小片开发。到了宋代，开展了大规模的涂田围垦。北宋熙宁七年（1074），官员、科学家沈括提议：温州以东的海滩涂地要兴筑堤堰，向海争田，围里耕种，在顷亩浩瀚之时，可以尽情收纳地利。他的建议得到温州地方官员的赞同并实施。之后，农民更加精耕细作，提高亩产。南宋理学家、名臣真德秀出任温州知事时，记叙温州的农业"勤于耕作，土熟如酥；勤于耘耔，草根尽死；勤于修埭，蓄水必盈；勤于粪壤，苗稼倍长"。当时，温州滨海平原上开始广泛种植茶叶、柑橘等经济作物，形成了渔、盐、农和种植业并举的瓯江河口经济模式。

清代初年，政府加大了海涂围垦力度，瓯江沿岸涂田不断扩展。据乾隆年间（1736—1795）的史料记载，在楠溪江口就垦拓出一大片土地，部分用来种植稻谷，部分在大潮时半淹着，生长着用于编织草鞋的芦苇。在这片新土地的东侧，正冒出一个小岛，半潮时与大陆相连，到时候也可以垦为涂田。

土地沃腴肥美，植物品种繁多，为世代温州人提供了良好的生活条件。瓯江、塘河、东海组成的水运网络，使得温州各类生产要素快速集聚和流通，让温州不仅成为鱼米之乡和商贾重地，也成为人文高地和精神家园。

六

江河的天性是桀骜不驯的，干旱与洪涝，却是它爆发的脾性，尽显凶悍。根据浙江省气候史资料和有关地方志，瓯江水系自唐上元元年（674）到新中国成立，有记述的大小旱灾共130个年次；自晋永平元年（291）到新中国成立，有记述的大小洪涝灾害203个年次，给人民带来无尽的灾难。鉴于历史原因和流域内部分县建制较晚，地方志对干旱和洪涝的记述未能完整和翔实。

据了解，民国元年（1912）的温处水灾，受灾区域广、受灾人口众，可称温州、丽水（古名处州）两地数百年里之最。《丽水县志》载："民国元年八月二十九日，溪水高于平时八丈，漂没沿溪田庐，溺毙人畜无算。"《瓯江志》载："温州、处州两府毁房三十六万余间。永嘉山洪暴发，溺死者逾万人，景宁沿溪村落水深丈余，外舍全村覆没。"

在那年的6月下旬，瓯江上游的天气就很怪异，突然寒冷如初冬，天色苍茫灰暗，阴雨连绵，无休无止，一直到7月上旬，淫雨没有停歇，反而延续到瓯江中下游，漫山遍野，天色昏暗，风声如泣，雨水紧一阵，疏一阵，从天黑下到天亮。大自然汇聚起了威力无比的破坏力量，瓯江两岸的泥土、植被，储水能力达到了极限，一切都浸没在畏惧之中。瓯江上游的庆元出现了水灾,据史料记载,"人行大路被冲流,沿河一带桥梁皆被漂流"。接着,在龙泉、景宁、松阳、云和等地,都出现了水灾。但是,暴雨仍不停歇,龙泉溪、松荫溪洪水陡涨,怒潮汹涌,汇入大溪涌入青田。小溪流域的山涧、溪流水位暴涨,洪水滚滚而来,在青田的湖边村和石溪村之间,与大溪交汇,形成惊涛骇浪。8月25日晚,雨水更是瓢泼一样,瓯江流域笼罩在由雨水织就的天罗地网中,洪水暴涨,江水咆哮着席卷到江岸上。深夜11时左右,瓯江中下游的许多地方皆成泽国。

那一年,我奶奶4岁。8月25日晚,她的家乡江南沙头(现鹿城临江一带)早已在一片汪洋中。天色漆黑,暴雨不停,洪水还在暴涨,人们惊慌失措,来不及从家里逃离,只得爬到楼顶,但房屋一间一间地倒在洪水里,发出隆隆的声音,世界如同地狱。奶奶家的房子也被洪水冲塌,外曾祖母一手抱着两岁的儿子,一手牵着我奶奶,坐在屋背的几根木料上,向瓯江下游方向漂流。懵懂无知的奶奶没有害怕,还高声喊叫起来:我的裤子全湿了,我的衣服也湿了。就这样,一家三口漂流到了温州城安澜码头附近,被人救起。外曾祖母把奶奶送到温州天主堂的育婴堂里(民间叫养育堂),把儿子带回老家。

不可思议的是,奶奶的贫寒之家被洪水冲得荡然无存,家中8口人全被洪水卷走,却无一伤亡。

9月1日,瓯江流域的风雨总算全面停歇下来,洪水退尽,天地慢慢地从混沌的状态里清醒过来,瓯江两岸暂时恢复了宁静,所有的一切都被淤泥掩盖,瓯江口两岸满目疮痍,死尸遍地,惨不忍睹。家破人亡,给幸存者带来撕心裂肺的悲痛,他们没有了哭声,甚至没有眼泪,他们在瓯江两岸寻找亲人的尸骨,有找到的,更多的没有找到。江岸两边,只有呻吟声伴随着江浪声。

灾后,瓯江流域各县的告灾乞赈电报纷纷发往省城杭州的浙江巡按公署,上任不到两个月的浙江都督朱瑞紧急拨银2万元、米5000袋,用于各地救灾,随后又增加了银两。朱瑞又通电请求兄弟省的都督和慈善组织开展捐募义赈,并于9月12日、18日和20日连续发布了《都督致各省都督暨上海各报馆电》《都督、民政司长、财政司长会同劝募赈款函》《都督为温处灾民劝各机关募捐义赈启》和《致上海各同乡会乞赈》等。北洋政府国务院知道了灾情后,也紧急拨银1万元。

七

100年后的秋天,阳光明媚,天蓝风轻。我驱车再次来到了青田,来到了湖边村大溪与小溪的汇合点，也是正式称为瓯江的地方。青田文联的郭新琴与文化馆退休干部陈亚炬都是当地人，他们把我带到了湖边村后的月山上。我们站在月山的最高峰，鸟瞰两溪交汇，眼前的大溪与小溪，拥青山而来，却被水库大坝拦截成湖，又深又宽，水面平平静静，温顺乖巧，甚至看不出水面的皱褶；水色碧绿如翡翠，被阳光照射，显得丰富而玲珑，不免让人想起古人说的话，世界上最柔的是水，最善的也是水。

见着这一湖溪水，谁会想到这里曾经有过排山倒海的山洪，发出海啸般的巨大威力，怒不可遏地想吞噬一切？水能载舟，亦能覆舟，它似乎没有生命，却有多面性格；它似乎没有生命，却是一切生命的源泉。可是，当它来了脾性的时候，又有谁能阻挡？连人们赖以生存的大地都显得如此怯懦。

陈亚炬告诉我，眼前拦截着大溪与小溪的大坝是三溪口水电站的大坝。瓯江上建设了许多水电站。三溪口水电站是青田继滩坑水电站之后最大的省级重点项目，是以发电为主，结合改善航运条件的中型电站。所谓的三溪口，除了大溪和小溪，石溪村前还有一条小溪注入瓯江，因为水流量少，当地人称之为坑，叫石溪坑。在陈亚炬的记忆中，大溪水势浩大，小溪水势相对弱小。大溪穿山越谷，又经过许多村镇，奔腾而来，水流较为浑浊，是淡黄的颜色。与大溪相比，小溪流经区域并不广阔，水显得清新活泼，清清亮亮。两溪在湖边村交汇时，泾渭分明，小溪水清，大溪水浑，两条溪流进入瓯江时，清浊不混。只是在山洪暴发时，白浪滔天，江河横溢，泛滥成灾。

我从青田下来，驱车沿着江边慢慢开回家，耳边总是响着江波荡漾、拍打江岸的声音，这声音好像是从江中传来，好像是从两岸的山间传来，也好像是从我的内心深处传来，这声音应该是自然界的心跳与脉动。

八

我一次次地在瓯江口游走，在南岸经过东门、朔门、龙湾、灵昆等港口作业区，在北岸多去瓯北、清水埠、七里港、黄龙等港口作业区。码头前停泊着大大小小的轮船，桥吊威武地矗立着，集装箱堆积成山，许多堆场、仓库的面积都有数十万平方米，装卸货物的工人忙忙碌碌。岸边的岩石、柱桩、台阶上，有藤壶生长，一丛丛、一片片，有的被铲掉了，露出石灰质的底座，有的伸出蔓足捕食，温州人叫它触嘴。江风吹拂，海鸟时而在高空时而贴着水面轻快地飞翔，轮船鸣着汽笛，终日进进出出。瓯江口像一本读不完的书，写满了广为人知又神秘莫测的故事。

温州襟江带海，海上航运历史悠久，内外辐射快速便捷，外海直接面向东南亚及整个环太平洋地区，也是历代航海与探险者心系海洋、胸怀梦想、乘风破浪、扬帆远航的终点和起点。

古代航海活动中，风力和海流是主要动力，航海家需要掌握和运用季风气候和自然海流。根据季风变化规律及海流性质，每年夏季是航船到达日本、朝鲜等国的最佳季节。据说秦汉时期，中国东南沿海就有勇敢者，在这个季节用漂流方式远航日本列岛和朝鲜半岛，是否有温州人，没有记载。

有据可查的是在唐朝，温州与宁波、台州有十分频繁的海上运输。温州商船借用海上航线直航日本，并与日本保持密切的往来关系。唐会昌二年（842），日本名僧惠运乘坐一艘楠木建造的商船，借助季风，从日本经过六天漂洋过海抵达温州，然后去五台山朝圣。古人在航海中积累了许多经验，可以根据海水颜色、海洋生物区系、海底泥沙发出的气味等因素，来确定船舶的海上位置，避免偏离已经形成的航线。

到了元代，指南针、罗盘普遍成为海上船只的导航仪器，出现了航海"针路图""针谱"，这是航海方面的专用图谱。元贞元年（1295），温州人周达观奉命作为元朝政府派遣的友好使团随员，出使真腊（今柬埔寨），于次年抵达，居住一年后返国。他把自己的所见所闻撰成《真腊风土记》，其中有这样的文字："自温州开洋，行丁未针，历闽、广海外诸州港口，过七洲洋，经交趾洋到占城。又自占城顺风可半月到真蒲，乃其境也。又自真蒲行坤申针，过昆仑洋入港。港凡数十，惟第四港可入，其余悉其沙浅，故不通舟。"所谓"行丁未针""行坤申针"，是指按罗盘刻度"丁未""坤申"的方位航行，他们凭借指南针技术与丰富的航海经验，从温州成功到达柬埔寨。

当初元朝政府友好使团之所以从温州出发，主要是为了便于装运大批龙泉青瓷作为赠送真腊国王的礼品。元朝友好使团访问真腊时，正是吴哥王朝国势兴盛、文化灿烂的黄金时代。周达观在真腊遇到一位温州同乡薛氏，已"居番三十年矣"，在当地娶有家室，以经营对外贸易为主。地理学家周达观，在《元史》中无传，却在中国海洋发展史上有着突出的地位，《真腊风土记》在国内外享有盛誉。

清光绪三年（1877）温州正式开埠后，陆续开辟了一些远洋航线，如温州—香港—新加坡航线、印度尼西亚西—香港—温州航线。同时，国内许多航线的客货运量也在逐年增长，温沪线成为主要航线，普济轮等客货轮定期往返于上海与温州之间。

航海是一个高风险的行业，常有海难事件发生。在温州，常被说起的海难，是发生在民国七年（1918）的普济轮海难。

那一年的1月4日夜晚，寒风刺骨，气温低到零摄氏度，上海外滩十六铺码头灯火辉煌，熙熙攘攘，旅客们裹着厚重的冬衣，手提肩扛，步履匆忙地登上前往温州的普济号轮船。这是一艘英国制造的大型客轮，长63.7米，宽10.6米，排水量1049吨，隶属于上海轮船招商局，专营上海与温州航线。时近年关，许多人要赶回家过年，船上显得特别拥挤，全船共有300人左右，其中旅客210余人，多为在上海经商或做工的温州、处州人，轮船内部员工80余人。

按黄浦江潮候，普济轮原定于1月4日晚10时30分起航，但由于人多货杂，关员检查延迟了时间，在次日凌晨零时30分才得以起锚，长鸣汽笛徐徐离埠。凌晨3时10分，普济轮驶出吴淞江口，到达铜沙洋三夹水海面时，忽然，茫茫夜色中冒出一艘轮船向普济轮迎面开来，大有相撞的危险。普济轮船长连忙鸣笛警告，可是，这艘从福州返沪入港的新丰轮却继续直冲过来，普济轮来不及躲避，一声轰然巨响，新丰轮猛烈撞击了普济轮左舷，普济轮顿时颠簸震荡不止。乘客和员工惊恐万状，纷纷钻出舱外，惊慌失措地挤到甲板上，一些人在风浪里哭喊了起来。普济轮机舱口开裂凹陷，海水汹涌而入，船体倾斜，在众多乘客声嘶力竭的呼救声中渐渐沉入大海。新丰轮放下救生舢板施救，获救37人，其中有当代作家、艺术家黄宗江、黄宗英之父黄曾铭。260余人葬身海中，其中有前温州军政分府都督、时任浙江通志局总办徐定超和近代民主革命先驱虞廷恺等温籍名士。船上所装货物被海水吞没。

英国造船厂设计普济轮寿命为20年，而普济轮自投入使用到沉没共服役了36年，船体和设备陈旧残缺，而新丰轮营救迟缓，错过了救人的最佳时机，这是中国近代航海史上的重大海难事件。

九

新中国成立之初，中国政府大力清除海运外国残余势力，保卫海洋主权和权益，加强船舶管理和航海安全，发展海洋事业。中国航海人迎着波涛、向着蔚蓝、怀着孤独、带着深邃，投身航海事业，他们共同的名字叫海员。国际海事组织对海员的评价是：没有海员的贡献，世界上一半的人会受冻，另一半人会挨饿。

在2019年7月11日中国航海日前夕，我在温州海运船员管理有限公司采访了两位有代表性的温州海员：傅继明和李求汉。

傅继明是温州海运公司主力船舶"浙海105"轮的船长，1989年毕业于浙江水产学院船舶驾驶专业，在航海这条战线上已干了25年。他从一名普通水手到船长，安全航程达到30多万海里，国内的大码头几乎跑了个遍，跑得最多的是秦皇岛、天津、青岛、唐山和长江沿岸的港口。

近10来年，各国的船舶往大型化、科技化方向发展，而通航的环境也变得更加复杂，这10年里，傅继明先后在9艘船舶上担任船长。他与我聊天的时候，一直在强调船舶的安全生产。他说：船舶有了安全，才会取得良好的经济效益。他定期组织船员进行船舶自查和养护，对关键性设备进行试验，他的船舶FSC检查（一个国家对国轮的检查）记录都保持良好，未出现滞留或发现严重缺陷。在船舶航行遇到复杂航区、大风浪、浓雾、狭水道、进出港时，傅继明总是坚守在驾驶台上指挥，有时一站就是20多个小时。

2005年，傅继明被调到一艘船龄已超20年的老旧船当船长。这艘老旧船是从国外购买来的二手船，年久失修，甲板和甲板上的各种管系锈迹斑斑。接手的时候，傅继明的心沉沉的，他召集部门领导研究，制订出维修保养计划，带领船员完成甲板除锈、油漆，并对大舱舱盖、舱口围、绞缆机和甲板上的各种管系进行铲补、油漆等维修保养。同时，他又与大副一起研究船舶货舱的装载性能，根据舱容和货物的积载因素，制订配载方案，在合理吃水的情况下尽量为货主多装货物。经过一番维护保养，老船焕然一新。他看着眼前完全变了样的船容，那未干的水迹闪着晶莹的光亮，才安下心来。

2009年3月，温州海运公司3.3万吨级的"浙海162"轮出厂并投入营运，公司指派傅继明担任船长。其实，他在该船舶出厂前就了解了各项技术状况，督促厂方对一些部位进行整改，同时对陆续到船的船员进行岗前培训，针对不同岗位，组织他们学习制度和技术。"浙海162"轮将要开航的那几天，傅继明天天在驾驶台，罗经、舵轮、俥钟，他反复多次地擦拭干净，戴上雪白的手套也摸不出一点灰尘。船舶出海了，新设备需要磨合，他放弃休息时间，组织船员对设备进行调试、修理，在不耽误船期的情况下，保证船舶各类设备技术状况良好。在他担任"浙海162"轮船长期间，接受2次FSC检查，记录良好，得到海事部门的称赞，这也是温州海运公司船舶FSC缺陷数最少的船舶。

时间到了2010年4月，傅继明被公司派往另一条新船"浙海156"轮任职，而此时，距他公休才仅仅一个多月。他没有一句怨言，整理行装与家人道别立刻上船。这只船是温州海运公司用来料加工方式建造的第一条新船，月夜锚泊，他没有时间欣赏美景，也不能安睡，而是与值班船员一起检查设备状况，检查事故隐患。不久，"浙海156轮"接受了秦皇岛FSC检查，以良好的船风船貌和船员的优良素质，受到了秦皇岛海事局的好评。

傅继明介绍，中国的货船运出去的大多是钢材、机械、小商品等，从国外运回来的大多是煤炭、矿砂、木材等资源。从货源上看，这个世界是多么的不平衡，而对于傅继明来说，由于船舶在矿砂与煤炭换载后需要扫舱洗舱，工作又脏又累，一打扫就有几十吨煤炭、矿砂，打扫后还要用海水冲洗，最后用清水洗过，为了赶船期，还得加班加点地干，每次洗舱好像都是一场硬仗，赢得了时间，获得货主的满意。我问他：获得货主满意是不是你最快乐的时候？他说：还不是的，我们特别开心的时候，那就是船舶安全到港的时候。

航海是一个高风险行业，船舶在海上航行，远离陆地，远离指挥中心，近些年来，航海出事故的概率很低。傅继明说，现在造船技术和航海仪器比较先进，航海科技发展，船舶都配备了科技含量较高的通信、导航、助航及动力控制等设备。航海生活虽说艰苦，但傅继明不怕苦，也不怕晕船，不畏风浪，他说：海上还是风平浪静的时候多，也时有美景出现。当天空铺满白云的时候，阳光照射下，白云反射到海水里，海面也白茫茫一片，天和海就这样浑然一体了。还有几次，当海面一片空寂的时候，没有风，没有浪，船头突然就惊起一群飞鱼，匆匆地掠水而过，划出圈圈涟漪，飞鱼又瞬间沉没到了海里，那涟漪还在，但很快散开、扩大、消失，海面又恢复了平静。

傅继明对船员要求严格又满是关爱，在大海深处，船舶的一个颠簸、一声雾笛，船员的几声呕吐、几句牢骚，都牵动着他的神经。他说：在船上每天面对那几张熟悉的脸孔，每天看到的都是大海，不寂寞是不可能的，没有烦躁和不安也不现实，长久的漂泊和独居的生活，坚定地恪守着自己对工作的责任和对家人的深情，他必须关心船员的情绪，关心他们的生活。这几年船舶有了许多改进，有健身房、乒乓球室、卫星电视，船员也就可以找点乐趣了。而傅继明面对日出日落，也特别地想家，想妻子、女儿。

人总有七情六欲，海员下船团聚的喜悦和上船离别的哀愁，大海全然不顾这一切，它依旧故我地滚滚潮涌，朵朵浪花，万年如一。

十

李求汉是温州海运公司的一名老员工，1994年毕业于浙江水产学院，20多年来一直从事国际航线，走过了近30个国家和地区，今年2月份他升为轮机长。今年4月份，他的"浙海169"轮从马来西亚回广州，计划9月份随"浙海167"轮从青岛到菲律宾，这段时间他都与家人在一起，用他的话说是在"弥补那些空白的日子"。

李求汉当初在学校读轮机管理专业的时候，对航海还没有很深的理解，走上工作岗位之后，才体会这份工作的艰辛。第一次远航就让他难忘，那是在1996年8月，随"楠溪江轮"运散货去越南，从瓯江港出航时心里有许多好奇和向往，同时也掺杂着不安。随着船舶的不断前进，风浪越来越大，船的摇晃也越来越厉害，他开始头晕目眩，四肢无力，口里发干还不想喝水，全身冷汗，又想呕吐，饭菜无法下咽。李求汉看着海水，由浑黄变为湛蓝，再变为碧绿，到了第四天，已经是一片墨绿了，那已经是几千米的深海了。一望无际的海水，轮船成为一叶孤舟，他又产生一种无助的感觉，情绪低落，隐隐有些心慌。船长看出了李求汉的慌乱，对他宽容地笑笑，说"万事开头难"，又给他讲海上的故事，转移他的注意力。那一次远航算是风平浪静，他坚持了下来。4个月的远航，开启了他人生崭新的航程。

经过几次出海，李求汉适应了船上的生活，克服了晕船和惧怕。李求汉说：长期在海上航行，碰到大风大浪船自然就会颠簸摇晃。摇晃也有很深的学问，分横摇、纵摇、垂摇和没有规律的混摇。我们常说的海浪分为浪和涌，横摇是因为浪的原因，容易适应；怕的是遇到了涌，那就会产生纵摇、垂摇，甚至混摇，俗称"麻将浪"，那身体里面真是翻江倒海，有一种生不如死的感觉。当然，强台风绝少碰到，因为天气预报精确到小时，海上一有台风，船舶就会避开台风走，或者马上停泊在避风港里。现在的一些大轮船安装了舭龙骨，可以减轻摇晃程度。我问李求汉在20多年的国际海线上有没有碰到过海盗。他笑笑说：应该算没有，但我们在马六甲海峡航行时，常会有小船跟随，准备到我们的大船里偷点东西，这也不能算海盗，只能算小偷小摸吧。况且，这几年我们有了护航军舰，在运输船队前方航行，用舰载机侦察，我们的船就很安全了。

有的人把在海上航行想得很美，有一首歌就写道：年轻的水兵头枕着波涛，睡梦中露出甜美的微笑。而对于李求汉来说，还真不是这么回事。他工作在机舱、休息在机舱，耳朵里全是机器运转的轰鸣声。在机舱里工作，最怕高温的日子，夏天烈日当空，加上机器释放的热量，机舱里的温度可达50摄氏度，就是人在蒸笼里，噪声也大，说话还得高声喊叫。轮船在航行中，机器出故障也是有的，轮机部要马上投入抢修。由于李求汉与轮机部的弟兄们平时对机器的检修和保养做得好，多是些油管漏油等小毛病，20多年来还没有碰到大问题。

航海生活，海员一般要在船上七八个月，有时要近一年，船舶停靠港口后，船员也不能像游客一样去城市里观赏风景，与当地人有较多的交往，一般情况只能在港口附近游览一下，购买些商品。所以，海员对一些国家或城市的认识，也只能止于港口。

说起家人，李求汉的眼睛红了。李求汉的妻子是一位老师，名叫刘小娜。2000年6月，他们的女儿要出生了，李求汉却在去韩国的途中，在大海上，思乡念家的感觉是那么强烈。李求汉休息的时候也不想待在房间里，坐到甲板上，将身体贴住船舷，默默地看天看云看海看浪，思念着妻子和将要出生的孩子。他日夜牵挂着，等到船舶停靠在了韩国的丽水码头时，他迫不及待地跑到码头上给家里打电话。当他听到妻子那亲切悠长的声音时，忍不住落泪了，妻子告诉他还没有生产。韩国的电话费很贵，也不能多讲，但他还是一天一个电话地问候妻子。

　　李求汉动情地说：许多经历只留在记忆里，大海上没有我的痕迹，这正如蓝天上没有鹰的痕迹，但它确实飞过。

六、乐清海岸线：沿岸多富庶之地

一

越过瓯江，沿着海岸线继续北行，到达乐清市东面的乐清湾。乐清海岸线长129.6公里，滩涂广阔，海域面积270平方公里，沿岸的古镇新城，与大海密不可分，充满原始活力和勃勃野性，一直市场活跃、经济繁荣，成为中国市场经济发育最早的地区之一，孕育了雄浑厚重的海洋文化。

乐清湾古名白沙湾，系浅海港湾，深入内陆纵深37公里，面积约470平方公里，南北狭长，形如一只美感十足的大葫芦，灵动、神秘、独特，海涛阵阵，激荡着人们无羁的思绪和浪漫的想象。

我来到了翁垟街道。翁垟是乐清湾海积平原上的一个小镇，古时以盐业生产为主，新中国成立后设立盐区，专司盐业，改革开放后，受西部的柳市镇影响，人们转向工业电器等新兴行业。翁垟是国学大师南怀瑾先生的出生地，是他梦想起飞的地方。

在翁垟文化人叶永宣的带领下，我来到南怀瑾故里地团社区桥头村，参观南怀瑾故居。早晨的故居里阳光明丽，神清气爽，有早读的孩童、健身的妇女、听词的老人。叶永宣说：1989年，地方上有人想建老人乐园，没有钱，几位老人是南怀瑾先生的少年朋友，他们听说南怀瑾在台湾把事业做得很好，提议写信叫他赞助。我写了一封，另外一位老师也写了一封。他很快回信，说老人乐园就建在他家老房子边上，建得大些。后来他出资500多万元，拆除了四间两层的故宅扩建而成，占地面积近5亩，建筑面积1100多平方米，风格为江南特色的仿古园林建筑，取名乐清老幼文康活动中心。2013年乐清市政府对其进行修缮，展示了南怀瑾生平、书信、作品等，更名为南怀瑾故居。

展厅一一走过，一幅幅照片从眼前掠过，我看到了南怀瑾一生中的精彩瞬间，看到了他的生命足迹。他在中央军校政治研究班时的影像，透露出年轻不俗气质；他在香港与海峡两岸关系协会会长汪道涵会谈时的留影，散发着老年的大家风范。他更多的形象是一袭青衫，气象蔼然，笑容可掬。翁垟街道宣传处的叶琼蕾介绍得详细，她尊称南怀瑾为"南师"，说：南师出生于民国七年（1918），小名银奶，父亲南仰周在地团叶村经营米行商铺，过上小康的日子，母亲赵荷香信仰佛教，贤妻良母。他6岁开蒙，进私塾接受传统教育，7岁还偎依在母亲怀里吃奶，12岁之前不爱吃饭，小病不断，结婚前还一直跟母亲睡觉，这是南师的"趣事"。南师生性聪明，小时候却很顽皮，地方上有人说他"一半是神童，一半是油童"（"油"在温州方言里有"顽皮"之意）。有一次，他与邻家同伴玩游戏，不小心把同伴的衣服扯破了，因而吵起架来，互骂脏话，凑巧被他的父亲听到，父亲一气之下，把他提起扔到家门前的小河沟里。

南怀瑾11岁时，被父亲送到乐清县立小学，插班六年级读书，学校里没有地方住，他就住在一亲戚家里。寒假他回家过年，正逢祖母六十大寿，因祖父母人缘好，上门庆贺者不断，家里摆开了寿宴，宾客满桌，民间艺人演戏唱歌谣，从正月初一庆贺到正月十五。南怀瑾对民间文艺感兴趣，却厌烦热闹的氛围，就想回校独自看书。寿宴结束后的第二天大早，他向父母提出要回学校。父母觉得离开学的日子尚早，再三阻拦，他不听，一个人走了3个钟头进城，住到那位亲戚家里。

就在南怀瑾离家的当晚，一伙海盗把南家洗劫一空，财产损失惨重，亏得父亲逃得神速去报警，母亲急中生智冒充用人得以脱身。南怀瑾也因去了城里躲过被绑票甚至杀身之祸。这次劫难，对南怀瑾影响很大，他改变了学习志向，决心学武。他开始偷偷学习武艺，有一次躲在家里楼上练习"跳梁倒挂"，不慎从梁上跌落在地，轰的一声，被父亲听到。父亲上楼察看，才知道他在习武。父亲没有责怪他，反而聘请了一位武师教他。他因醉心学武习艺，小学毕业考试不及格，只得到肄业证书。回家后，父亲要求他去学木雕或去商店做学徒，赚钱缓解家里生计困难，他不愿意放弃读书，在家自修三年。1934年，南怀瑾与姨表姐王翠凤结婚。

1935年，南怀瑾获悉浙江国术馆是公费的，管吃管住，就赴杭州习武，次年以第一名的成绩毕业，获得了武术教官的资格证书。1949年2月，南怀瑾辗转赴台，此后，他再也没有来过乐清、来过翁垟。在他的人生行旅中，台湾成了他停泊36年的码头，他又与一长春姑娘结婚，度过了衣食无着、窘迫潦倒的日子，开启了政治生涯，迎来了波澜壮阔、流光溢彩的生活。

二

浙江省文史研究馆研究员、作家贾丹华与南怀瑾有过20多年的翰墨因缘，写有南怀瑾传记、年谱之类的书籍。他说：南怀瑾先生无论是讲学授业或是社会文化活动，始终牵连着中国的命运，关注着社会的发展。他人生三件大事，一是催生金温铁路，二是促成汪辜会谈，三是传承中华传统文化。金温铁路贯穿浙西南山区，惠泽2000多万人民。1988年，温州市领导专程拜访了定居香港的南怀瑾，请他带头促成金温铁路建设。尽管他离乡已经久远，但对家乡的挂念未减半分，他欣然答应。那年除夕，在时任温州市市长刘锡荣的安排下，南怀瑾接到了发妻王翠凤的电话，时隔40多年，当他听到这熟悉又陌生的声音时，激动得说不出话来。第二年，南怀瑾又收到了一份特殊的礼物，那是一幅用南怀瑾母亲灰白发丝绣出的母亲绣像。原来他的发妻在给母亲洗头、梳头时，用心收集了掉落的头发，温州发绣大师魏敬先用了4个月创作而成。见到绣像时，南怀瑾当即热泪盈眶，双膝跪地。"家乡这条铁路，一定要想办法修成。"南怀瑾与众弟子成立香港联盈兴业有限公司，为金温铁路建设出资出力。1992年12月18日，金温铁路开工典礼举行，历时4年多，于1997年8月8日全线贯通。

贾丹华说：南怀瑾博览群书，学贯东西，融儒、佛、道学为一体，著作等身，学以致用，格物致知，且桃李满天下。为着民族统一大业和两岸人民的福祉，南怀瑾与汪道涵等多次会面晤谈，从而促成了1993年4月的汪辜会谈，汪道涵和台湾海峡交流基金会董事长辜振甫展现了高度的智慧，克服会谈中出现的种种问题，形成共识，签署协议，对两岸关系影响深远。

说不完、道不尽的南怀瑾，他修道参禅，乐于济世，广交朋友，诲人不倦，忧国忧民，思亲爱乡，他用人格和著作为中国知识分子塑造了一个精神家园，在他身上，我们可以寻找人生的支点。在南怀瑾故居，我看到几位工匠正在修建一座木质仿古建筑，这是还原南怀瑾居住了10多年的米行商铺，在靠河的廊道里，有几个小孩在嬉闹玩耍，有几位老者在聊着闲话，微风熏然，冬日暖阳。

三

离开南怀瑾故居，我们来到地团老街，老街只有三四米宽，百来米长，却有摩托、汽车和行人抢道，看来村里人的生活节奏并不比城里人慢。叶永宣说：地团在旧时盐业发达，又得航运便利，带动了商业街区的繁荣，每天下午5时许，盐民成群结队挑盐进来收购，盐廒里人满为患。老街上最有名的建筑是长春楼，清光绪十三年（1887）由地团商人叶楚衡所建，开设南货店，店名叶长春。1926年秋，中共温州独立支部派林去病来乐清领导革命活动，当时的长春楼已成为盐廒，他就在盐廒里以司秤员的身份为掩护开展工作。他在地团很快组建了中共乐清支部，开展工农运动，推进乐清国共合作，迎接北伐军过境。新中国成立后，地团老街依然商贾繁盛。今天的老街也区别于某些仿古街，是人气很旺的生活区。

我们从老街上走过，民居大多是砖瓦楼房，那四间两层的长春楼，刚刚经过一番修缮，红色的门窗，门口有"中共乐清支部成立旧址"的竖牌。叶永宣还带我去叶氏宗祠，观赏鱼灯和龙档。地团的龙档称为"十只龙"，即10只龙船灯配有10槽由当地木雕大师雕刻的木雕档。地团鱼灯过去篾扎纸糊，绘以彩色，内点蜡烛，现在篾扎布包，喷绘色彩，鱼鳞内点电珠。每年正月初一到十七，龙档拔起来，鱼灯舞起来，光彩熠熠，交相辉映，从地团到客地，供游人赏玩。

翁垟沿海拥有30多平方公里的滩涂，盛产蛏子、花蛤、牡蛎、蝤蠓等，地团村民落涂作业，收获大量的优质海鲜。地团还有许多木地小吃，让人无法忘怀，番薯黄夹毫无疑问最受推崇。我们特地来到了幸福路6号，拜访专做番薯黄夹的叶选生师傅。他正在埋头制作，手势飞快，一捏一挤一压，一只三角形的番薯黄夹就诞生了。身边的案板上，已摆放着几十只番薯黄夹，大小差别在毫厘之间。他的妻子在真空包装，准备寄往外地。叶选生说：地团人做番薯黄夹有百年历史，把新鲜番薯蒸熟后掺入番薯粉擀成皮，放入馅料，像做饺子一样制作而成，地团人最好这口味道，代代延续，现在成为地团人的一个旧梦，外出的人总想来重温。叶选生今年53岁，做番薯黄夹六七年，坚持从民间来，到大众中，固守着传统做法。番薯黄夹选材考究，新鲜番薯最好选择"红毛丹"，这种番薯质地细腻、色泽金黄；番薯粉要水磨的；馅料采用粗海盐腌制的雪菜、本地猪肉、上等优质香菇和南方豆干等。富有经验的师傅才能掌握擀皮的力道，控制着面皮的薄厚。他与妻子守在家里制作，生意却一直不错，许多饭店摊点来定做，时常一天要做1500多个。

夫妻俩热情，要现做现蒸给我们。大火清蒸十几分钟后，番薯黄夹冒着腾腾热气出锅了，一个个金黄透亮、香气缭绕，软糯可口。我们眯着眼，咂着嘴，吃了一个又来一个，味蕾上有惊喜，肠胃得到了满足。

四

海风、海涂、海涛、海鲜，成了乐清湾沿岸许多富庶之地的主题。我顺着海湾，闻着海的气息，过盐盆、城东，来到了千年古城蒲岐，走进了乐清湾的厚重与深远之中。

据《蒲岐镇志》记载，远古时，蒲岐还处于东海海腹，5000年前蒲岐从东瓯岐海中上升涨成陆地，先民居住在高于潮位的山丘边，采食鱼虾、海贝为生。春秋战国时期，人口递增，农耕出现，辟平了一个菖蒲墩，建立了村庄。而后的历史，并不是静谧、安详，菖蒲墩上的村庄经历了太多峥嵘蹉跎的岁月，发生过太多悲欢离合的故事。蒲岐，着实灼亮了我这位走读者的双眼，它富于浪漫色彩，更充满历史的沧桑感。

在蒲岐镇武门附近，我遇到了蒲岐古城居博物馆主人卢瓯武。卢瓯武是个奇人，他用了10多年时间，对古城进行深入的调查研究，并投入大笔资金，聘请雕刻艺人进行集体创作。2012年春，一幅7平方米、重达400公斤的巨型红木浮雕《蒲岐古城图》完成。卢瓯武带我来到他的博物馆，面对这一幅木雕巨制，我连声惊叹。

卢瓯武说：蒲岐城在南宋淳熙年间（1174—1189）为防御海盗侵扰而建，当时是土城。明洪武十三年（1380）倭寇首犯蒲岐，洪武二十年（1387）信国公汤和视察乐清沿海后，修整加固了蒲岐城池，设立了蒲岐千户所，隶属磐石卫，此后的两百年，蒲岐始终是浙江沿海抗倭的军事要地。明万历《温州府志》记载蒲岐城周长六百丈，高二丈二尺，厚二丈，城门四座。东为海国门，西为半壁门，南为东来门，北为广升门，各有瓮城，城外有吊桥、护城河、护城塘、烽堠。建城者一是由朝廷派遣而来的官兵，二是大量的民间劳动力。当时建城所用的块石，分任务到周边地方，包括虹桥、大荆、玉环等地，任务重，时间紧，纪律严厉。西门外有一个刑场，经常有民工受刑处死。民工运石迟到一刻，受鞭刑三十，迟到一个时辰，就要处以极刑。对偷懒者用以酷刑，用削尖的竹排插进其肛门，拉出肚肠，当时西门外有一片竹林。处罚一个民工，其他民工要集中观看。这是一代代蒲岐人口口相传下来的史实，讲给我听的老人也早去世了。这样，蒲岐城不到两年就建成了，朝廷从安徽、河北、宁波等地调兵遣将入驻蒲岐。倭寇侵犯蒲岐有文字记载的13次，大规模的激战有3次。第一次是永乐八年（1410）十月四日夜，千户崔兴等率领战舰巡逻霞堡海面时，发现有23只倭船入侵，崔兴率领将士从五日凌晨四点一直鏖战到当天夜里八点，矢弹俱尽，崔兴等将领先后阵亡，场面十分惨烈。第二次是嘉靖三十三年（1554）十月十一日，倭寇再次入境，副千户崔海带领将士前往阻击，对峙之中各有伤亡，战斗进行得异常残酷，后终因寡不敌众，崔海以身殉国。第三次是嘉靖三十七年（1558），数以千计倭寇在乐清沿海烧杀抢掠，蒲岐所千户秦煌等将士前往迎战，连发强弩射寇，后被10多只倭船包围，秦煌壮烈牺牲。蒲岐在抗倭中牺牲的千户和百户共有13人，其中有一位名叫崔瑛的副千户，战死于正德二年（1507）正月的一次战斗中，他是崔兴的曾孙，是崔海的父亲。战场上的血腥与细节，已随着岁月的流逝融化在多灾多难的乐清湾里，而这些赳赳上阵的勇士，他们雄健的身姿和高贵的灵魂永远留在了蒲岐城，至今荡气回肠。

卢瓯武说：清朝初年，朝廷为了对付台湾郑成功父子领导的东南抗清力量以及防止沿海人民造反起义，实行了大规模强制迁徙濒海居民的法令，蒲岐城郭被拆除，居民背井离乡，全部迁徙内地。康熙二十三年（1684）朝廷颁布"展海令"，居民返城，重修蒲岐城。道光二十一年（1841）蒲岐城又作修整。咸丰十一年（1861）蒲岐城最后一次修建，更名东门为保厘门，西门为安定门，南门为蔚文门，北门为镇武门。春花秋月，夏雨冬雪，轮回往复，世事无常，到了20世纪60年代，蒲岐城墙南端一处被拆毁，居民纷纷仿效，将城墙的块石、条石拆下来，用于建房砌墙，或垒园墙、猪栏墙，我目睹三里长的城墙被全部拆毁。70年代后，居民陆续在城基上报批建房，仅存的4座城门和瓮城作为历史的见证，被现代建筑所包围。

卢瓯武忆念着旧时的生活，怀想着消失的城墙，他总想有朝一日能把城墙"恢复"起来，留于后世。于是，这位从事模具制作的蒲岐人凭借自己儿时的记忆，开始对蒲岐古镇做全面探究。他查找资料，询问长者，拿着大卷尺对古城的道路、城门、民居、庙宇等进行丈量，对古城中的河流、水井、池塘、田地等进行记录。当时许多老宅的主人不允许他丈量，以为他要买卖老房子做生意，他就晚上在月光底下偷偷地丈量记录。卢瓯武凭借多年踏勘探访掌握的信息数据，先对制作蒲岐古城彩色橡皮泥微缩模型，后赴东阳寻找木雕师傅进行模型雕刻。梳理文化记忆，还原古城面目，古城中几十座大小庙宇、宗祠和400多幢古民居等，都一一得到展示。

卢瓯武指着木雕模型对我说：这是清末时期的蒲岐城，在深冬的夜晚，天凉如水，城内外的庄稼都已经收割了，稀稀落落地堆放着一人高的稻草墩。你看蒲岐城的布局，街道呈十字形，与瓮城门、主城门互相错开，形成岔路，这样有利于守军的埋伏、射击和互相掩护、支援。城内驻军1000余人，将士来自东南沿海不同的地方，出现百家姓、同巷不同音、同街不同俗的现象，于是就多庙宇和宗祠，几乎每个姓氏都会设一处供奉祖宗或神灵的地方，虽然规模不一，但烛火长明，护佑一方水土风调雨顺。城中规模最大的建筑是城隍庙，也叫九进楼，后来烧掉了好几进，几千部经书也化为灰烬。1953年，刚满6岁的我在母亲的陪同下，来到由城隍庙改建的蒲岐小学报名，见教室墙壁上还留有残缺不齐的《岳飞传》连环画；大礼堂后面有一口神秘的龙缸，上方屏壁上绘了一条白龙，倒映在龙缸中。我在城隍庙读完五年级，1958年下学期开始，城隍庙改建为大会堂，蒲岐小学搬迁至蒲城西南城郭西庵。城里的古民居也随之改建了许多，在台风中倒塌了许多，因电线老化引发火灾烧掉了许多，现在只剩几十座了。还有，城内外的河道布局严密，水流缓缓，负着崇高的使命，有防御、取水、运输、防火等功能。

而我注意城内不多的几处田园，还种植有桑树。这让我联想到养蚕业和丝绸纺织，这里的居民除了战争，还有捕鱼、耕种、织布、酿酒的劳作，一定有庆典的喜悦、丰年的笑声。

五

告别卢瓯武，我联系蒲岐的文友鲍海春，他正在舅公杨光进家喝茶谈天，我欣然前往。一壶好茶，几缕清香，以茶结友，何尝不是一种缘分，一同在座的还有乐清市政协原秘书长李朝开和银龙酒楼老板杨银生。

关于蒲岐的话题，李朝开一杯热茶在手，娓娓道来：蒲岐可以用几个字来概括，一是城，故事很多；二是农，过去没有多少农田，旧社会地主到周边地方买田地，后来海涂淤积和围垦，出现盐碱地；三是盐，明朝开始，蒲岐盐务属长林场子场，直到20世纪80年代，还年产食盐3万余担；四是渔，蒲岐有限的田地，不够居民吃饱肚子，于是祖祖辈辈以出海捕鱼、落涂捉涂货为生。蒲岐海鲜品种多、产量大、质量好，主要有花蛤、香蛏、泥螺、蜡蠓、海蒜、弹涂鱼。尤其是花蛤，称蒲岐花蛤，以区别于其他地方的花蛤，肉色红润，血分多，滋味鲜脆。潮水涨落，蒲岐十字街上就有海鲜摆起来叫卖。20世纪60年代之前，许多蒲岐人做海鲜买卖，人称担鲜客。他们挑一对大鱼筐，把蒲岐进港的鱼鲜买过来，以最快的速度挑到虹桥去卖，步履如飞。也有挑到温州城去卖，要先花两个多小时走30里海塘，到乐清城区再坐木船进瓯江，蛏子在温州城卖得很好。花蛤容易保存，卖得更远，进入了上海、宁波、福建等海鲜市场。那时候没有机动船，用木帆船运输，记得1952年，我哥哥去福建卖花蛤，一个月过去了还没有回来，马上就要过年，家里人等得着急，还担心木帆船在海上出事情。直到除夕夜，酒菜都摆好了，还不见哥哥的身影，家里人也不吃不喝，焦心地等待。8点钟左右，哥哥回来了，只见他急急忙忙从袋子里摸出几个银圆放在饭桌上，一家人别提有多高兴。20世纪60年代，蒲岐成了温州地区水产第一乡。七八十年代，担鲜客被管理了，加上社会治安不好，码头出现敲诈勒索现象，担鲜客消失了，有的改行远洋捕捞。近十几年，鱼贩的生意又好做了，我有几位朋友，60多岁了，还在做鱼贩，助动车开起来，这里那里收一点，直接送到饭店酒家。

杨银生10多岁就下海，在波涛里出没，后来跟父亲学做海鲜深加工。1997年开始，他与哥哥一起做海鲜餐饮业。他说：蒲岐加工鲨鱼有100余年的历史，大概在民国的时候，渔民误捕了一条大鲨鱼，把鲨鱼皮烧起来吃了。鲨鱼含氨，散发一股氨水味，不像其他经济鱼类受欢迎，但吃了可以防暑。我父亲是解剖鲨鱼的能手，结合瓯菜的特点，开发鲨鱼宴，鱼唇、鱼皮、鱼肚、鱼脑最受食客喜欢；鱼翅比较奢侈，价格贵；鱼肉、鱼骨、鱼肝都可以做成佳肴。1998年到2003年，是蒲岐鲨鱼宴的鼎盛时期，还有十多家从事鲨鱼深加工的企业，比如把肝脏进行提炼制作胶囊，鱼肉做成鱼松。这引起了世界的关注，近些年蒲岐鲨鱼加工业已日趋衰落。

杨银生说：鲨鱼是海洋中的庞然大物，号称海中狼，是公认的最凶猛的海洋杀手。捕大鲨鱼不是用网，而是用钓，1993年我出海打鱼，在台湾海峡看过钓鲨。钓鲨需要一定技术，用马鲛鱼做诱饵，钓到后用利刀砍死或用鱼枪戳死，整个过程惊心动魄，充满血腥。钓鲨很危险，时有渔民被鲨鱼拖到海里去，这是人与鲨的搏斗。

六

小瓷杯喝盏茶，清醇温润。天色渐晚，大家话不敷衍，聊兴还好，不想结束话题。

我们说到蒲岐的"文"。李朝开说：一个可爱的地方，总是重文兴学、人文荟萃，有其温暖的一角。蒲岐在宋朝就出现过私塾，明朝的崇文书院是有名气的。民国时期，蒲岐先于周边乡村创办了新学，即蒲岐小学。新中国成立后，孩童温饱无虞，学校给予良好的教育。蒲岐人还有一个习惯，吃过晚饭就往十字街上走，聚在一起谈天说地，城里发生一点点事情，很快就传开来了。百姓很想及时听到各种新闻，但在20世纪70年代前，新闻媒体只有《浙南大众》，乡公所和学校才有订阅，普通百姓看不到，于是蒲岐小学创办了《夜光报》。用一个长方形的木架子，四周糊上白纸，里面点上蜡烛，白纸上写有当天新闻的标题，烛光把标题映照出来，让大家看得清清楚楚。老师通过《夜光报》把国家的政治、经济形势以及党和政府的方针政策讲给百姓听，吸引着四面八方、街头巷尾的男女老少。现在，老百姓仍然喜欢到十字街头讲新闻，听新闻，晚上比白天热闹，特别是冬天的夜晚，十字街头也不冷清，11点钟还灯火明亮。

鲍海春说：蒲岐的"文"，包含太多"娱"的成分。蒲岐人爱热闹，一年到头，办这个"节"那个"节"，乐此不疲。蒲岐城东西南北4座城门，无形中形成了4个区域，每个区域都有能人出头露面，在文化活动上有一种积极的攀比，因此蒲岐的民间文化异常活跃。九月大会市是蒲岐人集中展现游艺文化的日子，每年农历九月初一到初五举行。九月，夏忙已经过去，秋收还没来临，比较空闲，气候也适中。会市一般是以物资交流为主，但蒲岐会市唱主角的是民间传统游艺，有抬阁、打千秋、闹琼花、老鼠嫁囡、打倭儿炮等，是一年一度的物质大犒赏和精神大犒赏。会市的5天里，各地小商贩汇聚在蒲岐街头，摆摊叫卖南北货。20世纪80年代前，物资大多是糖果零食小玩具、气球爆竹扎头绳，还有现在很难看到的哨子、折子和火柴炮。现在像是家用电器大展销、美食小吃大比拼，商品琳琅满目。当然，更重要的是有游艺节目，是一次集中的大会演、大检阅。比如抬阁，本来是蒲岐闹元宵的活动，后来在九月大会市上也乘兴闹场，它汇集了灯彩、乐队、绘画、纸扎、杂技等民间艺术，表演的内容多是人们喜闻乐见、贬恶扬善的古装戏和现代剧，如《八仙过海》《天女散花》《小姑贤》等。一般一个"阁"表演一个剧目，艺人在惊、奇、险上下功夫，一旦演出，附近各地的人奔走相告，蜂拥而至。蒲岐的打千秋有自己的特色，在南门千秋坦竖立有两棵巨大的木头，搭起近20米高的千秋架，4名古装打扮的儿童在上面表演，上下翻腾，筋斗连珠，时而点放鞭炮、烟花、焰火，精彩迭出。千秋架下都是密集而攒动的人头。蒲岐闹琼花，是把隋炀帝携大批嫔妃宫眷、文武百官沿运河直奔扬州观琼花的这一传说演绎出来。36朵仿制琼花点缀枝头，熠熠生辉，隋炀帝坐在龙舟里，做饮酒听乐陶醉状，两旁嫔妃、太监、宫女侍候，角色多是美丽俊俏的青年女子，有乐师琴箫和鸣，十分动人。老鼠嫁囡，是一大群花花绿绿的老鼠大模大样举行嫁女仪式，鼠态百出，坐在轿中的老鼠新娘多由上了年纪的男人打扮，被几只壮实的老鼠抬着，东摇西晃地在街面上冲冲撞撞。一路上，有哭嫁的老鼠一边擤鼻涕一边抛眼泪，涕泪是番薯粉糊，杂有砻糠，一大盆一大桶地放在轿中，专向观众热闹处、姑娘妇女密集处乱甩，姑娘妇女们边回避边追看，表演夸张，就是图个乐，尽情地欢乐，来一次精神大松弛、心情大欢愉。打倭儿炮最具古城历史特色，一门用旧门板、毛竹桶制作的大炮，由"炮兵"点燃"炮弹"，爆发轰天巨响，声威震天。观众人山人海，情绪高涨极了。宗祠庙堂里的戏台也不闲着，锣鼓声声，好戏正在上演，红男绿女，戏服舞动，台上台下，不分演员观众、不分男女老幼，人人人戏入迷。

街灯透过窗户投射在古色的茶几上，已是暮色浓浓的黄昏。蒲岐的朋友要留我吃晚饭，带着我走过青石板铺成的十字街。夜色下的蒲岐古城没有风声萧萧、马声喑哑的气氛，显得那么敦厚祥和，从容自在，可以抚慰每一个伤痛或迷失的心灵，就像十字街上亮起的路灯。在岁月的长河中，每个时期都赋予蒲岐不同的历史定位和使命。

七

继续北上，更准确地说，是往东北方向行走，我来到了雁荡山南麓的南塘镇，只见村庄、公路、田地、河流，都在一片沿海平原之上，这无疑是乐清市生态宜居、物阜民丰的开阔之地。

南塘多平坦如席之地。据史书记载，南塘在历史上曾是一片浅海，涨潮时，波涛澎湃，波光粼粼；落潮后，滩涂平展，清风鸟影。居住在附近海湾与岛屿上的人们，或抓住潮水涨落的规律，设置渔具进行渔业劳作；或赶在潮落之时，到滩涂和礁石上打捞采集海产品。讨海人的生活充满着艰辛和危险。

海退之后，南塘一带滩涂广袤。千百年来，沿海人民过着原始的捕鱼、拾贝的日子，讨小海为生。一些来自温州平阳和台州黄岩、玉环、温岭等地的民众，先后迁徙至此定居。

清朝雍正年间（1723—1735），福建福鼎商人陈汝白乘坐的商船遭遇台风驶入乐清湾避风，他发现南塘、清江一带无际的滩涂，惊喜万分，与其弟陈肖云商议后，决定在此筑堤围塘造田。经过几年努力，开得涂田数千亩，又进行土壤改良，大面积耕种庄稼。海涂变良田，渔民变农民，宜居宜业之地，人口渐增，因村而镇。当然，筑堤围塘没有停止，现在的南塘海堤是1994年17号台风之后修筑的20年一遇的标准堤塘。

我走访了南塘镇鲤鱼山村。该村1938年建立党支部，参与抗日战争和解放战争，现在已是乐清市爱国主义教育基地。有村民带我爬鲤鱼山与瓜瓢山，这是两个挨得很近的小山头，也是海退之前乐清湾北部浅海中的两个小岛。我们站在山头举首而望，甬台温高速公路和104国道环绕村间，犹如两条游龙，各种车辆川流不息。村民说，南塘区位交通优势明显，乐清湾跨海大桥从南塘到玉环，南金公路从南塘到苍南金乡，疏港公路从南塘到乐清乐成，都能给南塘带来商机。

我走访了南塘镇东山码头。码头初建于清嘉庆八年（1803），以利乐清、玉环、温岭的通航，现在已是500吨级的码头。码头上乘客来来往往，就显得拥挤和吵闹，我到码头管理站询问航班情况，得知客船大多走玉环航线。玉环大横床、茅坦、抛西、大青、江岩、鸡山、洋屿、披山等诸多岛屿，都是我向往的地方。它们水深域阔，海碧天蓝，风光俊秀，海路漫漫，原来在东山码头都可以坐船前往到达，这着实让我像当初的陈汝白发现新大陆一样，吃惊不小，喜出望外。我站在东山码头看着一艘艘客船鸣着汽笛迎着浪涛离岸，走读海岛时的那种野趣闲情便涌上心头。

八

清江的名字有诗情，也有画意。清江发源于乐清市与永嘉县交界的山区，从西往东奔流而下，注入乐清湾，干流长约50公里，流域面积约200平方公里。清江是乐清的第一大江，是温州地区的第五大河流（瓯江、飞云江、鳌江、楠溪江之后）。

奔流不息的清江，为横跨清江两岸的清江镇带来了丰富的自然资源和优美的生态环境，有了鱼米之乡的称谓。渡头村的花椰菜、方江屿村的文旦、江沿村的牛心李、蔡岙村的牡蛎、靖江村的荸荠，都是窗户边吹喇叭——名声在外。清江两岸每年还大面积种植水稻，是乐清重要的产粮区。

"一江碧水，两岸青山，三月李（梨）花，四季美景。"不知是谁给清江镇做了这样的概括，也不知道说的是李花还是梨花，但这几年，我没少来清江，除了看李花和梨花，还一定要吃三鲜面。

李花和梨花大多集中在江沿村，每年3月，江沿村屋旁院内、田间地头、山坡谷地，都可见李花和梨花竞相绽放。不知是哪一年起，村民竟然把自己一丘丘的番薯园，也种上李树和梨树，春天里开出白茫茫一片花来。李花和梨花相近，有点难以分辨，我沿着小径穿行于树林中，或在田埂上坐一会儿，看看它的素颜，听听它的花语，感知一下它带给我的愉悦，不去辨认这是李花还是梨花，就都把它们叫成梨花吧。

梨花洁白如雪、一尘不染、冰清玉洁、天真烂漫，让我想起李渔的称赞，"雪为天上之雪，梨花乃人间之雪；雪之所少者香，而梨花兼擅其美"。我想起了许多关于梨花的诗句和诗句后面的爱情故事。我最喜欢的诗句应该是"雪作肌肤玉作容，不将妖艳嫁东风"。我最懊恼的爱情故事应该是"鸳鸯被里成双夜，一树梨花压海棠"。宋代词人张先在80岁时，头发白成了梨花，娶了一个海棠一样红润的18岁女子为妾，苏东坡就说："十八新娘八十郎，苍苍白发对红妆。"

梨花，总被象征为智慧而美丽的女子。我这样想着，梨花飘洒在眼前，我捡起一片端详，花瓣上有珍珠一样的水滴，不知是雨水，还是眼泪，反正梨花撩起了我的相思，濡湿了我的青衫。哎，我说远了。

都说山海清江。相比梨花，三鲜面才是清江的风物标志，在清江，面店比梨花还热闹，开放在大街小巷，而且是四季不败。最集中的是清江镇政府所在地渡头村的大街上，满目皆是面店，大街上飘荡着浓浓的人间烟火味。

清江三鲜面的主要特点是料足、面韧、汤浓、味鲜。虽然叫三鲜面，但佐料一般都超过三种，常见的有小黄鱼、跳鱼、白虾、牡蛎、蛤蜊、蛏子、姜丝蛋、肉丝，且都是现煮现烧现吃。渡头村人民北路有一间远近闻名的三鲜面店，是孙国花面店，我去过两次，都见食客盈门，座无虚席。店里收银员小吴姑娘是孙国花的孙女。她跟我说：奶奶70多岁了，50年前嫁给爷爷后，在小巷子里开了家早餐铺，卖糯米饭和包子，开了几年搬到这里来。1994年17号台风造成了百年不遇、历史上罕见的特大风暴潮灾害，但台风潮水过后，清江滩涂上留下了很多小海鲜，给聪明勤劳的奶奶带来了灵感，她寻思本地人偏好吃汤面，如果再放入更多种类的海鲜，岂不更鲜美入味？于是，奶奶在店门口架起大锅专门烧三鲜面，一碗5元钱。奶奶烧的三鲜面味道鲜香，价格实惠，食客逐渐增多，名气也越来越大。

孙国花面店的三鲜面有十来个品种，我两次来都点蝤蠓三鲜面，小吴姑娘也介绍蝤蠓三鲜面是店里的招牌面。蝤蠓是本地产的，个头虽不大，但壳薄、肉质鲜嫩，再配以乐清本地特制粉干，的确鲜美爽滑。不过蝤蠓价格贵，一碗面要付上百元。

孙国花是清江三鲜面的创始人,偶然闯入饮食业。而现在靠三鲜面为业的清江人有多少,我没有打听,但一定是个惊人的数字,因为清江三鲜面店已经遍布温州,走向全国,被列入温州市非物质文化遗产。

这一次来清江,吃过三鲜面,我特地去清江河口走走。50公里的清江,奔腾与喧嚣、蜿蜒与斗折,在这里消隐了,河面开阔,江水浊黄,波澜不兴,河床小半裸露,泥沙淤积生成沙洲,江草长到一人多高,还有多处鱼塘,规模都在几十亩。我在江岸上走了许久,一直走到了海岸边,水深港阔,岛屿错列,船来船往,船声呜呜。

九

从清江驾车前往湖雾,一路上大体沿着乐清湾海岸线而行,沿途海景处处,也时而穿过村落与城镇,让人慨叹温州海岸线的悠长。

不过,375.9公里的温州大陆海岸线到达湖雾镇便戛然而止,因此,镇里原就有村名叫道头,含有道路的尽头、海岸线的尽头之意,后有人觉得这村名不好,改为淀头,现称定头。

定头村位于乐清湾海岸线的最东端,现有人口2700多人,900多户,北接温岭市,是远近闻名的牡蛎之乡,乐清的东大门。我驱车直奔定头村。

走进定头村,随处可见路边的棚屋里、小摊旁堆放着一袋袋牡蛎在出售,也有妇女把牡蛎肉挖出来叫卖。我问了价格,牡蛎肉56元至60元一公斤,带壳牡蛎约10元一公斤。

我在定头村文化中心遇到了该村书记陈匡飞,谈起了村史。他说,定头村的历史可追溯到清雍正年间,那时定头还是一个三面临海的半岛,进岛只有一条小路,路口有放哨亭,岛上设有校场,建有山寨,寨中有数百人。到了乾隆年间,山寨被外部势力攻破,陆续有移民居住岛上,形成村落,归属台州府太平县(今温岭市)。1956年行政区划调整,以湖雾涧(湖雾镇的溪流)为界,涧东归台州,涧西归乐清,定头村划入乐清的湖雾乡。定头村北接温岭市,村里的民俗风情都与温岭相近,大家讲温岭方言。

定头村位于乐清湾海岸线的最东端,贫瘠的土地条件,使定头岛民历代依海为生,靠海生存。乾隆年间,定头村外海滩的石头上长满牡蛎,先民都是赶海人。到了清末,有岛民去附近溪流边运来石头,放在海涂上养殖牡蛎。这样算来,定头村的牡蛎养殖已有百余年历史。乐清湾风浪较小,潮流通畅,有小溪流入注,海水和淡水相融,饵料丰富,泥沙滩涂优质,适合养殖牡蛎。定头村有海涂资源1800亩,出产的牡蛎产量高、个头大、口味鲜、品质好。

滩涂养殖是人类利用海岸带的重要方式。每年春天，定头村民撑着竹排到附近溪滩里运来石头，把石头放在滩涂上，平均每亩滩涂可放3000多个石头，到了暮春，牡蛎就会自然生长在石头上。牡蛎的生长过程7至9个月，到11月份就可以收获上市了；到隆冬时节，牡蛎个头最大也最为鲜美；到次年春淡出市场。牡蛎养殖磨炼了海岛人吃苦耐劳的精神和强壮的体力，无论海边的风有多烈，岛上的太阳有多辣，他们都要跟着潮候劳作。他们有身手不凡的撑排技术，可以把一竹排的石头哗啦一声倾倒在海水中，矫健的身姿却依然挺立在竹排上。他们把自己一生的传奇书写在滩涂上。

与大海相依的人们大都喜欢吃海鲜，在琳琅满目的海鲜贝类中，牡蛎的身份并不高贵，却以其独具鲜美的口感和丰富的营养，在餐桌上出镜率极高，许多食客对定头的牡蛎念念不忘，于是，定头的牡蛎也源源不断地销往温州、玉环、温岭等地。20世纪七八十年代，定头村几乎家家户户都从事牡蛎养殖，牡蛎产量达到最高峰，每个上市季，牡蛎肉每天产量达到3000公斤左右，但供不应求，温州、玉环、温岭的采购商都开着海船来要货。

20世纪90年代，有定头人到山东做生意，贩来花蛤等贝类在温州一带销售赚了不少钱，当他们得知家乡的牡蛎养殖走向末路时，就大量地把山东日照、江苏连云港一带的牡蛎贩运到定头村，先在乐清湾的海水里泡养几天，让其味道接近定头牡蛎时再上市。华灯初上，温州、玉环、温岭等地摆在海岸边的大排档便热闹起来，食客们围坐在桌前推杯换盏，牡蛎、海瓜子、花蛤等海产品依旧是他们的最爱。食客们享受着大海馈赠的新鲜美味，也不询问它们走上餐桌的路径。牡蛎上市季节是定头人一年中最忙碌的时候，定头村一天要销售2000公斤左右的牡蛎肉，一年要销售带壳牡蛎1600吨。

陈匡飞书记带着我来到定头村防波堤上，正是潮退浪平时，远远望去，海湾滩涂一马平川，连着天际。这是乐清湾的海洋牧场一角，它是潮湿的，它是静态的，它的色彩没有田园那般葱绿，展现的却是一种坚韧与壮烈。陈匡飞不无忧虑地说：我们的烦恼不仅是1000多亩滩涂荒废了该怎么办，还有堆积如山的牡蛎壳该怎么处理。20世纪90年代之前，牡蛎壳可以加工成蛎灰，村里还建起了多个蛎灰窑，可是后来石灰取代了蛎灰，牡蛎壳成了废品，蛎灰窑也拆掉了。其实，牡蛎壳粉化后具有一定的水溶性，可用于食品的添加剂，对人体有利无弊，也可以用于饲料，牡蛎壳的主要成分碳酸钙也有药用价值。

不远处的滩涂上，有人穿着橡胶裤拿着铁锹正在忙着海涂作业。陈匡飞告诉我，他们在管理海瓜子，海瓜子比牡蛎好养殖，村民就想着办法把荒废的滩涂重新利用起来。定头村民相信天人合一的观念，不放弃美好家园的建设。"现在大家已经重视海水污染和海涂保护问题。亡羊补牢，为时不晚，有关部门正在采取积极的措施，我们也在努力。"陈匡飞说。

我想：乐清湾，这半封闭的天然良湾，是人们青睐的生态宝地，也是人类干扰频繁的亲海空间。

海风送来了海涂所特有的海腥味儿，要涨潮了。